艾伯尧剧作选

艾伯尧 著

中国戏剧出版社
CHINA THEATRE PRESS

图书在版编目（CIP）数据

艾伯尧剧作选 / 艾伯尧著. -- 北京 : 中国戏剧出
版社, 2020.11
ISBN 978-7-104-05035-3

Ⅰ. ①艾… Ⅱ. ①艾… Ⅲ. ①话剧剧本－中国－当代
②越剧－剧本－中国－当代 Ⅳ. ①I230

中国版本图书馆CIP数据核字(2020)第199118号

艾伯尧剧作选

责任编辑：赵宇欣
责任印制：冯志强

出版发行：中国戏剧出版社
出 版 人：樊国宾
社　　址：北京市西城区天宁寺前街2号国家音乐产业基地L座
邮　　编：100055
网　　址：www.theatrebook.cn
电　　话：010-63385980（总编室）
传　　真：010-63383910（发行部）

读者服务：010-63387810
邮购地址：北京市西城区天宁寺前街2号国家音乐产业基地L座

印　　刷：北京九州迅驰传媒文化有限公司
开　　本：787mm×1092mm　1/16
印　　张：25.75
字　　数：350千字
版　　次：2020年11月北京第1版　第1次印刷
书　　号：ISBN 978-7-104-05035-3
定　　价：158.00元

序　一

剧作家是母亲。

孕育出一个剧本，那震颤、那痛苦、那欢悦、那希望，是可以和任何一个多情善感的母亲相比拟的。

读着摆在桌头的剧本，我听见了剧作者心血奔流的声音，感受到了母亲的欢悦和痛苦。在《沂阳公主》中，他为忍辱负重的不幸女子声泪俱下、大声疾呼；在《乐羊子》中，他为正义和信任作了尽情地讴歌；在《春潮》中，他让站在改革前列的志士们到风口浪尖去锻炼；在《绣花手绢》中，他对农村的年青一代倾注了人生的醇酒。至于《彩礼》，好比画家随笔拈来的一幅农村小景，洋溢着生气。

艾伯尧是一位辛勤的多产作家。从1980年开始，他利用工余暇日，迟眠早起，冬呵手，夏挥汗，在不到五年的时间里，写出了四个大型剧本和一个短剧。这不仅对于一个从事建筑工程技术的业余剧作者来说是多么难能可贵；即使对于一个专业剧作家，收获也是丰盛的。

艾伯尧写戏，不仅是为了爱好，更多的是为了追求——追求人生希望，追求社会进步，追求艺术生命。

这部剧作选，就是他追求的结果。据我所知，为一个业余剧作家出剧本选集，中华人民共和国成立以来还是第一次。这是十分值得庆幸的！

我看到，戏剧是有希望的。

胡小孩

一九八八年十一月八日

序　二

虽与艾先生未曾谋面，冒昧不揣浅陋，后生与前辈以文相会，实属平生乐事，幸甚而至，随笔分享所感，以待就正于艾先生，俟书问世，与有荣焉。

为向艾先生致意并问学，我亦学传统戏曲人物开锣上场先自报家门（或为易使观众代入剧情之故所设，比之西人或现代剧场演出剧目的印刷说明书更便捷有效），当初选择戏剧编辑职业，原为离舞台更近，耳濡目染，以备将来编剧之需。不期由此开编辑生涯而不可收，久不能改弦易辙。那么且谈谈我所了解的戏剧环境与剧本创作。不论用之于影视还是舞台，剧本在国中一度被当然地纳于文学系统之中，公认是最难的一种文体。因系团队呈现，加上审查和导向，各种因素附着其上，难由剧作家一人自由完成。二十年来，所阅剧本林林总总，能付诸出版者虽各有所长，然逢此百年大变局之际，鲜有为时代代言、书写历史之经典新剧问世。这很难说全是编剧的问题。肇因众多，素知行业属清水衙门，难免惨淡经营，殿堂级剧院举国亦寥寥，功成名就如艾先生者亦很难将作品交付一流制作者团队，更何况普通鬻文为生者呢？一部剧作搬上舞台，成本颇为可观，乃就市场言之，戏剧属小众雅好，多非营利之事。剧场管理、戏剧导演易受牵制，资本及精英才士务实获利为本，鲜有投资戏剧者。北京尚好，民企尚有如繁星戏剧村创始者樊星先生集雄厚资金与文化抱负有付之施展的优势，但更多的是投资者浅尝即止、铩羽而归。目前的戏剧环境如此，地方则更难以形成培养戏剧观众以壮票房的趋势。

艾先生早在20世纪80年代便已开启文学乃至编剧之路，找到自己的位置。那是个理想主义将中国大地照得通体透明的时代，全社会的精神是昂扬向上的，刚刚解除“文革”对创作的桎梏，人们迸发出了对真善美的渴望，总体上是文艺探索、是表达抒情开放和变革的黄金时代。只可惜没能持续太久，酝酿但未能实现一代文学走向成熟，随之而来的就是纯粹文艺的位置逐渐边缘化，为如火如荼的经济发展洪流所淹没。

既然难得和艾老这样的严肃创作者做一次交流，那么从文学的角度，我想谈的还有文学的使命，文学本然的使命应该是表达情感，这也是所有文学与艺术的通性，但是古人不是也讲文以载道吗？我们社会主义文艺的要求更加具体，为社会主义建设服务，“为工农建设服务”“以高尚的精神引导人”，等等。不同时代有不同的要求，这就是创作的一个初衷，很多创作者参与特定的历史时期，这也就不可避免打上时代的烙印，受历史局限。多数创作者会深陷其中，无法超越，自觉不自觉地按着这一方向和指令去创作。历史文化皆可写，却偏偏忘记了人性之常情，人之常情，写得干巴巴，无论剧情多么热闹，却惟独遗忘了人之困境，天命，规律，对人的惩罚，历史的必然选题和人与人之间的冲突、复杂而又自私的爱，人永久的孤单和困境。或许又是国人太强调集体而自觉地迷失自我。

就在前几天，我观摩了一个著名剧团在排演一出扶贫话剧，用的是最一流的演员，最一流的导演，导演甚至请来了更有名的世家舞台导演助阵，但是名演员在尬演，文辞很美，内容却很空洞。他们还是那些最虔诚的从业者，并且号称是想用最简单的质朴戏剧回归到戏剧的本身，不用华丽的布景，只靠优美的台词，奉献的精神和演员的表演来实现一部好戏完美的呈现。但我内心却在想，他们所感动的却只是他们自己。这样的戏剧毫无可能成为流传下去的经典，只能是应差应景的奢侈品，与其花费功夫去耗费人力、物力，大费周章地做出演几场就被遗忘的货色，真倒不如回归生活。

艾先生说他在戏剧创作方面准备封笔，写不动了。写作是一件很辛苦的事情，要熬夜，要苦思冥想，想好了，还要把构思好的剧情与对白花费时间写出来，而写出来的时候就要注意措辞，整理语序也是一件费时费力的事情。还要反复修饰文词，还原人物情感，用自己的激情点染和赋予人物以个性化的语言。

那么再次回到文学的使命，艺术的使命，诗歌的使命。还是最欣赏荷尔德林说的话，“人生充满劳绩，而诗意地栖居在大地上。”这是我在本篇最后要和艾老说的话：一位作家和诗人最幸福的归宿，就是回归生活。晚年曹禺也曾为不能有新作品而陷入苦恼之中，那是一种无奈的精神痛苦。愿我们暂且放下，让生活如诗，让心意亦如诗，诗可以遣兴，可以怡情，可以托志，可以解忧，将痛苦置换成欢乐。

黄艳华
中国戏剧出版社
二〇二〇年十月二十二日

前　言

大约在十五岁时，我接触的第一部文学作品是《说岳全传》。其中的民族英雄气概、精忠报国精神，深深地埋藏在我的心灵深处；同时也为作者妙笔生花的写作技巧所折服。从那时起，我就有一个梦想，长大后要成为一名作家和诗人。

我原是杭州第二建筑公司的一名工程师。一九八〇年开始文学创作，三年后，我的第一部中篇小说《于子三》在《浙江日报》连载发表。后来，我又在报刊上发表了短篇小说《皮匠和委书记》《山野女孩》以及诗词散文。

一九八二年，我起步入了戏剧创作之路。在短短的五年时间里，我创作了九部大型剧本和两部小戏剧本。应该说是我的创作高峰期。

我的第一部新编历史剧《沂阳公主》在红星剧院演出，获得了观众一致好评。国庆三十五周年杭州市职工文艺作品征文大奖赛，我的大型话剧《春潮》获得了一等奖。大型新编历史话剧被北京人艺留用。大型话剧《绣花手绢》在省戏剧征文中获得优秀作品奖。一九八八年浙江《戏文》编辑部，从十部剧本中选了五个剧本，发表了《艾伯尧剧作选》。当时省文化厅领导也很重视，由著名剧作家胡小孩写了序言，著名剧作家、省文化厅厅长钱法成题写了书名。

创作的道路是非常辛苦的。从一九八〇年到一九九〇年，我每天白天到公司上班，晚上九点以后开始写作，凌晨两三点钟才睡。那时没有空调，连电风扇都没有。冬天脚冻得麻了浑然不觉，夏天一把芭蕉扇，写完了，书桌上只剩下两摊汗水。饿了，想泡点冷饭吃但不敢，那时粮食是定量的，每人每月二十四市斤，只能饿着肚子睡觉。就这样含辛茹苦地整整坚持了十年。

一个人能有几个十年？现在回想起来，连我自己都觉得不知怎么过来的。那时候稿费很低，近五万字的中篇小说只有五百元，短篇小说只有二百五十元，一首诗只有十几元而已。终究是自己的爱好，也是乐此不疲。

一九九〇年，为了加强杭州市的创作力量，市委宣传部的同志和杭州市文化局局长找到我家里，希望我调往文化局从事专业创作。当时我很矛盾，因为前几天杭二建总经理要上调，领导班子要重组，他希望我能留下来出任副总经理。因为他是我的上级，又是好朋友，实在非常难以抉择。但我对文学创作太偏爱了，所以，我决定调入杭州市文化局，被安排到杭州话剧团担任编剧。

一九九二年，我创作了改革开放以来第一部反腐败大型话剧《望君多珍重》，连演七十一场，后来，市委宣传部发文，凡处级以上干部必看。获得了省戏剧节创作二等奖。

二〇〇八年汶川大地震，已退休的我出于作家责任和对抗震英雄的讴歌，连续奋笔四十二小时，创作了独幕话剧《惊梦一刻》，几天后在杭州大剧院上演，获得观众和领导的一致好评。

此外，还创作了另外五个剧本：

电视报道剧《美丽的七色花》，

大型话剧《望断长安路》，

大型神话越剧《三潭映月》，

大型新编历史话剧《抗倭名将戚继光》,

大型讽刺话剧《这里没有罪犯》。

除《美丽的七色花》由电视台播出，其他因为题材过于敏感或其他原因没有发表也没有演出。

这些作品，除了新编历史剧，其余都已过时了。可对我来说，是倾注了我毕生的心血和汗水，是呕心沥血的结晶。现在人老了也写不动了。人至七十流年也不多了，心酸伏案几十年为了啥？因为我热爱文学，热爱戏剧。一个人总有一个念想吧，从小立志要成为一名作家和诗人，我终究做到了。能把这些作品留下来，对自己和我的导师、朋友、亲人也算是个交代。这叫不忘初心。

艾伯尧

二〇二〇年六月二十日

目　录

惊魂一刻

（独幕话剧）

时间：2008 年 5 月 12 日下午

地点：四川地震灾区某镇医院

人物：

程一帆　男，48 岁，镇医院院长。

周　兰　女，28 岁，护士长。

苗　苗　女，16 岁，初中学生。

小　李　女，23 岁，护士。

王燕燕　女，42 岁，中学教师。

武警战士　甲，男。

武警战士　乙，男。

［静场。

蓝光闪烁，一声霹雳后伴随着沉闷的呼啸，接着物体撞击声，木梁撕裂声、房屋倒塌声、尖叫声、哭喊声汇成一片。有人惊呼："地震了！"哭号、求救、凄泣……（渐远）

画外音 公元二〇〇八年五月十二日下午两时二十八分，一场灭顶之灾突然降临到天府之国。恶魔撕裂了大地，撕毁了家园，撕破了千千万万个梦想和希望，撕碎了多少人的心……

然而，恶魔征服不了英勇的川中儿女的意志，他们从废墟中爬起，在这片巴蜀土地上高高地托起了中华民族之魂！

［幕启：这是一家乡镇小医院，以木结构为主的建筑虽然避免了倒塌的厄运，但地震带来的裂痕十分显眼。远处是灰蒙蒙的断墙残垣……门诊室里有两张检查桌，一张医用办公桌，两把椅子……

小　李 （慌张地从外面跑进来）不好了！不好了！好多房子都震塌了。

周　兰 我们医院幸亏是木结构的。虽然没塌，也很危险，应尽快搬到外面去。

［护士长用纱布为自己包扎手臂的伤口，护士小李见状过来。

小　李 周姐，你受伤了？我来吧。

周　兰 别管我，急诊室里都是伤员了，你赶紧找人把会议室、休息室都腾出来，安置伤员！噢，对了，别忘了，通知所有护士今晚连夜加班。

小　李 好，我马上去。

［小李下，两个武警战士（战士甲头上流着血）把一副担架抬了进来，担架上是女学生苗苗。这时，程一帆匆匆忙忙地从里面出来。

程一帆 小周，断水断电了，快叫人去准备手电筒或蜡烛！（见担架上的苗苗）这孩子伤在哪儿了？

战士甲　光明中学震塌了……

程一帆　（急切地）什么什么？光明中学震塌了？

战士乙　是的，整个教学楼都塌了，我们是从一个教室的墙角边把她挖出来的，她没有受伤，可就是一直昏迷着。

［程一帆开始给苗苗翻眼、号脉……

程一帆　小李，你快给她输点氧气。

小　李　好的。（给苗苗戴输氧面罩）

程一帆　不要紧，这孩子受了惊吓，加上缺氧昏过去了，放心吧，过会儿会醒的。

战士甲　（呼了口气）谢天谢地了！

战士乙　嗨，多亏了她的老师，是她的老师用自己的身体趴在她身上这才幸免于难。

周　兰　那她的老师呢？

战士甲　她被水泥板压住了双腿，要命的是有根粗钢筋插进了她的后脑，大家都在想办法，无论如何要把她救出来。

战士乙　不过她伤势实在太重了，要活下来恐怕很难。

程一帆　（捡起苗苗的胸牌一看，脸色陡变，急切地）是初二（3）班的？

战士乙　这……这就不清楚了。

程一帆　（沉思着，拍拍战士的肩膀，深沉地）谢谢你们了，一定要把她救出来！

战士甲　放心吧，我们会努力的。

程一帆　拜托了！（说完摘下眼镜走出了病房）

小　李　（上，见院长情形不对欲有所思地）院长他怎么了？

周　兰　院长？

小　李　我看他眼泪汪汪的。

周　兰　是吗？

战士甲　好了，这人就交给你们了，我们还得去救人呢。（欲走）

战士乙　不行！流了这么多血，你必须得包扎好才行。

战士甲　哎呀，没事的，快走吧，救人要紧！

战士乙　站住！这是队长的命令，你必须服从！

周　兰　同志，你还在淌血呢，我给你上点消炎药，包扎一下。

战士甲　（无奈地坐下，小李替他包扎）商场塌了，电影院塌了，信用社也塌了……

周　兰　（一怔）啊？信用社也塌了？

战士甲　不过大部分员工都没事，但他们的刘主任最后一个离开，在抢出了几十万现金和账本后，被掉下来的水泥横梁击中了头部，当场死亡了……

小　李　（吃惊地）啊？天——呐！

［周兰一阵晕眩瘫在椅子上，呆若木鸡。小李已包扎完毕。

小　李　周姐！

战士甲　护士长你怎么了？

小　李　（哽咽着）你们知道吗？刘主任是她爱人！

战士乙　嗨！怎么会是这样呢？

战士甲　护士长，这是天灾，是没有办法的呀，你要节哀顺变啊。

战士乙　是呀，这场地震还不知有多少人罹难啊，何况，刘主任是为保护人民的财产而牺牲，他是我们四川人民的英雄，护士长千万要挺住啊！

周　兰　（抹去泪水）你们去吧，快去救人要紧。救人的事比天还大呀！我……我会挺住的。

战士甲　那我们走了，你多保重啊！

［二战士向周兰行军礼，下。

小　李　周姐，事情已经是这样了，你别难过了，保重身体要紧。

周　兰　（喃喃地）早上还好好的一个人，出门时还叫他早点回来，今天是他三十岁的生日，我一早还特地去给他买了部手机，想给他一个惊喜……多少年了，都是他给我过生日，可今天我还是第一次给他过生日……可如今他一下子连人都没有了。（呜咽）怎么会一下子就没了呢？（呜咽着）小刘啊，小刘我们的孩子还没出生，你就这么走了，丢下我一个人你让我怎么办呢？（悲伤地哭泣）

周　兰　（泣诉）结婚这么多年了，我们夫妻间从未红过脸，有时候我很任性，甚至蛮不讲理，可他总是让着我，无论是对还是错，哪怕受了再大的委屈，他总说：兰兰，别生气了，是我不好，原谅我好吗？……唉！有时候我问他，你怎么不跟我吵呀！可他说：吵啥？只要不是什么原则问题，夫妻间哪有什么对与错？他总是那么宽容，那么大度，现在想起来，他是多么爱我呀……可如今他走了，连三十岁的生日都来不及过，就这样默默地走了……（低低哀泣）

［苗苗醒过来了，她环视周围的一切，目光和神情显得异常惊恐和痴呆。

小　李　你醒了？（欲去扶她）

苗　苗　（忙用双手抱头尖叫起来）啊！

小　李　别怕，没事。

苗　苗　（惊魂未定）别碰我！

［周兰见状，擦干眼泪，走了过去。

周　兰　（亲切而又关爱地）小妹妹，你还好吗？

苗　苗　这是哪儿啊？

小　李　这是医院。

苗　苗　我怎么到医院来了，我还活着吗？

周　兰　是的，当然活着，瞧，你不是好好的吗？发生了大地震，地震，你明白吗？

苗　苗　（怔了一会儿）地震？大地震？

周　兰　是的，是大地震。

苗　苗　（缓过神来）等等！我想想，让我想想……噢，我想起来了，刚才我们好像在上课……对，是上课，上作文课，王老师还表扬了我，说我的作文写得好，让我把最后一节给同学们念一遍，我刚要念……突然房子摇晃起来，玻璃突然碎了，房子塌了下来，王老师要大家跳出窗外，跑到空地上去，许多同学都跳出去了，可我来不及了，王老师只顾帮同学逃命，她也来不及了，她把我和另外一个同学拉到墙角边，用身体趴在我们身上……我吓坏了。

周　兰　那后来呢？

苗　苗　后来……后来……我什么都不知道了。

周　兰　你叫什么？

苗　苗　我叫苗苗。

小　李　你们老师叫什么姓名？

苗　苗　她叫王燕燕。（似乎还在投入回忆之中）

小　李　王燕燕？

周　兰　王燕燕？

小　李　（小声地对周说）那可是程院长的夫人呀？

周　兰　（摇头叹息）唉！是呀，这么大的打击你让程院长怎么承受得了啊！

小　李　你说，她还能活过来吗？

周　兰　（轻轻摇摇头）谁知道呢？小李，这事暂时不要告诉程院长。

小　李　嗯，这我明白。

苗　苗　（在回忆中突然想起什么）是王老师救了我对吗？

周　兰　是的，来！让我给你检查一下。

［周兰为苗苗做手臂弯曲和关节弯曲等动作……而苗苗俨然像具木偶，但她突然地跳起来，想起了什么……

苗　苗　不对呀，那王老师呢？王老师怎么样了？

周　兰　放心吧，小妹妹，有人去救她了。

苗　苗　谁去救她了？

小　兰　是解放军叔叔去救她了

苗　百　你骗人！解放军叔叔怎么知道她在哪里呢？（思索片刻用力推开周兰向门外冲去）不！我要去救王老师！

周　兰　苗苗！

小　李　苗苗！别走！（去拉可没拉住）

苗　苗　（一边向门外奔去边号啕着）王——老——师！

［苗苗被刚进来的程一帆拦下。

苗　苗　放开我！（拼命地要挣脱）

程一帆　孩子，你要冷静！

苗　苗　冷静？你让我怎么冷静？老师救了我，可她的死活我都不知道，你让我怎么冷静啊？（呜呜痛哭）

程一帆　好孩子，别哭了，你受了惊吓，一定是吓坏了吧。

苗　苗　（哭着哀求）我要去救燕燕老师啊，你们帮帮我一起去救她出来吧。她是天底下最好的老师呀？快去救救她吧！我给你们下跪了！（嗵地跪下）

程一帆　（热泪盈眶）好孩子，听叔叔的话，别去，你去了只会给营救工作添乱。

苗　苗　（痛苦而又失望地）是呀，她是我的老师，跟你们一点关系都没有，我活了这么大，今天才真正领悟到什么叫冷漠……（仇恨怒视着程一帆，并指着他厉声地）见死不救，就是犯罪，要遭报应的！既然你们不肯去，我去！我就是用手刨，也要把老师刨出来！

[苗苗终于挣脱了，向门口冲去，只冲出几步又晕了过去，周兰和小李把她抬到检查台上。

周　兰　小李，拿枕头把她的脚部垫高。再给她输氧！快点！

程一帆　（伤心无比地）唉，多好的孩子啊，说罢软软地瘫坐在椅子上，痛苦地暗自流泪。

[周、李见状，不知如何是好。

周　兰　院长，你没事吧？

程一帆　（流泪）我没事，周兰，你我都是共产党员，现在是非常时刻，无论发生了什么，都应该镇定，勇敢地面对，尽到我们的责任。千万别让人瞧不起咱们。

周　兰　我明白。

小　李　周姐的爱人为了抢出信用社十几万现金和账本已经牺牲了……

[周姐忍不住又哭起来，小李也在流泪。

程一帆　（惊愕地）哎呀？小周啊小周，真的太难为你了，想哭就哭出来吧，哭出来会好些。

[周兰伤心地抽泣……

程一帆　我知道，这种打击确实让人无法承受……，可我相信你是个深明大义的妻子，小刘以自己的生命为我们树立了一面镜子，他是我们四川人的骄傲，也是中国人的骄傲！

周　兰　说这些还有什么用呢？你夫人王老师还不知道怎么样了。

程一帆　谢谢你的关心，武警部队正在抢救，会把她救出来的。唉，多灾多难的民族啊，怎么会有这么多的内忧外患……，我相信，大家都应该相信党中央和全国人民会来帮助我们，只要大家团结奋斗，我们会有希望的，一定会有希望的。因为我们的背后是一个强大的中国！

[两个武警战士急匆匆地把王燕燕抬了进来。

战士甲　快！医生，快救救她吧！她是光明中学的教师。一个真正的英雄！

战士乙　就是她用自己的身体保护了两个学生的生命！

周　兰　好！你们别急，千万别急！

程一帆　（慢慢掀开罩住眼睛的布，万分痛楚……）燕燕！

王燕燕　一帆？

程一帆　唉，燕燕，你还好吗？燕燕。

王燕燕　一帆，没想到我们还能见面。

周　兰　小李，快！马上组织抢救！

王燕燕　（有气无力地）用不着了……我快要走了，把我扶起来。

[周兰和小李将燕燕扶起。她拉住一帆的手。

王燕燕　一帆，还能见到你，就死也无憾了……

程一帆　（热泪盈眶）不会的，不会的，你会好起来的。

王燕燕　（摇摇头）我也想啊，还有好多事都没有做完，能活下去多好，可已经是不可能了……快二十年了，我们夫妻一场，平时我只顾自己忙啊忙，没能好好照顾你，你不会怪我吧？

程一帆　（痛苦万分）别……说……了！（痛心地抽泣）

王燕燕　哭什么？用我一个人换回了两个活生生的年轻人，难道还不值吗？（为夫拭泪）

程一帆　看到你这个样子，我的心都碎了……

王燕燕　唉，别这样，（无限感慨地）如果真的有来世，我们还做夫妻好吗？

程一帆　（泣不成声）嗯，一定。

王燕燕　那时候，我一定会好好照……照顾你。唉！（稍息）噢，对了。你我都是共产党员，我有一个重大的遗愿，请你务必帮我完成。这也算是我向组织交的最后一次党费了。

陈一帆 嗯，你说吧。

王燕燕 （稍倾）我死后，把我的遗体无偿捐给灾区医院。虽然我死了，但我的肾脏、我的视角膜和其他一些器官还能用啊！这些都可以提供给许多患者，让他们能活下来。如果我的视角膜移植到同胞的眼睛上，我就可以看到灾区的重建，看到中华民族顽强地崛起，看到我心目中无比辉煌的中国梦。一帆，拜托了。（说完，又昏死过去）

陈一帆 （哽咽）我知道了……（无比痛心的呜咽着）

众　人 （惊呼）燕燕！王老师！

［苗苗被惊醒了，立即冲到燕燕跟前……

苗　苗 老师！王老师？（突然跳下台子，奔到王老师跟前撕帛般）王……老……师！你醒醒，你快醒醒啊！我是苗苗，你快醒醒啊……（号啕大哭转为哀泣）

［王燕燕在冥冥之中又清醒过来……

苗　苗 老师，你醒了？

王燕燕 （微笑着用手轻轻地抚着苗苗的头）苗苗，今天的作文写得真好，能把最后一节再念给老师听听好吗？

周　兰 念吧！念给老师听。

苗　苗 （哽咽着）嗯！

王燕燕 不许哭，擦干眼泪，好……好念。说罢，手轻轻地滑落，脸上带着微笑，显然那么从容，那么安详……

苗　苗 （朗诵）

虽说我们处在群山峻岭之中，
可我们从不缺乏精神的食粮，
谁说蜀道难，难于上青天，
巴蜀儿女的脚步正在将世界丈量，
如果说喜马拉雅山是世界的屋脊，

那我们就是中国的脊梁，
有一天，
当古老的文明与现代科技完美结合的时候，
那将是中华民族托起的一轮太阳。
[一轮聚光照亮整个舞台。

（全剧终）

二〇〇八年六月八日

乐羊子

（六场话剧）

人物表

魏　斯　（文侯）五十五岁，魏国国君。

乐　羊　四十四岁，谷丘名士，封伐中山大将。

翟　璜　四十八岁，魏国大夫。

西门豹　三十二岁，魏国武将，封伐中山先锋。

乐　母　四十二岁，乐羊之母。

乐夫人　十七岁，乐羊之妻。

乐　舒　二十三岁，封中山大夫，乐羊之子。

魏　击　十九岁，义侯之子，封太子。

狐　妃　二十四岁，魏文侯之宠妃。

狐国舅　五十岁，狐妃之兄。

狐　孙　二十二岁，狐国舅之子，后封伐中山先锋偏将。

诸师赞　五十七岁，魏国大夫。

李　克　三十七岁，白羊关守将。

孟　彪　三十五岁，中山将军。

孟夫人　三十岁，中山妇女，孟彪之妻。
孟　蛟　十岁，孟彪之子。
姬　窟　四十七岁，中山侯。
翟　良　十八岁，翟璜之家僮。
王　昧　魏宫内侍。
陈　宣　魏宫内侍。
将佐、校尉、近侍、宫娥、武士、兵丁、家丁、探子若干。

序幕

［公元前四〇九年（魏文侯斯十六年）秋。

［谷丘乡村，天高云淡，田园一片金黄，呈现出丰收在望的景象。

［幕后歌声起：

分三晋，魏称雄，
平籴法，慰民生；
轻徭薄捐人称道，
中山叛逆起嚣尘，
九州欢歌颂明君。
铁路惊破升平梦。

［幕启：乐羊家小院，树下乐夫人在纺织。乐羊挥剑练武，树丫上挂着乐羊的上衣。

［院外：马蹄声声传来，兵丁们疾呼："抓奸细！快！抓奸细！"乐母拄杖从屋里出来，乐夫人忙上去扶住。

乐夫人　婆婆身子欠安，再躺会儿吧。

乐　母　唉！兵荒马乱的，你那宝贝儿子也不知怎样了。

乐夫人　是啊！外出一年了，真叫人担心。

乐　母　得去打听打听才好！

［院外兵丁们的呼喊声又起，孟彪越墙进入乐家小院。

乐　羊　（惊问）何人越墙？

孟　彪　（故作镇静地向前施礼）仁兄，别来无恙？

乐　羊　（惊喜）哎呀！孟贤弟！（向前执其手，见孟彪衣冠狼藉）你——

孟　彪　哦，被人追急了，只好越墙而入了。

乐　羊　（有所警觉地）贤弟在何处供职？

孟　彪　自从鲁国一别，小弟就回中山做了将军。

乐　羊　（不悦地）哦哦，当将军了。贤弟请！

孟　彪　仁兄请！

乐夫人　婆婆，客人来了，我们进屋去吧！

［乐夫人扶乐母进内屋。

乐　羊　一别数载，什么风把你吹到这穷乡僻壤来了？

孟　彪　哦，是仁兄的满腹才气把我招来的呀！

乐　羊　贤弟，说哪里话来！

孟　彪　（环视小院，见四壁清野，感慨地）唉，论学问，仁兄文韬武略天下无双；论德行，可谓前无古人，以仁兄的学问功德当受将相之禄，想不到仁兄却是恁般清苦艰难。

乐　羊　（大笑）贤弟之言差矣！如今我朝颁行平籴之法，使耕者有田，勤者有利，粮价平稳，荒年易度，四海黎民称之为富国强民之法，深得民心，你看这田园山川，一片金黄，乃是丰收在望啊！

孟　彪　（大笑）国富民强固然安居乐业，可布衣麻民，食不过，衣不过布褐，仁兄乃贤人志士，岂甘屈居于庶民之阶乎？

乐　羊　庶民者自食其力，无求于人，无欲于世，可谓乐在其中也。

孟　彪　可终身布衣何来荣华富贵？

乐　羊　（不屑地）荣华乃过眼烟云，富贵则陈积粪土，唯有气节才是为人之本也！

孟　彪　话虽如此，只可惜仁兄的满腹才华永无施展之日，岂不是埋金玉于黄土么？

乐　羊　（一怔）……

孟　彪　实不相瞒，中山侯慕名已久，特命小弟冒死前来相请，若是仁兄愿往中山共图大业，中山侯将许你相国之职。（捧出一盒，出示白璧一对）此璧乃我中山无价国宝，今赐予仁兄，足见我主求贤之切，敬贤之诚。

乐　羊　（怒色）中山侯暴戾无道，今又兴兵作乱，致天下黎民于水火之中，贤弟不思劝谏，反而为虎作伥，实乃天下士人之耻也！我乐羊子一点薄才唯为报国，若国家昌盛天下太平，虽怀才入土也终生无憾，岂肯匡事无道昏君！贤弟请回吧！（推开白璧，示意逐客）

孟　彪　（尴尬之余取书简呈上）呵！令郎有家书在此，呈仁兄一阅。

乐　羊　哦，（接书念）不孝儿乐舒叩拜父亲大人，中山兵马席卷魏境，谷丘危在旦夕，恳请父亲大人携同母亲、祖母前来中山共谋天下……（将书简愤然弃地）逆子今在何处？

孟　彪　令郎已封为中山大夫了！

乐　羊　（惊怒）什么？不孝之子，吾不图他有何出息，能在家苦度清贫也就罢了，却为何去助那无道昏君？

孟　彪　（大笑）仁兄息怒，人各有志，士各为主，大丈夫在世理应作出一番事业，贤侄少年有为，也是府上的荣耀呀！

乐　羊　哼！人生在世唯忠孝为贵，若为民者不能忠其国，为子者不能尽其孝，实乃家门之不幸也！

［院外：人喊马嘶，大呼“捉拿奸细。”

孟　彪　仁兄，时机紧迫，收拾收拾快走吧！

乐　羊　我生为魏国之人，死为魏国之鬼，你休得多言！

［院外，喊声越来越近，孟彪惊恐万状。

孟　彪　哎，仁兄若执意不走，小弟告辞了！

乐　羊　（冷峻地）请吧！

［孟彪欲走。

乐　羊　慢！请转告小畜生，限他一月之内弃官回家，逾期不返，定叫他碎尸万段！

［一阵吆喝，二兵丁闯进乐羊家院。孟彪一拱手，越墙而去。二兵丁在院内巡视一番，顺手抓起树丫上的衣服便走，正遇刚进院的西门豹。

西门豹　好哇！你等不追逃犯，敢中饱私囊，鱼肉百姓？哼！

二兵丁　（跪地）老爷！老爷！老爷！

西门豹　来人！

二校尉　在！（应声而上）

西门豹　拖下去！痛责五十大板！

［校尉押兵丁下，西门豹将衣服还给乐羊。

西门豹　（惭愧地）西门豹对部卒管束不严，多有冒犯，请多加包涵！（见地上书柬捡起一看，对乐羊）好哇！乐羊，你纵子投敌，该当何罪？

乐　羊　乐羊岂敢，逆子不肖，实为乐家门庭之不幸也！

西门豹　堂堂名士，竟无德教子乎？

乐　羊　在下已吩咐他弃官回家。

西门豹　（冷笑）叛徒国贼，人人切齿！天下教子不严者，当以汝为范。过来！

［乐羊满面羞愧地走近西门豹。

乐　羊　西门将军！乐羊于国有愧。

［西门豹夺过鞭子对乐羊猛抽起来，乐羊惨叫，乐母、乐夫人闻声急出。

乐　母　儿啊！

乐夫人　羊子！（扑上，被西门豹推开，举鞭再抽，诸师赞上）

诸师赞　西门将军！叛贼姬窟攻占了白羊关外七座城池，漳水流域数百顷稻田已被抢割一空！

西门豹　白羊关守将呢？

诸师赞　守将李克节节败退！……

西门豹　啊？！

诸师赞　魏王有旨，命你火速前往漳水抵敌！

西门豹　遵旨！来人呐！

二校尉　在！（应声而出）

西门豹　传令全军将士，速赴漳水抵敌！

二校尉　是！（校尉下）

西门豹　（抽出宝剑，切齿地）乐羊子，乐羊子，要不是看在你上有老母，下有妻孥，我就一剑宰了你！拖下去！重责五十大板！

［乐羊被押下，号角声声，众将佐上。

西门豹　众将！

众　将　在！

西门豹　为国杀敌立功的时候到了，随我出征！

［西门豹仗剑领先，众将列队而下。

［切光。

第一场

[魏国皇宫御花园。

[幕启，远处夕阳映出楼台亭阁，一枝蜡梅下，圆桌上备有酒菜。一厢是瑶池曲桥，池边摆着一架古筝琴，狐妃凭栏候驾。玉箫声声，引出一曲歌来：

风摇竹影日西沉，
凭栏候驾近黄昏。
梅蕊煮酒酒已冷，
候驾心烦烦煞人。

[歌声渐轻。

宫　女　娘娘，时候不早了，大王怎么还不来呀？

狐　妃　（声色俱厉地）住嘴！静候就是！

宫　女　是！

狐　妃　略显烦躁，来至古筝前坐下，抚琴解闷。

[内声：“魏王驾到！”

狐　妃　孩儿们，宫中挂起红灯！

宫　女　是！

[霎时，宫内外灯火辉煌，音乐起，王昧、四宫女上，狐国舅、太子魏击拥忧郁的魏王上，狐妃忙迎向前去，跪下。

狐　妃　臣妾见驾我王千岁！

[魏王拂袖以示平身。

[魏王显得精疲力竭地靠在圆桌上，狐妃见状，狠狠地瞪了王昧一眼。

狐　妃　（声色俱厉地）你是怎么侍候的，让陛下累成这个样子？

王　昧　（慌忙双膝跪下，颤声地）奴才罪该万死！

狐　妃　（莞尔一笑）陛下为国事操劳，一定累乏了身子，臣妾备下酒菜一席，为陛下解乏。

［狐妃欲为魏王敬酒，魏王随手抓起桌上酒杯一饮而尽，摇头叹息。

狐　妃　陛下。

［狐妃依偎魏王身边，魏王不为所动，自斟自饮连饮三樽。

狐　妃　（拍手笑起来）陛下真是海量呀，海量！

［狐国舅、太子魏击面面相视，魏王又干三樽。

王　昧　陛下真乃海量哇！

魏　击
狐国舅　（连连应声）哈哈，海量！海量！

［狐国舅、王昧、太子魏击等哈哈大笑，翟璜上，见状大惊失色，魏王举樽再饮，翟璜向前拜见。

翟　璜　陛下，有道是借酒浇愁愁更愁，圣上乃贤明之君，切不可以贪樽中之物，而忘乎统一国土的大业啊！

［魏王沉吟不语，又痛饮一樽，翟璜急按其手。

翟　璜　陛下，中山数万黎民，受尽姬窟的奴役，沉沦在水深火热之中，天下人正翘首安邑，期待着陛下的搭救呀！

［魏王将翟璜推开。

翟　璜　陛下！

狐　妃　（白了翟璜一眼）放肆！陛下在内宫饮几樽酒，也要你在一旁唠唠叨叨的，什么国家呀，社稷呀！

翟　璜　这？（一怔）陛下！

狐　妃　自从施行平籴法以来，连年五谷丰登，百姓们安居乐业，边境固若金汤，一个小小中山何足挂齿！

翟　璜　娘娘有所不知，那叛贼姬窟盘踞中山，占地为王，此贼荒淫无道，荼毒黎民，近闻与韩国勾搭成奸，嚣焰万丈，安图叛卖国土，想那中山乃我魏国所辖，岂有坐视不管之理?

狐　妃　（满不在乎地）区区小事，也值得如此大惊小怪？有事明日早朝!

翟　璜　娘娘!

狐　妃　奏乐!

［鼓乐声声，二宫娥出庭展袖对舞起来。

［幕后伴唱：

星灿灿，风送梅馥哟，良宵兮；
月朗朗，皇恩浩荡哟，昇平兮；
曲声声，酣歌载酒哟，人生兮
舞翩翩，误入广寒哟，逍遥兮。

魏　王　（抛杯于地，起身，怒斥）退下去!

［鼓乐顷息，宫娥们退下，狐妃怏怏而下。

［静场。

翟　璜　陛下!

［白羊关守将李克狼狈而上，扑倒在魏王脚前。

李　克　（怯生生地）罪臣李克愧见圣驾!

魏　王　（惊问）怎么?

李　克　中山大将勇猛异常，罪臣难以抵敌，以致漳水以东疆土失守!

魏　王　你那八千人马呢?

李　克　已……已全军覆没!

魏　王　啊!

翟　璜　西门豹的三千援军如何?

李　克　西门豹的援军到时，臣只剩得五百残兵，西门将军不听劝阻，以三千援军强拒万余劲敌，也料难生还。

魏　王　你那五百残兵呢?

李　克　五百残兵均随西门豹杀入敌营。

翟　璜　李将军，五百余卒尚肯浴血沙场，可身为守关大将却贪生怕死，临阵逃脱，李将军，我都替你惭愧啊！

魏　王　翟大夫，临阵逃脱者该当何罪？

翟　璜　按军法，应处以斩刑！

李　克　翟大夫，你我同朝共事，投井下石，居心何在？

狐国舅　陛下，李将军曾有战功，加之当今乃用兵之际，切不可斩杀武将呀！

魏　击　李将军乃儿臣之习武御师，乞望父王从轻发落。

魏　王　无能之辈，坏我大事！

李　克　臣罪该万死！

魏　王　你给我滚下去！

李　克　是！（小心翼翼地退下）

[诸师赞仓皇而上。

诸师赞　陛下！陛下，西门豹的三千援军浴血奋战，终因寡不敌众，被敌兵围困在太行山下。

魏　王　（歇斯底里地）什么！

诸师赞　如今中山大将鼓须长驱直入，杀奔上党而来！所到之处，将田园房屋尽数毁光，局势万分危急啊！

魏　王　（沮丧地）咳！

[魏王在园中急速徘徊，回到桌边，捧起酒坛引颈猛喝，翟璜急忙向前，双膝跪地，劝奏。

翟　璜　陛下！国难深重，社稷危在旦夕，作为一国之主，不思燃眉之急，却在痛饮，你怎么对得起先帝的在天之灵，怎么对得起中山数万黎民啊！

魏　王　（愤然地）你！

翟　璜　陛下！

魏　王　（惘然地）连西门豹都被围困了，这满朝文武还有谁能抵敌呀！

翟　璜　这？

魏　王　为了收复中山，朕已求将三年了，可人才难得！人才难得呀！

翟　璜　啊！（跪地）陛下深思远虑，臣却妄言相犯，请陛下恕罪！

魏　王　爱卿忧国忧民，耿怀力谏，良臣也！何罪之有？

翟　璜　（感激地）陛下！

魏　王　（双手扶起翟璜）翟爱卿，可惜你是个儒生，要是你能带兵就好了！

翟　璜　陛下，十步之内，必有芳草，况天下之大，岂无良将，臣闻得谷丘郡内多名士，何不差人访之？

［狐国舅喜上眉梢。

魏　击　父王！儿臣魏击，愿统兵前往上党驱敌。

魏　王　乳臭小儿，真不知天高地厚，中山大将鼓须足智多谋，岂可等闲视之，退下！

魏　击　（不悦地）是！

魏　王　诸大人，狐大人，你等之见呢？

诸师赞
狐国舅　翟大人言之有理！

魏　王　翟大人，朕素知你见多识广，刚正不阿，特命你速下谷丘访贤求将，（郑重地）统一大业，在此一举，朕将此任托付于你了。

翟　璜　臣遵旨！

［魏王起身，二宫女扶入后宫，太子魏击随下，李克闪入帷幔之中。

诸师赞　翟大人，盼你早得良将！

翟　璜　承二位大人关照，不知二位大人有何高士可荐?

狐国舅　唔……（欲言又止，暗示诸师赞）

[诸师赞见状，心领神会地。

诸师赞　翟大人，国舅爷的令郎狐孙，武艺超群，有万夫不当之勇，倒是一员不可多得的良将呐。

翟　璜　喔? 不知其智谋如何?

狐国舅　唔——也还将就。

诸师赞　国舅爷，此事还得借助于翟大人喽，二位叙谈叙谈，在下先走一步。

狐、翟　慢走了。（诸师赞下）

[狐国舅取出一包银子。

狐国舅　翟大人，这里是白银三百两，我儿狐孙拜将之事么，就托付大人了。

[翟璜一怔，旋即不客气地接过银子。

翟　璜　国舅爷放心，你我心照不宣就是了。

[国舅爷哈哈大笑，朝翟璜拱拱手下。

[切光，照出闪现帷幔后的李克、王昧两张阴森森的脸。

第二场

[谷丘乡间的十里长亭。

[幕启：翟璜打扮成乡间老汉蹒跚而上。

翟　璜　（惊喜地）良良，快来呀前面有座凉亭。

翟　良　来了!

[翟璜的家人翟良气喘吁吁地上。

翟　良　老爷，你年近花甲就慢些走吧!

翟　璜　嗨，国家大事，耽搁得起吗?

［主仆二人来到长亭里坐下。

翟　良　老爷，奴才有一事不明，不该不该问。

翟　璜　这孩子，有话就说吧。

翟　良　老爷常说，为人要正直，要有志气，要有骨气，可对？

翟　璜　对对对！言之有理，言之有理！

翟　良　听说老爷也受了国舅爷的贿赂，可是真的？

翟　璜　（一阵羞愧）……有这么回事。

翟　良　这也算是正直么？

翟　璜　（乐呵呵地）哎哟！我的小祖宗，倒教训起我来了。

翟　良　老爷是主子，我是奴才，我这么说你不会生气吧。

翟　璜　来，我再告诉你一个道理：你知道国舅爷为何送银子给我？

翟　良　无非想让他儿子狐孙当大将呗！

翟　璜　我要是拒贿，他就必然会找他妹妹狐妃娘娘到魏王面前去求情，若魏王偏听偏信而重用狐孙，岂不于国不利；若魏王不肯应允，他必然会暗中作祟与咱纠缠不清，为此，咱将贿物收下，交给魏王，这就不怕他们暗中作梗，咱们也好放心办事了！

翟　良　（惊喜）哦！这就叫先发制人？

翟　璜　（大笑转而咳嗽不已）唉！老了，不中用喽！

翟　良　噢，老爷，昨天奴才在池边饮马，听人说谷丘有个乐羊子，其人文通日月星辰，武精六韬三略，布阵行兵鬼神莫测，变化无穷，乃天下第一将才，老爷何不前往访之？

翟　璜　是呀！我也听说，此人乃谷丘名士，有经天纬地之才，可惜未曾见到。

翟　良　老爷，你累了，先在这儿歇歇，我到前面去打听打听这乐羊子的下落。

翟　璜　也好，你先走，我在这歇一会儿就来。

翟　良　老爷，我走了，你可快些来呀！（下）

翟　璜　唉！老了。

［翟璜把包袱枕在头下，躺倒打瞌睡。

乐　羊　（内声）娘，你走好了。

［乐羊搀乐母上。

乐　羊　娘，你好些了吗？

乐　母　这郎中真行，喝了他的汤药，为娘轻松多了。

乐　羊　如此甚好，过几天，孩儿再陪你来看看。

乐　母　儿啊，你饿了吧？

乐　羊　儿不饿，娘，在此将歇片刻再走吧？

乐　母　也好。（乐羊扶乐母坐下）羊儿，你才华出众，理应报效朝廷，只因为娘久病不愈，有碍儿的前程，为娘于心不忍呀。

乐　羊　娘说哪里话来？儿虽不能为国尽忠，能在娘前尽孝也是一样的。

乐　母　倒也是，本来是个上好的丰收年，可稻子都让中山国那些叛逆抢割光了，要不是你在身边，这日子不知怎么过呢？

［乐羊打开小包，将一小块饼递给乐母。

乐　羊　母亲，你饿了，吃点点心吧。

乐　母　儿啦，你已一天没吃东西了，你吃吧！

乐　羊　儿不饿。（跪下）请母亲吃了吧。

乐　母　我的好儿子，为娘实在不饿，还是你吃吧。

乐　羊　母亲年纪大了，饿不起的呀，你稍等片刻，我去找点水来。

［乐羊下。

［翟璜一觉醒来，手搭凉棚看天。

翟　璜　哎呀，时候不早了，我还是快些赶路要紧！

［翟璜遗下包袱，下。乐羊取水上。

乐　羊　母亲，水取来了。

［乐羊服侍乐母用餐，还轻轻地为乐母捶背，发觉翟璜遗下的包袱，向前捧起。

乐　羊　喂！这是哪位客官的，这是哪位客官的？

乐　母　是了，刚才有个老汉在此打瞌睡，定是他丢下的。

乐　羊　呵，这包袱好沉呐，不知是什么东西？待我打开看看。（解包）啊！一百两金子

乐　母　啊！这位客官也太大意了。

乐　羊　待我追上去！

乐　母　喔，他已走远了。

乐　羊　哎呀！这可如何是好呀？

乐　母　儿啦，你把金子放在原处就是，那客官一旦记得起来，一定会转回来寻找的。

乐　羊　（欲放又止）不妥，要是被他人拿走了又如何是好哇？嗳，倒不如在这里等那位客官。

［脱下袍子披在乐母身上。

乐　母　（点点头）也罢！只是我儿八尺大汉，这饥肠辘辘怎生是好。

乐　羊　这倒不妨，孩儿本是饿惯了的，紧紧腰带也就是了，倘若那客官丢了金子，一时想不通，寻了短见，那事就大了。

［内声："卖烤饼啰，烤饼要买吧，又香又甜，卖烤饼啰！"传来卖烤饼人的敲锅声。

乐　羊　烤饼？唉，好香哟，只因家贫如洗，两天来粒米未进，实在饿得我头昏眼花。（手捧金子，作饿状）

乐　母　儿呀，你怎么了？

乐　羊　嗬！没有什么。

［内声："卖烤饼啰！好香的烤饼。"

乐　羊　哎！我说，卖饼人呀卖饼人，你就不要叫了吧。

[乐羊紧紧裤腰带，捧着金子，立在路旁张望，寒风吹得他战战发抖。

乐　羊　哎！天下事也太不公平了，富的有整袋的金子，穷的连个烤饼都买不起，唉……安得天下人都能吃上烤饼，我乐羊子就是饿死了，又有何妨？

[一阵马啸，内声："闪开了！……"

[众家丁拥狐孙上。

狐　孙　小的们！翟大夫就要到了，快些与我把长亭打扫干净，设筵迎客！

众家丁　是！

[乱哄哄中有人扫地，有人抬酒，翟璜一路寻金急匆匆上。

家丁甲　（把乐母推倒在地）老乞婆闪开了！

[翟璜见状忙闪入树后。

乐　母　你们好不讲理呀！

家丁乙　讲理？瞎了你的狗眼！这是狐国舅的公子，在此恭候翟大夫，再不闪开！老爷可要……

乐　羊　（扶起乐母）侯门公子，也不该欺侮年迈之人呀！

家丁甲　嘀！竟敢在太岁头上动土，嘿嘿！看来不吃苦头，不知咱大爷的厉害。

[向前打了乐羊一拳。

乐　羊　动手动脚，绝非君子之为也。

家丁乙　好个书呆子，还非君子之为也。（一把从乐羊手中夺过包袱）喏，这就是君子之为，懂么？

乐　羊　快将金子还我！

家丁甲　金子！

[众家丁和狐孙都围在一起看金子。

家丁乙　这么多金子！

家丁甲　（一把夺过）唷，这金子好像是公子府上的。

狐　孙　喂！你这金子是哪里来的？

乐　羊　刚才，有一位过路的客官，在凉亭将歇，忘了带走，让我拾得，想那客官定然回来寻找，故等候在此。

狐　孙　噢，原来如此，多谢多谢，我正是来寻找这金子。

乐　羊　啊，这位公子，落金之人乃是一位老丈。

家丁甲　什么老丈、小丈，我家少爷说这金子是我们的就是我们的。

乐　羊　你们也太蛮横了。

狐　孙　蛮横？嘿嘿嘿嘿！小的们，与我把金子收了。

［顺手将手中包袱扔给了家丁，乐羊一把揪住狐孙。

乐　羊　快把金子还我！

乐　母　儿啦！千万不要惹事。

乐　羊　母亲放心就是。（下）

［众家丁蜂拥而上，乐羊几处挨打，惹得性起，出手撂倒两个，一阵打斗，众家丁被打得焦头烂额，狐孙忙跪地求饶，乐羊正要挥拳，翟璜从树后闪出。

翟　璜　别打了！别打了！

乐　羊　老丈来了，你的金子，被他们抢去了，让我要回来还你。

翟　璜　罢了罢了，这点金子算不了什么，何必如此动怒！（向狐孙）看来公子是侯门贵子，敢问尊姓大名？

家丁甲　当今国舅老爷的公子狐少爷便是！

翟　璜　噢！原来是狐国舅的公子，堂堂贵族子弟，想来也不会如此贪小的喽！

家丁乙　本来嘛！

翟　璜　（对乐羊）请问壮士尊姓大名？

乐　羊　晚生姓乐名羊。

翟　璜　噢！原来你就是乐羊子！

乐　羊　晚生正是。

翟　璜　来来来！请到前面客店一叙，老夫有话相问。

乐　羊　晚生遵命就是，喔，这金子……

翟　璜　罢了罢了，他说是他的，就算是他的好了。

［乐羊搀扶着乐母，随翟璜下。

［灯暗。

［魏王宫御花园内，景同第一场。

［幕启：狐妃在瑶池边端坐，狐国舅匆匆而上。

狐国舅　妹妹！翟璜将乐羊子招进宫来了！

狐　妃　（愤然立起）什么？你不是给他送过礼吗？

狐国舅　（气愤地）这小畜生也太不争气了，大将没当成，三百两银子却放汤了。

狐　妃　这老匹夫竟如此可恶！

［内声："魏王驾到！"音乐起，魏王、翟璜、诸师赞、太子魏击、李克、王昧同上。

魏　王　翟爱卿，谷丘之行，可求得良将？

翟　璜　（哈哈大笑）陛下，老臣此番访贤，真可谓踏破铁鞋无处寻，得来全不费功夫！

魏　王　哦？何人？

翟　璜　此人姓乐名羊，谷丘人氏，自幼勤奋好学，先习文，后从武，确是一员不可多得的将才呀！

魏　王　何以见得？

翟　璜　当年乐羊子外出游学，一年之后，因思念妻母回家探望，其母煮了一锅夹生黄粱饭，乐羊子问其母"此饭何以夹生？"母曰："黄粱虽好，只因中途抽薪故而夹生；这跟你学业未成中途而返是一样的道理。"

魏　王　（捋须点头）嗯！此良母也！

翟　璜　乐羊子又到织房看望其妻，其妻见丈夫回来，便拿起剪刀将织就一半的帛丝一刀铰断，乐羊子不解其意问："上好的帛丝为何铰断？"其妻曰："是呀！帛丝虽好，可惜只织了一半终究是块废料！可见夫君求学，若半途而废，岂不跟这不成器的丝帛样么。"

魏　王　此乃贤妻也！

翟　璜　乐羊子满脸羞愧，从此以后，周游列国，游学七年，如今学就文韬武略。臣想：若得此人为将，何愁中山叛逆？

魏　王　（惊喜而起）哦？有如此贤才何不快些请来见我？

翟　璜　此人已在老臣家中了！

狐　妃　（冷笑）翟大夫，看你讲了一个多么动人的故事！可不知这乐羊子是你的什么人？

翟　璜　臣与他素不相识。

狐　妃　（冷笑）既然素不相识，可见翟大夫也不过是道听途说而已！

翟　璜　娘娘！

诸师赞　乐羊子虽属谷丘名士，奈其子乐舒在中山为官。有道是："人情莫若父子。"今遣其父去灭其子，实为不妥当。

翟　璜　乐舒虽在中山为官，而乐羊则苦劝其子，让他弃暗投明；又闻中山王姬窟曾以厚礼相聘，均被乐羊子毅然辞绝，足见其心赤诚。

魏　击　遣乐羊伐敌，有如放虎归山，他日引狼入室，将后患无穷。

翟　璜　任人唯贤，以品行为重，切不可以小人之心，度君子之腹。

李　克　（冷笑）势利小人往往以贿赂为重，视财而事，莫非中山王许你万金不成？（冷视狐国舅）

狐国舅　（见语生疑，一反常态地）陛下，李将军之言不差，臣曾以三百两银子试贿翟璜，其果然纳之，王大人可有此事？

王　昧　有！有！奴婢亲眼看到的！

魏　王　（哈哈大笑）狐大人既弄巧成拙，又何必嫁祸于人呢？是真是伪，孤王早已明察秋毫。（将狐国舅的三百两贿银扔在地上）狐大人，拿回去吧！

［狐国舅、李克、王昧等人大惊失色。

魏　王　有请乐羊子！

［音乐起，乐羊缓缓步入。

乐　羊　（跪拜）山野贫士乐羊子见魏王圣驾！

魏　王　（下台阶双手扶起）罢了！闻壮士文武双全，胆识过人，孤王欲以伐中山之事相委，怎奈壮士之子在中山为官，不知壮士能否公而废私？

乐　羊　君子以忠义为本，丈夫以国家为重，建功立业，各为其主。何况逆子不肖，为虎作伥，恶不容诛！乐羊不才，岂肯以私情而废国事？臣不能破中山，甘当军令！

魏　王　如此甚好，朕封你为伐中山大将军……

乐　羊　慢！此去中山千里迢迢，渡漳水、出太行，路途艰难，水土各异，中山鼓须乃沙场宿将，要收复中山绝非一日之功。若旷日已久，陛下能放心么？

魏　王　放心！放心！

乐　羊　陛下，从前有个叫曾参的贤人，跟别人吵了嘴，有人跑去告诉他母亲说："曾参杀人了！"其母正在织帛，听了这话，不动声色地说："我儿子不会杀人的。"说着，头也不抬地织她的帛。这时，另个人又跑来说："曾参杀人了！"其母停下梭子想了想说："不，我儿子不至于杀人的。"说着，依然织着帛。当第三个人又跑来说："曾参真的杀人了！"其母一听，扔下梭子越墙而逃了。大王试想：曾参乃贤人，其母深知其子，却也为流言所蒙惑，臣千里远征，若旷日已久，流言必盛，万一陛下也扔下梭子越墙而逃，岂不前功尽弃么？

魏　王　哈哈哈哈，朕明白你的意思，孤王不听谗言就是。

乐　羊　只怕是宫门多朱雀，其声烦躁得很呐。

魏　王　噪雀之声固然可烦，可从来没有吓倒过鲲鹏呀！爱卿放心，孤王信守格言就是。

乐　羊　何以为证？

魏　王　歃血为盟！

［宫女取帛、盂至，魏王、乐羊破指歃血涂于帛。

魏　王　鲲鹏惩腐恶，

乐　羊　千里志不移；

魏　王　自信天涯永相知，

乐　羊　莫为噪雀迷！

众　臣　好！

诸师赞　我有一个叫公孙琪的门生，系将军同窗，有万夫不当之勇，可充先锋之任。

乐　羊　公孙琪勇有余，而谋不足，生性暴戾，恐难于胜任。

魏　击　我愿充将军的先锋大将！

魏　王　（惊喜）乐将军意下如何？

乐　羊　殿下乃天子龙孙，微臣恐难于驾驱。

［众人一怔，太子魏击愤然侧目。

魏　王　将军欲选何人为先锋大将？

乐　羊　臣将委任西门豹充先锋大将！

诸师赞　（冷笑）将军，可别忘了那五十大板啊！

乐　羊　西门豹见义勇为，公而忘私，加之有胆有识，是一员不可多得的良将。当初，虽一时义愤误鞭于我，可细微冤屈比起国家大业又算得了什么呢？

魏　王　好！

［魏王亲自为乐羊敬酒一樽。

魏　王　（吟）今朝醇酒送征人！

乐　羊　（吟）他目凯歌谢君恩。

［幕后歌声起：

鲲鹏惩腐恶，

千里志不移；

自信天涯永相知，

莫为噪雀迷！

［灯暗。

第三场

［漳水河畔，太行山麓。

［硝烟弥漫，火光冲天，山下断墙残垣依稀可见，呈现出战后的肃穆宁静。

［幕启：西门豹头盔已失，悬着受伤的手臂，一手按剑把，背向观众，屹立在残破的魏字旗下，凝视远方。四名校尉严阵以待。

探　子　（上）西门将军，白羊关守将李克早已逃回安邑去了。

西门豹　（以拳击掌愤然地）无能鼠辈！

校尉甲　主将已逃，军心已动，我们也走吧！

西门豹　住口！养兵千日，用兵一时，边关失守，已是愧对朝廷。倘若我等再度溃逃，还有什么脸去见父老乡亲？

校尉乙　将军！你看，这漫山遍野的中山人马，凭我等三千余众阻挡得了吗？

西门豹 好兄弟，你不见，这漫山遍野的秧苗，百姓们为此流下了多少汗水？难道任凭叛贼践踏么？眼下虽然敌众我寡，但凭借这山峡天险，尚可拒敌于太行之外，一旦太行失守，让叛贼进入上党境内，岂不将数万百姓推到叛贼的屠刀之下么？

校尉甲 将军！

西门豹 （吟）铁衣透寒太行风，
宝刀生辉男儿魂，
金戈蘸血写青史，
求苍松千古无落英。

［山下金鼓齐鸣，杀声震天。

西门豹 众将！

众校尉 在！

西门豹 中山人马蜂拥而来，我等要奋勇杀敌，与太行山共存亡！

众校尉 杀！！！

［一阵马嘶蹄疾，乐羊率众兵将上，西门豹咬发挥剑欲砍

乐　羊 住手！

［静场。

西门豹 乐羊子？

乐　羊 西门将军。

西门豹 （感激地）将军，当初西门豹误鞭将军，望——

乐　羊 （哈哈大笑）区区小怨，何足挂齿？如今国难当头，你我当同仇敌忾，奋力拒敌才是！

西门豹 谢将军！

乐　羊 京城谣言纷纷，说将军被敌人围困了，原来将军以三千人马，将数万敌兵抵挡在太行山外，不容易呀！

探　子 （上）启禀乐将军，三路敌兵全被杀退！

乐　羊　乘胜追击！

探　子　得令！

校　尉　（上）敌将鼓须败阵后，向楸山逃去！

乐　羊　好！传令全军将士，将楸山重兵围定！

西门豹　乐将军，西门豹愿往！

乐　羊　好！将军能去，我就放心了。

［西门豹率兵将下。

［内声："乐夫人到！"乐羊一怔，二校尉领乐夫人上。

乐　羊　夫人！这烽火连天，你怎么到这里来了？

乐夫人　老爷！（吞吞吐吐）我，我，我给你送寒衣来了。

乐　羊　（一笑）曈曈春日，已是清明时分了，还送寒衣？

乐夫人　噢！老爷出门这么久了，为妻十分想念，特来看看你呀。

乐　羊　哈哈哈哈，八年前，我出家游学，因为想念你才回家来，可你将织了一半的帛丝一刀铰断，我问你这上好的帛丝为何铰断？你说：帛丝虽好，可惜只织了一半，终究是块废料。从此七年，我周游列国，专心求学，你可从未赶来看我呀！

乐夫人　老爷，我们虽是半世夫妻了，今天，为妻有一事相求，万望老爷允情。

乐　羊　贤妻素有见识，说的话定是掷地有声，有什么就说吧。

［乐夫人朝四周看看，示意人多不便。

乐　羊　退下！

［众兵丁及二校尉退下。

乐夫人　老爷，你我年近半百，膝下只有乐舒这一脉相承，虽说逆子不肖，可终究是亲生的骨肉！

乐　羊　夫人就为此事而来？

乐夫人　是呀！老爷忠义侠胆，为妻实在放心不下，只好日夜兼程赶来相求。

乐　羊　夫人，有道是：人情莫若父子。这世上哪一个做父亲的不疼自己的儿子呢？我不指望他成为圣人、贤人，做一番事业，能做一个自食其力的庶民也就是了，可他偏要到中山去做官，唆使姬窟背叛祖国，沦为千古罪人，还谈得上什么父子之情呢？

乐夫人　舒儿纵然不肖，倘若死在自己父亲的手中，这也未免太残忍了吧！

乐　羊　我为自己的祖国打仗；他助叛贼作恶。如今两军对峙，他若有一丝爱国之心，定会弃暗投明；他若执迷不悟，也是罪有应得。何去何从，他会自己选择，何需夫人担心？

乐夫人　老爷之言，字字千钧，妻心悦诚服，可亲生骨肉自己岂能见死不救？（呜咽）

乐　羊　夫人，不要这样，教子不严是你我的过错，可如今，为国出征，岂能再徇私情？常言道："亡羊补牢，未为迟也。"我们可能失去亲生的儿子，但我们却为国家除了一害呀！以一子换万民安，何乐不为？夫人，别这样，千万别这样！

乐夫人　老爷！

［内传："太子殿下解粮草到！"

［乐羊一怔。

乐　羊　夫人，殿下驾到，你到后院回避一时。

［乐夫人入帷幔内窥视。

乐　羊　有请殿下！

［众兵丁及二校尉上，接着太子魏击、狐孙率亲兵上。

乐　羊　乐羊见驾，不知殿下到来，有失远迎！

魏　击　罢了！罢了！听说将军旗开得胜，我是奉父王之命给将军解粮草来的，这里还有一道父王的手谕。

乐　羊　谢陛下圣恩！

魏　击　伐中山大将乐羊接旨！

［乐羊跪下，太子魏击宣旨：

魏　击　（念）魏文侯斯致意伐中山大将军乐羊麾下：闻将军初战告捷，且喜且欣，今遣太子魏击、狐孙二将解粮草来帐前，留营听调……（太子魏击不相信地又看了一遍）今遣太子魏击、狐孙二将解粮草来你帐前，留营听调，以熟其弓马，锤其意志，望将军应以士卒相待，切不可放纵娇宠，其若轻谩孤傲按军法处之；犯章违律，可先斩后奏！钦此。

［太子魏击与狐孙相视半晌，顿显颓丧之色。

乐　羊　遵旨！（见太子魏击神色）卑职出身布衣，自知才疏学浅，如有不妥之处，还请殿下和狐将军多多指点才是！

魏　击
狐　孙　（悻悻地）啊！哪里哪里，我等听凭将军调遣！

乐　羊　殿下，沙场不宜多待，还是到兵营歇息去吧！

魏　击　乐将军，这是什么话？我魏击可不是胆小鼠辈。哼哼！数万中山叛军，在魏击看来，只不过是一群蝼蚁罢了！请将军下令，我俩要亲自上阵，杀他个片甲不留！

乐　羊　殿下乃我魏国一代英骄，倘若出战，定然所向披靡；但区区中山，有众将官出战已经够了，何劳殿下亲动干戈？还是到兵营视察视察吧！

狐　孙　噢？原来将军看不起我们！（对亲兵）孩儿们！

众亲兵　在！

魏　击　随我和狐将军上阵杀敌去！

众亲兵　是！（欲走）

乐　羊　（急切）殿下！太行山下我已布下疑兵之阵，万万不可轻举妄动！

魏　击　　哼哼！别吓唬人。什么疑兵不疑兵，请将军放心，我魏击不会抢你的头功！孩儿们，上马！

乐　羊　　站住殿下，我以全军将士的名义请求你千万不可冲阵，以免全军将士生命毁于一旦！

[乐羊跪下，二校尉也跪下。太子魏击面露骄矜之色。

乐　羊　　殿下非要出征不可，乐羊可另作调用。

魏　击　　好吧！那就请将军下令吧！

西门豹　　（上）参见大将军，中山有一支人马朝井陉而去，为首的大将是，是，是——

乐　羊　　是谁？

西门豹　　是大将军的公子乐舒！

乐　羊　　（一怔）

魏　击　　（狡诈地）西门将军，你不会看错吧？

西门豹　　参见殿下，没有看错！

乐　羊　　偏将狐孙听令。

狐　孙　　是！

乐　羊　　本将命你率本部人马去攻打井陉，只能败退，不能取胜，引蛇出洞后，朝获鹿山峡而逃，听明白了吗？

狐　孙　　听明白了！只准败退，不准取胜！

乐　羊　　去吧！

狐　孙　　遵命！（下）

魏　击　　哈哈哈哈！自古到今，用兵者只有取胜，不准败退，将军的用兵可真别出蹊径呀！

乐　羊　　我是伐中山大将，挥兵遣将是我分内之事！

魏　击　　是的，将军不仅是伐中山大将，还是中山国大夫乐舒的父亲！

乐　羊　　（一阵难受）魏击听令！

魏　击　（猛醒）在！

乐　羊　本将命你率五千人马，连夜赶往获鹿山峡，在密林两翼埋伏，待狐孙引敌兵进入峡峪，出奇兵奋力杀敌，不准放走一人！

魏　击　（一怔）那乐……乐……乐舒呢？

乐　羊　拿他的尸首来见我！（见魏击发愣，大声地）听明白了吗？

魏　击　是！是！是！听明白了。

乐　羊　去吧！（魏击率兵将下。抽出宝剑）众将！随我上阵杀敌！

众将士　是！

乐夫人　（撕帛般）老——爷！！！

［乐夫人踉跄而上，跪于地下，紧紧抱住乐羊的腿，恸哭不已。

［乐羊抚其头，惨然泪下。

［切光。

［少顷，雷电大作，狂风走石，远处杀声震天……

［音乐起，幕后伴唱：

解雳起，狂飙降，
获鹿山前设罗网
亡羊补牢，亡羊补牢除祸患，
大义灭亲好儿郎！

［时近黄昏，将军帐内，灯光通明，乐羊在“魏”字旗下端坐。两侧站满兵士将佐，西门豹上。

西门豹　先锋将西门豹参见大将军！

［乐羊离座，紧紧抓住西门豹之手。

乐　羊　西门将军，辛苦了！你为全军将士拓开了战局，立了头功啦！

西门豹　大将军过奖了！

乐　羊　众位将士！你们为国杀敌，各建奇功，待凯旋之日，本将军当奏明圣上，为众将士请功！

众将士　谢大将军！

[一阵喧嚷，狐孙与魏击同上。

魏　击　参见乐将军！（傲然挺立一旁）

狐　孙　罪将狐孙愧见大将军！（扑通跪地，手托钢刀，俯首请罪）

乐　羊　（一惊）这是为何？

狐　孙　罪将未能协同殿下破敌，罪该万死！

乐　羊　可曾将乐舒引致获鹿山峡？

狐　孙　罪将曾将乐舒的两千人马引出井陉，然后朝获鹿而来，当敌兵进入山峡……（看了魏击阴沉的脸）又让他逃了。

乐　羊　既然引敌出城，诱至获鹿山峡，其责已尽，非将军之过。

狐　孙　（感激地）谢将军！

乐　羊　狐将军请起！太子殿下，当初我是怎么吩咐你的？

魏　击　待狐孙引敌兵进入峡峪，出奇兵奋力杀敌，不准放走一人？

乐　羊　乐舒可曾抓获？

魏　击　……

乐　羊　（冷笑）殿下五千精兵对付两千敌军，未获其一兵卒，岂非怪事？

[帐外传来一阵妇女们的哭喊声。

乐　羊　兵营内何来女子？

[孟夫人披头散发，牵其子孟蛟闯进帐内。

乐　羊　你是何人？

孟夫人　我等中山妇孺，受尽了暴君姬窟荼毒，今闻朝廷前来讨伐，真是喜不自禁，沿路百姓扶老携小，提壶担食慰劳，想不到你们也跟姬窟一样，欺压黎民，掳掠妇女，实在令人痛心！

乐　羊　妇人息怒，乐羊军中从无掳掠之事呀？

孟夫人　哼！装腔作势，若无人掳掠，难道是我孟氏自投兵营不成？

乐　羊　若是部属所犯，只要道其姓名，我一定严厉处治！

孟夫人　（指魏击）就是他！

乐　羊　（一怔）他？（沉思）太子殿下，真是你吗？

［魏击沉默。

乐　羊　魏击践踏军纪，违反军令，拖下去！痛责四十军棍！

［武士欲押。

魏　击　谁敢动我？（众人瞠目）

乐　羊　军法如山，恕不容情。拖下去！

狐　孙　乐将军，殿下初犯，就饶他一回吧！

乐　羊　号令不严，何以统军？赏罚不明，何以治军！将军不必多言！

魏　击　（猛然抽出宝剑）山野匹夫！别忘了我是堂堂太子！

乐　羊　（冷笑）殿下别忘了，我有魏王手谕在此！

［乐羊出示手谕，太子魏击宝剑落地，威风顿消。二武士押太子魏击下。

乐　羊　（对校尉）请乐夫人来此。

校　尉　是。（下）

乐　羊　（对孟夫人）在下统军不慎，冒犯夫人，还请多多见谅！

孟夫人　呵！谢谢，中山黎民苦不堪言，无不翘首将军前往搭救。今见将军果然贤明，请受妇孺一拜！

乐　羊　（扶起孟夫人，对校尉）传伐中山大将军乐羊告示："魏国大将军乐羊告慰中山百姓将士；为体战乱之苦，本军即日起退兵十里而营，息兵免战，渔猎自如，樵贾放行，探亲访友往返无禁，饥者施食，寒者施衣，以恤中山生灵。魏文侯十七年四月。"

孟夫人 （感激地）将军！

乐夫人 （上）老爷，传我何事？

乐　羊 夫人，今有中山孟夫人被我军所伤，请你陪至后营养息身体，等贵体康复，即送其回去。

孟夫人 多谢将军！（随乐夫人进内室）

乐　羊 众将佐！传令兵退十里而营！

[灯暗。

第四场

[两个月以后的月夜。白羊关外魏军兵营。

[幕启：太子魏击帐内饮酒；二军士帐前巡逻。

军士甲 二更天了,（拍击蚊虫）这鬼地方蚊虫也太多了。

军士乙 就是！（拍击蚊虫）哎，你说咱们在这儿还要待多久？

军士甲 谁知道呢？这楸山被咱包围了快两个月了，上次中山派大将军的公子乐舒来求情，说宽限一月，公子将劝姬窟投降。可如今两个月过去了，连动静也没有。唉！

军士乙 那还用说，有道是人情莫若父子，咱们乐将军再忠再义，也不能不顾及父子情分呀。

军士甲 就是！世上哪有父亲跟儿子打仗的？唉！算咱们当兵的倒霉,（拍蚊虫）在这喂蚊虫！

[二军士呵欠连天，倒戈坐地，打起瞌睡来，狐孙，上。

狐　孙 喂！

二军士 （一惊，跳起）哎哎！是狐爷。

狐　孙 你俩值夜，为何打起瞌睡来了？要是让奸细跑了进来，我要割掉你们的脑袋！

二军士 是是！

狐　孙　殿下呢？

二军士　在帐内等你好久了，狐爷请进！

［狐孙进帐。

狐　孙　启禀殿下，不知传小将何事？

魏　击　呵！狐将军，来来来，喝上几盅。

狐　孙　殿下，刚才，我从南营回来，好像看见有一伙人进了你的北营，会不会是奸细？

魏　击　（哈哈大笑）楸山上的敌军被咱们围得水泄不通，中山国城门紧闭，连鸟也飞不过，还有什么奸细？来来来！陪我喝几盅。

狐　孙　殿下千万不可大意，前几天不是有一伙奸细越境到咱们魏国去了？

魏　击　你别听乐羊胡说八道。来来来，尝上一口。

狐　孙　（接过酒盅闻了闻）哟！好香！（尝了一口）

魏　击　这酒如何？

狐　孙　嗯！好酒！好酒哇！

魏　击　来来来，陪我喝上几盅。

狐　孙　（捧酒欲饮又放下）呵呵！使不得，使不得！乐将军有令，入夜不准饮酒，我劝殿下也别——

魏　击　放屁！打起鸡毛当令箭，我可不信他那一套！

狐　孙　殿下！

魏　击　（举盅命令似的）喝！

狐　孙　殿下是皇太子，我是小小的牙将，当初我与乐将军长亭争金曾得罪过他，如今在他麾下做事，只好处处谨慎才是呀。

魏　击　（嘿嘿冷笑）谨慎？笼子里的鸡再听话迟早也得挨刀！

狐　孙　我看他为人倒还正直。

魏　击　正直？哈哈哈哈！你以为他真的宽宏大量？哼哼！长亭争

金、获鹿失职，人家正等着办你的罪呢！

狐　孙　（半信半疑）真的？

魏　击　哈哈哈哈！看来将军还蒙在鼓里，要不是我在从中周旋，将军你恐怕早已成为他刀下之鬼了！（举杯）喝！

狐　孙　（一咬牙，将酒一饮而尽）哼！

魏　击　（斟上酒）来！喝！

［两人狂饮起来，一亲兵挽弓箭潜入，魏击向亲兵示意隐蔽起来，亲兵退入暗处。

狐　孙　看来，我是走投无路了！

魏　击　将军不必害怕，他乐羊兔子尾巴长不了了。

狐　孙　怎么？

魏　击　实话对你说，我已打发人回京告他去了！

狐　孙　告他什么？

魏　击　罪状有三：你想，出征不下一月，便收复了白羊关外七座城池和漳水流域大片失地；并将敌军围困于楸山之麓；按理一鼓作气，早已攻下中山，可他按兵不动，贻误战机！这是其一。

狐　孙　其二？

魏　击　不思为国尽责，一意顾其父子之情！

狐　孙　其三？

魏　击　勾结中山叛逆，妄图通敌谋反！

狐　孙　有何凭证？

魏　击　凭证？哈哈！一月之前，乐舒带了礼物来见他的父亲，说宽限一月，定然劝姬窟投降。可两个月过去了，如今他儿子又来了！

狐　孙　（醉醺醺地）在……在何处？

魏　击　他父子正在军帐内密谋呐。

狐　孙　哦？

魏　击　上次获鹿一战，未能杀掉乐舒，算是你我之过，可如今他父子两次见面，为何不杀乐舒？哼！还不是专做小鞋给咱穿？

狐　孙　此话当真？

魏　击　将军不信，就请自己去看看吧。

狐　孙　（气愤地）我倒要去见识见识！

［狐孙推桌而起，正出营帐，从暗中飞来一箭射在狐孙身边的树上，魏击一跃而起，疾呼“抓刺客！”率众兵追下。复上。

魏　击　哎！这兔崽子，让他逃了！（顺手拔出树上的箭一看）将军请看！

狐　孙　（接箭一看）乐——羊！

魏　击　（故作惊讶）太可怕了！

狐　孙　吓！这是一支毒箭！

魏　击　这叫无毒不丈夫！

狐　孙　真是欺人太甚！

魏　击　有道是明枪易躲，暗箭难防啊！

狐　孙　（咬牙切齿地）乐羊啊乐羊，你好狠毒啊！（抓起酒罐引颈狂饮）

魏　击　我说你呀，逃得过今天，逃不过明天，迟早得做他的刀下冤鬼。（狡诈地）不过，有句话叫——

狐　孙　（急迫地）什么话？

魏　击　叫先下手为强，后下手遭殃！

狐　孙　（拔剑，咆哮）我！我！我要亲手宰了他！

［狐孙醉眼蒙胧，踉跄欲走，里面传来送客声。

魏　击　（一把拉住狐孙）慢！他们来了。将军有志为国除害，乃朝中有幸呐！我当助你一臂之力。走！

[魏击、狐孙闪入树后，乐羊、西门豹送乐舒上。

乐　舒　父亲大人留步，不肖儿乐舒告辞了！

乐　羊　你如此不肖，本不容你，只为两国交战不斩来使，故放你回去，告诫姬窟，兵临城下，中山已山穷水尽，为父若取中山，只不过几个时辰而已，但愿姬窟迷途知返，也免得中山百姓生灵涂炭，虽前恶难赦，也为后世子孙积一点功德。倘若再次失信，本将决不轻饶！

乐　舒　父亲放心！只要能宽限一月，孩儿一定劝姬窟献城投降，如有反悔，天地不容！

乐　羊　（冷笑）小人无常，世上有之，但我料定你不会有好下场的！

乐　舒　是！是是！

乐　羊　来！

[一个卫士捧出一盒子，交给乐舒。

乐　羊　把你的礼物带回去，我乐羊子一生光明正大，别让这东西玷污了我的双手！

[乐舒接过盒子仓皇而下，狐孙操刀欲出。

西门豹　乐将军，你说中山能献城投降吗？

乐　羊　西门将军，逆子不忠不孝，无信无义，我又何尝不知？

西门豹　既然如此，将军，为何一连三月按兵不动？没听到京城内外谣言四起，传说纷纭。有道是人言可畏！不知将军有何打算？

乐　羊　西门将军，收中山易，收民心难呐！要知道干戈动，中山国将要万民涂炭呐！如今中山粮草已绝，人心思归，加上姬窟暴戾无道，一再失信于民，必然导致一场内乱。到那时，举兵击之，中山不攻自破也。

西门豹　原来如此，将军真圣贤也！

乐　羊　噢！对了，出征以来，狐将军遵纪守法，战功显赫，我已奏明魏王，升任他为先锋偏将，你看如何？

西门豹　狐将军出征以来，一改旧日恶习，倒也十分难得，只是长亭争金之事——

乐　羊　（哈哈大笑）我是为了收复中山而来的，又不是为了报私仇而来的，人非圣贤岂能无过？况且狐将军能不记旧怨，顾大体、全大义，为国立功，真乃浪子回头金不换呐！

西门豹　（感叹地）唉！但愿狐孙不负将军一片苦心就好了！哦，将军，昨晚有人看见太子殿下从你这里拿走了一支雕翎箭，不知为何？

乐　羊　一支雕翎箭也算不了什么，让他去吧！

[狐孙感愧万分，太子魏击逼狐孙行刺，遭狐孙拒绝，太子魏击挥剑对准乐羊背部刺去，被狐孙用身子一挡。

狐　孙　乐将军！（中剑倒地）

乐　羊　扶起狐孙，西门豹挥剑而上，只三个回合便逮住了太子魏击，推于乐羊面前。

乐　羊　（对西门豹）放了他！

西门豹　是！

乐　羊　殿下来此助阵，本是魏王的旨意，既然殿下视乐某如此，就请回安邑去吧！

[乐羊拾起地上的宝剑，还给太子魏击，太子魏击狠狠地瞪了一眼，急下。

狐　孙　将军！（感慨地跪下）

乐　羊　呵！伤势重吗？

狐　孙　不要紧。

乐　羊　多谢将军相救！

狐　孙　不！我以小人之心度君子之腹，险些害了将军，请将军处治。（托剑）

乐　羊　将军尽管放心，我乐某是收复中山来的，不是报私怨来的。自出征以来，将军能幡然悔悟，杀敌立功，竭尽全力，与长亭争金时，判若两人；我已奏明魏王，封你为伐中山先锋偏将！

狐　孙　将军如此待人，令狐孙无地可容，只有奋勇杀敌，以死相报了！

乐　羊　狐将军言重了！

兵　丁　（仓皇而上）乐将军，不好了，殿下出营后，把北营的岗哨全部撤走了，刚才发现一伙奸细，押着个老太太溜进了大营！

乐　羊　哦？众将士，守营。

众将士　是！

［乐羊及众将士下。孟彪仓皇而上，巡视片刻，挥手，二兵丁乐母上。

孟　彪　老人家，走哇！

乐　母　我儿子在哪儿？

孟　彪　快要到了，过了这兵营，就见到乐将军了，如今他重病在身，正惦念着你呢！

乐　母　啧啧！这么大的兵营，这是些什么兵，这么多的？

孟　彪　哦，这是乐将军的兵营！老人家快走呀，你儿子正等着你呢！

乐　母　好好，走吧。唉！这位军爷，羊儿从小就孝顺，那年闹水灾，他背着我跑了几十里路，后来，我们就在漳水河边住了好几年，谁都夸他是个孝子。他那身坯子呀，（拉过孟彪打量了一下）比你还要结实！那年……

孟　彪　（不耐烦地）好了好了！老人家，我们还是快些赶路要紧。

乐　母　不说了，唉！年纪大了，嘴碎喽。

孟　彪　快走吧！

乐　母　好好。（又想起什么）噢！军爷……

孟　彪　哎呀，你怎么有那么多话，你瞧，人家都睡了。

乐　母　不说了，让他们好好睡一觉，明儿好去打中山狼吧。

［远处传来急的马蹄声，孟彪等一阵紧张。乐母有所察觉。

乐　母　你们为何慌张？

孟　彪　（厉声地）不许声张！

乐　母　在我儿子的兵营里，你们怕什么？

［马蹄声越来越近，并大喊："抓奸细！"

一兵丁　孟爷，不好了，魏军已察觉，怎么办？

孟　彪　你们带着她快跑，我来对付他们！

乐　母　（猛醒地）你们到底是什么人？

［孟彪示意，二兵丁堵住乐母嘴，强行架走，孟彪闪入树后。

［西门豹率兵士上，四方巡视。

兵　士　（指乐母方向）将军！在那里！

西门豹　追！

［孟彪闪出，与西门豹激战，然后虚晃一刀落荒而去，西门豹追下。乐羊率兵上。

乐　羊　敌兵夜潜兵营，必有其诈！诸位要小心谨慎！

［狐孙带剑踉跄而上。

狐　孙　乐将军！有奸细数人越过兵营，朝中山而去！

乐　羊　哦？（对身边校尉）加强警戒！狐将军剑伤未愈，回营歇息去吧！

［孟彪复上，见乐羊与狐孙忙闪过一边，弯弓搭箭，射中乐羊手臂，乐羊捂臂巡视。孟彪再射时，被追来的西门豹

一刀砍倒。

乐　羊　（打量）你是何人？

孟　彪　大丈夫坐不改名，立不改姓，中山国孟彪便是！

乐　羊　呵！原来是中山国有名的义士，当年的同窗好友，如今成了叛贼姬窟的帮凶，实在令人痛心！

孟　彪　人各有志，为主尽责乃你我之本分，今天被擒，要杀要斩，听凭发落！

乐　羊　孟君不必如此，请进帐叙话。

孟　彪　（哈哈大笑）你我虽说同窗数年，那是过去的事了。有道是士为知己而死，在下既事姬窟，决不改辙！大丈夫为国尽忠，当视死如归！如今重任已卸，我虽死无憾！

乐　羊　你！（痛楚万分）

孟　彪　快斩吧！

乐　羊　孟君，我记你曾是个通情达理的人，为何变得如此刚愎自用？

孟　彪　无义小人！杀我老孺，辱我妻女，今天是有你无我，有我没你！

[孟彪夺过校尉手中之剑，直取乐羊，乐羊用力压住孟彪之剑。乐夫人陪孟夫人上。

乐　羊　孟君！你看！谁来了？

孟夫人　（扑上去）孟——郎！

孟　彪　夫人！（宝剑落地）你还活着？

孟夫人　（点点头）孟郎！你还活着？

孟　彪　姬窟说你早被魏军糟蹋致死了！

孟夫人　哼！姬窟这个狼心狗肺的东西！自从你外出筹粮，他说你已被魏军活埋了，将我和小孟蛟卖给获鹿城一个富商，路上又被太子魏击抢入兵营，要不是乐将军，为妻早已成了

异乡之鬼了。眼下，我重病在身，全仗乐夫人为我端汤煎药，可你……（呜咽）

［孟彪如梦如痴，突然自击其首，号啕不已。

乐　羊　孟贤弟！

孟　彪　（歇斯底里地）可我！我已把将军的母亲送到中山去了！

乐　羊　（一怔）啊？（失神地）母亲！（孟彪双膝跪地）

乐夫人　婆——婆！（号啕）

孟夫人　你！（撕帛般）天哪！（昏死过去）

［灯暗。

第五场

［白羊关城门口。两束聚光，一束照亮城楼，一束照亮城下的魏军阵地，中间是一团漆黑。

［中山侯姬窟立于城楼，后竖“姬”字大旗。

［幕启：狼狈不堪的乐舒在西门豹的追击下，仓皇入城，乐羊率众将佐上。

乐　羊　叛贼姬窟，死到临头还不开城投降？

姬　窟　乐将军，投降一事正在商议之中，将军再宽限一月如何？

乐　羊　哼！恶贯满盈，死有余辜！众将！

众将佐　在！

乐　羊　攻城！

众将佐　杀！

姬　窟　慢！将军别忘了你儿子乐舒还在我手中，操之过急，恐怕于贵公子不利！

乐　羊　逆子无道，何足挂齿！

姬　窟　（冷笑）来！带乐舒！

［中山守军将乐舒押上城楼。

乐　舒　（痛泣苦求地）父亲大人，请你看在亲生儿子的份上，再宽限一月吧！不然，儿就性命难保了！

乐　羊　（愤然地）畜生！你官迷心窍，一心伺奉无道昏君，尽其祸国殃民之事，早该碎尸万段！

［中山守军将乐舒绑在旗杆上。

乐　舒　（哀求地）父亲开恩吧！父亲，你即使不看在儿的份上，也得看在年迈古稀的奶奶份上，再宽限一月吧！

姬　窟　乐将军若肯归顺中山，孤王封你相国之职，若肯宽限一月，也可保全你儿子的一条小命；倘若操之过急，（取刀搁在乐舒的颈上）别怪我刀下无情了！

乐　舒　（恳求地）父亲，儿求求你，救儿一命吧！儿在这世上只活了廿三岁呀。从我出生的那天起，没有过过一天好日子！这些年来，兵荒马乱的，你又长年求学在外，我风里来雨里去，为着全家人的生计四处奔波，儿虽然投靠了中山，可也是不得已呀！父亲你救救我吧！

乐　羊　（哀痛地）啊！这苦命的孩子！

乐　舒　父亲，儿闻虎毒不伤其子，今舒儿命在旦夕，父亲不肯搭救也就罢了，为何逼之太甚啊？

乐　羊　啊，儿子，我的舒儿啊！

乐　舒　父亲，我已一年多没见母亲了，如今，死到临头，我多么想见见她呀！（泣不成声地）啊！母亲，孩儿将要与你永别了！啊！母亲，我的好母亲，儿在九泉之下，也忘不了你的养育之恩，只好待来世再报答你了，我的母亲——

乐　羊　（痛苦万分地）苦命的儿啦，我生养了你，可没教育你成人，时至今日，我问心有愧啊！当年，我离家外出游学，他才十三岁，他背着行李跟他母亲一起，把我送到十里长亭，他说：父亲，早些回来，舒儿等着你教我本领。第二年，当我回家时，他已长高了，后来，我一去七年，长长的七年啊，我哪一天不在思念着儿子呢！可想不到，十年以后，父子竟在沙场相见……孩子啊，可你又为什么这样不争气哟！

乐　舒　父亲，你已年过半百，临暮之年，也当有个拄手的拐杖啊，儿虽不孝，总不能让你一个人度过这风烛残年啊！

姬　窟　乐将军！投降吧，我保你一世荣华富贵！

乐　舒　父亲，归顺中山吧，我们可以打回魏国去，那时，你就是中山国的宰相，父子同朝共谋天下，我们会有享不尽的荣华富贵！

乐　羊　吓！你！你！你这个无耻的畜生！

姬　窟　乐将军，再不退兵，孤王可要动手了！刀斧手！

一武士　在！（架刀于乐舒颈上）

姬　窟　乐将军，想好了吗？

乐　舒　父亲救命，父亲救命呐！

乐　羊　呸！忠言逆耳，自取其亡！

［乐羊取过弓箭对准乐舒一箭射去，乐舒应声倒下，众人大惊失色。

姬　窟　（哈哈大笑）将军大义灭亲，算得上是个忠国义士，孤王钦佩！听说将军还是魏国第一号孝子，如今令堂大人正在我的手中，孺子可杀，慈母难弃，哼哼！来，把老婆子带上来！

［守军将乐母推至城楼。

乐　羊　（悲恸地）娘——！（跪下）

乐　母　羊——儿！

乐　羊　母——亲！

乐　母　儿啦！

［一声炸雷后，悲壮的音乐起。

姬　窟　（嘿嘿冷笑）将军，自古以来，天分阴阳，地分高低；成者为王，败者为寇；乃千古之定论，将军既能瓦全，又何苦玉碎呢？

乐　羊　荣华富贵只不过人生瞬息，而叛贼罪名将要遗臭万年！乐羊子宁可玉碎，也不图瓦全。我劝你悬崖勒马，以免身败名裂而落得死无葬身之地。

姬　窟　（冷笑）我中山同仇敌忾、固若金汤！

乐　羊　弹丸之地，人心思归，早不堪一击！

姬　窟　不要把话说绝了，时至今日，就怕你忠得孝不得，孝得忠不得！刀来！

［姬窟取刀，以锋刃抵住乐母胸膛。

乐　羊　（沉痛地）母亲！（跪下）

乐　母　羊——儿！

［姬窟爆发出一阵疯狂的狞笑。

姬　窟　乐将军，羔羊尚知跪地吮哺，可孝子却忍心看着母亲受害而不救吗？

乐　母　羊儿！

乐　羊　母亲！

姬　窟　快退兵吧！再不退兵我就开膛取心了！

乐　母　羊儿！我生是魏国人，死为魏国鬼，魏王仁义贤明，世人无不称道；今日羊儿统军伐暴乃上合天意，下顺民心，儿有今日，也不枉为娘的一片苦心！况且古稀之人死得其所，只要羊儿能拯救中山数万黎民，为娘也将含笑九泉。

乐　羊　娘！

乐　母　（镇定地）羊儿，不要这样，堂堂男子汉要挺起胸来！你能为国尽忠，就是对娘尽了最大的孝心，儿啦！杀吧！杀尽这些吃人的豺狼！娘要成全你了！

［乐母说完，便跳下了城楼。

乐　羊　娘！母——亲！（昏厥）

众将佐　将——军！

［灯暗，天空响起一声炸雷。

［悲壮的音乐起，幕后伴唱：

羊关上下咫尺近，是忠是孝两难尽；

太行山高万仞，怎比慈母爱子心！

［夜色降临，白羊关一片昏糊，城楼上瞎灯熄火，城楼下梆声阵阵。

［悲凉的音乐声中，乐羊在帐内徘徊，乐夫人在一旁抽泣。孟夫人托食上。

孟夫人　将军、夫人，点心备好了，请用一点吧！

［静场。

孟夫人　你们都一天没吃东西了。

乐　羊　知道了，你去吧。

孟夫人　是。（躲在帐外暗泣，孟蛟上，劝娘）

［乐羊慢慢地走近乐夫人，亲切地安抚。

乐　羊　不要这样，夫人，哪一个做父母的不爱自己的儿女？可我既然以身许国，又怎能挟私而废公呢？

乐夫人　人生一世，虽不图荣华富贵，可也不至于家破人亡啊？我十八岁嫁到乐家，牛马半生，如今，父子残杀，婆婆惨死，一家人竟落得如此结局！（痛泣）

乐　羊　不要这样，失去的将永远失去了，像舒儿这样一个无耻的败类，即使让他活着，也不过是个衣冠禽兽而已，倒不如让他以一死谢天下人。

乐夫人　可……可往后的日子又怎么过哟！（呜咽）

乐　羊　夫人，只要世道升平，黎民安乐，我们忍痛割爱又算得了什么？舒儿死了，还有我呢？如今，我们尚能自食其力，即使老了，你搀我扶相依为命，也算得上天伦之乐呀。（哽咽不已）

乐夫人　老天爷！

乐　羊　（凄苦地）夫人！

［夫妇紧紧相倚，挥泪不已，孟夫人牵孟蛟奔上，双双跪下。

孟　蛟　老爷！夫人！如不嫌弃，我就是你们的亲儿子！

乐夫人　孟——蛟！

［乐夫人紧紧地搂住孟蛟，乐羊向前扶起孟夫人。

乐　羊　（感激地）夫人！你。

孟夫人　（感慨地）不要说了，是你救了我娘儿俩的命，又宽恕了孟彪，你们好比我的重生父母一样！让孟蛟继承乐家的香火，也是我们的一番情意呀！蛟儿，快快拜见父母大人呀！

孟　蛟　娘！爹！（扑向乐羊怀中）

［音乐起。

乐　羊　（咏）家破恨绵绵，
　　螟蛉意深深，
　　安得志酬凯旋时，
　　笙歌慰亡灵。

［西门豹偕同孟彪上，乐羊迎上。

乐　羊　孟贤弟，关内如何？

孟　彪　关内饿殍遍野，怨声载道，姬窟一再失信于民，兵将哗变，民心背离，暴君姬窟已是惶惶不可终日。

西门豹　孟将军已联络好守城部将，今夜三更起兵。

乐　羊　好！收复中山就在今天！西门将军！

西门豹　在！

乐　羊　你随孟将军混进城去，见机行事！

西门豹　是！

乐　羊　二位千万要小心！

孟　彪　将军放心！三更一过，我举火为号！

乐　羊　好，我带人马在城外接应你们！

［孟彪、西门豹拱手急下。

乐　羊　众将！

众　将　在！

乐　羊　整装待发！

众　将　是！

［切光。

第六场

［半年以后，御花园内。

［在烦人的知了声中幕启：远处斜阳的残辉映出亭台楼阁，瑶池内荷花盛开，庭前魏王正抚琴解闷，琴声忧郁沉闷，狐妃在一旁执扇伺候。

狐　妃　陛下，你看这瑶池内的荷花开得多好哇。

［琴声渐显焦虑、烦躁。

狐　妃　陛下为何闷闷不乐？

魏　王　……

狐　妃　近日来，你瘦多了，……（见魏王沉吟不语，无可奈何地叹了口气）陛下日理万机，千万要珍重龙体才好哇。

［一阵风声，魏王突然停住琴，侧耳片刻，一把抓住狐妃

的手。

魏　王　什么声音？

狐　妃　陛下。

魏　王　你可曾听到？

狐　妃　（不解地）什么？

魏　王　好像是马蹄声？莫非是乐羊凯旋了？

狐　妃　（一笑，摇摇头）没有啊，陛下。

魏　王　不，我好像听到了。

［风声又起，两人侧耳倾听半晌。

狐　妃　哦，陛下，那是风声呢。

［魏王不相信地又听了一会儿，才失望地叹了口气。

狐　妃　陛下连目心神不定，风声鹤唳，莫非……

魏　王　（自觉失态，忙苦笑地）喔喔，没有什么，没有什么。

狐　妃　陛下……（欲言又止）

魏　王　唔？……哎，近日来，你可曾听到什么？

狐　妃　倒也没什么，噢，对了，那天晚上臣妾在御花园赏月，忽然从宫墙外面飘来一阵民谣，倒是别有一番情趣。

魏　王　哦，何不弹唱一曲？

狐　妃　臣妾不敢。

魏　王　哈哈哈哈，歌舞欢娱乃人间习俗，况且是爱妃学其村歌民谣，无妨，无妨。

狐　妃　谢陛下，臣妾借琴献丑了。（深深一揖，然后抚琴而歌）

（唱）中山有恶狼，
　　谷丘有刁羊。
　　子以羊除狼，
　　笑子堪荒唐。
　　刁羊入狼伴，

子不以为防。
待到引狼入室时，
巢倾，……巢倾巢倾……

魏　王　（接唱）子必亡！

［狐妃推琴而跪，魏王大笑不已。

魏　王　其子者，孤王也！

狐　妃　臣妾不敢！不过臣妾侍君数年，受大王宠爱之恩，虽肝脑涂地，也报答不尽，所以，臣妾有话相告，就怕陛下——

魏　王　（大笑）哈哈……朕奠基以来，早有朝规：直言不讳者无罪，言之有理者有赏。爱妃尽说无妨。

狐　妃　如此，臣妾斗胆冒言了。

魏　王　请讲。

狐　妃　陛下以为乐羊这次能收复中山吗？

魏　王　诚然。

狐　妃　乐羊出征，不下半月便收复了白羊关外七座城池，还将叛敌困于楸山之麓，真可谓旗开得胜。

魏　王　好一员良将呀！

狐　妃　本来，收复中山、活捉姬窟只是指日可待的事。可他却为何一拖再拖，如今半年过去了，还在按兵不动？

魏　王　呵呵，这打仗可不是弹琴，说弹就弹，说停就停，还得讲究个天时、地利嘛。唉，只是盛夏酷暑的，瘟疫，蝇蚊，倒是难为他了。

狐　妃　（冷笑）唉，陛下待人之诚，真天地间少有，就只怕一片良苦之心，付之汾河之水哟。

魏　王　你是怕——

狐　妃　我是怕乐羊居心叵测，到那时将后悔莫及了，倒不如将他召回安邑以除后患。

魏　王　哈哈哈哈！看你说到哪里去了？乐羊乃正人君子，何至如此？

［狐妃从圆桌上捧过一叠奏折欲呈。

狐　妃　这是大臣们送来的奏折，请陛下……

［魏王用手势止住狐妃。

魏　王　不看了，无非是对乐羊的一派诋毁之词。朕以为“疑人莫用，用人莫疑”，这是千古的道理。再说，朕既委其重任，何以束其手足，唯有人尽其才，方能成其大业，这叫既信之，则用之，既用之，则信之，岂能出尔反尔？

狐　妃　可满朝大臣都在为陛下担忧！

魏　王　爱妃不必多虑，朕料近日之内定有佳音。

狐　妃　但愿上天保佑才好。

［马蹄声声，魏王一阵高兴。

魏　王　呵！莫非是乐羊报喜来了？

［陈宜急上。

陈　宜　启奏陛下，远处尘土飞扬，有一队人马朝城里飞驰而来。

魏　王　哈哈哈哈，一定是中山收复了，乐将军派人报喜来了。（对陈宜）吩咐下去，皇宫内外，张灯结彩，鼓乐伺候！

陈　宜　是。（欲下）

魏　王　还有，请诸位大臣来这里赴筵！

陈　宜　是！（下）

［霎时间，宫殿内外灯火辉煌，鼓乐齐鸣。

［王昧鬼鬼祟祟闪过一旁，见狐妃向他示意，忙大声疾呼地上。

王　昧　陛下，陛下！

狐　妃　（故意镇静地）何事慌张？

王　昧　启奏陛下，乐羊已将他母亲、妻子接到中山国去了！

狐　妃　（厉声地）胡说！乐羊身为魏国大将，岂会做出这等背叛朝廷的事来？定然是你这狗奴才饶舌！

王　眛　奴婢岂敢，这可是千真万确的呀！

狐　妃　哦？！

王　眛　娘娘，当初乐家一贫如洗，乐母甘与儿子苦守清贫，如今乐羊当了大将，反倒去了中山，倘若不是乐羊的意思，乐母怎肯离开祖国去投靠叛贼呢？这其中——

狐　妃　你是说——

王　眛　先将老母接往中山。

狐　妃　然后——

王　眛　（紧接）叛国投敌。

狐　妃　这？（偷看魏王神色）

魏　王　你胡诌大臣可知罪么？

王　眛　这？……臣罪该万死！

魏　王　来人呐！拖下去，重责四十军棍。

王　眛　啊？陛下！陛下！（见魏王不睬）娘娘！娘娘开恩呐！

［二武士上，揪住王眛欲走，被狐妃示意止住。

狐　妃　陛下，这种事，宁可信其有，不可信其无，万一……

魏　王　（用手势止住）我是不喜欢那种无端诳说的小人！

狐　妃　陛下！

魏　王　拖下去，痛责四十！

二武士　是！

［狐国舅、诸师赞、李克、翟璜、陈宜上。

狐国舅　（对武士）慢！

众　　　臣等见驾我王千岁！

魏　王　（猛醒）众位大臣进宫何事？

［众大臣面面相视？

陈　宜　陛下，是你让我请来的呀。

魏　王　哦哦，没有什么事了，请诸位大人回去吧！

［众臣愕然。

狐国舅　陛下，老臣刚从丘谷老家回来，闻乐羊家眷失踪，经细细打听，才知乐羊已将妻母接往中山去了！臣顺便带来帛书一帧，请陛下明察！（取帛书呈上）

魏　王　什么帛书？念！

狐国舅　（念）凤凰拣高枝而占，
壮士择明君而投。
鲲鹏扶摇千里志，
岂与鸦雀相共谋。

［魏王一把夺过帛书，速看。

魏　王　此书从何处得来？

狐国舅　启奏陛下，是当地村民从乐羊家中墙上揭下来的。

［静场。

魏　王　（疑惑，自言自语地）啊！难道，难道这一切都是真的？太可怕了，倘若这一切都是真的，那堂堂大魏江山将要毁于一旦呀？（拱手向天祷求）苍天呐苍天！魏文侯斯求你保佑我大魏江山啊！

翟　璜　乐羊啊乐羊，但愿你不负众望才好哇！

魏　王　翟大人！

翟　璜　臣在！

魏　王　你看呢？

翟　璜　风传之言，何以为信？片帛之词，真伪难辨，眼下动鸦雀鼓噪，就怕陛下听不到鲲鹏的长鸣！

［魏王一怔，幕后歌声起：

鲲鹏惩腐恶，

千里志不移。

自信天涯永相知，

莫为噪雀迷。

魏　王　（惭愧地）既信之，则用之；既用之，何疑之？况且有约在先，令无端生疑，实乃孤王的不是也！

翟　璜　（感慨地）陛下，臣以为乐将军乃贤人志士，绝不是那种唯利是图的小人。

魏　王　不会的！不会的！（哈哈哈哈）

［宫门外高喊："太子魏击到！"太子魏击踉跄而上，"扑通"跪于殿前，众臣大惊。

魏　击　儿臣击叩见父王！

魏　王　（一惊，急问）击儿，不在帐前听调，为何独自回京？

魏　击　父王，大事不好了！

魏　王　哦？！（惊起）

魏　击　乐羊一面按兵不动，面与中山寇首勾搭成奸，大有反叛之意，儿臣实在放心不下，只好回京奏请父王。

魏　王　哼！好一个伐中偏将，不思协同主将破敌，竟然擅不离职守，临阵逃脱，胡言乱语诽谤朝廷重臣，我岂能容你？

魏　击　父王！

魏　王　哼！定是你不守军纪，狂妄自大，戴罪潜逃！

魏　击　（紧张地）父王！……

狐　妃　殿下，你说乐将军大有反叛之意，有何证据？

魏　击　儿臣之言句句是真，不信，就请看看这个吧！

［呈上告示，狐妃接过念："魏国大将军乐羊告慰中山百姓将士：为体战乱之苦，本军即日起兵退十里而营，息兵免战，渔猎自如，樵贾放行，探亲访友往返无禁，饥者施食，寒者施衣，以恤中山生灵。魏文侯十七年四月。"

［魏王一把夺过告示，速阅之。

狐　妃　陛下！这可是乐羊的亲笔印信啊！

［魏王惘然。

魏　击　其子乐舒心怀叵测，父子俩来往频繁，儿臣好心相劝，乐羊反而恼羞成怒，破口大骂，他骂父王——

狐　妃　（纵容地）他骂什么？

魏　击　他骂父王是成事不足、败事有余的无能之辈！

诸师赞　啊！那还了得？！

李　克　真是岂有此理！

魏　击　那天，他父子二人正在暗中密谋，被臣儿撞破，乐羊挥剑便刺，（捋起袖子）刺伤手臂，幸亏儿臣跑得快，不然早已成为他的剑下之鬼了！

［众臣见伤，惊愕不已。

魏　击　父王要为儿臣作主呀！

狐　妃　有道是鸡肫好剥，人心难摸，事关大魏江山，望陛下三思。

李　克　是呀，纵虎容易，伏虎难，纵然是害人之心不可有，但防人之心也不可无呀！

诸师赞　李大人言之有理，一失足成千古恨，圣上万万不可大意呀！

［魏王显然有些犹豫不决。

李　克　陛下！你要三思呀！

诸师赞　陛下，万万不可大意！

狐国舅　陛下！

王　昧　陛下！

狐　妃　陛——下！

［魏王两手捏着两张告示，转向翟璜。

魏　王　翟大人！

翟　璜　臣在！

魏　王　你为什么不说话呀？

翟　璜　我——

狐　妃　翟大人，你不为乐羊担心么？

翟　璜　……这？……

魏　击　想当初翟大人极力引荐，今天为何哼哼哈哈？

翟　璜　太子殿下，老臣——

魏　击　哼！如今乐羊将叛，你该当何罪？

翟　璜　殿下，乐羊将叛，尚未叛也！

诸师赞　翟大人，乐羊将妻母接往中山国，以断其后顾之忧，因而老夫愚忖，乐羊是定叛无疑了。

翟　璜　这——

李　克　当初，翟大人邪言惑君，起用不轨之徒，今导其国家之不幸，翟大人恐怕其责难逃呀！

翟　璜　这——

狐　妃　乐羊万一投敌……

翟　璜　（明朗地）臣愿以合家老少一百余条性命作为人质！

魏　击　来人！

王　昧　在！

魏　击　先把翟府团团围困，不许放走一人！

王　昧　是！

［王昧下，魏击“嗖”地抽出宝剑。

魏　击　把翟大夫也监禁起来！

二武士　欲押翟璜。

魏　王　放肆！

魏　击　是！

魏　王　（感慨地）翟大人一片赤诚之心，可钦可佩，但知人论事还须始终如一啊，乐羊千里驱敌只功亏一篑，切不可因众言所惑，而效曾母抛梭越墙之事啊！

翟　璜　呵！臣惭愧呀惭愧！

［陈宜兴冲冲地飞奔而上。

陈　宜　中山打下了！中山打下了

众　臣　（惊异地）啊！

魏　王　（惊喜地）哦？！（乎中帛书落地）

陈　宜　乐将军派先锋大将西门豹报喜来了！

诸师赞　这是真的？

陈　宜　真的！

［狐妃等人呆如木鸡，魏击见势不妙，乘机溜之大吉。

魏　王　西门将军在哪里？！为何不来见我？

陈　宜　西门将军正在宫门候旨！

魏　王　快，快快宣进宫来！

陈　宜　遵旨！圣上有旨，宣西门豹进宫。

［音乐起，西门豹快步上。

西门豹　臣西门豹见驾我王千岁！

魏　王　（急忙扶起）将军辛苦了！起来！起来！

西门豹　谢千岁！

魏　王　乐将军现在何处？

西门豹　启奏陛下，中山虽克，只因叛贼姬窟荼毒生灵，害得百姓衣不遮体，民不聊生，眼前尚须出榜安民，接济百姓，特派臣先回朝复旨。

魏　王　乐羊真贤人也。

西门豹　陛下，半月之前，叛贼姬窟将乐将军的母亲劫往中山，绑在城墙上，试图逼迫乐将军投降，其母为了保全儿子的大忠大义，愤然跳楼自尽。

魏　王　（震惊地）哦，多好的母亲！

西门豹　姬窟还把乐将军的儿子绑在城墙的旗杆上，逼迫将军退兵，那时候，他儿子声声喊着：父亲你退兵吧！儿的一条小命全在你手中，我的好父亲，千万救救我啊！将军大义灭亲，拿起弓箭一箭射去，乐舒惨叫一声，就……

狐　妃　（尖声地叫了起来）这太可怕了！

西门豹　可怕？不！乐将军忠心报国和宽宏待人的德行，感动了中山国的全体老百姓和阵前将士，所以，当我们愤然攻城的时候，中山的将士，亲自起来将祸国殃民的姬窟和公孙焦抓了起来，大开城门，把我们迎了进去。

魏　王　贤才呀！贤才！

西门豹　是呀！中山收复了，魏国将士未损一兵一卒。中山黎民也不曾伤一老一少，可我们乐将军的一家却——（泣不成声）

魏　王　（异常感慨地）真难为他了。

西门豹　乐将军说：收中山易，收民心难。要臣奏请下给中山黎民拨粮三万担，以敷燃眉之急。

魏　王　孤王知道了，西门将军，路途劳累，回去歇息吧（对陈宜）你去拨粮三万担，速运中山！

陈　宜　遵旨！

[扫了一眼唐突中的众臣。

魏　王　乐羊终于凯旋了，他以自身的痛苦，填补了孤王五年来的一块心病。你们看，应该如何封赏？

狐　妃　乐将军收复了中山，立下了汗马功劳。据说他还是大孝子，可当他的母亲绑在城墙上，他却见死不救，让老母跳楼自尽，可见，他的孝心也不过是假的。倘若让这样的人当了大官，我们魏国子孙后代都会看样的。再说，他对太子击能这般胡来，无疑是对陛下的轻视。

魏　王　（晃晃头）唔！

狐国舅　陛下，乐将军克敌有功，这无可非议，可当初陛下派去的监军都被他退了回来，臣以君命事从，他这样做也未免太狂妄了吧！倘若，再加封晋级，恐怕陛下也难以驾驱了。

魏　王　（晃晃头，拈须微笑）唔！

诸师赞　陛下，管子曰：爱子女，爱父母，爱自身是一个人的天性，连亲生儿子死活都不顾，还谈得上顾他人吗？臣不过讲了这么个道理，请陛下三思。

魏　王　好！好！好！听君一席话，胜读十年书，众卿不愧是本朝能人，让我大开眼界，我明白了，到时，我自有道理。

［切光。

尾声

［安邑城外，张灯结彩。

［在喜庆的凯歌声中幕启：魏文侯斯喜气洋洋地上首端坐；两厢朝臣列班；四周聚满宫娥、内侍。

陈　宜　（上）启奏陛下，乐将军凯旋！

魏　王　（哈哈大笑地站起身来）奏乐！

［顿时，鼓乐大作，号角齐鸣，宫女们载歌载舞迎候出征将士。

［少顷，乐羊在前，左边西门豹，右边狐孙，率众将佐风尘仆仆上。

乐　羊　臣乐羊见驾我王千岁！

众　将　千千岁！

魏　王　乐将军辛苦了！（下宝座双手扶起乐羊）起来！起来！

乐　羊　谢陛下圣恩！

［乐羊取出中山国地图一卷。

乐　羊　中山地图一幅，呈献陛下。

魏　王　（接过地图）将军此番出征，为朕平定了中山叛逆，可谓劳苦功高。

乐　羊　不！平定中山叛逆，一乃天下民心所向；二乃陛下圣恩所致；三乃全军将士奋勇所胜。非乐羊之功也。

魏　王　将军以义克暴，以仁待民，舍己报国，不但全军将士有口为碑，就是满朝文武也都略知一二。

乐　羊　臣出征中山，旷日已久，今虽已克敌制胜，但抗旨傲君，臣知罪。

魏　王　（哈哈大笑）将军说得好：收中山易，收民心难呐。卿何罪之有？何罪之有啊？为此，朕特封你为“灵寿君”领万户侯！

乐　羊　谢陛下！

魏　王　乐将军，朕还要赏你件礼物。抬上来！

［四内侍抬出一只巨大的龙凤箱，箱上的金封光彩夺目，华丽无比，众大臣交头接耳，无不为之侧目。

乐　羊　陛下，收复中山全仗全体将士同心协力，臣不敢无功受禄，既然圣上恩赐，臣愿当众开箱，分赏给全体有功将士！

魏　王　哈哈哈哈！既然这样，就听凭将军处置，不过在开箱之前，孤王倒要试试诸位大臣不知哪一位能猜出这箱内之物？

［众人面面相视。

王　昧　那一定是白银。

狐国舅　不，肯定是黄金。

李　克　嗯，说不定是白璧。

诸师赞　依我看，恐怕是更名贵的稀世珍宝呢！

魏　王　呵！乐将军，这是赏给你的，你能猜出这箱内之物？

乐　羊　　陛下，箱中之物，臣自然无法猜得，但白银可称黄金有价，纵然是无瑕白璧也不过是观赏之物，可陛下赐给臣最珍贵的东西，臣早已领略了。

魏　王　　哦？不知那是何物？

乐　羊　　那就是陛下那颗知人达事的信赖之心啊！常言说，千金好得，知己难得，一个人为了报答自己的知心朋友，可置生死而不顾，可见这天下难道还有比这更珍贵的宝物吗？

魏　王　　呵！说得好！说得好哇！哈哈哈哈，好！开箱吧！

［狐国舅、诸师赞、李克、王昧俯首过来。乐羊打开箱子，满箱的奏折滚落一地，满朝文武惊愕不已，乐羊随手拣起奏折一看——

乐　羊　　（念）“晴才拜将，中山难克；懦夫临阵，兵损将折”“首战告捷，胜在指日按兵抗旨，傲君睦敌。”“父子密谋，合家投敌；纵虎归山，社稷危也！”“叛形毕露，国法难容如不剿灭，后患无穷！”“子尚肯杀，何在君乎？”（乐羊如梦初醒，连奏折也从手中失落）

［狐国舅、王昧、李克、诸师赞等羞愧满脸，无地自容地、尴尬地垂手旁立。

乐　羊　　陛下！（双膝跪地，泪如雨下）我乐羊子自以为一心报国，谁知朝中谗臣这般造谤，倘若不是陛下如此信任臣，乐羊子就是三头六臂也不能成功呀！

魏　王　　（哈哈大笑）唉！这话不假，除了孤王恐怕没有人能这么信赖你；可是，除了你，也没有人能这么帮助我呀！（对陈宜）好了，后宫摆筵！

乐　羊　　（挥泪）陛下待臣恩重如山，臣今生今世当铭记心中，如今中山已经收复，臣当解甲归田，尽其农家之乐。

乐　羊　　摘下帽子，双手呈上将军印。

翟　璜　（急地）乐将军！

魏　王　哈哈哈哈！田园虽好，也有蛤蟆之噪；深宫朝野，也就难免其蜚语流言；惧蛙噪者，只能费田免耕；怕流言者，将一事无成；朝野之中，高深莫测，有忠臣，也有谗臣。闫尧以来，历朝如此，本不足为奇。我想，将军乃大度君子，又何必去斤斤计较呢？（说罢，亲手替乐羊戴好帽子）

乐　羊　陛下！臣实在……

魏　王　（打断乐羊的话）乐将军难道忘了帛上之约么？

陈　宜　酒筵摆好，请众位大臣赴宴！

［音乐起，魏王一手挽着乐羊，一手挽着翟璜，哈哈大笑着从羞愧的众臣中间缓缓地向后宫走去。

［幕后歌声起：

　　鲲鹏惩腐恶，
　　千里志不移；
　　自信天涯永相知，
　　莫为噪雀迷。

［幕落。

（全剧终）

一九八二年八月

望君多珍重

（大型多场次话剧）

人物表

周志明　男，60岁，春华制药厂厂长。
范暮云　女，28岁，环球医药开发公司经理。
姚爱贞　女，37岁，香港东亚信息公司雇员。
赵一峰　男，41岁，江南市医药局局长。
姚　城　男，32岁，春华制药厂副厂长，工程师。
赵小燕　女，22岁，春华制药厂化验员。
周　松　男，29岁，工人。
周　兰　女，24岁，羊城外语学院毕业生。
威尔逊　男，35岁，香港东亚信息公司经理。
韩其山　男，59岁，江南市医药局党委书记。
乔秀芝　女，25岁，报社记者。
服务员、门卫、干部共四人。

[故事发生在20世纪90年代初的江南市春华制药厂。

[江南市企业家协会的联谊官：这是集会议室、歌舞厅、休息室、酒吧为一体，显得豪华典雅。各种陈设装饰极富现代感，在大厅的上端挂着一幅横幅，上面写着：“祝贺治癌新药‘黑马001’试制成功”。

随着一阵欢快的音乐声，伴随着主题歌的主旋律一演员来到幕前朗诵：

人生像一叶小舟搏击惊涛中，
浪花作洗礼，扬帆去远征；
为什么有人乘风破浪开拓一个崭新？
为什么有人卷入旋涡触礁沉沦？
为什么有人无私奉献终生无悔？
为什么有人贪婪戏水终被潮吞？
前车之鉴须记取，
襟怀坦荡唯真诚；
竖起——崇高的信念！
鼓起——生命的风帆！
人生真谛苦探求岁月峥，
前程无限好，望君多珍重。

[演员入内，音乐继续。

[幕启：姚城坐在沙发上看着文稿，一边在计算着什么……大厅内响起了掌声，一个女高音正在向来宾发布新闻：各位领导、各位来宾，一种新型的抗癌中成药“黑马001”已由我们江南市的春华制药厂试制成功！这是人类在战胜癌症的道路上迈出了关键性的一步，标志着中国对癌症的治疗水平已进入了世界领先地位，用世界医学权威克朗姆博士的话说：“黑马001”的试制成功对世界癌症研究有着

划时代的意义，这是中国人的骄傲……

这时，厅内锣鼓喧天，鞭炮齐鸣，人们欢呼、鼓掌，整个联谊大厅沸腾起来了。赵小燕领乔秀芝从大厅进来。

赵小燕　“这是我们厂的姚副厂长。”

姚　城　“你是——”

乔秀芝　“你好！姚副厂长，我是《晚报》记者乔秀芝，特地来参加你们的新闻发布会。”

姚　城　“啊！欢迎欢迎！”向前握手。

乔秀芝　“这么喜庆的时刻，你躲在这儿干吗？”

姚　城　“我们的‘黑马 001’马上要投入批量生产，还有好多工作都要跟上去啊。”

乔秀芝　“瞧，你这么忙，我还要占用你的时间实在不好意思。”

姚　城　“没关系。小燕啊，你去把厂长叫来。”

赵小燕　“哎。”（下）

姚　城　“坐吧！”

乔秀芝　“谢谢！（坐下，打开记事本）听说‘黑马 001’你们搞了十年，是这样吗？”

姚　城　“是啊，整整的十年，不容易啊，为了‘黑马 001’有人受了重伤，有人献出了自己的生命，多大的代价呀！每当想起这些心里就沉重起来，但是，‘黑马 001’终于成功了，为祖国争了光，为千千万万的癌症患者带来了福音，也为我们春华制药厂带来了无限生机啊！”

乔秀芝　“是呀，听说为了‘黑马 001’，你把结婚的钱都贴进去了，连未婚妻都让你气跑了，有这回事吗？”

姚　城　“记者同志，这并不是什么英雄的事迹呀，所谓人各有志不能强求嘛，你说呢？”

乔秀芝　“嗯，你很豁达，我就喜欢这样的男人！”以手掩嘴，以示失口。

赵小燕领着周志明和韩其山进来。

赵小燕 “这位是我们厂长周志明同志，这位是医药局党委书记韩其山同志。”

乔秀芝 “周厂长，韩书记你们好！我是晚报记者，今天特地赶来采访。”

周志明 “欢迎欢迎！”

乔秀芝 “听说你们的‘黑马 001’已通过了国家鉴定对吗？”

韩其山 “是呀，这次我去北京参加了鉴定会，全世界著名的医学家差不多都到了，评价很高哇。（对周）老兄啊，还是你行啊，搞出大名堂来了！”

周志明 “这叫背水一战勇者胜嘛！”

韩其山 “勇者胜！勇者胜！老兄啊，这句话你已经说了四十几年了，记得渡江战役时你说背水一战勇者胜，我们胜利了；后来在抗美援朝的大同江战役时，你也是这么说的，那场战役我们又胜了，这次你居然战胜了死神。你呀，真是个常胜将军哟！”

周志明 “哈……如果说我是常胜将军，你不也是吗？别忘了，你我都是一起战斗过来的嘛！”

两人大笑，活泼得像两个小孩。

韩其山 （看表）“哟，你们聊吧，我还得去看看赵局长来了没有。”（下）

乔秀芝 “周厂长，你是怎么想到要研制‘黑马 001’的？”

周志明 “哈哈，这可是一言难尽啊，那是十年前的事了，十年前在一次体检时，突然发现自己患了肝癌。”

乔秀芝 （惊讶地）“肝癌？”

姚　城 “那时医生说最多还能活三年了。”

乔秀芝　“太可怕了。”

周志明　“可不是吗？许多人都在为我准备后事了。哈哈……我这个人有个习惯，每当碰到克服不了的困难时，就把当年在解放战争、抗美援朝战争时的军功章拿出来看看，回忆起一个个的战役，回忆起每个战役牺牲了多少战友，而自己却幸运地活了下来，这么一想就什么困难都不怕了。这次我又把军功章拿出来看了，面对军功章我仿佛看到年轻战友一个个地倒了下去，而我能活到今天够幸运了，这么一想我这条小命本来就是捡来的，哈哈……”

乔秀芝　（速记着）“说下去！说下去！”

周志明　“当然呐，人到快死的时候，总感到一种莫名的惆怅，可是我并没有忘记自己曾是一名战士，既然死到临头，为什么不能在死神降临之前，为自己的事业作一次最后的冲刺呢？唉，人嘛，也许是出自求生的本能，也许是出自某种信念，我准备用自己的身体进行药物试验。当时我根本没想到会成功，只想从试验中得出有价值的实验记录留给后人，哈哈……仅此而已吧。”

赵小燕　“在开头七年的试验阶段，我们厂长都是用自己的钱买药买器材，瞒着大家搞地下试验，最后，连自己的手表和毛衣都贴上了，还欠下一身的债。”

乔秀芝　（惊讶地）“原来是这样，真是太感人了。”

姚　城　“后来，厂长的研究有了突破性的进展，才建议厂里作为重点科研攻关项目。谁知‘黑马001’不仅治好了厂长的肝癌，还救活了我们这家濒临倒闭的春华厂。”

乔秀芝　“太好了！我要把这件事写成报告文学，让所有的人都知道这件事。”

赵小燕　“对！要让所有的人都知道。”

［这时韩其山领着手执锦旗的范暮云从外面进来。

范暮云　“啊，我们伟大的发明家，这里好热闹呀！”

周志明　“这位是——”

韩其山　“噢，这位是新成立的环球医药开发公司经理范暮云同志。”

周志明　“哦，范经理，欢迎欢迎啊！”

范暮云　“你们的‘黑马001’，成功了，我代表环球医药公司全体同仁向贵厂表示祝贺！”（献上锦旗）

姚　城　（接过）“谢谢！谢谢您和贵公司的热情关怀！”把旗交给赵小燕两人展开。旗上写着：“造福人类，誉满全球。”乔秀芝拍照。

韩其山　“客人们都到齐了，咱们都到外面去吧。”

韩、姚　赵都出去了。

范暮云　“周厂长，我们希望能为‘黑马001’作点应有贡献。”

周志明　“哦，那太好了！”

范暮云　“我们环球医药开发公司愿意做‘黑马001’的总经销，至于贵厂和周厂长的药，我们会照顾到的。”

周志明　“哈哈……，范经理啊，为了‘黑马001’，你知道我们冒了多大的风险吗？付出了多大的代价吗？如果把总经销权交给你们，你说春华厂的上千名职工能答应吗？”

范暮云　“不过，再好的新产品，要打开市场销路，都得有个过程啊？”

周志明　“这我知道，我们既然能试验出‘黑马001’，也一定能把它推向市场。”

范暮云　“周厂长的话很有见地，看来我这个要求提得太冒昧了，实在不好意思。”

周志明　“谢谢你的关心，我们欢迎你来订货。”

范暮云　“是，赵局长的意见，我们环球开发公司的宗旨是开发本系统的医药新产品嘛，不知‘黑马 001’什么时候能投放市场？”

周志明 “是啊，这才是我们目前急需解决的重大问题，眼下厂房要扩建，设备要更新，应该说国家给予我们很大一笔贷款，可包装要配套，进原药还得要钱啊，现在中央提出加快改革步子，各行各业都行动起来了，方方面面都伸手向政府要钱，政府一下子哪来这么多钱？”可钱呢？光靠政府的贷款是不够的，唉！难呐！

范暮云 “周厂长，如果仅仅是资金方面的问题，我倒是可以帮你想想办法。”

周志明 “哈哈……范经理不会是开玩笑吧？”

范暮云 “怎么？周厂长是不是听到外面的谣传，说我们环球公司是皮包公司？”

周志明 “那倒不是。我要的可能是上百万啊！”

范暮云 “哼，不就一百万嘛。”

周志明 （一怔）“哦，那好哇！”

范暮云 “不过。你们投产的第一批‘黑马 001’首先得供应给我们环球公司怎么样？”

周志明 （一想）“行！那这一百万元就算是订购‘黑马 001’的预付款吧。”

范暮云 “一言为定！”

周志明 “范经理，这下可帮了我的大忙了。真不知如何感谢你啊！”

赵小燕 （进来）“周厂长，韩书记请你去一下。”

周志明 “范经理，你坐，我去去就来。”

［周随小燕（下）范经理走到电话机前拨号。

范暮云 “喂？是老钱吗？香港的客商有没有到……已经来了？好快呀，喂。你把他们安排到香格里拉酒店……千万不能让他们乱跑，……对！第一批货已经到手了，对，对……贷款的还没落实，放心吧，我会办好的。”

赵一峰　（从外面进来）“暮云？你怎么跑到这儿来了？”

范暮云　“怎么？我不能来吗？”

赵一峰　“我知道了，你这小脑袋瓜里说不定又在打‘黑马 001’的主意了？当然‘黑马 001’，有很高的医疗价值，这关你什么事？”

范暮云　“难道就没有别的价值吗？亏你还是个医药局长。”

赵一峰　“哦，我懂了，一种潜在的商业价值，预测得很准确，不愧是铁蝴蝶！”

范暮云　“哼，铁蝴蝶，哪怕是钢蝴蝶也没用，到头来还不是让猫给吃了！”

赵一峰　（左右看）“哎呀，你在说什么呀，也不看看这是什么场合。”

范暮云　“我管他什么场合？我是离了婚的女人，想怎么着就怎么着。你害怕了？当初你不是色胆包天吗？”

赵一峰　“又来了是不是？可我并没有亏待你呀，别的不说，办这环球公司……”

范暮云　“谁稀罕这皮包公司？既没资金，又没资产的，就四办公桌一部电话机，我是诸葛亮唱空城计，心里慌得很。”

赵一峰　“哎呀。你还不是照样赚钱吗？”

范暮云　“这样小打小闹的，能赚几个钱啊？你不是答应给我贷款吗？办得怎么样了？”

赵一峰　“这两天正忙着开会没时间去。”

范暮云　“哼，我就知道你根本不把我的事放在心里。”

赵一峰　“好了，明天我去还不行吗？”

范暮云　“得了，不用你去了，只要你做个担保就行了。”

赵一峰　“担保？噢，对不起，我想怕办不到。”

范暮云　“为什么？”

赵一峰　“因为，因为行政部门是不能为企业作担保的。这是规定。我办了也没用。”

范暮云　“哈……这我懂，可我已经跟银行的一个主任谈好了，只要上级主管部门担保就行了。”取出贷款合同。

赵一峰　（接过一看）“一百万？”

范暮云　“嗯？”

赵一峰　“小范啊，你贷这么多款究竟要干什么？”

范暮云　“当然是做生意喽。”

赵一峰　“我说你呀，什么事都要适可而止，比起过去来你现在的生活已经很好了。”

范暮云　“你呀！怎么老是拿过去跟现在相比呢？”

赵一峰　“如果忘记了过去那就意味着背叛，这是列宁说的。”

范暮云　“如果老是沉湎过去，那我们就永远是个穷光蛋！这是我说的。”

赵一峰　“你说的？”

范暮云　“怎么？我不能说吗？”

赵一峰　“好好好，小范啊，我觉得你变了，你以前不是这样。”

范暮云　“我是变了，也包括你，在这万花筒般的商品世界里，所有的人都在变。但是请你放心，这笔贷款全部是付给春华制药厂的，他们厂不是正缺钱进原药吗？”

赵一峰　（不相信地）“是吗？我可要向老周核实的。”

范暮云　“瞧你，别把人看得这么坏嘛，我这个人心直口快，其实你待我好我心里很明白。我能当上环球公司的经理，还不是靠你抬举的。（深情地）一峰，我真不知如何谢你好呢？”

赵一峰　“噢，别这样，让人看见了多不好啊，你这个人啊，真让人捉摸不透。”

范暮云 “那就慢慢地捉摸吧。我说你呀，看起来顺乎潮流，可你的观念依然陈旧，就像一个黄土地上的农民，踏着迪斯科的节奏扭着古老的秧歌。”

赵一峰 “哈……太形象化了。看来你这个人肚里还有点墨水，好吧，我给你担保了。”

赵小燕 （从外面进来）“范经理，姚副厂长请你去跳舞！哥哥你怎么才来呀？”

赵一峰 “我？嗬，除了开会还是开会，有什么办法呢？暮云啊你们跳舞去吧！”

［范和小燕走了，周志明从外面进来。

周志明 “哟？一峰来了？”

赵一峰 “老周啊，这次‘黑马001’的专利权是以谁的名义申请的？”

周志明 “当然是以春华制药厂的名义喽。”

赵一峰 “你呀！我不是跟你说过吗？‘黑马001’分明是你个人发明的嘛，这专利权怎么会是春华厂的呢？”

周志明 “话可不能这么说，全厂职工为此花了多少心血，有的同志还献出自己的生命，即使在后期的成功阶段，要是没有厂里的设备、药材和大家的帮助，我能成功吗？何况，我身为一厂之长，把‘黑马001’的专利权占为己有这合适吗？”

赵一峰 “这有什么不合适？在开头的七年里你是自己掏钱搞试验的，而且是用自己的生命作为代价的呀！”

周志明 “是呀，在战争年代我们这些人谁不是拿自己的生命作代价的？我算是有福之人喽，什么明星厂长啊，发明家啊，有工资劳保还能坐上小汽车，可我那些死去的战友呢？连顿像样的饭都没吃上，有的连尸骨还留在了朝鲜，难道我的生命就一定比他们更值钱吗？”

赵一峰 “你的话也许有道理，但是时代不同了，人们的价值观也会随着生活的改变而改变。我是你一手培养起来的，入团、入党，后来又提拔我当了副厂长，现在我虽然当了局长，可在我心目中你永远是我的领导。正当你快要离休的时候又发明了‘黑马 001’我为你高兴，为你自豪，同时也为你放弃‘黑马 001’的专利权而感到惋惜，而且是我在当局长的时候……”

周志明 “好了，不要说了，我们都是共产党员，应当明白我们的责任和义务。”

赵一峰 “可你还欠了这么多债怎么办？”

周志明 “不是还有发明奖吗？”

赵一峰 “这点钱？唉，正好还债用！”

周志明 “已经很不错了，活到六十岁了还捡回了一条命。哈哈，够福气的啰！”

［电话铃响了，周接电话。

周志明 “喂？我是周志明啊，哦？是何教授啊？您好您好！……是啊，成功了！真不知该怎么谢您才好哇……请客？对对，是该好好请你们这几个功臣的，‘五一’劳动节吧，您得把吴教授和陈教授都叫来咱们聚聚，好！好！再见！”

赵一峰 “看来你得请人吃饭了？又得花钱了？”

周志明 “这可不是花不花钱的问题，当初，我搞试验那阵子，光凭我卅年的制药经验是不够的，要是没有这几个教授的帮助，想让‘黑马 001’成功谈何容易？难道请他们一起庆贺庆贺还不应该嘛？人家还点名道姓要你和老韩都到场啊，别忘了，‘五一’劳动节下午一定得来哟。”

赵一峰 “那买酒菜的事全包给我了。”

周志明 “嗨，酒是现成的，菜呢，我搞点热食卤味什么的就行了。”

赵一峰 “这怎么行呢？请人吃得像个样子嘛。”

周志明　“都是老朋友了，不在乎吃什么，主要是庆祝庆祝嘛。”

范暮云　（正好走了进来）“嗬！要庆祝了？那我呢？能参加吗？”

周志明　“哦，欢迎欢迎！”

[切光。

二

[火复明：

周志明的家。

这是一个极为陈旧而又简朴的家。有一张旧沙发，其他摆饰都是普普通通的，在靠中间一侧放着洗衣盆，里面有衣服和搓衣板旁边放着肥皂等物。看得出来，家里的主人正在洗衣服。

周志明卷起袖子，腰间围着围裙提着热水瓶从厨房里出来边走边哼着《三大纪律八项注意》的曲子。他来到旧收录机前把盘带子塞进卡口，按下开关却没有声音，周在上面拍了几下，又折腾了一番，收录机里才传出了“越剧”来。当他正得意地坐下洗衣，收录机又不响了，周回头看了看，摇摇头继续洗衣，搓了几下后，收录机又响起来了……

有人敲门了，周站起开门。这时，在羊城外语学院念书的女儿周兰回来了，她风尘仆仆提着行李匆匆而上。

周　兰　“爸爸！”扔下行李，在爸爸脸上叭叭亲了两下。

周志明　（摸摸脸）“兰兰？（惊喜地）哎呀，你不是快毕业了，怎么突然回来了？”

周　兰　“快分配了，今年实行定向分配，要自己找门路联系接收单位。班里好多同学都落实好了接收单位，剩下的由国家统一分配，听人说今年大部分的同学要分配到青海、西藏去当外语教师，我向系主任请了假，特地赶回来的。”

周志明　“哦，是这么回事，别急，爸爸给你想想办法啊。”

周　兰　“还不急啊？除了从农村来的，大部分同学都有了接收单位。爸爸，你总不希望我分配到青海那么远的地方去吧？”

周志明　“你呀，爸爸就这么个宝贝女儿，总想留在身边啰，你说是不是？”

周　兰　“我就说嘛，世上只有爸爸好！”

周志明　“哈哈，瞧你这张小甜嘴！”

周　兰　（撒娇地）“爸！本来嘛！”

周志明　“哈哈！好好，你先去洗个澡，换身衣服，爸爸会给你想办法的。”

周　兰　“我就知道爸爸准有办法的，爸爸！”

周志明　“还有什么事啊？”

周　兰　“我想进省外贸，平时我可以照顾你，要是运气好，当上了口语翻译说不定还有机会出国呢。”

周志明　“怎么，还没去工作，就想出国？”

周　兰　“嗨，工作需要嘛！”

周志明　（笑着）“强词夺理！”

周　兰　“哈……”进里屋去了。

周志明　（独白）“唉，养孩子还真不容易，小时候要淘气，上了学要管功课，考上大学，毕业了还要管分配，接下去就是找对象结婚，退休了说不定还得给他们看小孩。唉！”

周松提着一篮子菜回来了。

周　松　“爸爸！”

周志明　“哟，松松啊，你知道兰兰回来了？”

周　松　“妹妹回来了？”

周志明　“是呀，为落实接收单位的事。”

周　松　“你不是和四明山老区的药物试验场场长谈好了吗？让妹妹到——”

周志明　（急忙用食指抵着嘴唇轻声地）“嘘！她想到省外贸去工作。”

周　松　（会意地）“吁。”

周志明　“怎么？你今天不去上班？”

周　松　“‘黑马 001’成功了，我是特地来为你庆贺的。”

周志明　“哦，你买这么多菜干什么？”

周　松　“没什么，随便买点呗。”卷起袖子帮父亲洗衣服。

周志明　“这孩子，唉！你呀，从小就听话，这些年爸爸为了搞试验拖累你了。”

周　松　“爸爸，我准备下个月结婚。”

周志明　“结婚？”

周　松　“是呀，我都 29 岁了。”

周志明　“是呀，按年纪早该结婚了，可是太突然了，爸爸一点准备都没有。”

周　松　“用不着准备什么，这些年陆续存的这点钱可以置一套家具了，还有你这次发明了‘黑马 001’不是奖了三千块吗？”

周志明　“是啊，是奖了三千块，可都让爸爸给还债了，唉！”

周　松　“算了，爸爸，欠人家的总是要还的，我们商量过，简单一点，有些东西可以等今后有钱时再买的。”

周志明　“再简单也得花钱呀？”

周　松　“自己存的那点钱就可以了。”

周志明　“唉，我怎么跟你说呢？这……唉！”

周　松　“怎么了？爸爸！”

周志明　“松松，爸爸实在对不起你呀，这些年搞试验，你妹妹上大学，去年咱们老家闹水灾，房子都没了，没办法只好寄去了一部分，这么一来你存下的那点钱也让我花得差不多了。”

周　松　（一愣，丢下手中的衣服）“什么？”

周志明　“松松。”

周　松　“你连这点钱都花了？”

周志明　“是啊，没办法，试验到了功亏一篑的时候，那时厂里没钱，还有咱们老家房子，庄稼全让洪水冲走了，咱也不能见死不救呀，再说，人家几次来信求拨，好意思不给吗？”

周　松　“可你有没有想过我？”

周志明　“是啊，爸爸欠你的太多了，事到如今能不能再推迟一年呢？爸爸定想办法让你把婚事办了。”

周　松　“不！你一次次地推迟我的婚期，一次次地欺骗我，我都 29 岁了，你有没有为我想过？我不会像人家靠当官的父亲去发财，也不想靠父母的钱来成家立业，我的原则是自食其力，从 17 岁参加工作都 12 年了，平时省吃俭用，把全部收入全交给了你，我信赖你，因为，你是我的父亲！而你呢？连这点钱也花光了！”（悲伤）

周志明　“松松，我……”

周　松　（愤怒地）“走开！你花我的钱，而且花得一个子儿也不剩，你知道我的钱是怎么来的吗？加夜班连夜宵都不吃，受了伤不休息，是一榔头一榔头地敲出来的！一滴血一滴汗地换来的！是一口口地省下来的！”

周志明　“松松，你今天是怎么了？”

周　松　“我怎么了？我能怎么了？我发现我自己太蠢太老实，可落到了今天这个下场！”

周志明　“松松，你听我说！”

周　松　“不！我什么都不想听了！我只恨自己命苦，这么早就死了妈妈，要是妈还活着，我绝不会是今天这个样子！”

周志明　“松松，别这样，爸爸……”

周　松　“哼，爸爸？你像个做爸爸的样子吗？有了专利权你不要，却拿了儿子的血汗钱去搞试验，去支援灾区，你多革命啊？多慷慨呀！你把自己奉献了还不够，还要把我的幸福，把兰兰的前途统统地奉献出去！你……”

周志明　（气愤地）“住口！你能用这种口气跟爸爸说话吗？”

周　松　“不！你不是我的爸爸！”

周志明　（一怔）“你说什么？”

周　松　“你不是我的爸爸！”

周志明暴怒地打了周松一记耳光。

周　松　（怔住了）“你打我？你打我！妈妈！我死去的妈妈呀！”朝门外跑去。（少顷，伤心欲绝地）

周志明　（茫然地）“我怎么了？（看看刚才打人的这只手）我怎么打他了？”

[周慢慢地走过去，无力地靠在沙发上。灯渐转暗，束光下周志明陷入了沉思。

[画外：高音喇叭传来了“文革”时的语录歌和口号声：“打倒反党分子周志明！”“周志明必须老实交代！”“周志明不投降就叫他灭亡！”（渐远）

幼小的周松和兰兰在哭着：“爸——爸！爸——爸！……妈——妈！”

小周松　“兰兰，回去吧，我们还要做饭，给爸爸妈妈送去。”

小周兰　“不！不！我要爸爸，我要妈妈！呜呜……爸——爸！”

小周松　“好妹妹，听哥哥的话，回去吧，兰兰，爸爸说要我们坚强些，走吧，我们得赶紧回去做饭，不然的话，爸爸妈妈要挨饿了。”

幼小的周兰还在哭，哭声慢慢地渐远……

画外又传来妻子的临终嘱咐：“老周，我快不行了，两个孩子就交给你了，你要好好待他们，把他们抚养成人，我们这一辈子没有过过什么好日子，但愿他们不要像我们一样，应当让他们过得好些。唉，你的脾气不好，但无论如何不能打他们，请你看在我们十几年夫妻的情分上，千万不能打他们……”

灯复明：周志明已经热泪盈眶。

周志明　（自言自语地）“我打了他！冰天雪地里他带着兰兰给我们送饭，这些年他吃了多少苦啊！孩子他妈，我对不起你！我打了周松。唉，我不是昏了头吗？松松一向很懂事也很温顺，我怎么竟打他了……”

（静场）

周兰从里屋出来，悄悄地来到父亲跟前。

周　兰　“爸爸，你哭了？”

周志明　“哦，没有，孩子啊。”

周　兰　（拿毛巾为父亲擦泪）“爸爸，你跟哥哥的话我都听到了，要不是为了让我上大学，要是我能早点参加工作，哥早该婚了。”

周志明　“这不关你的事。”

周　兰　“爸！我不想去省外贸了。”

周志明　“为什么？”

周　兰　“我知道，去省外贸是要托关系的，你又得花钱，就算去了也赚不了几个钱，你就别操这份心了。”

周志明　“那你想干啥？”

周　兰　“我会唱歌。我有个同学在歌舞厅当经理，可以到歌舞厅去唱歌，每天三场，一个月也可以赚八九百块，让哥哥早点结婚，我们家的日子也会好起来的。”

周志明　（苦笑着）“傻孩子，别说傻话了，一个外语学院的毕业生去舞厅唱歌？”

周 兰 “这有什么？爸爸，你一定以为我唱不好是吗？你不信我这就唱给你听好吗？”

［周兰委婉凄切地唱起了《搭错车》里的一段：

酒干那倘卖无，酒干倘卖无，
酒干那倘卖无，酒干那倘卖无，
多么熟悉的声音，经过多少年风和雨，
从来不需要想起，永远也不会忘记
没有天哪有地？没有地哪有家？
没有家哪有你？没有你哪有我？
假如你给我一个家，
让我与你共同拥有它，
虽然你不能开口说一句话
却更能明白人世间的黑白与真假；
虽然你不会表达你的真情，
却付出了热情的生命。
远处传来你多么熟悉的声音，
让我想起那多么慈祥的心灵，
什么时候你再回到我身旁？
让我再和你一起唱：
酒干那倘卖无，
酒干那倘卖无，
酒干那倘卖无，
酒干那倘卖无
酒干那倘卖无，
酒干那倘卖无

声音逐渐发哽……

周兰哭了，周志明也哭了，父女俩终于抱头痛哭了起来。

周　兰　“爸爸，别这样。”为父擦泪。

周志明　“兰兰，好孩子，爸爸理解你，今年大学生的分配情况我也知道，上回高叔叔来过，我也跟他说起你的分配问题。他的药场要你到他们那儿去。”

周　兰　“四明山？”

周志明　“啊，四明山药物养殖场，你高叔叔在那里当场长，经常有外国人来参观，你不是想当口语翻译吗？那儿正合适。”

周　兰　（不高兴地）“爸爸，你怎么会想到要我到那儿去呢？”

周志明　“这有什么不好？四明山是革命的老区，爸爸就是在四明山长大的，在那里参军打游击的，虽说生活还不怎么富裕，但那儿很需要你啊。”

周　兰　“去四明山跟去青海、西藏有什么两样呢？要说需要，青海、西藏也许更需要，我这次回来落实接收单位，是想留在江南市，留在你身边，为什么你一定要把我们赶走呢？”

周志明　“兰兰，爸爸也是为你好啊，大学毕业了，到艰苦的地方去锻炼有什么不好？”

周　兰　“你呀，真是死脑筋，如今做父母的谁不想把自己的孩子安排得好一点，离自己身边近一点，谁还会有你这种陈腐的观念？”

周志明　“这观念陈腐吗？不，孩子，等你经过了生活的磨炼，你会理解爸爸的。”

周　兰　“哼，等我理解了，恐怕一切都已经晚了。我宁愿去舞厅唱歌也不会去四明山的。因为我们这一代是现实主义的一代，也许你会笑我们目光短浅，但是现实生活中要比你们这些只凭精神信念维系生活的人要管用得多！”

周志明　“兰兰啊，你怎么会有这种思想呢？”

周　兰　“这并不是我一个人的思想，是社会上大多数青年人的思想，因为空洞的理论听得太多了，听腻了，这种思想也就自然而然地形成了。”

周志明　“看来这并不能怪你们，是我们这些年来忽视了对年轻一代的思想教育，致使两代之间产生如此强烈的反差。”

周　兰　“这是代沟，是社会发展的必然现象，是自然科学的轨迹。”

周志明　“不对！这不是社会发展的正常现象，却是不重视社会全面发展的扭曲现象！兰兰，你说我们这一代是凭精神和信念来维系生活？不错，但要做到这一点也不容易啊！”

周　兰　“这我懂，所以我也不会按照你所希望的路子去生活。早知道是这样我又何必回来呢？看来我得走了，回学院去，我要靠自己的能力来推销自己，来证实我的存在。”进屋去了。

周志明　“这孩子，唉，人长大了，都有自己的思想了，看来要当好家长也不容易啊。”

周兰提着行李从里屋出来。

周志明　“兰兰你怎么了？要上哪儿去？”

周　兰　“回学院去。”

周志明　“这就走？”

周　兰　“是的，爸爸，你多保重了！”头也不回地走了。

周志明　“兰兰！兰兰！兰兰！（追到门口，木然地回来）今天是怎么了？唉！都走了，剩下我孤零零的一个人了……唉，我管得了上千人的厂子，却管不好一个三口之家。”无力地靠在沙发上。

赵一峰从门外进来。

赵一峰　（见状）“怎么了？”

周志明　“哦，是一峰啊，你来了？”

赵一峰　“老周啊，你身体不好？”

周志明　“没有，你坐吧。”

赵一岭　“到底发生了什么事？”

周志明　“松松和兰兰都走了。”

赵一峰　“兰兰回来了？”

周志明　“回来了，不到一个小时又走了。”

赵一峰　“到底发生了什么事？”

周志明　“也没什么事，周松想结婚，我让他推迟婚期他不肯，我气起来就打了他一下，把他气走了。”

起一峰　“老周啊，你怎么能打他呢？周松都29岁了，早该成家了。”

周志明　“话是对的，可一下子我哪来这么多钱呢？”

赵一峰　“钱的事可以想办法嘛，唉，你也真是，那兰兰呢？”

周志明　“学院快分配了，她想进省外贸，可上次我已经答应过四明山老区的药物养殖场，想让兰兰分配到老高那儿去，可她不干，说要到舞厅去唱歌，唉！”

赵一峰　“你也真是，让兰兰到四明山去，也亏你想得出来！”

周志明　“当初，我在搞试验的时候，老高给了我们多大的支持啊，他需要这样一个人才，况且我也曾答应过他嘛！”

赵一峰　“你呀，这种事怎么能拿自己女儿的前途去做人情呢？”

周志明　“我不是这个意思，我想让她去磨炼磨炼，年轻人嘛为什么非要待在大城市呢？”

赵一峰　“好了好了，今天这件事应当怪你自己嘛，他们的要求并不过分，也合情合理的，如果‘黑马001’的专利权是你个人的，许多事情本来都可以解决的嘛。算了，这两件事你就别管了，我会处理好的。松松的婚事非办不可，兰兰的接收单位也应落实妥当，我会给她写信让她回来的。瞧你，现在弄成个孤家寡人了，这日子不好过吧？”

周志明 “不要说了，你的好意我理解，但我希望你不要插手这些事，我自己的烂摊子就让我自己收拾吧。唉！”

周长叹一气，慢慢地坐在沙发上，沮丧的双手捧着头陷入了沉思……（灯渐暗）

三

[灯复明：

香格里拉饭店的酒吧间：这里的陈设豪华气派，强劲的迪斯科音乐在喧嚣，男歌手那沙哑的嚎叫近乎疯狂，让人感到要歇斯底里……纱幕后隐约看到一群扭动的身影……

范暮云正与乔秀芝谈笑风生。服务员领姚爱贞和威尔逊上。

服务员 “范小姐，香港东亚信息公司的姚女士和威尔逊博士来了。”

范暮云 “啊，欢迎欢迎，（向前握手）威尔逊先生，姚女士，这位是《江南晚报》的记者乔秀芝小姐。”

乔秀芝 “欢迎二位到江南市来做客。”

范暮云 “哦？幸会幸会。”

威尔逊 “啊，我发觉你们中国人非常好客。”

范暮云 “哪里哪里，二位远道而来，本公司招待不周，请二位多多包涵。”

姚爱贞 “江南是我的家乡，分别廿年了，这里的变化真大呀，回到故乡能受到范小姐如此盛情的接待，真让人倍感亲切，就像游子又回到了母亲的身边一样啊。”

乔秀芝 “这是应该的嘛。”准备记录。

威尔逊 “二位小姐，我是第一次来中国大陆的，当我踏上这片神奇的国土就有一种强大的吸引力，而我第一个接触到的竟是范小姐这样一位年轻漂亮、精明强干的东方美人，真是莫大的荣幸。”

范暮云 “威尔逊博士真会开玩笑。”

威尔逊 “No！ No！从我与范小姐几天的接触来看，你的学识、口才、品貌、风度和办事能力都是第一流的，如果你在我们英国，一定会成为一流的企业家。”

范暮云 “谢谢，谢谢威尔逊博士的夸奖。噢，你们坐一会儿，我去看看局长来了没有。”（下）

姚爱贞 “乔小姐，你经常在社会上走动，我想向你打听个人，不知小姐能否帮忙？”

乔秀芝 “愿意为您效劳，不知您要找谁？”

姚爱贞 “是我20年前失散的弟弟和妹妹。”

乔秀芝 “20年了？他们原先住在哪里？”

姚爱贞 “原来住在‘五七干校’。”

乔秀芝 “噢，可‘五七干校’十几年前就解散了，你能告诉我叫什么名字，大概有多少年纪吗？”

姚爱贞 “当然可以，（取出纸）这是详细情况，你拿去看看。”

乔秀芝 （一看惊讶地）“姚城？”

姚爱贞 “对！你认识他？”

乔秀芝 “可这姚婉贞又是谁呢？”

姚爱贞 “我妹妹，今年应该25岁了。”

乔秀芝 “好吧，那得看你运气如何啰，说不定很快会有好消息的。”

姚爱贞 “是吗？那就太好了！”

［这时，范暮云从外面进来。

乔秀芝 “怎么样？他们还没有来？那我先走了。”

范暮云 “哎，那怎么行？好不容易把你请到，帮帮我的忙吧，我亏待不了你的！”

乔秀芝 “今天我有一件非常非常重要的事情要办，明天还要出差。”

范暮云　“这样吧，我们不等了，马上签字，等我们签了字再走行吗？非常非常的快！”

乔秀芝　“唉，好吧。”

范暮云　“怎么样？今天本公司借香格里拉饭店为二位接风洗尘，此机会也把‘黑马 001’的供销合同签订下来，不知二位意思如何？”

姚爱贞　“威尔逊先生，你看——”

威尔逊　“可以，关于‘黑马 001’的供销合同，我们已经谈过几次，双方意向基本一致，再说，凭你范小姐的面子能不答应吗？”

范暮云　“威尔逊真会说笑话。”

姚爱贞　“哦，对了，我们很想见见‘黑马 001’的发明者，不知范小姐安排了没有？”

范暮云　“放心吧，不但发明者请到，连医药局的局长、党委书记也请到了。”

威尔逊　“范小姐，你想得真周到。”

范暮云　“那我们先把合同的字签下来吧。”

威尔逊　“OK！听从范小姐安排了。”

范暮云　“好！”

范招呼服务员递上合同，乔秀芝准备拍照。

范暮云　“姚女士，请！”

姚爱贞　“请！”

宛、姚签字后交换文件，握手，鼓掌，服务员端上酒盘，三人拿酒。

威尔逊　“范小姐为我们第一次合作成功干杯！”

范暮云　“为我们的友谊干杯！”

三人碰杯，干杯。乔拍照。

乔秀芝 “各位慢慢聊，我不能奉陪了。范经理，消息后天见报。”

威尔逊 “慢走！”

姚爱贞 “乔小姐，拜托你了！”

乔秀芝 “再见！”

范暮云送乔秀芝下。

姚爱贞 “看来你对这个范小姐似乎很感兴趣嘛？”

威尔逊 “那又怎么样？亲爱的，别忘了，我们此行的目的和宗旨。”

姚爱贞 “这是两码事。”

威尔逊 “No！ No！你错了，在任何交际场合都应当考虑到异性效应，如今天来的是个男人，你去比我更合适，你懂吗？”

姚爱贞 （不高兴地）“懂！我什么都懂，像我这样的女人能不懂吗？”

威尔逊 （严肃而又厉声地）“密斯姚，我告诉你，这里是战场不是情场，你应当明白这个道理，等会儿‘黑马 001’的发明者来了，那就得看你了，使用什么手段我不管，哪怕是陪人家上床……”

姚爱贞 （气愤地）“你？！”

威尔逊 “听着！但是我要的是‘黑马 001’的配方！配方！懂吗？”

姚发贞泪汪汪地……

外面传来了韩其山和周志明的声音。

威尔逊 （命令地）“有人来了，快把眼泪擦掉，到洗手间去！”

威尔逊推着姚爱贞进入洗手间去了。韩其山和周志明进来了。

周志明 “老韩，按惯例今天这种场合你肯定不会来的。”

韩其山 “为什么不来呢？形势要求我们进一步解放思想，迈开步子，来听听看看也长长见识嘛。”

周志明 “范暮云的环球开发公司是一家皮包公司，居然跟外商打起交道来了你不觉得奇怪吗？”

韩其山　“这有什么好奇怪的？任何事物不能看形式，关键是内涵，只要方向对头，路子正确，属于正常的业务往来，就应当提倡和支持嘛，既能争取创汇，把我们的新产品打进国际市场有什么不可以呢？”

周志明　“不过，我对范暮云这个人总有点不放心，还有，我最不喜欢跟外商打交道。”

韩其山　“是啊，当初我并不赞成搞环球公司，但既然搞起来了，我们就得扶植它；把它搞好。至于跟外商打交道嘛，不是你喜欢不喜欢的问题，是时代的需要，经济建设的需要，尤其在这瞬息万变的改革年代，我们共产党人不仅要学会跟朋友打交道，还要学会跟魔鬼打交道，关键是要保持清醒的头脑。”

范暮云　（从大厅进来）“呀呀，韩书记！周厂长！你们不来我这台戏可唱不成了！”

韩其山　“哦？有那么严重吗？哈……”

范暮云　“你想，我们环球医药开发公司是个小公司……”

韩其山　“嗬，还小啊？都环球了。难道要宇宙公司才算大了？”

范暮云　“韩书记太会开玩笑，我们成立时间不长又没什么知名度。赵局长要我们为开发本市的医药新产品服务，这次，通过关系好不容易挂上了一家港商，今天你们局领导能来捧场，对我们来说自然是增光不少啊。”

韩其山　“那我不变成电灯泡了？”

范暮云　“什么话呀，你是党的光辉嘛，来照耀照耀我们这家小公司嘛！”

韩其山　“老周啊，我活了那么大的年纪，到今天才知道。我还是光辉呢！”

三人哈哈大笑。这时，赵一峰和赵小燕也进来了。

范暮云 “啊，赵局长总算大驾光临了！”

姚爱贞和威尔逊也从洗手间出来。

范暮云 “啊，都到齐了，来，大家认识一下这位是香港东亚信息公司总经理姚爱贞女士，这位是姚总的商务顾问威尔逊博士；江南市医药局党委书记韩其山，医药局局长赵一峰。春华制药厂厂长周志明，这位是赵局长的妹妹赵小燕小姐。”

众人一一握手，问好。姚爱贞走到赵小燕跟前打量着。

姚爱贞 “赵局长，你的这位妹妹可是人见人爱呀。”

赵小燕 （不好意思地）“谢谢姚女士的夸奖。”

姚爱贞 “赵小姐，能认识你真高兴。”

赵一峰 “姚女士，你这么快就跟我们环球公司联系上了，建立了贸易关系，我代表江南市医药局向你表示感谢。”

姚爱贞 “赵局长太客气了。我也是中国人嘛，能为祖国做点贡献，本人感到非常荣幸。赵局长。这位范小姐精明能干，是个难得的人才啊！”

赵一峰 “她呀，我们江南市出名的铁蝴蝶嘛。”

姚爱贞 “是吗？哈……”

周志明 “你这次是回来探亲的？”

姚爱贞 “噢，是的，是探望失散了20年的弟弟和妹妹，另外听说我们江南市发明了一种治癌新药‘黑马001’。顺便订一批货。也算我对家乡人民一点微薄的贡献吧。”

赵一峰 “谢谢你，姚女士，江南人民谢谢你的一片赤子之心啊！”

姚爱贞 “惭愧惭愧，这次回国受到家乡人民如此热情的款待，实在过意不去啊，噢，对了，范小姐，你不是答应过我，要把‘黑马001’的发明者请来吗？”

范暮云　“姚女士，这不是来了吗？”

赵一峰　“哈哈……这位周厂长就是‘黑马 001’的发明者嘛。”

姚爱贞　“恭喜啊！周厂长一定发大财了！”

周志明　“我？发大财？哈哈……”

赵一峰　“他呀，得过三次奖一共三千来块，都让他还债了。”

姚爱贞　“这怎么可能啊？三千块人民币还不到六百美元呀，太少了，要是在中国香港、在美国买个专利也得几千万元呀！真是难以置信啊。”

周志明　“国情不同嘛，这比改革开放前已经好多了。中国有句老话：叫作知足者常乐嘛。钱这个东西啊，生不带来死不带去，一座金山也买不回一条命，重要的是我们发明‘黑马 001’每天能救活几百万癌症患者，这比什么都强啊！”

姚爱贞　“海外人都说如今大陆人的价值观念变了，我看没变嘛，依我看……（自觉失言，胆怯地看着威尔逊忙改口）瞧，我们只顾聊天，把两个年轻人谅在一边了。”

威尔逊　（走到小燕跟前）“赵小姐，你是我来到中国以后见到的最漂亮女孩子，能请你跳个舞吗？”

赵小燕看看赵一峰。

赵一峰　“小燕去吧！”

威尔逊　“赵小姐，请吧！”

小燕、威尔逊步入舞厅。

范暮云　“怎么样？我们是不是去喝点什么？（对服务员）小姐，带大家到咖啡厅去吧。”

服务员　“是，范经理。（对大家）请吧！”

人们陆续走了，只有赵一峰在拨电话。

范暮云　（见周志明走在最后便叫住）“周厂长，这是答应支付给你们厂的订货款一百万元。请收好了。”

周志明 （不相信地打开支票一看，高兴地）“谢谢！谢谢你为我们厂解决了困难。范经理真是一诺千金呐！”

范暮云 “可你千万记住，这第一批‘黑马 001’得首先供应我了。”

周志明 “当然，这你就放心好了。谢谢！”（下）

范暮云 （对赵一峰）“一峰，你帮我贷成了这一百万元。帮了我的大忙，你说我怎么感谢你呢？我给你买来一只两千元的手表，算是我的一点儿心意吧。”

赵一峰 “瞧！你这是干什么呀，你我之间谁跟谁呀，怎么也来这一套呢？”

范暮云 “交情归交情，道理归道理，我范暮云从来不会让人家为我白帮忙的。”

赵一峰 “暮云啊，这表我是无论如何也不会收的，如果你真要感谢我的话，可以帮我办两件事。”

范暮云 “什么事呀，只要我能办到的。”

赵一峰 “能，你不是有个舅舅在省外贸当处长吗？周厂长的女儿要从外语学院毕业了想落实到省外贸去。你能不能为她想想办法？”

范暮云 “就这点事？”

赵一峰 “还有，周厂长的儿子周松今年 29 岁了，想结婚可老周又没钱，拿了点奖金又都还债了，这下可好了两人大吵了一场，他儿子不回家了。”

范暮云 “你的意思是？”

赵一峰 “能不能借点钱，让他儿子先把婚事办了？以后再慢慢的还你。”

范暮云 “不就万把块钱嘛？什么还不还的。让他的‘黑马 001’降点价不就行了？”

赵一峰 “不过，这件事无论如何不能让老周知道，他这个人的脾气我最清楚了。”

范暮云　“放心，我会以你的名义出面的。但是‘黑马001’的降价问题就得靠你帮忙了，如果说每瓶‘黑马001’降价二块钱，就是十万元的利润，大家都有好处，我何乐而不为呢？唉，你跟周志明这么好，连我都嫉妒了。”

赵一峰　“你说的，你跟周厂长处好了关系，对你也是有好处的嘛。”

范暮云　“好吧，看在你的分上，这两件事就包在我身上了。”

赵一峰　“太好了，这下可得让我来谢你了。”

范暮云　“啊，别高兴得太早了，有条件的。”

赵一峰　“什么条件？”

范暮云　（晃晃手表）“把这个戴上！”

赵一峰　“这怎么可以呢？不是跟你说过嘛！”

范暮云　“不给我面子是吗？那你的事我也不管了。”

赵一峰　“唉！好好好，这表我收下还不行吗？你呀，这是存心难为我嘛。”

范暮云　“怎么会呢？我还有事求你呢。”

赵一峰　“什么事？说吧。”

范暮云　“姚女士和威尔逊先生说‘黑马001’很了不起，想为你们的‘黑马001’在香港打开销路，但他们又怕我们的生产流水线不符合国际标准。”

赵一峰　“怎么会呢？我们的设备是世界上第一流的。”

范暮云　（犹豫地）“他们想去看看。”

赵一峰　“行！明早上你来给他们开个介绍信。”

范暮云　“啊！那太好了！（在赵脸上亲了一下）怎么样？五一节上我家来？晚上。”

赵一峰　“恐怕不行。”

范暮云　“为什么？约了别的女人？”

赵一峰　“什么话呀，星期天周厂长要请客。”

范暮云　“噢，对了，我怎么给忘了。”

赵一峰　“你知道他手头这么紧张，又没钱我得替他买点菜送去。”

范暮云　“你为什么不早说呢。我的同学是食品店的经理，我让他帮你办了就是。”

赵一峰　“你还不知道老周的脾气吗，他会收你的东西吗？”

范暮云　“我就说是你给买的不就得了，这事儿你就放心好了，走，去喝杯饮料。”

俩人缓缓地走出去了，赵小燕和威尔逊回到了酒吧。

威尔逊　“赵小姐。你的舞跳得好极了。”

赵小燕　“好长时间不跳舞了。”

威尔逊　“为什么？”

赵小燕　“去年一年，我们都在忙着研制‘黑马001’的工作，连星期天都没休息。”

威尔逊　“噢，原来是这样。”

赵小燕　“咦？他们人呢？”

威尔逊　“说不定去吃饭了，其实我对大饭店的菜一点儿也不感兴趣。”

赵小燕　“我也是，好不自在哟。”

威尔逊　“是吗？那赵小姐能不能带我去吃你们这儿的风味小吃？”

赵小燕　“啊，太好了，我非常愿意，那我们走吧。”

威尔逊　“小姐，今天能见到你还跟你跳了舞，真是太高兴了，我们远道而来没带什么东西，这里有一件小小的礼物，送给赵小姐作个纪念吧。”取出一个礼品盒，从里面抽出一条项链。

赵小燕　“不！不要，威尔逊先生，你快收起来，这不好，这么贵重的东西。”

威尔逊　“赵小姐，这不过是我的一点心意，这点小玩意对我来说根本算不了什么，像你这么漂亮的小姐，连一根项链都没有怎么说得过去？来，我给你挂上。”

赵小燕　（慢慢地走近威尔逊）“这合适吗？”

威尔逊　“合适。这有什么不合适？”为赵挂上项链。

[切光。

四

春华制药厂内的车间门口。

厂区很美。车间门口写着“谢绝参观”，旁边还站着门卫。

赵小燕挎着照相机与威尔逊来到车间门前。

威尔逊　“啊，赵小姐，你们的环境跟你一样美。”

赵小燕　“是吗？去年下半年才建起来的（指门口），这就是生产‘黑马 001’的车间。”

姚爱贞　“哦。还有门卫？”

赵小燕　“二位。请吧！”

人欲进车间。被门卫挡住。

门　卫　“对不起。请留步！”

威尔逊　“什么意思？”

门　卫　“这里不能参观。”

姚爱贞　“哦，这位先生想必误会了吧？”

赵小燕　“他们是我请来的客人。”

门　卫　“也不行！”

赵小燕　“怎么了？你这个人也真是，喏！我这儿有医药局开的介绍信，这儿还有局长的批示！行了吧！（对姚）我们进去！”

门卫无奈，只好放行。

姚　城　（从办公室出来见状）“站住！”

赵小燕　“姚副厂长，我哥让我陪两位朋友参观一下‘黑马 001’的生产流水线，有医药局的介绍信。”

姚　城　“两个先生，小姐，非常抱歉，这条流水线是不准参观的，（指牌子）看见了吗？”

姚爱贞　“这是为什么？”

姚　城　“不为什么，这是制度。”

赵小燕　“怎么？连局里的介绍信也不顶用？”

姚　城　“别说局里，就是市里的介绍信也没用，我们执行的是国家一级保密制度。”

威尔逊　“厂长阁下，中国不是正在实行对外开放政策吗？参观一下有什么关系呢？”

姚　城　“是的，我们实行对外开放，欢迎各国朋友来投资或进行贸易，同时，也希望各国朋友能遵守中国的各种法规。”

赵小燕　“你怎么可以这么说话呢？这事我跟我哥打过招呼的。”

姚　城　（正色）“那你就跟赵局长去说吧，就说是我不同意参观的。”

赵小燕　“你！……”

姚爱贞　（仔细地打量姚城）“你是——”

姚　城　“我是这儿的副厂长。”

姚爱贞　“你姓姚？”

姚　城　“对！”

姚爱贞　“我也姓姚。”

姚　城　“哈……，那又怎么样？别说同一个姓。就是同胞姐妹也没用。对不起，二位请回吧。”

赵小燕　“姚工，他们只是好奇，想拍几张照片带回去做个留念。你就……”

姚　城　（厉声地）“小燕！你太无知了！这车间是我们十年来的心血！为了这个车间我们流血流汗，还献出过生命！（对门卫）请带他们出去！”

威尔逊　（惊愕地）“哦？（双手一摊）真野蛮！”

门　卫　“二位，请吧！”

小燕捂脸哭着跑下，威尔逊愤愤地朝门口走去，姚爱贞还不时地回头望着姚城。

周志明　（从办公室出来）“姚城！姚城！”

姚　城　“什么事？厂长”

周志明　“销售给环球公司的‘黑马 001’怎么成 18 块一瓶了？”

姚　城　“你不知道？”

周志明　“我怎么知道？我跟她订的合同是咱们的标准出厂价每瓶 20 块。”

姚　城　“不是说你同意按每瓶优惠两块结算吗？”

周志明　“我（咆哮地）胡闹！我什么时候同意过？你呀，一个生产副厂长连这点头脑都没有！你说！是谁告诉你，我同意按 18 块的？”

姚　城　“是赵小燕说的。你已经同意优惠的。”

周志明　“小燕？她一个化验员说句话你就信了？”

姚　城　“我是不信，小燕打电话给赵局长，赵局长跟我说环球医药开发公司是本系统的新公司，业务上要支持她们，还说这个价格是你同意了的。”

周志明　“扯淡！他赵一峰有什么权利以我的名义随便定价大慷国家之慨，拿我们的产品做人情，真是岂有此理，等他来了我倒要请问他？哼！”

五

[灯复明：

夜幕下的西子湖畔，有树丛和茶桌椅子，威尔逊在湖畔踱步，手里拿着从小商贩那儿买来的竹制小吹哨，一边走一边吹着……赵小燕像一阵春风飘到了威的眼前。见状捧腹大笑。

威尔逊　“Helo！我的小公主，你总算来了？”

赵小燕　“等了很久吧？”

威尔逊　“我们西方人是最遵守时间的了。”

赵小燕　“对不起，我迟到了，威尔逊先生。”

威尔逊　“嗨！你吹吹这个，挺好玩的。”递上竹哨。

赵小燕　（觉得好笑）“我不要，带回去让你太太去吹吧。”

威尔逊　“No！ No！密斯赵，我还没有结过婚呐。”

赵小燕　“你没结过婚？”

威尔逊　“这有什么奇怪？不是更自由吗？当然啦，如果遇上了像你这样漂亮而又善良的纯情女孩子，那得另当别论了。”

赵小燕　“威尔逊先生，你真会开玩笑。”

威尔逊　“怎么会是开玩笑呢？难道你真的不知自己长得很美吗？难道你真的不知道我已经爱上你了吗？”

赵小燕　“不不！这不可能，是不可能的！”

威尔逊　“这么说，你有意中人了？”

赵小燕　“我？当然没有。”

威尔逊　“啊，我知道了，那一定是看不上我。”

赵小燕　“不！不是的。”

威尔逊　“那是为什么？”

赵小燕　“我……我说不清楚嘛。”

威尔逊　“嗨，你们中国对待爱情向来是严谨的，我看过贵国的《红楼梦》，那些少男少女们在表达爱情的方式上，就像在读一首首的朦胧诗。”

赵小燕　“是吗？你如果想在中国寻找爱情，那你就得遵循中国人的表达习惯。”

威尔逊　（猛醒）“啊，我懂了，你已经明明白白地告诉我了，要慢慢儿地来，不能像西方那样相爱了就可以上床是吗？”

赵小燕　“我不知道。”

威尔逊　“那好吧，就让我一遍遍地读你的朦胧诗，行吗？”

赵小燕　“只要你想读那就读吧！”

威尔逊　“当然，一定读，赵小姐，你在制药厂当化验员，那所有药品的配方都得由你掌握对吗？”

赵小燕　“对，是这样的，但‘黑马 001’不属于我掌握。”

威尔逊　“为什么？”

赵小燕　“‘黑马 001’是国家重点科研成果，属于一级保密资料，配方由试制人编成代号直接输入电脑。全部制作过程都是由电脑控制的，原始配方除了周厂长和姚副厂长谁也不知道。”

威尔逊　“姚副厂长？就是不让我们进车间的人？”

赵小燕　“对其实，他这个人并不坏。”

威尔逊　“赵小姐，如果我把你带到国外去，你哥哥会反对吗？”

赵小燕　“有这个可能吗？”

威尔逊　“如果有可能呢？”

赵小燕　（沉思）“……我想不会，我哥还是比较开明的，思想也比较解放。”

威尔逊　“那太好了！哎，赵小燕你哥跟周厂长的关系怎么样？”

赵小燕 “我哥是周厂长一手提拔起来的，你别看我哥哥当局长，是周厂长的上级，可他们的关系比父子之间的关系还亲密呢。”

威尔逊 “是吗？那跟范小姐呢？”

赵小燕 “哎，怎么说呢？我也说不清楚。”

威尔逊 “会不会是又一首朦胧诗呢？”

赵小燕 “谁知道呢？”

威尔逊 “是啊，生活中有的是朦胧诗，就说我跟你吧，相隔千里萍水相逢。这些天你请我喝中国式的早茶、跳舞。还陪我游玩了这举世闻名的西子湖，我真是太感激你了，今天我要送你一件小小的礼物。（取出一个精美的盒子打开，把一枚名贵的钻戒套在了小燕的无名指上）小燕，你知道这意味着什么吗？”

赵小燕 “谢谢！”然后无比柔情地靠在威尔逊的身上。

威尔逊 “我实在太爱你了，恨不得马上把你带走。你知道吗？我已经不能没有你了。”

赵小燕 “是真的？威尔逊先生？”

威尔逊 “真的，我们可以到巴黎、威尼斯，到维也纳、夏威夷去度蜜月，我要让全世界都来看看，看看我威尔逊身边这位美丽的东方女神。”

赵小燕 “呵。你真好，我的威。”

威尔逊 “今晚别回去了。”

赵小燕 “上哪儿？”

威尔逊 “香格里拉我那儿呀。我的宝贝。”

赵小燕 “啊？（推开威）这不行！”

威尔逊 “我求你了，宝贝。”

赵小燕 “不行，我们中国人不兴这种做法。”

威尔逊　“这有什么关系呢？你不是很快就要离开这儿了吗？ 只不过是迟早的事了。”

赵小燕　“先生，那是另一回事。”

威尔逊　“你们中国人太封建了，像你这样现代派的姑娘，向往的应当是自由世界的生活，何必拘泥某种陈腐的形式呢？”

赵小燕　“不，哥哥知道会骂的。”

威尔逊　“你就说昨晚住在姚爱贞女士那里，放心，我会让她给你作证的。”

赵小燕　（犹豫一会儿）“不，威尔逊先生，我求求你了，让我回去吧，我心里乱极了。”

威尔逊　“好吧，我给你叫车。”

威尔逊拥赵小燕走了，姚爱贞与范暮云从一旁走了过来。

姚爱贞　“范小姐上次你为我们联系参观‘黑马 001’的事虽然没有成功但你已经尽到了你的责任，这是答应付给你的两千元报酬。”

范暮云　“不不。这不行，无功不受禄嘛。”

姚爱贞　“参观不成是我们的机会不好。而你已经尽到责任了，请你一定收下。”

范暮云　（收下）“不好意思。”

姚爱贞　“哪儿的话呢？范小姐，像你这样的人要是在香港的话，肯定会大有前途啊。”

范暮云　“是吗？”

姚爱贞　“当然，精明、强干而且漂亮，可惜啊，要是在香港，威尔逊博士肯定会很器重你的。”

范暮云　“谢谢你的赞美，我可不敢奢想。”

姚爱贞　“哎，你想不想去香港或者美国？”

范暮云　“28 岁的人了，既没亲戚又没钱，怎么去？即使去了也没啥意思，不过，在大陆我也待腻了。唉！”

姚爱贞 “范小姐的意思我懂了，你已经帮了我们不少的忙了，像范小姐这样的人才，在大陆也许可以赚到不少钱，可永远也发不了大财对吗？如果范小姐真想出国的话，我倒是乐意帮你的忙。”

范暮云 “姚经理，你不是在开玩笑吧？”

姚爱贞 “当然不是。不过出国要很大一笔钱，如果你能帮我办好一件事，我保证你可以获得一笔巨款，五百万美元甚至更多……”

范暮云 “姚小姐，我从不做白日梦。因为我一向很清醒……”冷笑。

姚爱贞 “不！我从不说梦话，因为你能办到！”

范暮云 “有这么重要的事吗？”

姚爱贞 “是啊，我要‘黑马 001’的配方，能弄到吗？”

范暮云 （心领神会地）“噢。我明白了。”

姚爱贞 “有把握吗？（见范犹豫）五百万不是一个小数目啊！”

范暮云 “我知道，不过，难度很大。”

姚爱贞 “凭你的精明和与上层官员的关系，是可以办到的。”

范暮云 “姚女士，这可是拿生命作赌注，你必须先帮我把护照办好。”

姚爱贞 “这没问题，我一定帮你办好，祝你走运了！”

范暮云 “碰碰运气看吧，我走了。”（下）

威尔逊 （从里走出来）“好！这件事办得漂亮。”

姚爱贞 （冷笑）“这女人，她会去拼命的。”

威尔逊 “不过事情并不像我们估计的那么简单，我仔细打听过了，原始配方只有周志明和那个姚副厂长两个知道，你要抓紧时间想办法。在那个姚副厂长身上打开缺口。”

姚爱贞 “这个人恐怕很难打交道。”

威尔逊 “什么办法我不管，你可以答应给他很大一笔钱嘛！最好的办法是动员他出国，只要人在我们手里就什么都有了。”

姚爱贞　“好吧。我会遵照你的指令去办的。”

威尔逊　“另外，那个赵局长与周志明的关系相当密切。告诉范暮云让她从这方面着手，不惜一切代价！”

姚爱贞　“好吧，我会通知她的。”

威尔逊　“姚小姐。总的来说你的表现我还比较满意，事成之后你会发大财的，我可以向你保证。”

姚爱贞　“谢谢你，威尔逊先生。（看手表）噢，那个记者约我见面。说要找的人有消息了，我得走了。”

威尔逊　“噢，愿上帝保佑你。”

姚爱贞　“拜拜！”走过茶桌边看了看，见没有人，转身看看表又沿着湖畔走去。

姚城来到茶桌旁朝四周望了望，然后，在茶桌边坐了下来。

服务员　（来到茶桌前）“先生，您要点什么？”

姚　城　“请来杯咖啡。”

服务员　“好的。”（下）

姚城又朝四周看了看，服务员把咖啡端了上来。这时姚爱贞从一旁走了过来，见桌旁坐着姚城，想了想便来到了茶桌边。

姚爱贞　“哟！是姚副厂长啊？出来散步？”

姚　城　（有些纳闷）“你是……哦？想起来了，请坐！”

姚爱贞　“谢谢小姐，请来杯咖啡！姚副厂长不影响你吗？”

姚　城　“不会的。”

姚爱贞　“那天的事实在是对不起了。”

姚　城　“这也不能怪你们嘛，还得请你谅解。”

姚爱贞　“哪里哪里，姚副厂长年轻有为，为什么不到我们香港去投资呢？”

姚　城　“我？哈……”

姚爱贞　“你笑什么？全世界好多人都在香港投资呀。”

姚　城　“可我拿什么去投资啊？我的家产怕只够买两张去香港的机票，你懂吗？”

姚爱贞　“先生，这怎么可能呢，你们的‘黑马001’卖个专利也值上千万美金啊。”

姚　城　“哦，这么值钱？”

姚爱贞　“当然啰。可这样的尖端技术卖专利是很不合算。”

姚　城　“是吗。那最合算的是什么？”

姚爱贞　“当然是自己开制药厂生产啰，我算过一笔账，办一家中型的制药厂不过两千万，投产后一年就可以收回投资，五年后你就会成为亿万富翁的。”

姚　城　“这倒是个发财的好机会，可惜我们厂目前还出不了这么多资金。”

姚爱贞　“看来你误解了我意思，我指的是你个人，如果你想办厂的话，我们可以合作，我出资金搞管理，你提供配方和技术，利润嘛可以三七分成，你拿三成，我七成，怎么样？”

姚　城　“好是好，问题是我不愿离开这片土地，虽说她还贫穷也落后，但是儿子是不会去嫌弃自己的母亲的。”

姚爱贞　“看来先生是位爱国主义者。”

姚　城　“惭愧，炎黄子孙仅此而已。”

姚爱贞　“是呀，我也是中国人，这些年虽说人在海外，可心里老惦记着家乡，每到逢年过节那种思乡之情尤其强烈。唉，我就是穷怕了才离开这儿的。小时候，我也憧憬过共产主义，编织过美好的未来，可后来‘文化大革命’把我的父母迫害致死，我的美梦破灭了，不得已才离开祖国的。”

姚　城　“那是中国最混乱的年代，而现在却迥然不同了。”

姚爱贞　“是的，当我踏上这片土地就感觉到了。但中国毕竟是中国，政治风潮太多了，说不定什么时候又要搞政治运动了。先生，请相信我吧，只要你离开这儿，用不了两年，你很快会成为富翁。”

姚　城　“我相信，会有这个可能，但我这一辈子是不会离开这儿的。”

姚爱贞　“好吧，先生的一片爱国之心真是日月可昭，令人敬佩。姚先生，我们能不能换一种方式谈呢？”

姚　城　（看表，又朝四周看看）“有这个必要吗？”

姚爱贞　“有，比方说，我可以给你一笔巨款，五百万美金或者更多些，买你一张 16 开的纸片。”

姚　城　“哦，天底下有这么贵重的纸片吗？”

姚爱贞　“是啊，这是天下最昂贵的纸片，可对于先生来说不过是举手之劳罢了。”

姚　城　“哦，我倒是很愿意听听。”

姚爱贞　“给我抄一张‘黑马 001’的配方。”

姚　城　“哈……哈哈……原来是这样。姚总经理，我可以明白地告诉你，我姚城再穷也不会用中国人的灵魂去卖钱的！拿姐妹的生命和热血去卖钱的！”

姚爱贞　（猛醒）“怎么？你……你就是姚城？”

姚　城　（把杯子打碎）“哼！败类！”离桌而去。

姚爱贞　（疼楚万分地）“回来你回来！”

乔秀芝急忙拦住姚城。

姚　城　“你怎么才来？”

乔秀芝　“半路堵车了，我一时过不来呀，看！茶桌旁的那个就是你的姐姐！”

姚爱贞　（羞惭地掩面而泣）“不！不！！不！！！”昏死过去。

姚　城　“姐姐！”

乔秀芝　“姚女士！”

姚城与乔忙扶住姚爱贞。悲壮的音乐起……

[切光。

六

[灯复明：

周志明家：周志明和韩其山正在吃饭。有人敲门，周起身开门范暮云来了。

范暮云　“周厂长，我可是不请自来哟！”

周志明　“哦，是范经理，请坐！”

范暮云　“啊，韩书记也在。”

韩其山　“你可是稀客呀？”

范暮云　“是吗？一回生二回熟嘛，说不定什么时候我也会贸然闯进你的府上来呢。（走到桌前）哟，好丰盛的晚餐啊，甲鱼、螃蟹、基围虾……嗯，不错！”

韩其山　（举酒瓶）“要不要来一点？”

范暮云　“不了，我还有事。今儿个我是向周厂长道喜来了。”

周志明　“我？”

范暮云　“对！你女儿兰兰的事，我已经给她办好了。到省外贸当口语翻译。这是接收通知书，赵局长已写信让她马上回来。”

周志明　“噢，那……那就谢谢你了。”

范暮云　“不谢不谢。这没什么。”

周志明　“噢，对了上次由于我们厂工作上的失误，供给你们那批‘黑马001’价格搞错了，你应当退还我们厂十万元货款，实在不好意思，不知……”

范暮云　“噢，这事嘛以后再说吧，不打扰你们吃饭，我得走了，周厂长，我帮你送来一个人，你看！”

周松怯生生地站在门口，手里提着水果和酒。

周志明　“松松！”

周　松　“爸爸！”

韩其山　“哎呀，原来是松松回来了？”

周　松　“韩叔叔，你也在？”

范暮云　“好了，我的任务完成了，你们慢慢聊。我先走了。（出门）再见！”

周志明　（走到门口）“范经理。谢谢你了！”

周　松　（把水果、酒交给父亲）“爸爸，这个给你，上次是我不好，我不应该……”

周志明　“好了好了，回来了就好嘛，来，吃饭吧！”

三个人围坐吃饭。

韩其山　“松松啊，你口福不浅嘛。昨天你一峰叔知道你爸爸要请客，特地买了这些菜还派人送来，还没吃完，今儿个就让你赶上了。”

周　松　“这不是一峰叔买的。”

周志明　“不是他？”

周　松　“是范经理让人送来的。”

周志明忙将嘴里的菜吐出，韩其山像梗住了脖子两人面面相视……然后站了起来。

周志明　“完了！”

韩其山　“我们俩都上当了。”

周志明　“都怪你，要是听我的，搞清楚了谁送的再吃，就不会发生这种事了。”

韩其山　“天这么热，等你搞清楚了恐怕都要发臭了！”

周志明　“瞧，这下可麻烦了。”

韩其山　“吃都快吃完了，别埋怨来埋怨去的，大不了付钱嘛！”

周志明　“对，吃，大不了付钱。”（两个人又重新来到桌前吃饭。）

周　松　“其实范经理也是一片好心，刚才她把妹妹的外贸公司接收单送来，你反而逼着人家退回那十万块钱，我总觉得有些不近人情。”

周志明　“这是两码事嘛，你想帮她说情是不是？我告诉你我就不信她那个邪。”

韩其山　“好了好了，现在是吃饭！”

沉默。

韩其山　“哎，松松，听说你快结婚了是吗？”

周　松　“是啊，准备下星期办了。”

周志明　“什么？下星期？我不是让你再等一段时间吗？”

周　松　“可是……可是这肚子里的孩子不能再等了。”

周志明　“有孩子了？”

周松怯　（生生地点点头）“嗯”丢下碗。

周志明　“胡闹！你……唉！”起身把筷子一扔。

韩其山　（推开周志明）“算了算了，事到如今怪他也没用了，怎么样？有什么困难吗？”

周　松　（摇摇头）“没什么困难了，该办的爸爸都给办好了，那套意大利家具她挺喜欢，还有彩电、冰箱、录像机牌子也挺好的……”

周志明　（急得不相信地走到周松跟前惊讶地）“松松，你说什么？家具、彩电、冰箱、录像机？我怎么越听越糊涂了？”

周　松　“这些都是范经理一手操办的，说是你托她代办的。”

周志明　“我？我什么时候委托过她？”

韩其山　“老周啊，这事我也听说了，说是你委托赵局长一手办的。”

周志明　“我？胡闹！我有钱自己不会去办？要委托他去办？”

韩其山　“这个我可不清楚，反正外面都是这么传的。”

周志明　“原来如此，松松，你拿他们多少东西？”

周　松　“我什么也没拿！东西都是他们送来的，都说是你爸爸让买的。”

周志明　“我问你到底有多少东西！”

周　松　“我这儿有个清单。”掏出递给周志明。

周志明　“我的妈呀！一共一万五千块！你想让我去坐牢是不是！嗯！”步步逼近周松。

韩其山　（推开周志明）“哎呀！这事你不能怪他！人家说是你买的，他当然收下喽。”

周志明　“你马上回去，把东西全部退给他们！”

周　松　“怎么退？墙纸贴在墙上了，地毯铺在地上了，吊灯挂在顶上了……”

周志明　“我不管这些，反正你得给我退！”

周　松　“我不退。”

周志明　“什么？你敢不退？”

周　松　“周厂长，我28岁谈恋爱如今都29岁了，她身上有了孩子，你让我怎么办呢？我说过我能自食其力，我不要父亲一分钱，可他将我存的结婚钱都给花光了，天底下有这样的父亲吗？这个婚我是结定了，要退你掏钱去退，我本来就有这些钱，你应当还给我的，从此以后，我们一刀两断了，我们谁也不欠谁，你就算没生我这个儿子，我就算没有你这个父亲”奔出门外走了。

韩其山　“松松！松松！松——松！”（追下）

周志明觉得有些头晕，他慢慢地靠在沙发上。（灯转暗）

赵一峰吹着口哨从外面进来。

赵一峰　“周叔！”

周志明　“噢，是一峰啊？”

赵一峰　“周叔，你怎么了？哪里不舒服？”

周志明　“是啊，能舒服吗？一峰啊，我想跟你说几句话。”

赵一峰　“噢，我给你泡杯茶。”

周志明　“不用了，你坐下，我是看你长大的，现在你是局长，我的上级了，我的话不知你听不听得进去了。”

赵一峰　“周叔，哪儿的话呀，有啥话你就直说吧。”

周志明　“嗯，我记得小时候你是个好孩子，进厂后是个好青年，还当过团支书，评上过新长征突击手。对我们春华厂有过贡献，可是自从你当了医药局局长以后变得很快呀，抽的是中华牌，喝的是高档酒，你老婆一套时装就要一千三百块，搓麻将、听卡拉OK，出手这么大，你这钱是从哪儿来的？”

赵一峰　“周叔，你放心，我决不会开口向人家要东西的。”

周志明　“这我知道，可处于你这样的地位，你手上有权，人家会千方百计地迎合你以各种理由给你送这送那，问题是你有没有拒绝？”

赵一峰　“怎么了？周叔，我干了什么了？朋友之间嘛，烟酒不分家，至于买了几件衣服我也付了钱。嗨，现在的人哪，谁生活好一点，人家就眼红；你提升了，人家说你会拍马屁；要是跟女人多聊几句，人家会说你作风不正派；嘴长在人家身上，想说什么去说吧，我才不在乎呢！”

周志明　“一峰啊，真想不到你会变得如此狂妄自大？刚愎自用啊？这么下去，你要犯大错误的！”

赵一峰　“有那么严重吗？”

周志明　“依我看恐怕还要严重得多？比如说供给范暮云的那批货吧，出厂价是我们厂集体讨论定的，你怎么可以随便降价呢？这种做法是侵权行为你懂吗？而且还盗用我的名义，使我们春华厂一下子损失了十万元，你怎么可以这样呢？”

赵一峰 “我正是向你解释来的，环球公司也是我们系统的，她的任务就是开发本系统的医药新产品，给她一些适当优惠也是符合政策的。另外，兰兰的工作单位我是托范暮云向省外贸落实好的，松松的结婚问题不能不解决，该办的东西也都托她们办了，人家帮了忙，总得给人家一点实惠吧，这些跟你没关系，责任我来承担！”

周志明 “你承担得了吗？”

赵一峰 “我可以发文，就是要给她优惠，我有这个权利！”

周志明 “你是有这个权利，可这是明目胆的以权谋私。还有，‘黑马 001’是国家一级机密产品，你竟然写条让威尔逊、姚爱贞去参观，我看你是利令智昏了。才当了两年的局长，就不可一世了？不错，我周志明是穷，为了搞试验把什么都贴进去了，可我是自愿的，我把儿子气走了，也是我自己的事，我相信他们最终会理解我的，我不需要你帮倒忙！”

赵一峰 “你把家里弄成这个样子，说心里话我看不下去，你 13 岁参加革命，每个月一百多块工资，还抵不上摆个馄饨摊一天的收入高。你千辛万苦发明了‘黑马 001’，而自己呢？却背了一身的债，这公平吗？社会上有上亿元，上千万元的个体户，我们共产党员也是人啊，是唯物主义者，而不是清教徒！”

周志明 “我承认这些客观事实的存在，但是，你不要忘记，你是个共产党员，从你举起右手宣誓的时候起，就要准备为共产主义奋斗终生，而难就难在这‘终生’两个字上，你还年轻，生活道路还很长，我们的改革开放才刚刚开始，作为一个党的干部如何正确对待当前的社会形势，在改革开放的浪潮中过好权力关、金钱关、信息关是至关重要的。这好像说是些大道理，就因为这些大道理没有深入人心，才导致了不少干部在改革开放的浪潮中卷入了旋涡，触礁沉舟啊。”

赵一峰 “请你放心，我决不会连累你的，我会承担一切责任的。可你呢？你有没有想过？再过两个月你就离休了，现在的社会是人在人情在，人走茶自凉，往后的日子你想过吗？”

周志明 “想过，生活是要清苦一点，但诚实的贫穷要比堕落的富裕好得多！你以为帮兰兰落实了工作单位，解决了松松的结婚大事我会高兴对吗？你错了，你在帮倒忙，你在把我往泥潭里推！一步步地往监狱里送！即使什么事也没发生，如果我默认了这一切，我的心能安宁吗？直到死的那天我都会问心有愧呀！”

赵一峰 “好了，该说的你都说了；你说怎么办？”

周志明 “把范暮云那批货的十万元追回来。”

赵一峰 “可以。”

周志明 “还有，把松松新房里的东西退回去！”

赵一峰 “对不起，这件事我办不到，我不能眼看着松松他们小两口睡在水泥地上。”

周志明 “好吧，你不退，我去退！但是，你必须到纪检部门去自首！”

赵一峰 “自首？哈……要我去自首？我还不知道我错在哪儿呢！”

周志明 “你的思想和行为已经违背了一个共产党员的准则，违犯了党纪国法，不要自欺欺人了，表面上很镇静，其实你心里比谁都清楚！你跟范暮云的关系，你家里那些高档家用电器，你吃的、喝的、花的，还有你手上的那块金表！该醒悟了……”

赵一峰　（全身哆嗦）“周——叔！”泣不成声地扑向周的怀里。

周志明　（无不心酸地）“唉，晚了！太晚了！”

［切光。

七

［灯复明：

姚城的家，屋里一切从简。桌上放了许多资料。姚城一面查资料一面啃方便面。姚爱贞从外面来。

姚爱贞　“阿城！”

姚　城　“哦，姐姐来了？坐吧！”

姚爱贞　“阿城，你就吃这个怎么受得了啊？”

姚　城　“那倒不是为了省钱，主要是方便。”

姚爱贞　“好了好了，我不想听你解释了，今天你一定要陪我到婉贞那里去。”

姚　城　“今天没时间，以后再去吧。”

姚爱贞　“不行！今天我非见到小妹不可，我要你们跟我一起走，各种出境手续和费用我会解决的。哎，听见了没有？你得做好准备。”

姚　城　“姐，我不是跟你说过嘛，我不想走，春华厂很需要我，我对这个厂、这些人有感情，你应当尊重我个人的意愿嘛。”

姚爱贞　“我知道你很爱你的厂，我们可以自己办一个嘛！”

姚　城　“我觉得这儿很好，生活很安定也很充实。”

姚爱贞　“我承认你们共产党人的高尚情操和自我献身精神，可是你有没有为姐姐想一想？为小妹想一想？也为你自己想一想？”

姚　城　“如果大家都想自己，那我们中国还有希望吗？”

姚爱贞 “你以为你们这种慢吞吞的生活节奏，拖拖拉拉的办事效率以及很不合理的分配制度，能搞出什么名堂来吗？”

姚　城 “某些落后现象全世界都存在，当然中国也不例外，所以我们需要改革嘛。”

姚爱贞 “改革？是呀，全世界的社会主义国家都在改革，可结果呢？东欧经过一阵改革还不是回到资本主义的老路？坚持了七十年社会主义道路的苏联，在一场轰轰烈烈的改革之后，红场上又升起了沙皇时期的三色旗。该怎么理解呢？”

姚　城 “但我坚信，中国的改革会成功的，会走出一条社会主义改革的新路来的。因为，我们坚持了党的基本路线；坚持了走有中国特色的社会主义道路，坚持了富国富民的改革方向，这些不仅得到了证实，也深为人民所拥护，你懂吗？”

姚爱贞 “唉，我该怎么跟你说呢？这次姐姐千里迢迢回到中国。苦口婆心地劝你跟我走，难道你就一点儿都不体谅姐姐的一片心吗？”

姚　城 “我怎么不体谅呢？说到底你不就是为了要‘黑马001’的配方吗？无论在我们车间门口，还是在公园里的见面，其目的不是很清楚了吗？可是，你只知道赚大钱，为了赚钱你忘记了自己是中国人，是炎黄的子孙、是革命的后代，把国格人格都丢尽了。竟然堕落成了洋人的经济间谍，你知道‘黑马001’是怎么命名的吗？你知道小妹是怎么死的吗？”

姚爱贞 （如雷击顶）“什么？你说什么？小妹，她死了？我的小妹，她到底是怎么死的？”

姚　城 “那是三年前的一个深夜。强劲的8号台风突然袭击了江南市，‘黑马001’的试验室的屋顶被掀开了一个大洞。狂风暴雨一个劲地往试验室倾泻下来，试验室里有几十万元的贵重药品和积累了多年的试验资料，正在值班的小妹艰难地爬上了屋顶，费了好大的劲才把洞口盖好。当她下梯子时，一棵大树被风吹倒了，压住了小妹的腰部，一直到天亮才被大家救出来送往医院抢救，一个星期之后，小妹便离开了人间。”

姚爱贞 （哇地失声大哭）“小妹！我的小妹啊！廿年前的分别，想不到成了永诀了，记得临走的那天她才五岁，见我提着行李问我要到哪里去，我说小妹，从今以后你要好好听哥哥的话，我去赚钱，等姐姐赚了钱给你买好多好多糖……可怜的小妹，姐让你等了20年，今天姐姐回来了，可你却走了……可怜的小妹，我对不起你啊，姐让你带着谎言和失望离开了人间……”

姚　城 “这些，小妹并不怪你，她是个坚强的人，她对你充满了希望和爱，这里有她临终前留给你的一封信。”

姚爱贞接信。

[画外传来姚婉贞的声音：

姐姐：

你离开我们已经18年了，儿时的记忆虽已模糊，但你临走的情景却依稀浮现，那天下着大雪，你走后，我一直坐在门口望着纷扬的雪花等着你买糖回来，等啊等啊……十八年过去了，姐姐，你在哪里？好叫人思念啊！

姐，你曾说过做人要有骨气，这些年我一直在帮哥哥试验一种治癌新药。整天一身灰一身泥的，人家都叫我黑马，在我住院期间，周厂长含着眼泪对我说：“谢谢你，我们的黑马，等我们的治癌新药试验成功，就以‘黑马001’命名，姐，你说能有比这值得自豪的事吗？但遗憾的是我等不到‘黑马001’成功的那天了，可坚信这一天一定会到来，那时，姐要是能回来该多好啊，让姐姐看到了我的生命成果，小妹也就含笑九泉了。”

姚爱贞　（泣不成声）“小……妹啊……像你这样的人为什么要死去，像我这样的人为什么还要活在这世上呢？啊，我到底作了什么孽哟……哈哈……”

姚　城　“姐姐，你怎么了？你这是怎么了？”

姚爱贞　“别碰我！我是罪孽深重的人，一个罪犯，一个间谍，一个婊子！哈哈……”接着呜咽起来。

姚　城　“姐姐，你一定受了不少苦吧？心里有什么委屈就痛痛快快地说出来吧！我早就看出来了，你的生活并不像你所表现的那么平静。姐姐，你能告诉我吗？”

姚爱贞　“你想听吗？不，还是不说的好。”

姚　城　“我要，你是我的姐姐，我是你唯一的亲人啊！”

姚爱贞　（平静下来）“好吧，那年我跟那个商人到了香港；白天在他家作女佣，晚上成了他的小妾。三年后他把我卖给了一个开桑拿浴室的老板沦为妓女，在那里我待了六年，我已经25岁了，老板嫌我老了，让我自找门路，那时，我患了性病，等我把病治好了，这六年的积蓄也花光了。我只能到一家餐馆帮人洗碗，工资很低，但是我很满意，后来餐馆关门了，正当我走投无路的时候在路上碰到了一个在桑拿浴室见到的常客，那人就把我介绍给威尔逊博士，后来的事你都知道了，就这些，姐姐的这一辈子是用辛酸和泪水写成的啊！”呜咽着。

姚　城　“原来是这样，可怜的姐姐，我真不知道你受了那么多的委屈，你为什么不给我们写信呢？为什么不告诉我们呢？”

姚爱贞　“我是个好强的女人，混到这个地步还有什么脸面给你们写信呢？我也曾想到过死，可我总想见你们一面，就是死了也瞑目了。”

姚　城　“现在好了，你回来了，我们团聚了，你可以留在这里了。”

姚爱贞　“不不！我以前是偷渡出去的，现在又是经济特务，会判死刑的。”

姚　城　“放心吧，不会的，偷渡是当时的形势所迫，这次你是被胁迫回来的，刚才你已经如实地反映了情况，有功的，决不会判刑，你才 37 岁，可以重新开始生活。”

姚爱贞　“真的？”

姚　城　“真的，我可以向你保证。”

姚爱贞　“好吧，哪怕判了死刑我也心甘，与其作他乡之鬼，还不如作故土亡灵。”

姚　城　“放心吧，不会的。”

姚爱贞　“哦，对了，今晚威尔逊是双管齐下，我到你这里，让范暮云找赵局长，准备通过赵局长打开周厂长的缺口，把配方弄到手。”

姚　城　“好狠毒啊，姐姐，为了不使威尔逊犯疑，你还得回宾馆去，我会让乔秀芝与你联系的，姐，你先走吧，我得向有关部门汇报情况，立即采取措施。”

[切光。

八

[灯复明：

范暮云家一个装饰典雅，陈设豪华的起居室。

落地式台灯下，范暮云倚卧在长沙发上吸着烟，收录机在放着一支优美的小夜曲。赵一峰从外面进来。

赵一峰　“几次三番打电话要我来，到底要干什么呀？难道你不知道我很忙吗？”

范暮云 “知道。”

赵一峰 “既然知道。为什么……好好好、有什么事你快说嘛！”

范暮云站起来，走到赵跟前用双手搂着赵的膀子，媚态十足地在赵的脸上亲了一下。

赵一峰 “好了好了，难道你几次三番打电话把我找来，就是为了这个吗？”

范暮云 “怎么了？我就这么讨厌吗？”

赵一峰 “嗨，我很忙，再说我们这种关系应当适可而止，发展下去对你对我都不好嘛。”

范暮云 （嘿嘿冷笑）“怎么？你到现在才知道，我的局长先生，可是已经晚了！”又在赵的脸上亲了一下。

赵一峰 “你想干什么？”

范暮云 “我要你娶我！”

赵一峰 “你不是在发疯吧，这可能吗？”

范暮云 “我可管不了那么多，当初是谁来招惹我的？是谁赖在这屋里不肯走？是谁信誓旦旦地许下了愿心？如今到手了，玩腻了，想把我像衣服一样甩了？天底下有这么便宜的事吗？也许在别的地方有，可在我这儿没门！我‘铁蝴蝶’可不是好吃的果子。”

赵一峰 “你要多少钱，我可以给你。”

范暮云 “钱？哼哼，你有几个钱？别忘了你身上穿的，袋里装的，外面花的差不多都是我给你的，凭你这百来块一个月的工资还不够养家糊口呢！”

赵一峰 “你？！”

范暮云 “我怎么了？难道我说的不是事实吗？”

赵一峰 “我真是昏了头了，怎么会惹上了你这么个女人！”

范暮云　“是啊，问题就在这儿，你招惹了我。可为了前途，为了地位，又想甩开我，而我又不肯善罢甘休，够烦的了是不是？唉！其实，我也很同情你，觉得你很可怜，不过话得说回来，即使是一只猫让你玩过一阵子，也得扔根鱼骨头吧，何况是人呢？”

赵一峰　“你想怎么样？”

范暮云　“其实也没什么，过去嘛，承蒙阁下的关照，只是赚点小钱，现在我已经做成了一笔大买卖，准备出国去了，因此有几笔账要跟你算算清楚。”

赵一峰　“那好。有什么需要我帮忙吗？比方说机票、护照什么的？”

范暮云　“能让你这个局长大人去办这种跑腿的事吗？不过有件小事还得请局长阁下帮我最后一次忙，要是局长阁下能够赏脸的话，本人将感激不尽。”

赵一峰　“什么事？说吧，能帮的我一定帮。”

范暮云　“当然能帮。不过别急，咱们还是先把账给算了。”

掏出笔记本和账单。

赵一峰　“是呀，反正你也要出国去了，上次我擅自降价，让你多提的十万元‘黑马001’退还给春华厂算了。”

范暮云　（嘿嘿冷笑）“嗨呀，我的妈呀，你简直天真得像个孩子，堂堂医药局长亲自定的价能反悔吗？再说这批货早已发往香港了。”

赵一峰　“是你自己说的要算算账吗？”

范暮云　“是我说的，那是另外几笔账。”

赵一峰　“还有什么账？”

范暮云　“自从我们认识以来，不，应该是我们相好以来，我给你送去的高级滋补品、衣服、各种日用品共计5820元，高档家电、家具共计12660元，受你的委托，为周厂长女儿落实接受单位送礼 780 元，为周厂长的儿子周松办婚事共花去 15577 元 3 角 8 分，总共 34837 元 3 角 8 分。至于平时送点香烟、酒和食品。还有请吃请喝花的，看在我们过去的情分上就免了，这是账单和发票请过目。”

赵一峰木然了。

范暮云 “如果没错的话，就请付钱吧。”

赵一峰 （低垂着头，半晌后长叹一口气）“……好吧，明天我想办法借来还你。”

范暮云 “可以，看在过去我们相好一场的情分上，明天就明天，我这个人也不想把事情做绝。”

赵一峰 “账算清了吧？”

范暮云 “账是算清了……”

赵一峰 “那好，我走了！”抓起桌上的账单走。

范暮云 “慢！急什么？我这里还有一件东西，要请你收购。”

赵一峰 （暴怒地）“不！我什么也不要收购！”

范暮云 “不要发火嘛，堂堂大局长得有点气度嘛，不想看看吗？我相信你肯定会收购的。（把照片递给赵）价钱不贵，我只要五万元。”

赵一峰 （气得立即把照片撕得粉碎）“哼！”

范暮云 （又取出一张）“撕了有什么用？你妹妹赤身露体跟威尔逊抱作一团的照片我这里还有整整的一打，还有底片，要多少可以印多少，我把这些全都给你，五万元不算贵吧？”

赵一峰 “讹诈！”

范暮云 “对！一点儿不错，这是从你那儿学来的，当初你不利用我想当环球公司经理，把我弄到手的吗？”

赵一峰 “你这条毒蛇！你害了我还不够，还要去害我的妹妹？！”

范暮云 “得了得了，别说得这么难听嘛，其实我也不忍心来害你，刚40出头的年纪就当了局长，前途无量啊！还有你妹妹连对象都没找过，我干吗要置你们于死地呢？其实，只要你帮我一个小忙，这个忙帮好了，我也走了，什么账单、照片、信件，一切的一切全都了结了，就不知你肯不肯与我合作。”

赵一峰　“什么事，你说吧！”

范暮云　“把‘黑马001’的配方给我。”

赵一峰　“啊，原来你是为了这个？”

范暮云　“怎么样？”

赵一峰　“这个不在我手里！”

范暮云　“我知道，可周厂长有，你帮了他这么多的忙，只要你出面，这点小事是不会有问题的。”

赵一峰　“老周的脾气你又不是不知道，这是不可能的！”

范暮云　“你可以用行政命令嘛，就说为了慎重起见，局里要鉴定一下‘黑马001’的安全性，让他把配方送来呀。你和他关系非同一般，再不行也可以去偷嘛！”

赵一峰　“偷？哦，不！这绝对办不到！”

范暮云　“你细想想吧，如果这点小忙都不肯帮的话，那就别怪我‘铁蝴蝶’了。等我到了香港，要把你写给我的这些信寄给市纪律检查委员会，还有你妹妹的照片，只要到马路上一撒，用不了两个小时保管全城轰动，唉，到了那个时候，可怜的小燕还能活着见人吗？”

赵一峰　“嗨，想不到我赵一峰会栽在一个女人的手里。”

范暮云　“哈……是啊，受不了对吗？我的宝贝，不过我会记住你的。”

赵一峰　“嘀！是我瞎了眼！昏了头！才上了你圈套！”用力揪自己的头发，呜呜地哭了起来。

范暮云 “哭是没有用的，要是眼泪能打动我的话，你就不会叫我‘铁蝴蝶’了。再说哭是无济于事的，最明智的是马上行动。到周志明那里帮我把配方拿来，我不会亏待你的。”

赵一峰 “你这个魔鬼！流氓！毒蛇！我恨不得一刀宰了你！”

范暮云 （嘿嘿冷笑）“你敢吗？可怜虫，我量你没有这个狗胆！哈……”

赵一峰 （怒不可遏地）“我跟你拼了！”

［赵冲上去抓住范，紧捏范的脖子，直到捏死，然后木然地看看张开的双手，精神失常地狂笑。

远处的教堂里传来了钟声和唱诗班的歌声。

［切光。

九

［灯复明：

江南市企业家协会的联谊宫：大厅上的横幅字换成了“欢送优秀企业家周志光荣离休”。

人们欢声笑语，周志明胸前戴着大红花在韩其山和姚城的陪同下，来到了人们中间。

韩其山 “我们‘黑马 001’的发明者，江南市的优秀企业家，省劳模，市企业家协会理事，市医药研究会会长，市科技协会顾问，春华制药厂原厂长，共产党员周志明同志今天要退休了，这对我们江南市医药系统是一种损失……”

周志明 （打断）“慢慢慢，我很冒昧地打断了老韩的话，因为我们是老战友，所以我有必要纠正一下：我是从战争年代走过来的人，从来没有受过系统的专业教育，现在的春华制药厂已经摆脱了过去那种作坊式的生产模式，而成为高度的现代化工厂，能让姚城这样的既有高度的政治觉悟，又有专业知识和现代化的管理才能的年轻人来当厂长，这是一种文明，一种进步！（掌声）另外，刚才老韩给我公布了八个名号，我只保留一个称号——共产党员！”

众人长时间鼓掌，乔秀芝拍照。

乔秀芝　“周厂长，今天这么多人欢送你，而且在这么豪华的地方，这说明你老德高望重……”

周志明　“不！我认为是一种不必要的浪费！”

乔秀芝　“周厂长，请问在你这一生中最难忘的是什么？”

周志明　（沉思）“是倒在战场上的战友和姚婉贞——我们的黑马。”

乔秀芝　“周厂长，在你这一生中最遗憾的是什么？”

周志明　（沉思后长叹一口气）“唉，应该说没有当好家长。”

［周松和周兰来。

周　松　（愧疚地）“爸爸！我回来了！新房里那些东西都退回去了，我对不起你啊！”

周　兰　（动情地）“爸爸！我也回来了，准备上四明山了！那地方我去看过，谁知我一看就爱上那个地方了！爸爸！你能原谅女儿吗？”

周志明　（深情地望着一对儿女）“好孩子，都是好孩子，哎！你们给了爸爸好大的面子啊！”

乔秀芝　“周厂长，现在你什么遗憾都没有了，对吗？”

周志明　（摇摇头）“不，我最大的遗憾是没能把一峰挽救过来，培养了二十几年，可仅仅两年的时间就把他断送了，这是为什么？值得深思啊！”

［姚爱贞和赵小燕抬出一只花篮，献给周。

赵小燕　（满目凄楚地）“周叔叔感谢你对我们家的关怀！”

姚爱贞　（惭愧地）“周厂长，感谢你让我成为春华厂的一名职工。”

周志明　“你们啊，还年轻，要振作起来，跟我们过去打仗一样，跌倒了爬起来，照样冲锋陷阵！今天，在我离休的时候，受到大家这么隆重的欢送，我非常感动，临别之前我没什么可送你们，就赠给大家一句话：叫作‘前程无限好，望君多珍重。’”

长时间的鼓掌，主题歌起，周志明挥手带着周松、周兰缓缓离去。

（**全剧终**）

沂阳公主

（新编历史剧、八场越剧）

人物表

沂阳公主　原名梁玉，20 岁，鲁国公主。
施孝叔　　25 岁，鲁国大夫，沂阳之夫。
扶　桑　　60 岁，鲁国元老大臣。
公孙婴齐　24 岁，鲁国大夫，鲁侯之堂弟。
鲁成公　　48 岁，鲁国国君。
梅　英　　18 岁，鲁国百姓。
郤　犨　　（音：洗仇）50 余岁，晋国大将。
晋厉公　　19 岁，晋国新君。
萧夫人　　25 岁，原赤狄国公主，部华之妾。
老　翁　　60 余岁，鲁国百姓。
毛公公　　30 岁，鲁宫侍臣。
子　　　　6 岁，沂阳之子。
官员、校尉、兵丁、宫女等若干。

场次

第一场　荣封

［公元前568年，鲁国边境。

［幕启：纱幕内片昏暗，远处烟火弥漫。随着一阵呐喊，老百姓惊场，人们扶老携小怨声载道，大喊："晋兵来了！晋兵来了！"

［幕后伴唱：

自从天王分侯起，
烽火连绵动杀机。
君王岂知黎民苦，
兵车尘里哭声凄。

［灯亮：施家小院，梁玉捧针线活上。

梁　玉　（唱）兵荒马乱度日艰，
柴门独守又一年。（推扉远眺）
孝叔他离家奔走已三载，

梁玉我朝思暮想望穿眼。

（白）唉！施郎啊施郎，你可知为妻的苦衷哟。

（唱）自从你离家奔前程，

我为人缝补浆洗度光阴。

卖了青苗葬婆婆，

我只得黄花野菜苦营生。

施郎啊，封侯衣锦莫忘本，

落泊归廓度清贫。

为什么萍浮大海杳无踪，

怎不叫为妻愁煞人。

［梁玉操针线活，老翁担柴，梅英提篮上。

老　翁　（唱）晋兵犯境逞凶狂，

梅　英　（唱）烽烟滚滚危四乡；

老　翁　（唱）樵夫渔翁断生路，

梅　英　（唱）农家灶无隔夜粮。

［老翁、梅英进院。

梅　英　梁玉姐姐！梁玉姐姐！给你送柴来了。

梁　玉　难得诸位乡邻时常赠粮添薪，叫我如何担当得起哟！

梅　英　梁玉姐，你也真是——

（唱）谁家没有不测事，

谁家没有个青黄时。

施哥出游未归来，

柴米相济是分内事。

老　翁　嗯，还是梅英说得对，收下吧！

梁　玉　老伯，听说鲁成公与敌军大战西山，不知胜败如何？

老　翁　是啊，今早晋兵又加紧攻城，眼下正十万火急唉！

［远处金鼓齐鸣，杀声大作，一乡邻上。

乡　邻　不好了！西山失守，晋兵打进来了！（白）

老　翁　啊？！梁玉你小心些，我们先去看看。

［老翁与梅英下，一阵马嘶，二卫士护鲁成公和婴齐仓皇而上。

鲁成公　（唱）西山失守出丛林，

婴　齐　（唱）走马落荒蹄不停。

鲁成公　（唱）四面杀声阵阵急，

婴　齐　（唱）吓得我心惊肉跳失了魂。

［婴齐趁机溜走了，鲁成公左顾右盼不见婴齐。

鲁成公　婴齐！婴齐！你在哪里？

卫士甲　启禀大王，婴齐大夫早已不知去向。

鲁成公　啊？

卫士乙　不好了！一队人马往这边追过来了！（说着也径自逃生去了）

鲁成公　等等我呀！这些该死的奴才，你们等等我呀！

［鲁成公慌慌张张地闯入了施家小院，跌倒在梁玉面前。

梁　玉　你是何人？

鲁成公　啊？噢，实不相瞒，孤家乃是鲁成公，只因西山兵败落荒到此，求小娘子救孤王一命。

梁　玉　你是鲁成公？

鲁成公　正是孤王，你快救救我吧！

梁　玉　哎呀……这又如何是好哇？（束手无策）

［幕后铁蹄声声，战马嘶鸣，梁玉急中生智。

梁　玉　快，先到后屋躲了起来！

鲁成公　多谢小娘子搭救。（进内）

［又一阵呐喊。

郤　犨　（内声）小的们，与我追！（率兵将上）

（念）纵横中原未下马，

权倾天下第三家。

兵　丁　大将军，鲁国君臣去向不明。

郤　犨　呔！小女子，你把人藏到哪里去了？

梁　玉　奴家在此缝补，未见有人来过。

郤　犨　（冷笑）我分明看见他逃往你家院中，怎么说没有人来过？小的们与我搜！

梁　玉　且慢！（用身挡住屋门）我家丈夫不在，岂容男子进内！

郤　犨　哈哈哈哈！丈夫不在，岂不更好？（近前）哎呀呀，看你长得如花似玉，你爷虽有多房妻妾，可没有一个比得上你哟！小的们，先与我抢了回去！

［二兵丁刚要动手，梅英大喝一声，持虎叉上，挡住门口。

梅　英　谁敢上来？先吃我一虎叉！

郤　犨　呵！又来一个，小的们都给我拿下了！

［众兵丁上，被梅英撂倒几个，眼看梅英渐渐招架不住，一兵丁慌张而上。

兵　丁　报！鲁国援兵已到！

郤　犨　啊？快与我回营抵敌。

［晋军弃下梁玉等涌下，梁玉请出鲁成公。

扶　桑　（率兵将上）微臣保驾来迟，罪该万死！

鲁成公　爱卿平身！

扶　桑　谢我王千岁！

鲁成公　西山一战，中计兵败，五百兵车全军覆没，还多亏了这个民间女子呢！

扶　桑　胜败乃兵家常事，主公不必忧心，还是保重龙体要紧。（对梁玉）呵，这女子，你姓甚名谁？

梁　玉　民女姓梁名玉。

扶　桑　家有何人？

梁　玉　　还有奴家之夫施孝叔，出走三年，至今下落不明。

鲁成公　　老相国，你看这女子智勇双全，孤王若有这样一个女儿就好了。

扶　桑　　（会意地）主公如此见爱，何不成其螟蛉之美？

梁　玉　　民女出身卑贱，蝼蚁缘愧实不敢当。

扶　桑　　凭你救驾之功，足见你胆识过人，就是老夫也望尘莫及哟。

梁　玉　　老相国过奖了，今日大王平安脱险，一乃苍天有眼；二乃社稷有幸，加上梅英奋力拒敌所致，非民女微力也！

鲁成公　　民女梅英听封：朕念你见义勇为，奋力拒敌，赏赐黄金千两，玉璧一对。

梅　英　　谢大王千岁！千千岁！

鲁成公　　民女梁玉听封：朕念你惠义贤良，救驾有功，收为义女，加封沂阳公主，随驾进京！

梁　玉　　谢大王宏恩！只是——

鲁成公　　怎么？

梁　玉　　大王容禀——

（唱）并非梁玉不遵命，

只因为，难忘与施郎结发情。

虽说是，他萍飘大海杳无踪，

奴宁愿，终生盼等我心上人。

鲁成公　　哈哈哈哈！这有何难？待父王颁发一道圣旨，通告天下，一定将施孝叔给你寻回来就是了。

梁　玉　　（感激地）如此，儿臣多谢父王！

［众人哈哈大笑。

［幕落。

第二场　国难

［后宫：张灯结彩。

［在一阵喜庆的音乐声中幕启。内传："驸马爷到！"二宫女上。

宫女甲　（唱）早起朱雀舞翩跹，

宫女乙　（唱）忽报驸马到宫前。

宫女甲　（唱）急急忙忙进宫来，

宫女乙　（唱）快传喜讯把娘娘见。

二宫女　娘娘！娘娘！驸马爷来了！驸马爷来了！

沂　阳　（内唱）忽报孝叔到宫门，（上）

（接唱）真叫人悲喜交织失了魂。

（惊喜地）孝叔来了？他在哪里？他在哪里？

二宫女　驸马爷在宫门候旨。

沂　阳　快快请进来！

二宫女　是！有请驸马爷！

施孝叔　来了！

（内唱）夜兼程策马行，（上）

路风霜到宫门。

唉！想我施孝叔十年寒窗，满腹经纶，周游列国，历尽艰辛，（抖抖满身褴褛）到如今落得这般模样，叫我如何去见梁玉哟！

（唱）人说道夫荣妻贵天伦乐

我却是，妻荣夫贵枉为人！

［内传："公主驾到！"施孝叔忙理衣冠，沂阳已出现在他面前。

沂　阳　（惊喜地）孝叔！

施孝叔　（悲伤地）梁玉！

沂　阳　施——郎！

施孝叔　娘——子！（两人依偎）

［幕后伴唱：

离乱三载重相会，

分不清是悲是喜是恩爱。

沂　阳　（伤心地）施郎，你怎么落魄到这个样子？

施孝叔　（自惭形秽地）我——

沂　阳　施郎，这三年来，你到哪里去了？

施孝叔　唉！一言难尽，要不是看到鲁王的招贴，为夫恐怕要冻死他乡了！（悲伤不已）

沂　阳　（深情地）来，让我好好看看你。

施孝叔　娘子，这些年来，你一定受了不少苦？

沂　阳　（拭泪）快不要说了。

（唱）从今后，苦尽甜来永无愁，

形影不离到白头。

宫内摆酒，为驸马接风。

［音乐起：沂阳、施孝叔携手而下。

［灯暗。

［幕后伴唱：

泪涟涟诉不尽分离苦，

喜盈盈说不完恩爱意。

总以为苦尽甜来乐无比，

又谁知合欢未已愁相继。

［次日，沂阳正为施孝叔整理衣裳，施孝叔身着红蟒，冠带一新。

[内传："鲁王驾到！"婴齐、毛公公等拥鲁成公上。

鲁成公　（唱）西山脱险得螟蛉，

出重整朝纲始安定。

喜闻佳婿到京城，

孤王我沂阳宫中将他迎。

沂、施　儿臣叩见父王千岁！

鲁成公　哈哈哈哈，好一个驸马，果然是一表人才！

施孝叔　父王过奖了！

鲁成公　王儿，这位是王叔婴齐大夫。

沂　阳　梁玉叩见王叔。

婴　齐　哈哈哈哈，罢了罢了，公主初到京城，有什么事尽管吩咐！

沂　阳　谢王叔！

鲁成公　今天驸马远道而来，孤王要为你摆酒接风！

[音乐起，宫女们持酒上，众人开怀畅饮。

扶　桑　（慌张而上）大王，不好了！

鲁成公　何事惊慌？

扶　桑　大王——

（唱）晋王已发倾国兵，

夺我河间十几城。

嚣焰直指曲阜来，

烧杀抢掠石玉焚。

鲁成公　啊？！

婴　齐　晋国兵马来势迅猛，我等还是快点逃命要紧。

施孝叔　常言道兵来将挡，水来土填。我鲁国虽小，其民心不可辱也。干戈一动，黎民姓揭竿而起，以义克暴自古有之，何愁战之不胜哟！

鲁成公　这——

婴　齐　（冷视施孝叔）哼！

施孝叔　国难当头，匹夫有责，施孝叔愿统兵拒敌！

鲁成公　如此甚好，孤王封你为大将之职，随孤出征！

施孝叔　谢父王！

沂　阳　父王年事已高，如何经得起这戎马倥偬呢！

鲁成公　唉，事到如今也顾不得这许多了，婴齐大夫！

婴　齐　臣在！

鲁成公　你与扶桑在此守城，朝中琐事就拜托你了。

婴、扶　臣遵命！

［灯暗。

第三场　迫嫁

［数日后，鲁国婴齐官邸。

［幕后伴唱：

柳败荷衰秋色残，
鲁王出征未回返；
那婴齐深宫只圆逍遥梦，
金樽绿酒对歌酣。

［昏沉沉的宫中，洞箫声声。二女展袖对舞，婴齐上首端坐。

扶　桑　（上）启禀王叔，施孝叔败阵归来！

婴　齐　（惊起）什么？施孝叔败阵归来？

扶　桑　正是。

婴　齐　（冷笑）是不是？我早就说过。以卵击石，定败无疑。哼！叫他报名而入。

扶　桑　王叔有令，施孝叔报名而入！

施孝叔　（内唱）沂水陷，战火烧，地动山摇，（上）

军失利，王被困，心似火燎。

血战数夜出重围，

奉旨回城把援兵调。

[校尉一阵吆喝。

扶　桑　败军之将报名而入！

施孝叔　（愤怒地）什么，报名而入？叫我报名而入！岂有此理！

（推开武士闯进宫内，跌倒在地）

婴　齐　施大人不在阵前保驾，回城作甚？

施孝叔　在下奉父王之命，回城讨援兵来的。

婴　齐　援兵？哼哼，施大人

（唱）你王前海口已夸定，

统兵出征斗敌兵。

说什么不退敌兵不回朝，

何需回城再搬兵？

施孝叔　王叔！

（唱）施某纵有千条罪，

削职服刑理该应；

眼下父王被围困，

还望王叔早发兵。

婴　齐　（唱）大王命我守王城，

临行未说备援兵。

曲阜存亡关大局，

轻举妄动我难从命。

施孝叔　（唱）曲阜存亡关大局，

父王安危系千钧；

孝叔此行负君命，

不领救兵怎回营？

婴　齐　也罢！扶桑大人，就请你辛苦一趟吧！

扶　桑　我？啊呀呀，此言差矣！

（唱）少年将军已败阵，
六十须眉有何能？
王叔麾下兵将多，
定能救驾退敌兵。
还是去求求王叔吧！

施孝叔　王叔！

婴　齐　嗳——

（唱）扶桑何须多推脱，
快快发兵到沂河。

扶　桑　（唱）历次保驾都是我，
这次你去可不可？

婴　齐　大王不在，我就是一国之主。

扶　桑　我可是三朝元老！

婴　齐　我命你出征救驾！

扶　桑　你必须统兵出征！

婴　齐　你去！

扶　桑　你去！

施孝叔　好了好了，大敌当前，二位当以大局为重才是。

婴　齐　我是断然不去的！

扶　桑　我已这么一把年纪，难道非要我去不成？哼！

施孝叔　既然二位不肯出阵，就请二位各借五千人马，让我去决一死战！

婴　齐　哎呀呀，施大人说得轻巧，又不是借银子三千五千的，这是借兵马，是我的血本啊！

扶　桑　是啊是啊，这借兵马就好比送兵马！

施孝叔　难道能看着大王被擒不成么？

婴　齐　唉！你先去歇息，这借兵之事尚须从长计议。

施孝叔　王叔！有道是兵贵神速，晋兵已打到家门口了，还要从长计议什么哟。

扶　桑　也罢，婴齐大夫，我出二千，你出八千如何？

婴　齐　扶桑大人，我出二千你出八千如何？

扶　桑　好了好了，我出三千你出七千！

［远处杀声大作，三人大惊。

施孝叔　看，晋兵快杀进城来了！（焦躁地）

婴　齐　算了！我最多出四千，多一兵一卒也不成！

［喊杀声越来越近，毛公公慌张而上。

毛公公　王叔，王叔，大事不好了！晋兵已把京城围得水泄不通！

婴　齐　（惊惶不已）啊？！（跌倒在椅子上）再探！

毛公公　是！（急下）

扶　桑　（急得团团转）哎呀，这又如何是好哇？

婴　齐　施大人，我给你五千人马你快与我出城抵敌！

扶　桑　是啊，我给你六千！

施孝叔　（苦笑）晚了！

［外面杀声大作，三人呆若木鸡。

校　尉　（急上）启禀王叔！晋国大将郤犨杀进宫来了！

婴　齐　啊？

扶　桑　王叔，到了这步田地，只得向郤犨大夫多多恳情才是呀！

婴　齐　言之有理！来！快随我出宫迎候晋国大将军郤犨——

［二武士护郤犨上。

郤　犨　哈哈哈哈郤某不迎自到，

［二武士推婴齐离座，郤犨坐了主席。

婴、扶　鲁国大臣叩见郤大将军！

郤　犨　哼哼，你们的鲁王都落入我的手中了，你们还称什么臣哟！

婴、扶　是！是！（忙跪下）

郤　犨　（见施孝叔傲然屹立）这是何人？

施孝叔　鲁国大夫施孝叔！

郤　犨　原来是手下败将！哈哈哈哈……

施孝叔　郤犨，鲁晋两国互为睦邻，你无端兴兵侵我国土，掳我国君是何道理？

郤　犨　什么道理不道理，这叫成者为王，败者为寇！

施孝叔　（气极）哼！

（唱）骂声贼子休狂妄，
金殿不许你乱雌黄。
君子受刑不受辱，
视死如归斗强梁！

郤　犨　哼！

（唱）尔等区区小朝廷，
君王昏庸臣无能。
今日刀兵来相见，
管叫曲阜化灰尘！

施孝叔　哈哈哈哈！

郤　犨　你笑什么？

施孝叔　我笑你呀，得意忘形太早了！

郤　犨　败军之将，亡国之臣，你敢笑我？

施孝叔　你且听了！

（唱）我笑你得意忘形轻狂劲；
我笑你鼠目寸光看不清。
我笑你出师无名丧仁义，

我笑你大祸临头不知情！

婴　齐　（对施孝叔）嘟！休得无礼！

郤　犨　让他说下去！

施孝叔　（唱）你可知弭兵会晋鲁有盟？
你可知众诸侯对鲁尊敬？
你可知灭鲁国天下不平？
你可知晋厉公要衡重轻？
你今恃强灭鲁国，
天下诸侯定兴兵。
到那时晋王要保霸主位——

施孝叔　郤犨啊郤犨！狡狐死，走狗烹，到头来——

郤　犨　怎么样？

（接唱）定将你狗头送鲁门！

[众人目瞪口呆。

郤　犨　呀！

（背唱）一番话，说得我，汗毛凛凛，
施孝叔，并非是，危言耸听。
事已至此要思退路，
保我权益保我名。

婴　齐　（奴颜婢膝地向郤犨）郤将军，施孝叔冒犯将军虎威，还请将军多多包涵！

扶　桑　郤将军，我等本不愿与晋国为敌，（指施孝叔）都是他！

婴　齐　是呀，他口出狂言，纵容鲁王出兵！

郤　犨　既然如此，就请王叔发落吧！

婴　齐　这个……来人！

二校尉　在！（上）

婴　齐　将施孝叔绑了。

二校尉 是！（绑施孝叔）

施孝叔 哼！（指婴齐）败类！

郤　犨 婴齐大人，上次西山之战是何人救了鲁王的驾？

婴　齐 （指扶桑）是他！

郤　犨 是何人劫了我的营？

婴　齐 （指扶桑）也是他！

郤　犨 你看如何处治？

婴　齐 这？

郤　犨 嗯？

婴　齐 来人！将扶桑绑了！

二校尉 是！（绑扶桑）

扶　桑 王叔！王叔！你……

[毛公公闯进宫来。

毛公公 王叔！王叔！郤贼打进来了！郤贼打进来了！

婴　齐 （声色俱厉地）住口！

毛公公 （猛抬头见上首端坐的正是郤犨）啊？！

郤　犨 你是何人？

毛公公 殿前近侍毛公公。

郤　犨 你擅自闯宫，辱骂晋国大将，该当何罪？

毛公公 啊？！（欲逃被武士挡回，瘫倒在地）

婴　齐 （对校尉）来！将毛公公绑下了！

毛公公 （一怔）王叔！王叔！救命啊！

[扶桑、毛公公双双跪下求饶。

婴　齐 将军，此三人就交你处治了。

郤　犨 哈哈哈哈，王叔真是快人，不过……"还有一人。"

婴　齐 谁？

郤　犨 （冷笑）你呀？

婴 齐 （惊恐万状地）将军？

郤 犨 （脸一沉）与我拿下了！

婴 齐 啊？！（双膝跪地）将军！饶命！饶命！饶命啊！

[二武士绑婴齐。内传：“沂阳公主驾到！”

郤 犨 公主？我倒要见识见识！（示意将婴齐等押下）

沂 阳 （内唱）城外杀声阵阵紧，

烽烟滚滚灼我心。（上）

（接唱）恨王叔国难临头全不顾，

争权杀忠丧人心。

我义愤填膺上金殿，

要与那无能奸臣把理评！

（进殿，见武士林立，吼声阵阵）

（接唱）往日里他闭门饮酒不理政，

今日为何张牙舞爪杀气腾腾？

沂 阳 参见王叔！

郤 犨 哈哈哈哈！

沂 阳 （猛抬头，见郤犨，吃了一惊）啊？！贼子！是他？

郤 犨 （一怔）呀！好一位绝代佳人！哈哈哈哈……（仔细打量）怎么？原来是她？公主别来可好哇？

沂 阳 ……

郤 犨 哼哼，你不认识我了？我可认识你，当初西山脚下的桑梓女，如今成了大公主，真是贵人多忘事啊？

[沂阳欲退出，被武士挡回。

郤 犨 公主进得宫来，难道不想见见鲁国旧臣嘛？（指一厢）公主，你看！

[武士推婴齐、扶桑、施孝叔、毛公公上。

沂 阳 孝叔！

施孝叔　娘——子！

沂　阳　这到底是为什么呀？

施孝叔　唉！（痛苦不堪地）如今，父王被擒，曲阜沦陷，我们都成了亡国奴了！

沂　阳　施郎，这便如何是好哇？

郤　犨　办法倒是有一个，只要公主你肯易嫁于我。

婴　齐　（急切地）怎么样？

郤　犨　嘿嘿！

（唱）公主若肯上新轿，

郤犨我撤军回晋息兵刀。

复你鲁国还你君，

一场战事从此了！

婴　齐
扶　桑　那我们呢？
毛公公

郤　犨　（接唱）既往不咎弃前嫌，

从此晋鲁永相好。

婴　齐
扶　桑　（惊喜地）哦？
毛公公

扶　桑　哎呀呀！真是个万全之策呀！

毛公公　是呀是呀！

婴　齐　施大人，你听见了么？只要公主愿与郤将军成其百年之好，我们都有救了。

施孝叔　无耻！

毛公公　施大人，王叔也是为你好哇，公主与郤将军一旦联姻，不仅能保全鲁国，换回大王，也保全了你的性命呀！

沂　阳　　孝叔！

施孝叔　　（对婴齐）呸！

（唱）庸臣无能又无知，

辱国丧志不知耻。

空食俸禄枉为臣，

罪大恶极不容诛！

孝叔一死何足惜？

一腔热血铭大志。

郤贼啊郤贼！

（接唱）此生难雪亡国恨，

地府阴曹也将你噬！

郤　犨　　左右！将施孝叔绑赴刑场候斩！

武　士　　是！

沂　阳　　施——郎！

施孝叔　　娘——子！（依偎）

[二武士推施孝叔下。沂阳跌倒在地。

沂　阳　　施——郎！

（唱）施郎顷刻遭祸殃，

不由沂阳痛断肠。

恨不得化为烈焰千万丈，

复国除暴拯夫郎！

婴　齐

扶　桑　　公主！

毛公公

沂　阳　　（唱）眼见得鲁国旧臣成囚徒，

鲁王被擒到异邦。

父老乡亲遭杀掠，

江山破碎国沦丧。

到如今大厦倾塌风雨中，

国事家业两茫茫。

郤　犨　公主，你想好了没有？

婴　齐　公主，你就答应了吧！

沂　阳　（冷笑）满朝文武没有一个能保全国家社稷，却在我一个弱女子身上打起主意来了！

婴　齐　公主，国家到了这等田地，难道你能无动于衷嘛？

扶　桑　是呀，国家沦亡，百姓受苦，鲁王被俘，丈大受害，你就见死不救吗？

毛公公　公主不为我们，也得为施大人想一想啊！

婴　齐　公主，你就答应了吧！

扶　桑　我们的性命都在你的手里啊！

毛公公　还有鲁王、孝叔、鲁国黎民百姓的性命，都在你的手里啊！

婴　齐　只要你答应了，你就是鲁国的第一功臣！

扶　桑　是我们鲁国的救星！

毛公公　是我们大恩大德的救命恩人！

扶　桑　公主只要答应了，你就是我们的重生父母！（连连磕头）

婴　齐　公主！（跪在沂阳面前）我求求你！

毛公公　（也跪下）公主！你就可怜可怜我们吧！

众　臣　（包括侍臣、校尉、宫女全跪下。恳求地）公——主！

沂　阳　（不知所措地）啊？这……

（唱）满朝文武跪尘埃，

声声呼喊动人哀。

郤　犨　（狞笑）快快答应了吧！

沂　阳　（唱）堂上恶魔似凶神

要我夫妻俩拆开。

（接唱）头可断，血可流

人伦大理不可违！

外面传来施孝叔阵阵呼喊声："娘——子！"

沂　阳　孝——叔！

［幕后伴唱：

午门外声声喊不停

寸肠犹断痛煞人……

沂　阳　（唱）实指望你发愤图强振大业，

又谁知壮志未酬遭毒刑。

难道说夫妻团聚成画饼？

难道说兴国大志化烟云？

众　臣　（哀求地）公主！请你救救鲁国，救救我们吧！

沂　阳　（唱）回头再看帷幔内，

满朝死囚哭哀哀。

贱躯怎比社稷贵，

舍身救国我该不该？

众　臣　公——主！

沂　阳　苍天啊苍天！（悲痛欲绝）

［幕后伴唱：

你为何空有雷霆不惩奸？

你为何枉自清高不理睬？

如今是大厦将倾社稷危，

（接唱）我岂能坐视鲁国遭祸灾！

郤　犨　（冷笑）你不答应也罢，堂堂鲁国都打下了，一个小小的女子，还怕你逃上天去不成？来呀！

晋亲兵　在！

郤　犨　先将施孝叔斩了！

沂　阳　啊？！施——郎！

［内传　“郤犨将军有令：开——斩！”

沂　阳　（毅然地）刀下留人！

郤　犨　（惊喜地）啊？

婴　齐　（暗喜）怎么样？

毛公公　你就答应了吧！

沂　阳　（泣不成声地）为了鲁国的社稷，为了父王的安危，为了孝叔和百姓们的性命，本宫愿嫁！

［幕落。

第四场　送别

［鲁国边境的十里长亭。

［幕后伴唱：

挽巨澜，救君王，

巾帼女，走他乡。

鲁国嫁女如送葬，

长街无处不悲伤。

［众官员拥沂阳公主上，老百姓跪立路旁。

沂　阳　（唱）出京城，辞故乡，举目四望，

一步走，一回头，寸断柔肠。

度荒年，保国土，情深意长，

今日里，跪尘埃，满目凄凉。

［幕后伴唱：

关山寂寂恨难消，

草木垂头送新娘。

声声悲泣天地暗，

涓涓泪泉汇三江。

沂　阳　（唱）分明是倾国动哀送活尸，
又何必披红着绿巧梳妆。

施孝叔　（泣不成声地）娘子！

沂　阳　夫君！

施孝叔　（唱）金风凄，霜染地，
满腹悲愧送嫁妻。
本以为，荣华富贵乐无穷，
谁知道，合欢未已愁相继。
娘子啊，怕只怕此生夫妻难相聚
我死在黄泉目难闭。

沂　阳　郎君！

施孝叔　娘子！

沂　阳　（唱）劝郎君，莫悲伤啊须保重，
悲欢离合自古情。
安得国存民安然，
何需多惜眷恋情。

（沂阳作恶心状）

施孝叔　你怎么了？

沂　阳　施郎，为妻已有身孕了，不管是男是女，倘若能养大成人，我一定让他回到你的身边，当你看到了他，就像看到了我一样。

施孝叔　娘子！你——

沂　阳　到那时，我哪里还有脸来见你！

施孝叔　娘子，看你说哪里话来，你我恩爱夫妻，患难与共，何况你，为国献身，天下多少匹夫，又有谁能比得上你哟！

沂　阳　夫君！（呜咽）

（唱）我行尸虽遭郤贼辱，
心儿却留鲁付郎君。
异邦常将依相思，
相见唯有在梦中。

施孝叔 （唱）妻受人辱我无颜，
强留尘世枉为人！

沂　阳 （唱）劝郎君，莫伤神，
舍妻保国国长存。
堂堂七尺男儿汉，
切莫毁志儿女情。
从今后，发愤图强建基业，
你要把，振国大业担在身。

施孝叔 娘子啊！娘子！金玉良言我全都记下了。你的一片赤诚之心，令人心碎，孝叔若不能使鲁国强盛起来，誓不为人！
（唱）权将娘子比金星——

沂　阳 （唱）星儿陨落无声音。

施孝叔 （唱）权将娘子比女娲，

沂　阳 （唱）善恶不分天之过。

施孝叔 （唱）权将娘子比青松，

沂　阳 （唱）青松老死南山中。

施孝叔 （唱）权将娘子比西山，

沂　阳 （唱）满目黄叶秋已残。

施孝叔 （唱）西山长在妻安在？

沂　阳 （唱）身去心留付君怀。

施孝叔 （唱）妻此去何时归？

沂　阳 （唱）死后也做鲁国鬼。

施孝叔 娘子！

沂　阳　夫君留步，常言道：送君千里，终有一别，望施郎保重了！

［老翁持酒跪地敬沂阳，沂阳接过盅来。

老　翁　郤犨老奸巨猾，公主此去，只怕是大功难成。

沂　阳　老伯请起，梁玉此去，如换不回鲁王，誓不为人！

老　翁　公主！

（唱）公主大义晋国行，
单参水酒盅表深情。
莫道村夫礼不重，
盅内盛得万民心，
此去绛城路迢迢，
关山阻隔要自珍。
从今后家家为你设灵堂，
逢年过节香火焚。

沂　阳　多谢老伯！

老　翁　公主此去，人地两生，我让梅英随你同去，遇事也有个帮手。

沂　阳　老伯，这？

梅　英　梅英决意伴随，公主不必推辞了。

沂　阳　老伯在上，受梁玉一拜。（击鼓三通催行，沂阳将酒一饮而尽）

（唱）临行回首细打量，
再看一眼，鲁国的江山、鲁国的人。

［沂阳强颜欢笑告别

［幕后伴唱：

一路送别一路泪，
临行更进酒一樽。
强颜欢笑登车去，

告慰国人莫伤神。

［幕落。

第五场　救主

［晋国，郤犨官邸。

［府内张灯结彩，上首贴着大红喜字，香案上摆着龙凤花烛。在喜庆的音乐声中幕启：郤犨身着红蟒，喜气洋洋上。

郤　犨　（唱）人生如梦堪蹉跎，

帝王怎奈权臣何。

一揽朝政令诸侯，

少年君王听从我，

这真是人生福乐前世定，

我须丝花白还娶小老婆。

哈哈哈哈……

［梅英欲上，见毛公公托礼盒上，忙闪过一侧帷幔之中。

毛公公　鲁国使臣见驾郤将军！

郤　犨　呵呵，毛公公，你一路上辛苦了！

毛公公　郤将军，为贺大人新婚之喜，婴齐大夫备下薄礼一份，望大人笑纳。（献礼盒）

郤　犨　（接过礼品）呵，多谢多谢！

毛公公　哈哈哈哈，大人——

（唱）小小薄礼何足道，

堂堂公主易嫁到。

更愿借大人手中刀，

计送鲁王赴阴曹。

待到事成登殿时，

再备厚礼谢功劳。

郤　犨　嘿嘿嘿嘿……要除鲁王倒也不难，只是沂阳公主那里不好交代呀！再说这谋害鲁王的罪名我可担当不起哟！

毛公公　哈哈哈哈，郤大人不必多虑，（从腰间摘下葫芦）婴齐王叔早已安排好了。

郤　犨　毒酒？

毛公公　非也，此酒名曰巫酒，伤神不伤命，喝了它死不了，人变疯，为鲁王饯行可是用得着的。

郤　犨　原来如此，这等毒计也只有婴齐王叔才想得出来呢！

［毛公公、郤狞笑，梅英从帷幔后闪出。

梅　英　好狠毒啊！（悄然而下）

侍　臣　（持礼帖上）闻得将军娶新妾，晋王前来下礼帖。

郤　犨　哈哈，晋王要亲自赴喜筵？

侍　臣　正是！（下）

毛公公　郤大人，你好大的面子呀！

郤　犨　哈哈哈哈，毛公公，请后厅待茶！

毛公公　谢大人！（下）

郤　犨　来！请沂阳公主！

［梅英扶满面泪痕的沂阳上。

郤　犨　嘿嘿嘿嘿，美人儿啊，不要哭了，快去梳洗梳洗，等会儿晋王要亲自来赴筵呢！

梅　英　他来他的，与姐姐何干？

郤　犨　嗳，今朝是我与沂阳公主成亲之日呀！

沂　阳　（哽咽着）我可是换父王来的！（哭得更加伤心）

郤　犨　不要哭，不要哭，你这么一哭，连我这铁石心肠都受不了啦。

梅　英　那就让鲁王出来，跟姐姐见上一面吧。

郤　犨　说来说去想见鲁成公，好吧，来！把鲁王带上来！

［内应。郤犨下。鲁成公披头散发，衣衫褴褛，戴着沉重的枷锁，在家丁的吼声中踉跄而上。

鲁成公　（唱）忽听堂上吼声起，
满腔愤恨泪纷飞。
昔日享尽人间福，
如今是落难的凤凰不如鸡。

沂　阳　（跪上）父——王！

鲁成公　王儿！你……你……你怎么到这里来了？

沂　阳　父王，儿，儿是来换你回去的！

鲁成公　（震惊地）此话怎讲？

沂　阳　为了搭救父王，儿臣答应易嫁郤犨了。

鲁成公　啊？王——儿！（呜咽）

沂　阳　父——王！你，你怎么落得这个样子？

鲁成公　唉！一言难尽。
（唱）自从兵败被贼擒，
总以为铁窗枷锁了残生。
难得我儿你尽孝心，
劫后余生天之幸。（拱手向天）
王儿啊，他年国富民强时，
父王我，亲赴绛城将儿迎。

沂　阳　父——王！（依偎）

［幕后伴唱：
君臣、父女异邦遇；
悲喜交织泪如雨。

郤　犨　（上）好了好了，哭也哭了，面也见了，更衣去吧！

沂　阳　将军既然与我成亲，让父王身戴枷锁，这成何体统？

郤　犨　呵呵，这倒也是，来人！开——枷！

［二家丁上，开枷。

沂　阳　梅英！

梅　英　姐姐！

沂　阳　快送鲁王起程！

梅　英　是！

郤　犨　慢！拿酒来为鲁王饯行！

沂　阳　这饯行酒不饮也罢！

郤　犨　嗳，这饯行酒是非饮不可！

［萧夫人托酒上，郤犨自取一樽，见鲁王迟疑不决。

郤　犨　（厉声地）怎么？不肯赏脸？请！

鲁成公　（战战兢兢地举起一樽）请！（欲饮）

梅　英　（忘情地）大王！！

［鲁成公吃了一惊，郤犨用凶残的目光直逼梅英。

沂　阳　（故作伤心地）郤将军，本宫千里迢迢易嫁于你，虽说鲁国弱小，可父王总是你的岳丈啊，今日你我成亲之日，当在父王面前对饮一樽合欢酒才是啊。

郤　犨　合欢酒？（乐地）好！来来来，备酒来！

［沂阳接过鲁成公手中酒。

梅　英　（急地）姐姐！

郤　犨　慢！另斟一樽。

［萧夫人又端上一樽，沂阳接过。

沂　阳　（举樽）郤大人，请！

郤　犨　（得意忘形）哈哈哈哈！美人儿，请！（干酒）

［沂阳趁郤干酒之际，换了鲁王的樽。梅英欲唤，被沂阳止住，鲁王莫名其妙。

郤　犨　（饮毕）美人儿，干呀，为何不干呀？

沂　阳　父王！（凄惨地）路途遥远，多加保重，女儿陪你干此一樽，以表离别之情！

［鲁成公、沂阳对饮，沂阳踉跄几步，梅英向前扶定。

梅　英　（悲痛地）姐姐！

沂　阳　梅英，送父王起程！

梅　英　是。（又回顾沂阳）

沂　阳　（声色俱厉地）送父王起程。

梅　英　（猛醒）是！（拉鲁成公下）

郤　犨　哈哈哈哈……

［远处传来："晋王驾到"的呼声。

郤　犨　接——驾！（向沂阳）美人儿，你快去更衣，迎候晋王！哈哈哈哈！

［郤犨率众人下，萧夫人收拾酒樽入内。

沂　阳　（傻笑）哈哈，更衣？我，我，我要更衣！（看看双手，摸摸脸面，自作惶恐地）我喝了巫酒，我要疯了！我就要疯了！难道我真的要疯了么？（悲怆地）天哪！

［沂阳跪倒痛泣，萧夫人悄上，为她拔下珠花，弄散云鬓，解开裙带，又将沂阳的帔巾狠狠地扔在地上，然后悄然而下，沂阳惘然，片刻，眼睛一亮，猛醒过来，急下。

［喜庆的音乐起。内传："晋王驾到！"郤犨率众人拥晋厉公上。

晋厉公　（唱）自从登基理朝纲，
继承霸业未曾忘。
全仗郤犨辅朝政，
逐鹿中原算一强。
恰逢爱卿娶妾时，
孤王我亲临郤府贺新郎。

郤　犨　臣见驾，晋王千岁！

晋厉公　哈哈哈哈！孤闻沂阳公主乃天下第一美人，孤王倒想见见她。

郤　犨　有请沂阳公主！

［家丁内传："有请沂阳公主！"

［随着一阵疯狂的笑声，沂阳疯疯癫癫地闯进大厅，只见她披头散发，衣裙支离破碎，一阵狂笑，跳到画桌上大哭大闹起来，众人大惊失色。郤犨上前拉，换来沂阳一记耳光。沂阳抓起烛台追赶晋厉公，晋厉公连忙避开。

郤　犨　（对家丁）还不与我拿下了！

［众家丁抓住沂阳，萧夫人忙跪下。

萧夫人　沂阳公主换喝了鲁王的巫酒！

郤　犨　（大惊）什么，她喝下巫酒了？

萧夫人　正是！

郤　犨　（愤怒地）何不早说？

萧夫人　老爷，你可是说过不准我们多嘴的呀！

郤　犨　呀呀呸！（一掌将萧夫人打翻在地）哼！你这贱人！

毛公公　郤大人，这真疯假疯可是试得出来的呀。

郤　犨　（冷笑）也罢，不如试她一试！（抽剑，用剑锋慢慢地朝沂阳背上抵去，沂阳咬紧牙关，毅然狂笑，最后昏死过去。郤犨扔下剑对家丁）抬出去活埋了！

萧夫人　老爷！行行好吧，她还没有死呢。

郤　犨　这疯了跟死了有什么两样？

晋厉公　生埋活人过于残忍，日后鲁国向我要人，又如何交代呀？

郤　犨　依大王之见呢？

晋厉公　这个？

萧夫人　反正是个疯女，不如打入柴房，让她纺纱织布的好。

郤　犨　唔？

晋厉公　这倒是个办法呀。

郤　犨　哼！想不到花了九牛二虎之力，换来一个疯女！

晋厉公　（扫兴地）打道回宫！（与众臣下）

毛公公　（心神不定地）郤大人……

郤　犨　哼，你们干的好事！（拂袖怒下）

毛公公　（急地）郤将军！郤将军！（追下）

［萧夫人扶起沂阳。梅英急从外面进来。

梅　英　（悲痛地扑上）姐姐！姐——姐！

［萧夫人在一旁饮泣，梅英号啕不已。

［灯暗。

第六场　夜探

［六年后，一个风雪之夜。

［幕启：都府，远处是灰暗的楼台亭阁，柴房前，子伴梅英纺纱，沂阳一厢独愁。

［幕后伴唱：

　　生离死别隔重天，
　　柴房春秋又一年。
　　朝将红豆寄青鸟，
　　夜半相思带泪眠。

沂　阳　（唱）琼楼高，柳丝长，
　　度日如年年更长。
　　含恨装疯六年过，
　　恰好似离群的孤雁锁宫墙。
　　朝凭栏，听蝉鸣，

了暮倚窗，送夕阳

三更风动竹影斜，

弄风铃儿响叮当。

菱花镜里人空瘦，

玉指弹泪望东方。

（白）施郎……

子　（上）娘！你又在哭了？

沂　阳　苦命的儿啦，你快六岁了，长得真像孝叔，可叹的是连自己的父亲都还没有见过。

子　娘！你不要哭。（替娘擦泪）

［幕后伴唱：

夫妻恨，儿女情，

骨肉相连两难分。

忍辱偷生几时休，

真叫人，生无颜来死不能。

梅　英　（上）姐姐！不要这样。

（唱）劝姐姐，莫悲伤，休烦恼，

珍惜玉体最紧要。

看在公子年幼知孝顺，

你也该强打精神开颜笑。

沂　阳　唉，施郎也一定在想念我们，要是能带个信回去就好了。

梅　英　姐姐，让我先去打听打听再作道理。（下）

［内声：萧夫人来了！（二丫鬟伴萧夫人上）

沂　阳　夫人万福。

萧夫人　妹妹近日可好？

沂　阳　还好。夫人请坐！

萧夫人　谢坐！（坐下）妹妹脸带泪痕，想必又在思念家乡了？（牵过子来）这孩子出脱得越发好看了，要是让施大人见了，还不知怎样高兴呢！

沂　阳　唉，六年前，要不是夫人暗中相助，计换巫酒，我母子二人恐怕早已不在人世了。

萧夫人　过去的事快不要说了，妹妹，鲁国有人看你来了。

沂　阳　哦，这是真的吗？

萧夫人　你看你，难道为姐还会骗你不成？

沂　阳　他，人在哪里？人在哪里呀？

萧夫人　（对丫鬟）快请贵客！

丫　鬟　是。（下，少顷带乔装书生的施孝叔上）

施孝叔　（惊喜地）娘——子！

沂　阳　孝——叔！原来是你？（哽咽）

施孝叔　为夫特地看你来了！

沂　阳　（悲喜交织地）施——郎！

施孝叔　要不是碰上这位好心的夫人，为夫差些被晋兵抓走了。

沂　阳　（痛苦地）施——郎！

施孝叔　（深情地）娘——子！

［萧夫人偕丫鬟们下。

沂　阳　（唱）见郎君，热泪盈眶眼蒙眬，
莫非是，金鸡啼破三更梦。

施孝叔　娘子！

沂　阳　（唱）施郎啊！一别六载无音讯，
我知道，流落异乡葬孤魂！
今天是，患难夫妻异国见，
却好似，你我相逢在地狱门。

施孝叔　（唱）听娘子，诉衷情，泪如泉涌，
字字血，声声泪，无限情深。

娘子啊，你舍身冒死将我救，
倒叫我，七尺男儿无地容。

沂　阳　（唱）说什么，舍身冒死将你救，
说什么，七尺男儿无地容。
只要你，发愤振国兴大业，
为妻我，纵死黄泉心也宁。

施孝叔　（唱）娘子啊，我本穷儒出寒门，
妻荣夫贵始为臣。
娘子啊，你报国之心可对天，
我岂能，辜负娘子一片情。
（白）娘子啊娘子，倘若为夫不能使鲁国强盛起来，
（接唱）我甘愿，肝脑涂地誓不为人！

沂　阳　施——郎！（依偎）

［幕后伴唱：
金叶落红千里逢，
两厢苦衷一腔鸣。

施孝叔　娘子，一别六年，为夫哪一日不在想你哟。

沂　阳　施郎，父王可好？

施孝叔　好！如今我们鲁国也强盛起来了。

沂　阳　这就好了。只是那些误国佞臣，不知处治了没有？

施孝叔　有道是：礼不下庶民，刑不上大夫。都是皇亲国戚，谁会去惩治他们哟！这些年来只是害苦了你了。

沂　阳　（痛苦地）施郎，为了你，我做了六年的疯女了！

施孝叔　（怜悯地）娘子，你快些随我回去吧！

沂　阳　（感激地）嗯！

［萧夫人慌张而上，梅英随上。

萧夫人　不好了！郤犨察觉了！

沂、施　（惊慌地）啊？！

梅　英　郤犨带了家丁搜人来了！

沂　阳　哎呀，这又如何是好哇？

施孝叔　娘子！我们快些走吧！

萧夫人　你二人同行多有不便，还是让施大人早些逃命要紧。

梅　英　事不宜迟，施大人，我送你出去！

施孝叔　娘子！

沂　阳　施——郎！

施孝叔　为夫拜别了！

沂　阳　郎君，保——重！

施孝叔　娘子保重！

［梅英拉施孝叔急下。门外喊声大作。

沂　阳　施郎！施郎！施——郎！（惨痛欲绝）

郤　犨　（仗剑闯入）好哇！原来是你们这两个贱妇！等我抓到施孝叔再来收拾你们！

［郤犨欲追，被沂阳、萧夫人拦住，郤犨推倒沂阳正欲出门，萧夫人扑上抱住其腿，郤犨挥剑刺倒萧夫人下。

沂　阳　（急忙扶起萧夫人）夫人！夫人！（呜咽）

萧夫人　妹妹，不要难过，人生百年终有一死，只要施大人能逃离虎口，为姐虽死无憾哪！

沂　阳　夫人！夫——人！你？

萧夫人　我么，（凄然一笑）早就活厌了！

沂　阳　此话怎讲？

萧夫人　你们哪里知道？

（唱）妾本是赤狄国首领之女

父母宠爱我如掌上明珠。

都只为贼郤犨兴兵犯境，

滥烧杀强掳掠禽兽不如。
我的父血染沙场中箭死，
母后她免遭凌辱跳荷池。
可怜我双亲遇害尸未寒，
郤贼他将我强行掳到此。
十年来受尽凌辱仇难报，
亡国之恨无尽时。
与其是强留尘世受折磨，
倒不如九泉做鬼再雪耻。

[里面传来婴儿的啼声，一丫鬟抱襁褓上。

萧夫人 儿……啦！为娘对不起你了！（痛泣）

沂　阳 夫人！

萧夫人 妹妹，为姐在这人世间没有亲人，只留下这可怜的幼子无人照料，为姐死后就拜托你了！（伤口疼痛不已，将婴儿交给沂阳后即咽气）

沂　阳 姐姐！姐姐！姐——姐！啊——

[幕后伴唱：

啊——
淑女仗义酬知己，
含饮恨离人间。

[沂阳抱子立于萧夫人尸前。

[灯暗。

第七场　苦辨

[公元前 561 年。

[二幕前：寒年内子伴沂阳纺纱，梅英哄萧夫人遗孤。

沂　阳　（唱）自从孝叔离虎口，
　　　　　　我被打入寒牢受欺凌。
梅　英　（唱）日夜纺织度清贫，
　　　　　　粗茶淡饭倒亦安宁。
沂　阳　（唱）可怜那，萧氏献身仗大义，
　　　　　　救得孝叔出牢门。
梅　英　（唱）为遗孤，我二人日夜多操劳，
　　　　　　萧夫人你九泉之下可放心。
沂　阳　（唱）盼只盼，膝前一对苦命儿，
　　　　　　死里逃生，你们要快成人。
梅　英　姐姐，施大夫不知怎么样了？
沂　阳　是呀，孝叔是个有能力、有抱负的男子，我想他一定作出一番事业来了。
梅　英　姐姐，那是一定的呢。
　　　　［外面人喊马嘶，梅英把婴儿交给沂阳，急忙下场一转，又慌张而上。
梅　英　姐姐！大事不好了，郤犨他串通孙周谋反，已被晋王抓了起来，如今朝廷已派兵前来抄府，姐姐，你快些随我逃命要紧。
沂　阳　（放声大笑）郤贼呀郤贼！你！你！你也有今天！总算让我看到了！
梅　英　姐姐！我们快走吧！
沂　阳　走？哼！贼子他犯我国土，辱我君臣，拆我夫妻；想我在此七年，无一日不想剥他的皮、抽他的筋。如今郤贼已除，我就是死了，也含笑九泉，还逃什么？
梅　英　姐姐！你不为自己，也得为二位公子和施大夫想想啊！何况萧夫人为了救我们含恨而死，我们怎么能对得起她哟！

沂　阳　这个？（门外人声沸腾，十分紧急）

梅　英　好吧，你穿上我的衣服，快些逃命，我在这里对付一阵！

沂　阳　好妹妹，我们患难相依，生死与共，要走，我们一起走！

［沂阳牵子，梅英抱婴正欲出门，校尉上，押沂阳、梅英及二子同下。

［二幕启：晋国金殿。

［众官员拥晋厉公上。

晋厉公　（唱）可笑郤犨不自量，

兴兵作乱逞猖狂。

自古善恶终有报，

蚍蜉撼树自取灭亡。

［一声呐喊，二校尉绑郤犨上。

郤　犨　（苦苦地叩头）大王饶命！大王饶命啊！

晋厉公　刀斧手！

校　尉　在！

晋厉公　将叛贼郤犨推出斩了！

校　尉　是！（押郤犨下）

晋厉公　（唱）今日里，锄奸铲佞恨未消，

我还须，斩草除根消祸殃。

（白）来！与我把叛党余孽带上来！

校　尉　带叛党余孽！

［又一阵呐喊，校尉押沂阳、梅英及二子上。

沂　阳　（唱）听得金殿一声喊，

沂阳我心不惊来胆不寒。

冷眼尘世几度秋，

早将生死置度外。

凭着三寸不烂舌，

拼一个，不是粉身就生还！

［沂阳傲然而立。

晋厉公 下站可是叛党余孽？

沂　阳 非也！在下鲁国公主是也。

晋厉公 公主也罢，余孽也罢，见了寡人为何不跪？

沂　阳 我乃堂堂公主，并非大王臣下，何跪之理呀？

晋厉公 哼！好一张利嘴。我来问你，郤犨可是我的臣下？

沂　阳 是大王臣下，还是得意宠臣呢！

晋厉公 （摇头示无奈）臣下见了君王，可是要跪？

沂　阳 他跪他的，与我何干？

晋厉公 你虽为鲁国公主，嫁了郤犨，那就是郤犨的妻子，丈夫要跪，难道你做妻子的不要跪么？

梅　英 呀！大王有所不知。

（唱）我鲁国虽小王法重，
一女不事二夫君。
不像晋人无伦次，
王妃太后也多夫君。

晋厉公 嘟！

（唱）堂堂大晋君子城，
岂有一女配数人？
村野匹夫尚知理，
可笑你，无知的奴婢是糊涂虫。

沂　阳 既然如此，哀家已是鲁国大夫施孝叔的妻子，怎言再嫁郤犨呢？

晋厉公 这？

梅　英 况且，若论“再嫁”二字，自然是明媒正娶，那我家公主出嫁郤犨，月老何人？莫非是大王不成么？

晋厉公 这这这，休得啰唆，快将叛党余孽推出砍了。（校尉上前推沂阳等，沂阳仰天大笑）且慢！你死到临头，为何发笑？

沂　阳 自我到晋国以来，早将生死置之度外。我笑的是，一来看到了贼的下场；二来也看到大王的荒唐。

晋厉公 寡人有何荒唐？

沂　阳 大王，你且听了！

（唱）自从大王整朝纲，
明察秋毫锄奸狂。
人说道贤人不做逆理事，
锄禾须分草和秧。
想当初，郤贼借得你大王名，
强逼哀家到晋邦。
践我国土辱我君，
霸人妻室罪昭彰。
到如今，你怂恿郤贼不思过，
反将弱女送刑场。
一错再错步步错，
你道荒唐不荒唐？

晋厉公 这？

沂　阳 常言道，服人心者得天下。大王斩弱女，这难道是英雄所为么？

晋厉公 这么说来，孤王斩你不得？

沂　阳 要杀要斩，听凭大王之便。不过，屈斩忠良，绝非君子所为。

晋厉公 嗯？依你之见呢？

沂　阳 依哀家之见，大王应拯黎民于水火，理国家之大纲，开郤家之巨仓，济饿馁之饥荒；施仁政以恩德，救无辜而名扬。

方显大王公正贤明。

晋厉公 （唱）听罢沂阳一番话，

似见山外九重天。

我看她心比良玉性耿直，

坎坷一世令人怜。

公主啊，孤王留你后宫执教鞭，

还望你，教我幼子学圣贤。

沂　阳 大王——

（唱）感谢大王纳良言，

赦奴死罪恩无边；

怎奈奴本桑梓女，

难教王储学圣贤。

更何况背井离乡日已久，

夫妻拆散整七年；

大王啊，倘能放奴归故国，

此恩此德高于天！（跪拜）

晋厉公 也罢，既然公主执意回鲁，孤成全你一片忠节之心，望你致言鲁侯，从今后，晋鲁两国永息干戈，义结同心。

沂　阳 谢大王！奴家就此拜别大王。（领梅英及二子欲下）

晋厉公 且慢！寡人决意放你回去，不过这郤贼的逆子……左右！

校　尉 在！

晋厉公 将小逆种速速砍了！

校　尉 是！（上前夺婴，婴啼，梅英护住婴儿）

沂　阳 啊！

（唱）婴儿声声啼不停，

好似钢刀挖我心。

想当初，萧氏洒血救施郎，

此情此义比海深。

眼见得遗孤顷刻要遭难，

我岂能贪生怕死自逃生。

拼将一死苦苦求——

（白）啊，大王，你斩了郤犨是因贼子图谋不轨，

可这不懂事的孩子何罪之有呀？

（接唱）求大王发慈悲千万开恩！

晋厉公 留下叛贼余孽，岂不是养虎伤身，后患无穷！

沂　阳 大王放心，将子交于奴家，我保他永不回晋。（见晋厉公沉思）奴家一定教导他永感大王恩德！

晋厉公 也罢！逆种有你这样一位母亲教导我也放心了。左右，送公主起程！

沂　阳
梅　英 谢大王恩德！

［音乐起，落幕。

第八场　长恨

［二幕外，施孝叔春风得意地上。

施孝叔 （唱）领旨出京接妻驾，

不由人悲喜交织珠泪洒。

总以为此生难与她重相见，

又谁知落釜的红豆再发芽。

七年来多少相思多少泪，

多少愁情寄天涯：

几回梦里曾哭醒，

几度寒秋对落花。

人说道有情人终能成眷属，
我说是好事多磨人愁煞。
哈哈哈哈……

婴　齐　（率仪仗队上）哈哈哈哈，施大人请了！

施孝叔　皇叔请了！

婴　齐　施大人，我看你真是春风得意啊！

施孝叔　是啊，公主质晋七年，今日自拔而归，真可谓九死一生啊！

婴　齐　（假惺惺，又不怀好意地）唉，可恨哪可恨！可恨那郤犨老贼把沂阳公主害得好苦哇。自从公主易嫁以来，不仅大损鲁国的尊严，就是施大人的脸上也未必光彩！

施孝叔　这个……
（唱）婴齐话带弦外音，
好似钢刀刺我心；
沂阳是我结发妻，
前今沦为失节人；
无情苍天铸大错，
功德岂换清白身？
堂堂相国妻易嫁，
可耻贻笑天下人。

［二侍臣抬金匾上。大书：“忠孝夫人。”

施孝叔　（唱）见金匾，思前情，
历历往事涌上心。
她为国献身高风节，
几度救我舍自身。
此情此义比海深，
更何况皇恩浩浩是诰夫人！
王叔请了！

婴　齐　施大人请了！

［施孝叔率仪仗队下。

婴　齐　哼！梁玉啊梁玉，你害得我做不成国君，我岂能容你！

［灯暗。

［二幕启。

［黄河之滨，波涛滚滚，发出隆隆吼声。

［沂阳牵子，梅英抱婴儿上。

梅　英　姐姐！走呀！

（唱）鸟出牢笼翔东风，

沂　阳　（唱）展翅高飞出晋门；

梅　英　（唱）七年离索受煎熬，

沂　阳　（唱）虎口余生喜幸存。

梅　英　（唱）不知我爹娘今还在？

沂　阳　（唱）不知施郎可安宁？

梅　英　（唱）从此后，归廓娘前尽孝心，

沂　阳　（唱）夫妻团聚永不分。

梅　英　姐姐！

子　娘亲！

沂　阳　我儿！（替子擦汗）

梅　英　一路劳累，在此将歇片刻可好？

沂　阳　也罢。梅英，这惊天动地的是什么声音？

梅　英　此乃黄河波涛拍岸之声。

沂　阳　这么说，我们已到国门口了？

梅　英　正是。

［沂阳起身，看黄河激浪，心潮起伏。

沂　阳　啊！

（唱）看黄河，惊涛翻滚浪千层，

不由人，想起当年离别情。
那一日，河神怒掀接天浪，
梁玉我，泪泉入水水更浑。
今日离晋返故土，
黄河滔滔迎旧人。
江水如故红颜老，
泪摧残容花凋零。
唯有丹心红似火，
带回故国敬亲人。

（黄河怒吼着）

黄河啊，你渺渺茫茫水一泓，
晋鲁两国东西分。
世代同饮一江水，
为什么，连年厮杀不安宁。
只因为诸侯贪婪争版图，
巧取豪夺动刀兵。
你看那黄水浩渺田园废，
白骨累累景凄零。
愿只愿从此晋鲁息干戈，
世代相安颂升平。

梅　英　我们出走七年，家乡好像大变样了。

梅　英　姐姐，你看那河东稻谷满目金黄，此情此景与七年前大不相同了！

沂　阳　施郎啊施郎，你果然不负为妻之望啊！

［音乐起。

梅　英　姐姐，你看那边锣鼓喧天，有一队人马过来了。

［鼓乐喧天，施孝叔率宫女、内侍上。

侍　臣　相爷，你看前面凉亭里有两个女子。

施孝叔　喔，让我看来……哎呀！果然是我家娘子，娘子！

沂　阳　施——郎！（依偎）

［幕后伴唱：

泪纷纷，意绵绵，

七年离索七年恨……

施孝叔　娘子！想不到你我还有见面的一天呢！

沂　阳　施郎，我死为国难捐躯，生为夫君偷生，苍穹有眼，岂有不佑之理哟。

婴　齐　婴齐见过公主。

沂　阳　皇叔，奴家这厢有礼了。

施孝叔　娘子，如今鲁国富强起来了，我们鲁国有今天，你是第一个大功臣！

梅　英　奴婢见过大夫爷！

婴　齐　噢，如今是相国老爷了。

沂　阳　喔？（高兴地）是相国了么？

施孝叔　呵！娘子，父王念我治国有功，封我为相国了。

沂　阳　原来如此。

梅　英　奴婢叩见相爷。

施孝叔　（哈哈大笑）罢了！罢了！

沂　阳　（牵过子来）我儿拜见你家爹爹。

子　　（高高兴兴地跪下便拜，还天真地喊着）爹爹！爹爹！

施孝叔　（一把接住）这是何人？

沂　阳　呵！郎君，看你说的，难道连自己的儿子都忘记了么？

子　　爹爹！爹爹！

施孝叔　我这苦命的儿啦！

（唱）亲生骨肉跪埃尘，

口口声声唤父亲。
人非草木岂无情，
更何况，他离乱七载受苦辛。
我忙将娇儿来搂定——

（婴齐向前故意朝子看）

婴　齐　哎呀呀！（对侍臣）毛公公，你看，这小子还真像郤犨呢？

毛公公　可不是么，你看这额头宽宽的，再像不过了。

婴　齐　喏！还有这耳朵呢？

毛公公　暖，不说不像，一点破，越看就越像了。

［婴齐、毛公公哈哈大笑，施孝叔满面羞愧。

施孝叔　（接唱）羞辱之声刺我心。

婴　齐　（讥讽地）施大人洪福不浅呀，公主易嫁七年，替你儿子都生好了，你呀，倒是做起现成爸爸来了。

毛公公　施大人，恭喜恭喜！

［婴齐等众臣哈哈大笑，施孝叔狼狈不堪。

施孝叔　哎！可恨也可恼！

（唱）虽说是，怀子易嫁我心里明，
怎奈是，异国长来异国生。
朝中同僚多多少，
怕只怕，我浑身长嘴也说不清。

（梅英怀抱萧夫人遗孤过来）

梅　英　公子见过相爷！

施孝叔　这又是谁家的公子？

梅　英　这是姐姐九死一生才保全下来的。

沂　阳　施郎，从今后，他就是你、我的亲生儿子了。

施孝叔　（唱）一见裓褔怒火升，
满腹仇恨气填胸。

妻失贞操情可原，
私带野种实难容？
我只道七年离索她心如故，
难道说她有了新欢忘旧情！
眼前事不由人苦思难解，
一场欢欣化烟云。

沂　阳　施郎，你听我说呀！

施孝叔　（没好气地）事到如今，还有什么可说的呢！

沂　阳　（痛心地）孝叔，你我离别七年，为妻不图温情慰语，难道为妻的一句话你都不愿听了吗？

施孝叔　（震动，内愧地）娘子！（苦不堪言地）我……

扶　桑　（内声）圣旨到！

［施孝叔跪接。

扶　桑　（宣旨）鲁王有旨：沂阳、梅英城外候旨，郤贼余孽就地处决！

施孝叔　这是为什么？

扶　桑　（冷笑）公主易嫁有伤鲁国之大雅，仇敌后裔理应生擒活剐！（将旨交给施孝叔）

施孝叔　（一怔）啊？（沉吟半晌）
（唱）手持王旨重千钧，
辞令昭昭写分明；
不遵岳丈人非孝，
违旨抗君臣不忠；
是非不分士不贤，
灭人孺子义何在？

沂　阳　（急切地）施——郎！

施孝叔　（接唱）一边是结发之妻情似海——

扶　桑　施大人！

施孝叔　（接唱）一边是君前宠臣催行刑！

看起来瓦釜玉璧难两全，

又何必让冤孽恶患害自身！

罢罢罢！

（接唱）我不除冤孽怎回旨？

不除冤孽心难平！

［施孝叔从梅英手中夺过襁褓，投进了黄河，沂阳猛扑过去，只夺得一只鞋子，梅英怒气冲天。

沂　阳　天呐！

梅　英　贼子！（紧逼施孝叔）

（唱）骂声贼子太残忍，

狼心狗肺黑心肠。

萧氏为你喋血死，

你却是，将她的遗孤抛大江。

恩将仇报实可恨，

梅英我，管叫你碎尸万段剑下亡！

［梅英夺过校尉手中宝剑，直取施孝叔，

（白）贼子！你往哪里走！

婴　齐　（对校尉们）孩儿们，与我宰了这个恶奴！

［校尉们蜂拥而上，与梅英刺杀，梅英寡不敌众，被逼到黄河边，施孝叔一旁取剑朝梅英刺去，子大喊一声“阿姨！”要扑上去，沂阳忙去拉，只扯得一块衣片布，子冲到梅英面前，正好被施孝叔剑锋刺中，惨叫一声，滚落黄河。梅英见子已死，吃了一惊，不留神也被婴齐一剑刺死，沂阳一手握着鞋子，一手捏着布片，痴痴发呆。

施孝叔　（见亲生子被误杀，痴呆半晌，弃剑于地，歇斯底里地）

儿——啦！

［幕后伴唱：一幅衣襟一只鞋，只见黄水不见儿。

［沂阳踉踉跄跄，施孝叔忙去相扶，被沂阳推开。

沂　阳　你真不愧一个男子汉，你真有气派呀！如今，我才知道你是怎么爱我的……

施孝叔　我都是为了你呀！想不到……

沂　阳　哈哈哈哈！（一阵疯狂的傻笑）好！好！

施孝叔　娘子！

沂　阳　呸！谁是你的娘子？

施孝叔　娘子，你？

沂　阳　我来问你，当初你落在郤贼之手，是谁救了你？

施孝叔　这？

沂　阳　萧夫人为了救你脱险，血染柴房，她临死之前，将遗孤托付于我，要替她养大成人，可你却将他抛入了黄河！

施孝叔　啊！原来如此！

沂　阳　我为了祖国，为了鲁王，也为了你，到晋国当了七年的奴隶，装疯受苦，强留人世，都只为见你一面，想不到你的气量竟如此之小，心地又如此之狠哪！

施孝叔　娘子！

沂　阳　（唱）贼子心狠似虎狼，

杀亲灭子黑心肠。

口蜜腹剑是巧伪人，

可叹我一片痴情付汪洋。

到如今夫妻之情一笔勾，

恩将仇报丧天良！

似这般不忠不孝不仁不义的负心汉，

还当什么宰相立什么朝纲！

施孝叔 娘——子！

沂　阳 （凄惨地）苍天呐！苍天！

（唱）问苍天，问苍天人伦大义今安在？

两问苍天，人间正道在何方？

为什么，患难夫妻陡反目？

为什么，父亲灭子人沦丧？

为什么，我有家可归归不了？

为什么，我身在国门却难回故乡？

为什么，势利小人反得福？

为什么，救国之人却被人忘？

为什么？为什么？哦！我明白了，我明白了！（发出一阵凄惨的狂笑，踉踉跄跄地向黄河走去）

施孝叔 娘子！娘子！你不能，你不能死啊！我们好不容易苦尽甜来，难道你？

[沂阳在一阵疯狂的傻笑中纵身跳进黄河。

施孝叔 （撕帛般）娘——子！（双膝跪地）

[随着电闪雷鸣，黄河发出惊动天地的怒吼。

婴　齐 （出）施大人，鲁王命你接驾，如今公主都让你逼死了，大人拿什么回朝复旨啊？

施孝叔 ……

婴　齐 （将一把宝剑丢在施孝叔面前）成全你吧！

施孝叔 你！你！你好狠毒啊！

婴　齐 我？（哼哼冷笑）施大人，这你就错怪我了，请你看看这是谁的宝剑！

施孝叔 （抽出宝剑一看）这不是鲁王的剑么？

婴　齐 哼！鲁王要选美女，你要反对；鲁王要造行宫，你要阻止。

（袖出一旨）如今鲁王有旨："赐死！"

［婴齐掷下密旨拂袖欲走，施孝叔跃起一剑，将婴齐刺死，然后，又捡起"王旨"。

施孝叔 （苦笑）施孝叔赐死，施孝叔赐——死！（一步步地向河堤走去）自刎……

［灯暗：黄河的浪涛声伴着远处传来的沂阳阵阵呼儿声。岸边映出施孝叔自刎的剪影。

［幕后伴唱：

黄河水，水连天，
随波寻儿到天边！
丹心付子东流水，
千古遗恨恨绵绵！

（全剧终）

一九八〇年初稿
一九八四年四稿

春潮

（无场次话剧）

人物表

方景良　男，39岁，第五工区主任。
马一民　男，38岁，第五工区秘书。
洪腊娇　女，25岁，第五工区统计员。
凌　岚　女，36岁，第五工区工程师。
姚　江　男，23岁，第五工区第五施工队长。
姗　姗　女，22岁，第五工区女工。
叶志华　男，56岁，明湖建筑公司经理。
田大年　男，58岁，第五工区前任主任。
曾　莉　女，19岁，第五工区女工。
王大刚　男，34岁，第五工区泥工。
赵队长　男，45岁，第五工区第一施工队长。
钱队长　女，37岁，第五工区第二施工队长。
孙队长　男，51岁，第五工区第三施工队长。
李队长　男，52岁，第五工区第四施工队长。

老　金　男，50岁，第五工区采购员。

曾　宇　男，56岁，建工局长。

记　者　男，30岁，电视台记者。

吴志强　男，40岁，第五工区工程师。

青工2—3人。

［故事发生在一九八二年。江南某市。

［明湖建筑工程公司第五工区办公室：靠右面和左面的窗口各有一张办公桌，桌上有电话、文件、报纸、卷宗，桌旁有几条长凳。办公室的前面是走廊，后面有门，门的两侧是窗。窗外，蜡梅含苞欲放。远景是高大的建筑群和一些搭着脚手架的在建工程。脚手架前面的塔式起重机上“振兴中华”四个大字隐约可见。

［幕启：秘书马一民正在接电话，语气稍带点官腔：“喂，我是马一民……年终奖？不是告诉你了吗，上级有规定，凡是完不成计划的单位，一律不准发放年终奖……哦。现在知道要钱了？（盛气凌人地）谁叫你们完不成计划？”（不高兴地放下电话）

马一民　人家说踏进建筑单位就该倒一辈子霉，我呀，算倒上八辈子霉了！成天给人抄抄写写，跑腿儿，还得跟这些大老粗打交道……唉！

［马一民点上一根烟，深深地吸了一口，慢慢地吐出几个烟圈圈，并专注地瞧着烟圈渐次扩散、消失……

［洪腊娇喊着：“小马！小马！”兴冲冲地从后门进来，马一民急忙将香烟藏到身后。

洪脂娇　（有所察觉地）紧张什么？

马一民　哦！是娇娇啊！

洪腊娇　（把脸一沉，厉声地）把手举起来！

马一民　（双手一举，烟蒂落地，尴尬地）嘿嘿，下次，下次我保证不吸了。

洪腊娇　去你的！这话我听过一百遍了。其实，吸几根烟又怎么了，作为男人，反而显得潇洒，可你一定要弄虚作假，什么闻得酒气就头疼，闻得烟味就恶心，你在骗谁呢？

马一民　呵，娇娇，是我不好，你就……

洪腊娇　好了好了，男子汉得有点气派，别婆婆妈妈的像个女人！

马一民　（挺胸凸肚地）是！

洪腊娇　（"哧"地一笑，捡起掉地的香烟给马一民）小马，我真不明白，你有民建方面的专业知识，当什么秘书呀？

马一民　这是革命的需要嘛。

洪腊娇　（蓦地站起）又来了，讨厌！

马一民　（急地）娇娇，别生气，有些事你还不懂。

洪腊娇　（赌气地）是的，对于那些伪君子的处世术谁又能懂呢？

马一民　娇娇！娇娇！你听我说，你听我说呀！我不是这个意思。瞧，又发脾气了？（见洪腊娇不睬，上去拉）

［这时，经理叶志华上，见状停住脚。

马一民　真是朵可爱的玫瑰花，又让人爱，又让人怕。

洪腊娇　你根本没把我放在心里！

马一民　什么话？你在我心里永远是一颗美丽的小星星。

洪腊娇　我是草包，绣花枕头烂草包！

马一民　不！不！你是个聪明的小傻瓜，噢，不不，是天使，聪明的小天使。

洪腊娇　（忍不住笑了起来）瞧你这个甜嘴蜜舌的坏分子！（笑着

捶马一民）

［叶志华摇摇头悄然退下，方景良从另一边走了进来。

洪腊娇 唷，老方啊，这么难得，小晶晶呢？

方景良 在她外婆那儿。

洪腊娇 一定很可爱，是吗？

方景良 是的，不过老是闹病。

洪腊娇 哎，小晶晶也怪可怜的，这么小就没有了妈妈，你得再找个女人才行，比方说老姑娘或离了婚的女人，不过人一定要好，首先心地要善良。

方景良 目前还没有心思去考虑这些。

洪腊娇 你还在自学？

方景良 是的，工作需要，学点专业知识。

洪腊娇 （对马一民）瞧，人家重新学起来，而你呢？学过的却让它荒废了，真不知打的什么算盘！

马一民 腊娇！

方景良 哦，我来还有点事。（对马一民）小马，我想问问，上次交给你的两份材料，交给老田了吗？

马一民 （想不起来）什么材料？

方景良 就是我们要求承包的倡议和……

马一民 噢，（拍拍方景良的肩膀）我说方兄啊。你想搞改革。就主观愿望来说当然是好的，可愿望毕竟是愿望啊，作为一个改革者，不仅要具备广泛的知识面，而且还要具有高水平的组织才能和管理才能；不仅要精通哲学、社会学、政治经济学、统筹学，还要精通计划管理、质量管理、财政管理、信息管理，以及对微观的分析，宏观的综合等等等等，这些你懂吗？

方景良 不懂。

马一民　（对洪腊娇）听听，你听听，连这些起码的常识都不懂就想搞改革？（倚老卖老）方景良同志，改革是一门科学，并不像你所想象的那么容易！

方景良　可也并不像你所说的那么神秘。

马一民　好吧，我们明湖建筑公司未来的，也许是最伟大的企业家，祝你改革成功！

方景良　我的资料呢？

马一民　噢，（在一叠废纸里翻了翻）见鬼，不知弄到哪儿去了，不过，我看过，反正没啥用场。

洪腊娇　你太不负责任了！

马一民　这有啥？又不是中央文件，大惊小怪地。诶，人嘛，应当有点自知之明，作为一个泥水匠，有劲儿的话，最好还是去多搬几块砖，多填几担土，不要异想天开。

方景良　（气愤地）你这是什么话？

马一民　怎么了？

洪腊娇　（不满地）小马，你太瞧不起人了，老方，我替你找。（到处翻找）

方景良　我告诉你，马秘书，三天之内，你得替我把资料找到，否则，我要揍扁你的脑袋！（怒下）

洪腊娇　老方！老方！

马一民　（见方景良走远）滚！你给我滚！臭泥水匠！

洪腊娇　（愤怒地）小马！

马一民　（指方景良背影）瞧，这种人……哼！野蛮！（回过身，见洪腊娇生气，自语地）怎么了，刚才还是阴转多云，一下子又转阴天了？（忙赔笑）哦，娇娇，是我不好，你骂我吧，别说骂，打我也行。（心生计，摸出一个泡泡糖）瞧，我这儿有糖，献给姑娘的泡泡糖……

洪腊娇　（“哧”地一笑）你这坏分子，真坏！（一把夺过糖）你对待工人的态度，为什么这样差？

马一民　是我的脾气不好。

洪腊娇　可你对待上级从来不是这样！

马一民　……

洪腊娇　（若有所思地）唉，我们之间就个性来说，毫无共同之处，每当我们在一起的时候，总感到有一种危机存在。

马一民　娇娇，你瞎说些什么呀？

洪腊娇　不是瞎说，是现实，无可回避的现实，我担心，这种危机总有一天会把我们的爱情推向悬崖。

马一民　别说了，娇娇，我求求你，别说了好不好，我们谈点别的什么吧。噢，听说老主任要退居二线，不知你舅舅有没有什么新打算？

洪腊娇　奇怪，你怎么老是喜欢打听这种事情呢？每次见面你总要问我舅舅对我们工区有什么看法；对老主任有什么看法；对你有什么看法……幸好我舅舅是建筑公司经理，要在党政机关工作，我可要怀疑你是间谍！

马一民　别逗了，娇娇，我现在需要知道老主任退居二线以后，将提拔谁来当主任。

洪腊娇　（有所察觉）哦！怪不得我舅舅好像对你挺感兴趣。

马一民　（乐）是吗？

洪腊娇　不过，马上让我否定了。

马一民　（急切地）你？

洪腊娇　（轻描淡写地）我说小马应当去搞自己的专业。当领导他不是这块料子。

马一民　（气愤地）咳！你怎么能这么说呢？

洪腊娇　（吃惊地）怎么了？

马一民 （没好气地）这么重大的事情，也不跟我商量！咳，你看你……

洪腊娇 我完全是为了你！

马一民 为我？（哭笑不得）哼！你让我当一辈子秘书？成天给人接电话、送文件、抄抄写写？

洪腊娇 那你为什么不去搞自己的专业呢？

马一民 为什么为什么？为了出人头地！为了今后的前途！

洪腊娇 （感到吃惊）是吗？……

马一民 可眼下这么好的机遇，（咆哮地，挥着双拳）都让你断送了！

洪腊娇 （猛醒）原来是这样！

马一民 咳！都怪我没跟你打招呼，我也真是，怎么会不跟你打招呼呢？（自怨自艾起来）

洪腊娇 （愤怒地）别说了！呵……原来是这样！（痛苦至极）可怕，可怕，（歇斯底里）太可怕了！（愤恨地奔下）

马一民 （也猛醒）我不是在发疯吗？不！不行，得马上把她叫回来！（大喊）娇娇！娇娇！（也奔下）

［田大年推着一辆破旧自行车上。他头戴藤帽，身着工作服，自行车后面驮着一捆建筑材料。这是他从工地上捡回来的旧木板、断料和断钢筋之类的建筑材料。他停住车，费力地捶捶腰，慢慢地把车上的东西一件件卸下来。凌岚从里屋出来。

凌　岚 田主任，你又下工地了？

田主任 这班年轻人啊，不当家不知柴米油盐贵，瞧，这么好的材料扔得到处都是，看着都叫人心疼。

凌　岚 主任，你真是个老孟泰。

田主任 老孟泰老孟泰，这句话离现在都十几年了，年轻的时候当过模范，上过北京，咳，过去的事了，还提它干什么。

凌　岚　老主任，我调动工作事有没有研究过？

田主任　姑娘啊，留在这里吧，瞧，咱们这儿大学生也不多，虽说我要退居二线了，只要我这老头子在，不会埋没你这人才的。

凌　岚　老主任，你真好，可我……可我还是调出明湖公司好。

田主任　姑娘，你怎么了？从学校来的时候有说有笑，快活得像头小鹿，可这两年你变多了，好像没有见你笑过。

［田大年埋头整理材料，凌岚咬住嘴唇偷偷地背过身去擦泪。

田主任　好吧，过几天，我们好好聊聊。（抱起材料进屋）

［马一民灰溜溜地上，凌岚欲下。

马一民　岚岚！

［凌岚停步。

马一民　你说我们之间的事，是不是需要再交换一下意见。

凌　岚　（心灰意冷地）没有必要。

马一民　爱情的破灭，不等于友谊的消亡。

凌　岚　你欺骗了我的感情，难道还不够？还要害我一辈子吗？

马一民　不要把生活中某些小小的插曲，看得过于严重嘛！

凌　岚　你认为这只是小小的插曲吗？

马一民　是的，一个人在生活的长河里，要经历多少事件，等到我们老了，再回过头来看看我们之间发生的，你认为是十分严重的事件时，你就会觉得那只不过是一件微不足道的玩笑而已。

凌　岚　那是你的观点，可在我的心灵深处，这个创伤是永远也不会弥合的。

马一民　（走近）岚岚，别傻气了，或许破镜还可以重圆的。（欲拉凌岚）

凌　岚　（厉声地）别碰我！

马一民　（一怔）好吧，不过有件事想跟你打个招呼，就是你放在我这儿的那几篇论文，我已经用我的名义拿去发表了，本来我也不想这么做的，可有什么办法呢？就算你帮我最后一次忙吧。为了感谢你，我将为你保全一个姑娘的名誉。

凌　岚　随你的便吧！（愤然奔下）

［随着汽车的喇叭声、刹车声、开门声，局长曾宇手提公文包上。

马一民　（忙迎上去）曾局长！

曾　宇　呵，小马啊！

［马一民递过一支烟。

曾　宇　你发表的那篇"关于建筑经济研究"的论文，我看到了，很好！你应当去搞自己的专业嘛！

马一民　是的，不过，我对秘书工作已经习惯了。

曾　宇　是吗？呵呵，（取出方景良的两本材料，交给马一民）小马，这两份资料是谁搞的？

马一民　（一看）哦，是一个叫方景良的泥水匠搞的，一个疯子！刚才还逼我还他的资料呢！

曾　宇　小马，我可要批评你了，这么有价值的资料，我可是从你的废纸堆里捡来的。

马一民　……

曾　宇　好了，现在，请你用我的小车，马上把这个同志给我接来！

马一民　用小车接方景良那个疯子？

曾　宇　对！越快越好。

马一民　（快快地）哦哦，这就去。（下）

［曾宇看了看手表，叶志华正好从外面进来。

曾　宇　我说老叶，你怎么才来？

叶志华　我早就来了，刚才到各科室去转了一下。

曾　宇　老叶，主任的人选你考虑过了吗？

叶志华　我反复考虑，要扭转五工区的面貌，田大年是非撤掉不可，至于谁来接任，除了马一民，找不出更合适的人了。

曾　宇　又是马一民。老伙计，我还是那句老话："百依百顺的马只配拉磨，决不能上战场，因为它永远成不了千里马。"

叶志华　那就请局长派个主任来吧。

曾　宇　你们那个方景良为什么不能当主任呢？

叶志华　（吃惊地）什么，方景良？那个泥工班班长？哈哈哈哈……

曾　宇　你笑什么？

叶志华　（突然意识到什么，诡秘地朝曾宇看了半晌）好吧，那就按照局长的意见办吧。

曾　宇　有不同意见就提出来，不要老是挖空心思去想那些歪道道。你了解方景良吗？

叶志华　应该说了解。

曾　宇　这人怎么样？

叶志华　我可以拿十六个字概括："头脑简单，四肢发达，水平很低，野心很大。"

曾　宇　（大笑）我说老叶啊老叶，我第一次发觉你有这么出众的才华！可惜，你根本就不了解他！（将桌上的两本资料递给叶志华）你先看看这个吧。

叶志华　（翻开第一本）"关于实行承包责任制的倡议和实施细则"；（翻开第二本）"关于改革本企业经营管理的初步设想"。（傻愣愣地注意着曾宇）

曾　宇　怎么样，大经理，从这两本材料里，我不仅看到了方景良同志的真才实学，还看到了一个锐意改革者的胆略和气魄。朝我看什么？应该把自己的聪明才智用到事业上去，不要把过多的精力和时间耗费在观察领导的脸色上。

［随着汽车喇叭声、停车声，马一民同方景良上。曾宇起身迎上去。

曾　宇　方景良同志，你好！我叫曾宇。

叶志华　不认识吧，咱们建工局的曾局长。

方景良　噢，老曾同志，您好！

曾　宇　坐。小马，去请老田来一下。（马一民下）方景良同志，这两个材料是你搞的？

方景良　是的。

曾　宇　看来你对国内外建筑企业管理，做过大量的研究。

方景良　看过一些，不过是一知半解而已。

曾　宇　想当企业家对吗？

方景良　有此野心。

曾　宇　坦率。

方景良　叹无机遇。

曾　宇　未必！

叶志华　如果把五工区交给你，你预计要多少时间能改变面貌？

方景良　（想了想）那得看手上有没有权。

叶志华　什么权？

方景良　人事任免议、企业体制改革权、财金支配权。

叶志华　（朝曾宇看看）这？

曾　宇　看我干什么？你是经理，现在要看你的胆略和气魄了。

［洪腊娇从一侧悄然而上，拨电话不通。

叶志华　（豁出去似的）行，三个权都给！可你打算用什么办法改变面貌呢？

方景良　要从根本上解决问题，就得搞承包责任制，采取自负盈亏，奖金不封顶。

曾　宇　老叶，怎么样？

叶志华　行啊，建筑行业嘛，奖金可以不封顶，只要你们有本事，就让你们先富起来嘛！

［洪腊娇从一侧悄然下。

方景良　如果能这样的话，我保证五工区一年变样，两年冒尖，三年夺魁！

曾　宇　（蓦地站起）好，有气魄！小伙子，好好干，做他一番事业出来！（看表）你们谈谈，我得先走了。

叶志华　局长，田大年那儿是不是请你跟他谈一下。

［田大年和马一民出现在后面走廊里，田大年欲进门，被马一民拉过闪在一边。

曾　宇　可以。田大年勤勤恳恳几十年如一日，让他给方景良当副手吧。

方景良　不行，既然我是工区主任，副主任以及整个工区领导班子，应当由我来定。

曾　宇　（耐心地）小方，这是一个过渡阶段。

方景良　你们的心情我理解，可我们今天考虑的是怎么有利于开展工作，既然是为了工作，为什么……

叶志华　（不耐烦地）小方，你怎么能这样呢？

曾　宇　（还是耐心地）方景良同志，让老田从第一线退下来是四化建设的需要，但是，我们也应当照顾到老田同志的感情。

方景良　当顾问可以，当副职我无论如何不同意！

叶志华　（愤怒地）方景良，请你注意点，现在是局长在跟你讲话！

方景良　我明白！可我的领导班子应当是坚强的战斗堡垒，而不是中转站！更不是元老院！

叶志华　（气极）你！

［田大年忍不下去，从门外走了进去，马一民也跟了进来。

曾　宇　老田？

［静场。田大年走到办公桌前，默默地整理着卷宗。叶志华狠狠地瞪了方景良一眼。

田主任　（心情沉重地）我都听到了，一句话，组织的安排，我服从。

叶志华　老田！

田主任　放心，我田大年决不会成为你们的累赘！革命都四十年了，年轻的时候我也当过劳模，上过北京！如今老了，不值钱了，但我还能劳动，还能自食其力！作为一个共产党员，为什么要成为人家的包袱！（静场）小方，作为你的前任，我没有什么可以留给你，（指桌上）这里有三个卷宗。（取过一个）这里有六十二张申请离职报告；（取过第二个）这里有七十三张申请补助报告；（取过第三个）这里有一百九十四张要房报告。（把三个卷宗交到方景良的手中）现在，我下工地劳动去了！（悻悻下）

方、叶、曾　老田！老田！

［方景良的画外音：这哪里是三个卷宗，分明是三座大山啊！

［灯暗。

［灯复明。

［第二天早上。

［门口贴有一张“政治学习，停止办公”的告示，洪腊娇把一叠通知放在方景良的办公桌上。方景良上，从拎包里取出一张告示交给洪腊娇。

方景良　把这个贴上。

洪腊娇　（接过一看，念）“时间就是金钱，效率就是生命。”（欲去贴，一想）贴在哪儿？

方景良　（指门口“政治学习，停止办公”的告示）把这个盖住！

洪腊娇　（为难地）盖住？这？我说方主任，你自己贴吧。

方景良　（指告示）怎么，是老虎啊？会吃掉你啊？（命令地）贴上！

洪腊娇　（无可奈何地）好好，（贴上）唉，这叫旧符换新符，越换越糊涂。

［方景良回到办公桌前坐下，洪腊娇取出一张发票。

洪腊娇　方主任，我买了一盒粉笔，噢，对了，还买了一支铅笔，是三分钱一支的，请你签个字吧。

方景良　什么，三分钱也要我签字啊？

洪腊娇　总务科长已经签了，先科长后主任，这可是老规矩了。

方景良　为了三分钱的发票，要两个领导来签字，“四化”还怎么搞啊？（抓起电话）喂，财务科吗？我是方景良，今后凡是办公费和出差费，各部门负责人签字就行了，我不再签字了。（搁下电话）去吧！

洪腊娇　谢谢。（把手上的通知一张张地放在桌上）街道爱卫会一早打电话，要单位主要负责人去开会。

方景良　什么内容？

洪腊娇　开展文明一条街的问题。

方景良　你去吧。

洪腊娇　不行，他们指名要单位主要负责人。

方景良　那你告诉他，你就是单位主要负责人

洪腊娇　（尴尬地）我？（摇摇头）喏，还有这个，联防办公室的紧急通知。

方景良　请保卫部门的同志去参加一下。

洪腊娇　还有防疫站召开防止“〇二”病的紧急会议，也指名要单位领导人去参加。

方景良　通知医务室参加。

洪腊娇　好的，噢，对了，局里来电话，要基层领导去政治处办学

习班，学习近代史，会期一星期。

方景良 没工夫，请你通知一下各施工队的队长，明天上午八点钟召开施工队长会议，要求准时到会。

洪腊娇 好的（下）。

[马一民捧着一叠文件上。

马一民 （毕恭毕敬地）方主任，这些文件请你看看。

[方景良接过文件，马一民欲进内。

方景良 你等等，（一边翻一边念标题）“防火防盗……”这个交给保卫科；“关于城市绿化……”这个交给行政科；“关于抓紧春耕生产……”这个不看了；“关于加强‘春花’收购……”也不看了；“关于部队政治工作……”“关于加强农村集市……”（挪过一边）“关于企业整顿以及……”这个留下，我要看的；“关于农副产品……”“关于乱砍滥伐”“关于……”好了，这些都拿回去。

马一民 就看一个？

方景良 对了，今后，除了重要文件，其他的你就按内容直接分发到各有关部门去。

马一民 “好，好。（挺恭敬地）方主任，我想就当前的工作简要地向您汇报一下。”

方景良 （想了想）嗯，坐吧。

马一民 （小心翼翼地坐下，掏出笔记本宣读起来）在党中央的正确领导下，在三中全会精神的鼓舞下，我们工区的形势越来越好……

方景良 等等，你估计一下，这汇报大约要多少时间？

马一民 我尽量地简单一点，估计一个半小时就够了。

方景良 （吃惊地站起来）什么，一个半小时？我说你这个秘书是怎么当的？日本有一家公司，总共有二十八个部门，每天早上都要召开一次碰头会，企业主就在半个小时内听完二十八个部门的汇报，并对每天的业务作训示，而你呢？汇报一个半小时，还是尽量地简单一点，这样的工作效率是绝对不行的，去吧，把汇报缩减到五分钟！

马一民　（不相信地）五分钟？

方景良　对最多不能超过五分钟！

马一民　（无可奈何地）好吧。（下）

[方景良伸了下懒腰，看了看表。

[后面的宿舍里传来女人的哭声、男人的骂声、小孩的尖叫和器皿的破裂声。

方景良　（警觉地）又怎么了？

洪腊娇　（急上）不好了，采购员老金跟老婆打起来了！

方景良　为了什么？

洪腊娇　老金要出门采购，他老婆不让他去，说家里的钱都给他花光了。

方景良　我去看看！（急下）

[洪腊娇见桌上狼藉，动手收。王大刚醉醺醺的，手里握着瓶酒，在桌上猛然一顿，把洪腊好吓得跌坐在椅子上。

洪腊娇　（见是王大刚，没好气地）喂，你要吓死人啊？！

[王大刚若无其事地向她走来，一双醉眼直勾勾盯着洪腊娇。

王大刚　呵，小统计，来统计明湖公司有多少光棍是吗？别，别忘了还有我。

洪腊娇　（连连倒退）你要干什么？

王大刚　嘿嘿，干什么？老子三十四岁了，我强烈要求解决老婆！

洪腊娇　（逃到桌子另一边）啊，他喝醉了！（见王大刚过来了，大喊）快来人啊！

马一民　（闻声而上，见状，离得远远的）这醉鬼，你给我出去！

王大刚　（拿瓶子晃了一下）你给我滚开！臭蛤蟆！

马一民　你给我快出去！

［王大刚索性双脚一曲坐到方景良的办公桌上，把腿跷得老高。

马一民　这，这太不像话了！老主任！

田主任　（上）是大刚？这孩子，你这是怎么了？

王大刚　（举瓶猛喝，伤心地傻笑）……

田主任　大刚，你怎么了？

王大刚　老主任，我，我，我快闷死了！（捶着胸呜呜地哭起来）让我出去吧，建筑单位我再也不想待了。

李队长　（从外面走了进来）好哇！这浑小子，对象吹了跑到这里来撒野！

洪腊娇　（怜悯地）怎么？不是好好的吗？怎么又吹了？

李队长　人家嫌建筑工人脸黑、手糙、钱少，还嫌我们地位低，没名气！

田主任　真他妈的活见鬼！

马一民　唉，王大刚啊，王大刚，在我的记忆里，你已经是第十二次失恋了。

王大刚　（愤怒地）就因为我是个泥瓦匠！

马一民　（夸夸其谈地）不过，作为一个青年人，尤其是80年代的青年人，首先想到的应当是我们伟大的祖国，应当是“四化”建设，还有共产主义伟大理想，怎么能老想着对象、老婆，这是——

洪腊娇　得了得了，你这种不着边际的套话、大话，我们都听够了！听厌了！我们是现实主义者。现在的年轻人需要的是看得见、摸得着的实实在在的东西！

田主任　奇怪，建筑工人有什么不好？我们年轻的时候，建筑工人最吃香。

李队长 那是过去，你去打听打听，如今的姑娘们有几个肯嫁给建筑工人？

田主任 不肯嫁就算，她瞧不起我，我还瞧不起她呢！没有女人就不过日子？我就不信！

洪腊娇 （感慨地）话可不能这么说，这的确是个急需解决的实际问题。

王大刚 老主任，我干不下去了，求求你让我出去吧，我会感谢你的。

李队长 大刚啊，你的心情是可以理解的，咱们建筑工人的地位实在是太低了。在美国，建筑行业成为国民经济的三大支柱之一，可咱们生产上不去，劳保条件差，经济待遇低，加上一些同志不拘小节，满口脏话、粗话，使社会上一些人对我们产生一种偏见。

田主任 哎，这么好的小伙子，会没人要？放心！咱们先做女方的工作，万一做不通，我老太婆手下有七八个徒弟，咱来他个唐伯虎点秋香！

洪腊娇 （温情地）听见了吗，大刚你下来，啊？（向大刚伸出手）

王大刚 （抓住洪腊娇的手，哭着）娇娇，要是她能像你这样就好了！

洪腊娇 （凶狠起来）像我？哼！我可瞧不起那些在女人面前哭哭啼啼的窝囊废！

王大刚 我会振作起来的！（抓起洪腊娇的手）娇娇，你相信吗？

洪腊娇 （急得直跺脚）哎呀，瞧你在胡说些什么哟！（跑下）

王大刚 哎，娇娇！娇娇！（追下）

［众人一阵哄笑。马一民不放心地追下。田大年"咳"了一声，低着头下，李队长正要走，方景良上。

方景良 老李，你是咱们这儿的老土地了，你看咱们工区该怎么办？

李队长 咳，有什么办法？自古有句话："冰冻三尺，非一日之寒"，难呐！

方景良 可自古也有这么句话：天下无难事，只怕有心人。

李队长 （讪笑）这倒也是，把公司还给笑面虎，包管你能办好！（带讥讽地）

方景良 哪个笑面虎？

李队长 哪个笑面虎？就是咱们公司解放前的老板凌博。

方景良 你是说凌岚的爸爸？

李队长 是啊，我刚进大兴营造厂的时候，他正好从剑桥大学毕业回来，不到三年时间就成了江浙一带有名的实业家，在营造的同行里堪称为第一面铁算盘。

方景良 是吗？（挺感兴趣地）他今年有多大了？

李队长 恐怕有六十好几了。

方景良 要是我们去请他，你说他会来吗？

李队长 （跳起）什么，你真的想去请他？

方景良 为啥不可以呢？

李队长 嚯，把资本家请回来办企业，这倒是挺新鲜。

方景良 老李——

李队长 （讥讽地）有意思，社会主义制度加资本主义管理，这叫什么主义啊？

方景良 ……

李队长 （没好气地）这叫投降主义！哼！说起笑面虎，我们老一辈的泥水、木匠，谁没有一本阎王账呢？

方景良 不能老是纠缠历史旧账，我们跟台湾的国民党还要搞统一战线呢？何况，凌博表现不错，还是政协委员呢。

李队长 哼，他当他的政协委员，我干我的泥瓦匠，他还想来指手划脚，没门！

方景良 老李啊，只要对国家有利、对人民有利……

李队长 （气呼呼地）好了，你如今是主任了，你看着办吧，但是明湖的老工人感情上会受不了的！（愤然下）

方景良 （望着李队长的背影，摇头）咳……

［凌夹着档案袋上。

方景良 凌岚。

凌　岚 方主任。

方景良 你爸爸近来身体怎么样？

凌　岚 哦，他呀，还可以。

方景良 他最近忙吗？

凌　岚 在家种花、养鱼。

方景良 凌工他愿不愿意出来干点工作？

凌　岚 人家两百块月请他都没去。

方景良 那我出四百块嘛！

凌　岚 你真会开玩笑！（欲下）

方景良 不是玩笑。噢，对了（从抽屉里拿出两本资料）这是我搞的两个企业管理资料，交给你爸爸，请他老人家指教指教。

凌　岚 指教？（接过）好吧。（欲下）

方景良 还有，告诉你爸爸，过两天我要上门拜访，顺便还要跟你谈谈。

凌　岚 跟我？（迟疑）好吧。

［凌岚下。田大年上。

方景良 老主任，我有好多事要跟你商量。

田主任 算了吧！你是“四化”干部，年轻化、知识化、专业化、革命化，我呢，年龄老化，意志退化，思想僵化，接下去只有火化！

方景良 （笑了）好了，大人不记小人过，走，上我家喝酒去！（拉着田大年下）

［灯暗。

［灯复明。

［距前场五天后的一个下午。

［洪腊娇捧着一个文件夹上，马一民从后面追上。

马一民 娇娇！

洪腊娇 什么事？

马一民 我……我想跟你谈谈。

洪腊娇 说吧！

马一民 娇娇！（深情地）啊，你真是朵可爱的玫瑰花……

洪腊娇 （严肃地）请注意，只谈工作！

［方景良提着公文包上，马一民急忙溜走。

方景良 小洪，你马上去打个电话，通知各施工队的队长，请他们十五分钟内赶到工区来。

洪腊娇 十五分钟？什么事这么急啊？

方景良 唔——（一想）你告诉他们看内部电影。

洪腊娇 内部电影？那我也要看。

方景良 好吧，好吧，等会你来就是。

洪腊娇 哎！

［洪腊娇高高兴兴地跑下，姚江等一伙小青年乱哄哄地上。

方景良 姚江！

姚　江 姐夫！

方景良 你们来干什么？

姚　江 听说工区公布了承包条例，我们几个也想来见见世面。

方景良 噢，贴在后面院子里，我陪你去。（同姚江等下）

马一民　（从内门上，站在门口喊）政治学习了！

吴志强　（捧本子和计算器左面上，正好碰到刚从里面出来的洪腊娇）开始学习了？

洪腊娇　（没好气地）政治学习？天才知道，哪一次学习不是坐着瞎吹牛？从打毛线的花样到裤衩的料子，从出土文物到“阿波罗号”登月，从自由市场的大公鸡到少林寺的小和尚，可谓海阔天空，包罗万象！

吴志强　（深有感触地）是啊，宝贵的时间，就这么白白地浪费了，要是把这些时间都充分利用起来，再造十条万里长城都不在话下。

［里面马一民又在喊：“快点儿，政治学习了！”

洪腊娇　瞧，又在喊了！（欲下）

［方景良上。

方景良　小洪，我让你统计的三个资料搞出来了吗？

洪腊娇　在这儿。（打开讲义夹）去年因政治学习，干部轮训，青工政校，以及大小会议，一共占去全年出勤率的百分之二十一，也就是说每天有将近一百人不在生产岗位上。

吴志强　这么说，我们每年要损失两万六千个工作日，按每人十五元你产值计算、全工区每年损失将近40万元的产值？

洪腊娇　是的。关于发展速度问题，按照近两年的增长水平，要实现翻两番，需要三百六十七年的时间。

方景良　唔，第三个资料呢？

洪腊娇　全工区有青工三百二十人，二十五岁以上还没有对象的有二百零三人，当然也包括你本人在内！（递上讲义夹）给你。

方景良　好！把这三个资料向全体职工公布。

洪腊娇　（接过讲义夹）好的。（下）

方景良　（递过一份资料）老吴，请你马上替我把这个算一下，越快越好。

吴志强 （过）好的。（欲下）

马一民 （出现在门口）老吴，叫你政治学习听到没有？

方景良 你叫他？

马一民 方主任，每星期二、五下午是政治学习，这是公司规定的制度。

方景良 学习什么内容？

马一民 哦，是这样的，按照原来的计划，先分析黑格尔的哲学观点，然后，读读报，谈谈。

方景良 算了！这个制度取消了！

马一民 取消？可政治学习是公司明文规定呀？

方景良 制度是死的，人是活的！再说"四化"是靠干出来的，而不是坐在办公室吹出来的。让国家强盛起来，让老百姓富起来，这就是最大的政治。至于政治学习，学习马列主义，我百分之一百的赞同，可是学习马列主义，只能根据不同对象有选择地学，让工人去研究黑格尔的古典哲学，让农民去研究共产主义运动史，能有多大的现实意义？马列主义典著作可以装上几卡车，恐怕不等你学完。就要到马克思那儿报到去了！

马一民 那你的意思是——

方景良 让大家去工作！（看表）时间快到了，会议室我们要开会了。

马一民 好吧。（下，又转回）老方，这样做……

方景良 去吧，有问题我负责！下一步我还要精兵简政呢！

马、吴 精兵简政？

方景良 是的。在南斯拉夫，五千人的工厂。连党委书记都是兼职的，可我们工区呢？政工人员多于业务人员，人浮于事，效率很差！

马一民　（担心地）全面精简吗？

方景良　业务部门需要加强，政工一线要从现在的二十八个精简到七个人。

马一民　这么说要精简四分之三？

方景良　不要害怕嘛，还要经过考核。有能力的人都要发挥他们的作用的。（看了下表）

［赵、钱、孙、李四个施工队长陆续上，马一民和吴志强面面相视地下。

方景良　（指着椅子）大家请坐。

［队长们各自就位，洪腊娇从一旁上。

方景良　上次开会，你们有三个迟到，一个不到。听说是看内部电影去了。（指手表）瞧！今天，十五分钟之内全都驾到，这说明不是工作忙。主要是会风不正。（对洪腊娇）小洪啊，非常抱歉，内部电影下次再看，今天我们是开会。

［四个队长哭笑不得，洪腊娇扑哧一笑跑了。

方景良　今天，我宣布一条纪律，今后开会迟到一分钟，罚款五毛。好，现在开会。（举起手中合同）关于承包责任制的实施细则和各施工队的承包项目，大家都看了，今天请大家来，就是为了落实承包责任制的问题，既然是承包，就得签订合同，你们哪一个施工队先来？

［队长们面面相视，无人打头炮。

方景良　老赵，你先来怎么样？

赵队长　承包好是好，可咱们这个施工队力量比较薄弱，管理水平又低，从各方面情况来看，条件还不成熟，不过，老钱他们要比我们强得多。

钱队长　（无可奈何地）我们嘛，虽然技术力量强些，可大家都知道，我那几个班组长都挺厉害的，我呢，跟他们商量过，都说宁愿少拿几张钞票，还是老办法保险。这方面我比不得老孙，只要他一句话，他那几个班长没有不听的，依我看……

孙队长 （用手捂着腹部）喔哟哟，喔哟哟，不知怎的，我这胃一下子疼起来了，我得上医务室要点药。（欲下）

方景良 算了吧，老孙，不包就不包，出什么洋相呢？坐下，老李，你带个头吧！

李队长 （窝火地）我呀，既不胃疼，也不推给别人，一句话：自己包不了。人家拿一千、一万我也不眼红！

［这时，门外看承包条例的小伙子们正七嘴八舌地议论着。

方景良 这么说，谁也不愿包是吗？（见大伙闷声不响。跑到门口）喂，小伙子们，大家到会议室里来聊聊怎么样？

［姚江等四五个小伙子和几个科室人员都拥进了会议室。

方景良 承包条例大家都看了，你们有谁愿意带队承包？

青年甲 承包？这得问头头！

青年乙 就是。队长不点头，咱有啥办法？

青年丙 我算了下，弄得好，油水还是有的。

方景良 （指队长们）瞧，头头们都在这儿。

姚　江 李队长，咱们搞！

李队长 现成话谁不会说，我他妈吃了三十年建筑饭了，造的桥比你走的路都多，前年，说是超产提成归己，奖金不封顶。结果怎么样？文件一下达，全年奖金不得超过三个月的工资！结果奖金拿不到，还挨了通批评。

姚　江 那是前年。现在形势不同了！

青年甲 大伙都承包，你怕个啥？

李队长 你们呐，棺材里伸手死要钱！承包承包，谁有本事去包，反正一条，咱没本事，人家拿一千、一万不眼红！

［李队长起身走了，三个队长面面相视，几个青年也面面相视。

青年乙　钱队长，咱们试试看？

钱队长　你瞧，人家李队长都包不了，咱们？哼……（也起身走了）

赵队长　唉，建筑业不比农民搞单干，咱是集体创造，到头来合同不能兑现，谁担得起这个责任？这种事啊，还得先看看人家怎么搞，总而言之，随大流不吃亏。

［赵队长也走了，孙队长早已溜了，方景良大感失望。

姚　江　姐夫，我们几个单独搞承包，可以吗？

方景良　（眼睛一亮）行啊！我从四个施工队里各抽25个人给你，成立第五施工队，你来当队长怎么样？

姚　江　（惊愕地）我？（朝伙伴们看看）

众青工　真的？

方景良　真的！

众青工　姚江，行啊！

姚　江　不过有个条件。

方景良　说吧。

姚　江　第五施工队的管理人员。要由我来定，另外，还得给我派一个业务本平高、责任心强的工程技术人员。

方景良　行！现在，我就任命你为第五施工队的队长！

众青工　（不相信地）姚江现在已经是队长了。

众青工　队长阁下万岁！（把姚江抬得老高）

［灯暗。

［灯复明。

［距前场两天以后。

［吴志强提着尼龙网袋上，袋里装着两瓶酒和一条烟。

吴志强　我呀，想调动工作，三年时间打了七次报告，至今还没解决。我老婆说，现在办什么事都得开“后门”，人家有权开的是冰箱、彩电、新房子，咱们没权就开点排骨、瘦肉、猪肠子，这叫各尽所能嘛。喏，（扬扬手的网袋）这是我老婆让买的，她说如今新主任上任了，先去烧烧香。说上几句好话，说不定会放你走的。我说这要花钱的，我老婆说，你呀，已经跑了三年了，要是再跑上三年，我得赔上两双牛皮鞋。这么一比，倒不如买点东西合算些。（欲进门，又为难）瞧，多难为情啊！这种事啊，真不是人干的。

［吴志强朝办公室看了看，直径地走进，谦恭地站着。

方景良 哟，是老吴呀，来来来，坐吧坐吧！

吴志强 方主任！

吴志强 （把网袋放在桌上）方主任。

方景良 你这是干什么啊？

吴志强 （尴尬地）咳咳，我——，嗬，小意思。

方景良 （生气地）搞什么名堂！快给我拿走。

吴志强 这？（为难地）那我老婆又得骂我无能了。

方景良 （哭笑不得）老吴啊，人家都说你是个书呆子，是吗？

吴志强 是的是的！

方景良 我记得你是个事业性很强的技术尖子嘛！

吴志强 是的是的！

方景良 可如今也成了不三不四的半吊子，是吗？

吴志强 啊？噢，是的是的。

方景良 老吴啊，这些年来你变多了！

吴志强 是的是的，变老了。

方景良 不，变得背时起来了。

吴志强 也许，人嘛，总是随着生活环境变化而变化，大家都说我背时，我想，要是能换个环境，也许会好一点。所以我想走。

方景良 走？到哪儿去？

吴志强 到我老婆厂里，去帮他们搞基建。（交上请调报告）这是我的第七次请调报告，请你——

方景良 我真不明白，一个有能力、有专长的技术人员，不去搞技术搞事业，偏要提着酒瓶到处钻路子调单位，难道一个五百多人的工区容不下你吗？

吴志强 （满面羞愧地）可谁又愿意这么做呢？难道我不想搞事业？这些年来。我一直给人抄写、送信、帮忙、打杂，到头来，人家说我书呆子，一块废料，你说我心里好受吗？

方景良 那你为什么不搞点新工艺、新技术？

吴志强 搞过十几个，可送到工区就像石沉大海了。

方景良 都交给谁了？

吴志强 交给马一明了，他转交领导的。

方景良 噢，那你为什么不直接送公司呢？

吴志强 我跟马一民是同学，我们的关系一直很好，再说，田大年说这些方案应当先交给马一民，后再送公司。

方景良 是这样，我们现在不是在搞“有奖献策”吗，你为什么不搞点东西出来呢？

吴志强 搞过一个，前几天交给了马一民，他看了说，没有推广价值。嗨，难哪。

方景良 能让我看看吗？

吴志强 方案还在马一民那里，不过，我反复思考过，到别的单位去或许会比这儿好些。

方景良 好，我同意你走。不过，你得先到第五施工队去协助姚江把承包搞起来，半年以后，我敲锣打鼓送你走，怎么样？

吴志强 好吧，不过到时你得——

方景良 君子一言，驷马难追！

吴志强　谢谢！

方景良　来，把施工图拿去。（递过一卷图纸）

［吴志强下，凌岚上，拿出资料。

凌　岚　方主任，这资料我爸爸看了，他提了一些意见，仅供参考。

方景良　凌先生什么时候能来？

凌　岚　他说明天就来，另外，他让我转告你，请代他向过去大兴营造厂的老工人表示歉意，并愿在余生之年将功补过。

方景良　这么说就言重了！噢，对了，如果你不拒绝的话，从明天起我每天晚上到你家来，请你给我上建筑放工课，怎么样？

凌　岚　当然可以，不过，我的水平……

方景良　好了，咱们说定了。

凌　岚　老方啊，说实在的，过去我是施工员，你是泥工班长，尽管经常打交道，可我对你的了解实在是太少了。

方景良　哈哈哈哈，现在了解也不晚哪！

凌　岚　（默默地点点头）也许。

洪腊娇　（上）凌工，你的电话。

［洪腊娇下。一阵争吵声，姚江与采购员老金拉拉扯扯上。

姚　江　今天你不给我钢筋，我跟你没完！

老　金　仓库没货，反正我也变不出钢筋来。

姚　江　这我可管不了，反正不能影响我们的进度！

方景良　什么事？

姚　江　姐夫，我们后天要浇基础了，可25号螺纹钢一根没到，他是采购员，我不找他找谁？

老　金　今年钢材特别紧张，金属公司没货，库存也用完了，他老逼着我，我有啥办法？

方景良　能不能先借一点。

老　金　借？像咱们这种单位谁肯借？再说了，以后拿什么去还？

方景良　老金，我知道凭你这面子，去借个十吨八吨是不成问题的。至于还的问题。我们另想办法。总不能让工程停下来吧？

老　金　好吧，看在方主任的份儿上。凭我的面子去借借看。（向姚江伸手）烟！

姚　江　（急忙出半包“飞马”）给！

老　金　（一看。嗅了嗅，又皱眉，又摇头）算了吧！（把烟还给姚江）这烟递出去，一两钢材都借不到！（白了姚江一眼，悻悻下）

姚　江　（见桌上的烟。眼睛一亮）大中华？

方景良　（被提醒）哎呀，这是吴志强的烟，姚江，你快给送回去！

姚　江　（抓起大中华）哎！（欲下）

方景良　姚江，还有这酒！

姚　江　（拿了酒和烟，大声地）老金！老金！等等，把这个带上！（追下）

方景良　（一怔）啊？！这是老吴、吴志强的！（见姚江走远了，急忙追了出去）

马一民　（上）大家都看见了吧，吴志强提着礼品进，空着手出来。（拍拍照相机）铁证如山，全在这里。（欲进内）

方景良　（空着手回上）马一民同志。

马一民　方主任。

方景良　我们应当好好谈谈。

马一民　（急忙摸出笔记本。准备汇报）是的。这几天工作，我还没向主任汇报过。

方景良　（用手止住）不必了。

马一民　……

方景良　听吴志强说。你跟他是同学，对吗？

马一民 是的，中学时，我们是同班同学。

方景良 听说，他搞过不少新技术方案。

马一民 （不自在地）是，听说了。

方景良 是听说了，还是都交给你了？

马一民 （显得局促不安）噢，是这样，他交了一部分，我看了下，没有什么推广价值，就没往上送。

方景良 那些原稿呢？

马一民 一部分放在桌上，日子长了，不知道弄到哪儿去了。

方景良 一份也找不到了？

马一民 找不到了。

方景良 就在前几天，开展“有奖献策”时交给你的那份呢？

马一民 可能还在，不过价值也不大。

方景良 你马上给我找出来。

［马一民在写字台上：翻了一阵，然后在字纸篓里抓出一把碎纸来。

方景良 怎么，你把它撕了？

马一民 ……

方景良 （猛击桌子，暴怒地）你给我一张张粘起来！只要少一只角，我就扣你三个月的工资！（愤愤地下）

［马一民面对一推废纸片，久久地发愣。

［灯暗。

［灯复明。

［夜，工区张灯结彩，门口挂起“庆祝五一”的大灯笼。姚江闷着头在桌上点钞票，姗姗在一旁记账。赵队长和钱队长议论着上。

赵队长 哟，小姚啊，你俩哪来这么多钱啊？

[姚江、姗姗似乎没有听见，依然闷头点钱。

钱队长 （拍拍姚江的肩膀）喂！中头奖了？

姚　江 头奖？一个头奖一千块，（挥挥手上的钱）我这里是九千七百块！

赵队长 准备出差？

姚　江 （莫名地）出差？

姗　姗 （哈哈地笑起来）这是奖金，咱们承包队的奖金！

王大刚 （上）队长，奖金拿到了？（欣喜地）嗬，那么多钱！

姗　姗 喏，你们泥工班平均每人一百二十三块，（递过一叠钞票和一张单子）签字！

[王大刚签字后欲走。

姗　姗 喂，当面点清啊！

王大刚 嚯，姗姗，这么多钱，你让我点到什么时候啊？

姗　姗 不点可以。少了我可不负责呵！

王大刚 你就拿几张也无所谓，你是未来的老板娘嘛，我想拍马屁都来不及呢！队长，你说呢？

姚　江 你呀，少说几句，快把钱分掉，等娇娇来了，你全得上交！

王大刚 哦，这么说，咱们队长的钱已经上交了。

姗　姗 你缺德！

王大刚 （对刚进来的二青工）走！分钱去！

二青工 （发疯似地）承包万岁！乌拉！（三人跑下）

[赵队长、钱队长惊讶得目瞪口呆，两人发愣地对瞧着。这时李队长、孙队长上。

赵队长 老李，第五施工队，上月人均奖金一百块！

李队长 （满不在乎地）一句话，咱包不了，人家拿一千、一万咱也不眼红。

钱队长 老赵，看来，承包这玩意儿还不坏。

赵队长　就是，我就不相信，他们包得了，我们就包不了！

[孙队长装得若无其事，其实心里比谁都着急，一会儿凑到桌前瞄瞄姗姗点钱。一会儿静听队长们的谈话。

李队长　（跑到桌边）姗姗，你们承包队，到底拿了多少钱？

姗　姗　（头也不抬）一共九千七。

李队长　姗姗，你也学会骗人了。

姗　姗　骗人？谁骗你啊？（递过账册）你自己看吧！

[四个队长围在一起看账册。

孙队长　（走近姚江）姚江，那你这个当队长的拿多少呢？

姚　江　按照承包条例规定，我可以拿一百八。

孙队长　（惊讶地）一百八？

赵队长　（捅捅钱队长）瞧！他俩也眼红了。

[方景良上。赵队长要钱队长去讲，钱队长要赵队长去讲，两人正推来推去。

李队长　（把姗姗拉过一边）姗姗，你去问问小方，这承包的面什么时候扩大？

姗　姗　哎！（欲去）

李队长　喂，可别说是我要你打听的！

姗　姗　（点点头）方主任，有人问这承包什么时候全面铺开？

方景良　谁要承包？

姗　姗　喏，李队长呗。

[李队长急得直跺脚，尴尬之极。

方景良　（故意大声地）他才不在乎这几张钞票呢！哪怕人家拿一千、一万他都不会眼红的。

赵、钱　老方，那我们——

方景良　（对赵队长）你现在条件成熟了？

赵队长　（似笑非笑地）嘿嘿。

方景良　（对钱队长）你呢？班长们思想通了？

钱队长　……哎哎。

方景良　如果你们想通了。明天签订合同，要知道任务不多，订完算数。

钱队长　老赵，那我们多订几个。

赵队长　这倒也是。

李队长　（急地）小方，包不包我倒是无所谓，可队里那些个小青年倒想试试看。

方景良　那可不行，队长思想不通，承包是搞不好的。（欲进内）

李队长　（忙拉住）哎哎哎，小方啊，他们肯包。我思想能不通吗？

［孙队长迫不及待地走了过来。

方景良　孙师傅，今天胃不痛了？

姗　姗　他呀，刚才还痛过！

方景良　那就早点回去休息休息吧。

孙队长　（把方景良拉过一边，鬼鬼祟祟地）小方，我也想包。

方景良　你？

孙队长　啊！

方景良　要是节骨眼上，你又犯胃病了呢？

孙队长　（尴尬地）保证不会！

方景良　那好吧，从下月起，承包在我们工区全面开花！

［二青年捧着水果、糖、香烟进来，一边吃，一边唱，一边跳，王大刚和洪腊娇也上，洪腊娇把一盒包装考究的糖交给方景良。

洪腊娇　这是慰劳你的！

方景良　（接过）这算是你的、还是大刚的？

姚　江　（正好分完钱）大刚的不就是她的嘛！

［众人大笑起来。

姗　姗　（托着一托盘糖果）同志们，请吃糖！这是我们第五施工队特地招待大家的！来吧，吃糖……（把托盘送到田大年面前）老主任，请！这里也有你的一份功劳。

田主任　（抓了几粒，深有感触地）景良，这么多年来，咱们工区从来没有这么热闹过。

方景良　（感叹地）我们的力气总算没有白费。

［音乐起！

洪腊娇　同志们，晚会就要开始了，请同志们入座！

［礼堂里传来欢笑声，在阵阵祝酒歌声中灯暗。

［灯复明。

［窗外绿柳成荫，已是盛夏时节了，知了发出一阵阵烦人的叫声。方景良在办公，田大年推着破自行车上，但车后只有几根碎板皮。

方景良　老主任，今天这么早就回来了？

田主任　小方，我算是服了你了！

方景良　怎么了？

田主任　过去，我是大会叫小会讲，要节约材料，不要浪费，你说你的，他照样随意乱丢，如今实行材料包干，别说材料，连垃圾都给综合利用了，瞧，跑了几个工地只捡到几根发火柴。看来我这个老孟泰要失业啰！

方景良　你呀，早该失业了！

［随着一阵争吵，曾莉拽着姚江吵吵闹闹地上。

曾　莉　方主任在，你给评评，过去分奖金，不管怎么说还拿个三块五块，现在搞承包，奖金多了，人家拿八九十，我呢？一个子儿不给，还扣了我两天的基本工资，你说有这个理儿吗？

姚　江　（讪笑着）老子偏要扣你，怎么样？

曾　莉　今天你领导不解决问题，我死给你们看！

姚　江　（指着外面）要死趁早！西湖没有盖子，从六和塔上跳下来也行，去呀！

曾　莉　你巴不得我死啊？我偏不死！我跟你拼了！（扑向姚江）

姚　江　（用力一推）去你妈的！

［曾莉跌倒在地。

方景良　姚江！

曾　莉　（趁机大发泼劲）啊，你打人！好啊，竟敢打妇女？（对方景良、田大年）你们是主任，你们都看见了，扣了工资还打人，这还有王法吗？（拉起袖子）瞧！我受伤了……（赖在地上大声哭闹起来）

方景良　（大吼一声）站起来！

［曾莉被镇住。慢慢地站起。

方景良　姚江，你为什么扣她的工资？

姚　江　上个月，她旷工两天，迟到七次。

曾　莉　造谣！我一共才迟到了三次半！

姚　江　有好几次，她在上班时间溜到自由市场去买小菜，吃点心！

曾　莉　好几次？有好几次呀？一共才买了两次菜！再说……

方景良　别说了，姚江做得对！要是我呀，非得扣你十天八天工资不可！

曾　莉　好！原来你们姐夫、小舅子串通一气，变着法儿来对付我！

方景良　对！应该说得更确切一点，承包责任制就是为了对付这些懒汉的！

曾　莉　（拍屁股跺脚）什么，我是懒汉？

田主任　我说你呀，把这泼劲用到生产上去，保管你拿上八九十元奖金。

曾 莉 你这老东西，也狗仗人势地欺负人啊？你也不想想自己是个什么东西。快给我滚开！

田主任 （气极）你！（抓起扫帚要打。被方景良止住）

曾 莉 你打！你打呀！哼！别忘了，我是妇女，是受保护的！

姚 江 哦，你是大熊猫啊？你是懒汉！哈哈哈哈！

曾 莉 呸！别高兴得太早了，你们想合起来整死我。办不到！我要到公司告你们去！（欲下）

姚 江 去告吧！（唱）马儿啊，你慢些走喂，慢些走……

曾 莉 （转过身来）你缺德！（下）

姚 江 嚯！（打了个呼哨）

田主任 你呀，就是没正经！

方景良 姚江，大家的情绪怎么样？

姚 江 这不用说，承包责任制啊，人人满意！

田主任 我看未必，这些日子，我在工地转转。职工反响非常强烈，承包责任制打破了吃大锅饭的局面，但也反映出一些实际问题，现在是青年乐，老人愁，妇女怕，懒汉慌。

方景良 好现象！说明咱们的企业搞活了！

田主任 但是，有些问题不能忽视，比如：一些老工人，体弱病残者和女职工，尽管他们在主观上尽了最大的努力，但依然达不到定额水平，因此，他们的实际收入下降了，甚至达不到吃大锅饭时的水平，而有的班组又拒绝接受女职工和老工人，这个问题不解决，就会挫伤一部分职工的积极性。

姚 江 那有什么办法呢？

方景良 ……（沉思）

田主任 是不是可以采取两条弥补措施，只要出勤率达到90%以上、有技术不保守、工作主动尽责的，保证他们的收入不下降。

方景良　好是好，就怕承包队有意见。

姚　江　不会的，我想大家都是通情达理的，只要把道理说清楚，群众会接受的，再说如今钱多了，少拿几张也不在乎。

方景良　那就先试试看吧。

姚　江　哦。对了，（把方景良拉过一边，悄声地）姐夫！妈说要给你找个对象呢！

方景良　嗨。胡说些什么？还不给我上班去！

［姚江扮了个鬼脸下。

田主任　小方啊，这事儿你是得考虑考虑，小晶晶她妈去世三年了，她外婆岁数也大了，总不能让她给你管一辈子女儿吧。再说，你忙了一天回到家，想喝口热汤都没有啊，屋里总得有个女人才行。

方景良　老主任，你看我有时间考虑这个问题吗？

田主任　用不着你来考虑，只要你开句口，这事儿包在我身上了。

方景良　以后再说吧，现在有件最最要紧的事要你包下来。

田主任　什么事？

方景良　职工住宅问题，这关系到我们的信誉问题，尽管局里不表态，但是，我们不能自食其言，眼下地皮有了，资金短缺，材料不足，可房子又非造不可。我……

田主任　别说了，这是我欠大伙儿的债。你放心，这事儿我包定了，年底以前一定交给你三千平方新房子，给大家办一件好事。

吴志强　（捧着一本杂志，边看边连声叫好上）好，好！很有见解。

方景良　（迎上去）老吴啊，什么东西这么好啊？

吴志强　噢，方主任，你瞧，这是马一民最近发表的一篇论文，很有价值！

方景良　哦？（接过杂志看）

吴志强　嗨，想不到一个从事秘书工作多年的人，能写出如此精辟的技术论文来，不容易啊！

田主任 我早就说过，马一民是个人才。

方景良 我总觉得奇怪，他能写出这么好的技术论文，但为什么连一个单位工程的施工组织设计都编不起来呢？

田主任 现在中央一再强调落实知识分子政策，可你搞精兵简政，把小马的秘书给撤了，还扣发了他三个月的工资，现在，人家已经在告你了。

吴志强 短短两年，马一民发表了六篇论文。如果这些论文真是他写出来的，我敢说，他当主任工程师都不在话下。

方景良 是吗？你说小马和凌岚两个谁强些？

吴志强 我们三个是中学时的同学，后来我和凌岚考进了大学，小马没考上，但不久小马就参了军，他在部队也是从事建筑施工。凌岚的基础不在小马之下。不过，一个人在学术上的造诣，基础只是一个方面，而更重要的是勇于实践和敢于探索。

田主任 凌岚这姑娘，也不知怎的，总好像受了什么委屈似的，我找她谈过，可老哭，唉！

方景良 （若有所思地）噢……

［采购员老金急匆匆地上。

老　金 老方！老方！有一批钢材！

方景良 哦？

老　金 刚才我碰到五公司的采购员，他从两个外地人手里搞到了五十吨钢材指标。

方景良 外地人？

老　金 是这样的，这批钢材一共三百吨，是去年全国订货会议上调拨给他们的，可不知为什么，他们不想要，但又不肯轻易出让。

方景良　五公司是怎么弄来的？

老　金　据说，请他们到“楼外楼”吃了一顿，还陪他们逛了两天西湖，送他们每人两斤茶叶，还给了一百块钱。

方景良　那咱们请他上“天外天”嘛，陪他们上瑶琳仙境，给他们每人四斤一级龙井，外加五百块钱，把他们剩下的二百五十吨钢材全部吃下来！

老　金　那得多少钱啊？至少六百五十块呀！

方景良　（掏出钱，“啪”地放在老金手上）给！这里一共七百块。

老　金　用不着这么多。

方景良　你拿去吧，多余的就算补助你！

老　金　这，这可不行。

方景良　我知道。这些年你成天在外面跑，光香烟都不知贴了多少，你是为公家办事，总不能老让你私人掏腰包啊！

老　金　老方，你可别听我老婆的，她是胡说八道！

方景良　你的难处我知道。

老　金　（感动地）方主任……

方景良　快去吧，把钢材搞到手，比什么都强！

老　金　（欲走又回）不行，这怎么报销啊？

方景良　把二百五十吨钢材带回来，就算报销了！

老　金　行！（跑下）

田主任　你怎么能这样做呢？

方景良　在承包全面铺开，材料远远超过了原订计划，没有钢材，七百个职工就得停工，停一天工，就损失上万块呀！

田主任　这可是违犯财经制度的啊！再说，这种钢材来历不明！弄得不好，要吃官司的！

方景良　管他呢！充其量不过七百来块钱，净是胡椒也辣不死人的。大不了我个人退赔！

田主任 你以为退赔就完事了？

方景良 还怎么？我一没落腰包；二没违反法律。如果停供，损失几十万，倒不如花上七百块搞点不正之风。

田主任 可这是非法的，知道吗？

方景良 现在合理不合法，合法不合理的事多着呢，如果一个普通工人玩忽职守，给国家造成三万元的损失他就得坐牢！而一个党的高级干部，因工作失误给国家造成卅万、三百万，甚至三千万元的损失，至多是撤职完事，你说，这是合理还是合法？现在到处都在叫改革，叫得最响的是党、政机关的领导，可我们所遇到的种种困难和阻力，哪一条不是来自官僚主义的痼疾和落后的管理体制。现在，把不图上进的青工叫阿混，依我看，干部中的阿混要比工人中的阿混多得多！我们现在搞改革，就是要对这种痼疾进行冲撞！这叫合理冲撞！

李队长 （气得呼地上，把藤帽往桌上一甩，没好气地）我这个承包队干不下去了

方景良 怎么了，老李？

［凌岚上，手上提着五包中药。

李队长 都是你，让马一民上我这儿当施工员，才上了一天班就走了！

方、田 走了？

李队长 他说要找公司、找局里，要求落实知识分子政策！

田主任 太不像话了！

方景良 我要处分他！

田主任 处分是处分，可老李这儿总得有人去啊。嗨，真他妈的活见鬼！

凌　岚 老方，我去！

方景良 你？

田主任 姑娘，你的病还没好呢？

凌　岚 不要紧，我挺得住。

方景良 （抓住凌岚的双手，感激地）谢谢！岚岚，谢谢你！老李，你看怎么样？

李队长 （笑）凌岚能来当然好。小凌，欢迎你，至于奖金，大叔不会亏待你的！

凌　岚 （笑）大叔真会说笑话。

田主任 嗨，小凌，今天总算听到你笑了？

［大家都笑了。

［灯暗

［灯复明。

［电话铃响，洪腊娇接电话。

洪腊娇 "喂，……老方不在，你是谁？罗会计。我是腊娇……什么？奖金提不出来？为什么……公司有人到银行去打过招呼。噢，好好！"（搁下电话，自言自语地）又是哪个浑人捣的鬼！

叶志华 （正匆匆上）嚯，你在骂谁？银行是我去招呼的。

洪腊娇 （惊悸地）是你，舅舅！

叶志华 对，是我，我就是为这事来找小方的。

洪腊娇 为什么要停我们的奖？是不是看我们奖金多，眼红了？

叶志华 小孩子说话得有个分寸！

洪腊娇 这叫真理面前人人平等嘛！（见方景良急匆匆进来）老方，咱们的奖金被银行卡住了。

方景良 知道了，是你舅舅干的！

叶志华 （从一旁走过来）不错，是我干的。作为企业的领导，我要对全公司三千多个职工负责，你们每个月拿一百多块奖金，而其他工区连廿块都拿不到，大家有意见。

[洪腊娇下。

方景良 治国之道，富民为始，谁有本事，就让他先富起来嘛。

叶志华 你以为富起来就没有矛盾了？（从包里掏出一叠人民来信）瞧，这些信就是你们工区职工写来的，老实说，群众意见很大呢！

方景良 那得看是什么人？

叶志华 什么人？有共产党员、共青团员、老工人，还有女工，还有干部。

方景良 那毕竟是少数，他们能代表五百多个职工吗？

叶志华 可人家揭发你大量的问题。当然，年轻人，有闯劲这是好的，搞改革，我也支持，可不能胡来！

方景良 我不明白你的意思！

叶志华 不明白？你上台的第一件事，就大搞裙带风，让自己的小舅子当施工队长，这样做不太好吧！

方景良 有什么不好的。

叶志华 好？（冷嘲地）让你的丈母娘来当支部书记岂不更好？

方景良 可惜，我丈母娘只会买菜、做饭、管小孩，要是真有这个水平，也未尝不可啊。

叶志华 是啊，在你看来什么都无所谓，所以你到投机倒把分子那里去搞钢材，进行黑市交易！

方景良 不错。但是，请你不要忘记，早在两个月以前，我们就把钢材计划送到公司，并三番五次地向你反映，要求解决问题，结果呢？你一两钢材也没给过。可你知道吗？没有钢材，我们的工程就得停工，停一天就是上万元的损失啊，我的经理！

叶志华 经济上的损失无论多少，总可以用金钱来计算，可党的原则能以金钱来计算吗？我的同志！

方景良 党的原则固然不能违背，而给国家造成重大经济损失，同样是一种犯罪！以七百块钱的不正之风，去挽回几十万元的经济损失，有什么不可以？如果说这算严重错误的话，这个错误值得一犯！

叶志华 你们听听，多危险啊！现在，不正之风，已成了过街老鼠人人喊打，可他呢，还自鸣得意！而问题的严重性是他至今还没认识到错误！方景良同志，我再问你，你把一批党的政工干部赶下去，把资本家请回来，这究竟算哪一家的王法？

方景良 一切都得服从于工作的需要，在我们工区，不管是党员还是群众，干部还是工人，谁也不是铁饭碗，我用人标准只有两个字："能干！"

叶志华 可在我的企业里，决不允许你胡闹！你要在我的手下工作，就得听话！因为我要对企业负责！也要对你负责！

方景良 谢谢你的好意，不过，你所谓对企业负责，说到底是对你个人的地位负责，而企业的命运、职工的切身利益，你根本没放在心里！（愤慨地）少陪了！（下）

叶志华 呵！盛气啊，我看你还能盛气几天！

马一民 （没精打采地上）叶经理。

叶志华 噢，小马。

马一民 我做人还有啥意思！

叶志华 你这是怎么了？

马一民 （呜呜哭起来）人家知识分子到处吃香，我呢，四面受气，工资扣了，秘书撤了，对象吹了，前途完了！（呜呜……）

叶志华 别这样，工资，职务，一切都会解决的。娇娇那儿嘛，只要你主动些，放心，我打包票！

马一民　只要方景良当一天主任，我就得受一天气！

叶志华　快了，他马上就下台了。

马一民　把他撤掉？

叶志华　（狡黠地）不，让他自己打报告辞职！

马一民　可能吗？

叶志华　（胸有成竹）等着吧。哦，田老头最近怎么样？

马一民　哼。他呀，开头火气挺大，现在呀，跟方景良粘得可紧呐！

叶志华　小马，走，到我家去，我们好好聊聊。

［叶志华、马一民下。田大年怒气冲冲地上。

田主任　真他妈的活见鬼！刚刚搞出点儿名堂来，又给卡死了。唉……现要搞点事业还真难啊，上有“老爷”的训斥。下有小巴拉子的指责，四面八方打，直逼得你无路可走！

［田大年木然地坐在沙发上，电话铃响。

田主任　（接电话）喂，我是田大年。……（耐心地）奖金问题。我们会想办法的……是的是的，是大家流血流汗干出来的……会发的。大刚啊，你给大家讲清楚，奖金一定要发，肯定发！

［李队长、钱队长、姗姗等人都从工地赶来，他们满身满脸是石灰泥浆。

李队长　（气冲冲地）小方呢，这个月奖金为什么不发？

钱队长　大伙辛辛苦苦地干了一个月，凭什么要停奖？

姗　姗　就是！还不如人家吃大锅饭好！

钱队长　拿不到奖金还承包个屁，散伙拉倒。

李队长　拉倒？没那么容易，我们每天工作在十小时以上，这奖金是我们的血汗钱！

田主任　（心平气和地）同志们，大家不要吵，先听我说嘛！

[门外人声沸腾。吵吵嚷嚷，有人大喊："去！把方景良叫出来！""对！把他叫出来，他想耍我们，没门儿！"接着，赵队长领了一伙人冲了进来。

李队长 老赵，怎么样？

赵队长 我们刚到公司去过。

钱队长 公司怎么说？

赵队长 叶经理说了，既然有合同就照合同办事，谁签的合同向谁要钱。

众 "对！""这话在理！""叫方景良把钱拿出来！"

李队长 今天不给奖金，咱们跟他没完！

姗　姗 老主任，老方他上哪儿去了？

孙队长 （与曾莉同上）八成是躲起来了！

钱队长 哼，躲？躲得了今天，躲不过明天！

曾　莉 算了吧！我要是方景良啊，拿了钱，早跟那心爱的凌工程师远走高飞，到深圳度蜜月去了。

姚　江 （愤怒地）你再敢胡说？！

曾　莉 怎么，还想包庇他啊？

姚　江 （冲到曾莉面前）你！你敢再胡说一句，我就撕了你这张臭嘴！

曾　莉 （惊惶地尖叫起来）啊！我的妈吔！

姗　姗 姚江！（一把拉住）当她狗叫！

曾　莉 （见有人拉劝，又厉害起来）嚯！你们两个想干啥？能把我吃啦？

方景良 （上）你们在干什么？

曾　莉 哦，主任回来了。听说你给我们发奖金，我们是来拿钱的。

赵队长 是啊，我们的奖金为啥还不发呢？

方景良 奖金是要发的。

李队长　（没好气地）废话！这是血汗钱。能不发吗？问题是到底什么时候发！

方景良　……

孙队长　（阴阳怪气地）我说你们呐，也太小心眼儿了。人家方主任向来是说一不二的，还能骗人不成？方主任，你说对吗？

方景良　（言不由衷地）对！

孙队长　（对众）是不是？我早说这奖金会兑现的。不过，老方啊，既然有的人不太放心，是不是趁早发下去，免得有些人夜里睡不着。

曾　莉　不知到底是今天发，还是明天发？

方景良　（实在憋不住）明天发！

孙队长　瞧，咱们主任就是痛快。请问，是上午，还是下午？

方景良　随你的便！

李队长　好，那就明天上午见！

［众下，屋里只剩田大年、姚江、姗姗。

田主任　银行同意付款了？

方景良　没有。

田主任　那你怎么随便答应呢？

方景良　这么尖刻的语言，你受得了吗？

姚　江　那明天怎么办呢？

姗　姗　是呀，明天一早他们要来拿钱的呀！

方景良　（抓起电话）喂，财务科吗？我是方景良，请你们把奖金的一部分，用加班工资的名义马上去银行提出来，不足部分，用我主任基金补上，明天早上一定要把奖金发下去！……什么？主任基金也给冻结了！喂，能不能先向外单位借一点？……啊？（失望地）好吧！（搁下电话）

田主任　怎么样？

方景良　所有的路全给堵死了。

田主任　咳！你看你……

姗　姗　现在还缺多少？

方景良　一万二。

[方景良颓丧地坐在沙发上，双手紧紧地揪着头发。

[灯暗。

[灯复明。

[夜：一轮凉月悬挂中天。门口柳影绰约、方景良背向着观众，木然地站在窗口，望着远处黑乎乎的建筑工地出神。

[凌岚穿着素净的浅色裙子，生气盎然上，她肩上背着米色挎包，手臂上搭着一件男式白衬衫，轻轻地走到方景良的身后，把白衬衫披在方景良的身上。

方景良　你还没睡？

凌　岚　睡得着吗……

[沉默。

方景良　（看了看身上的衬衣）谁的？

凌　岚　你的。

方景良　（莫名地）我的？

凌　岚　嗯，下午刚买的。

[沉默。

方景良　都两点了，天又这么凉，回去睡吧。

凌　岚　（稍停）我打扰你了？

方景良　呵，不是，你在说什么呀？

凌　岚　景良，我真不明白，你为什么要把自己置于如此孤独的困境之中呢？

方景良　唉，艰难啊！

凌　岚　这点，大家都很理解，也很同情。

方景良　（苦笑）仅此而已。

凌　岚　（不无讥讽地）只有你自己才是鹤立鸡群的英雄。

方景良　（吃惊）……

凌　岚　所以你对同志缺乏信赖，对朋友缺乏感情……

方景良　也许，你听说了吗，有人骂我是冒险家。可冒险毕竟是冒险，在追求事业的征途上，等待他的将是除了坎坷道路，还有残酷的现实。

凌　岚　时代造英雄，英雄创事业。当然，改革需要有自我牺牲精神的勇士。然而，单靠某一个勇士的壮举是不行的，因为这是集体的事业。

方景良　呵，还什么英雄。我已经成了彻头彻尾的狗熊了！你想，承包才刚刚开始，这回好不容易全面铺开，大家辛辛苦苦地干了一场，要是第一次奖金就无法兑现，工人的积极性将受到严重的挫伤，刚刚高涨起来的生产热情将随之低落，更主要的是，几个月树立起来的威信将毁于一旦，整个改革事业也将前功尽弃……

凌　岚　局面确实很严重。不过，你打算怎么办？

方景良　准备辞职。

凌　岚　辞职？

方景良　是的。不过在辞职以前，我必须对我的名誉负责，奖金一定要兑现，问题是明天一早，三万五千块奖金必须发下去，可钱呢？还差一万两千块，所有路都让人堵死了，而时间又如此紧迫。我的老天你让我上哪儿去弄这么多钱呢？

凌　岚　（将拎包递过去）拿去吧，这里是一万两千块！

方景良　（惊喜地）钱！哪儿来的？

凌　岚　（冷冷地）如果你仅仅是为了对自己的名誉负责，这笔钱就算是我的，你可以拿去买回自己的名誉！

方景良　（惭愧地）岚岚！……

凌　岚　我是搞建筑的，从力学的观点来看，一个人只能是一个力，若干个力才能形成一个合力。我承认改革是勇士的事业，可他的行动往往是受托于集体主义的精魂，当你自以为孤独无援的时候，同志们都向你伸出了手，老主任四处奔走，一面筹款，一面做群众的思想工作；吴志强解囊相助，还有姚江、姗姗、娇娇，连家境困难的老金，都拿出了一百块钱；我那吝啬出名的爸爸闻讯后，当即拿出五千块。这对他来说，恐怕是他这一生之中最伟大的壮举了。虽说都是暂借的，可也是大伙的一片心意呀！

方景良　（捧着钱，感慨万分地）呵，谢谢，岚岚，谢谢你，谢谢大家！

凌　岚　令人失望的是：正当大家帮你渡过难关的时候，可你想到的竟是辞职！（伤心）

［方景良无言对答，他慢慢地放下钱包，轻轻来到凌岚的身后，抚慰着凌岚的肩膀。

方景良　（无限深情地）岚岚……

［过了好一会儿，凌岚转过身来，替方景良拉好大衣的领子，双手搭在方景良的肩上，静静地望着他。

凌　岚　方景良，你不生我的气吗？

方景良　我第一次发觉你长得这么美、这么可爱。

凌　岚　别傻气了。

方景良　这是真的。

凌　岚　从不，我并不像你想象的那么美，也并不那么可爱，更不是一个纯洁的姑娘……（痛楚地）在我们生活中，曾有过自己都无法原谅的过失……

方景良 （爱抚地）别说了，岚岚，我们都不是清教徒，我们是现实主义者，衡量人的标准只有两个字："真"与"诚"。

凌　岚 是吗？呵——（依偎在方景良的怀里）

方景良 唉，虽说我们接触的时间并不长，可不知为什么，我早已深深地爱上你了。我也曾极力地抑制过自己的感情，因为，我毕竟是有了孩子的爸爸，再说一个穷工人去高攀一个出身名门的大学生，也似乎有点……

凌　岚 （抬起头来）你不是已经攀到了吗？

方景良 岚岚。你真好！

凌　岚 ………

方景良 今天，我一下子明白了两个道理。

凌　岚 是吗？

方景良 你让我懂得了要干成一件事业，必须要有坚实的基础，而这个基础就是广大人民群众。

凌　岚 （惊喜地）噢！还有一个道理呢？

方景良 真正的爱情属于勇敢的人！

凌　岚 （扑上）呵，亲爱的，你总算没让我失望……（良久）你说，一个人活在世上，怎样才算有意义呢？

方景良 我认为，一个人活在世上就得奋斗，就得有所作为，短暂的生命，只有与永恒的事业结合起来才能体现出人生的真正价值！

凌　岚 深刻。

方景良 岚岚，天快亮了，快去歇息吧。

凌　岚 新的一天又开始了，让我们奋斗吧！

方景良 （激动地）岚岚！

[灯暗。

[秋天，院子里放着几盆怒放的菊花。

[会议室成了业务接待室，里面摆着新买的沙发、茶几，崭新的落地窗帘，桌上铺着台布，桌子中央有花瓶。平顶上有吊灯，墙上挂有各种建筑的彩色图片，整个会议室布置得焕然一新，给人一种热烈、舒适的感觉。

[洪腊娇哼着歌上，将一束鲜花插入花瓶内。转了个圈子，然后学着各种接待客人的姿势："同志，您请坐！""同志，请先喝杯热茶！""同志，请到这边来，瞧，这是荣获三省一市联合竞赛的优质样板工程。"……

[随着汽车的喇叭声、刹车声，经理叶志华走进接待室。

洪腊娇　（用英语）您好！

叶志华　（莫名其妙）……

洪腊娇　（用英语）请坐。

叶志华　我说娇娇啊，你什么时候学起洋泾浜来了？

洪腊娇　这是工作。我说舅舅，自从那次局长重新批准承包以后，你到我们这儿来真是难得。

叶志华　（转了一圈）嚯，到底是现代派的企业家。瞧，比我那个经理室要气派多啰！（说着在沙发上坐了下来）

洪腊娇　那当然，这儿常常有人来洽谈业务，总得像个样子。

叶志华　还安排了一位漂亮的女招待。

洪腊娇　一点儿也不错。舅舅，我说你也变得聪明起来了。

叶志华　娇娇，你怎么变得一点儿规矩都没了？

洪腊娇　这可得怪你，谁让你从小宠着我。

叶志华　你呀，就学会一张俐嘴！你们主任呢？

洪腊娇　一会儿就来。舅舅，我给你泡杯茶吧。

叶志华　我这儿有。（从拎包里拿出自备果酱瓶）娇娇，听说你们工区的奖金是越来越高了。

洪腊娇　（旁白）瞧，他来摸我的底来了。（答非所问地）是啊，我们的施工速度越来越快了，质量也越来越好了。

叶志华　我问你奖金。

洪腊娇　哦，奖金嘛，不怎么高。

叶志华　那最高的每月有几块？

洪腊娇　不多！不过一百三十来块吧。

叶志华　听听，光奖金就一百三十来块，比我这个十四级干部富裕多啰！

洪腊娇　那当然，你不是说过，让我们先富起来嘛。

叶志华　胡扯！我什么时候说过这话？

洪腊娇　哝，舅舅，你说过的话可不能赖呀？

叶志华　我会说这话吗？

洪腊娇　说过的，就在方景良上任的时候，你说："行啊，建筑行业嘛，奖金可以不封顶，只要你们有本事，就让你们先富起来嘛！"

叶志华　我怎么会想不起来呢？

洪腊娇　你想不起来的事儿多着呢，这不，我已提醒你了，你得记住，这话你是说过的。

叶志华　你在教训我？

洪腊娇　嘀，哪儿敢呢？你是我舅舅呀！

叶志华　就是。哦，娇娇，你跟马秘书谈得怎样了？

洪腊娇　好了，你最好别提你那个什么马秘书了。

叶志华　怎么了？

洪腊娇　我见他都恶心！

叶志华　怎么，他得罪你了？

洪腊娇　一点儿没有。

叶志华　那为什么？

洪腊娇　我也不知道，反正不感兴趣。

叶志华　瞧，谈恋爱凭兴趣，这多新鲜！我真不明白，你怎么会对小马不感兴趣？

洪腊娇　看来，你还挺喜欢他。

叶志华　是的，我就喜欢这样的年轻人。

洪腊娇　就因为他会拍你的马屁！

叶志华　我？哼，他呀，倒是会拍你的马屁，什么可爱的玫瑰花呀，美丽的小星星啊，聪明的小天使呀，这话他对你说过，我亲耳听到过，够浪漫的了。

洪腊娇　（捂住耳朵）不要听！不要听！

叶志华　事实胜于雄辩嘛，你呀，都廿五岁了，别老是挑啊挑的，这山望到那山高，应当有点自知之明了。人家是知识分子，脾气又好，还是个党员，哪方面不比你强？你以为你真是什么小天使，小星星……

洪腊娇　我说舅舅，你要是闲得没事的话，就帮我擦地板，别老是马一民、马一民的。我告诉你，哪怕这世上的男人都死光了，你外甥女也绝不会嫁给他的。

叶志华　（惊异地）啊？

洪腊娇　在这个问题上，你的关心似乎有些过分。

叶志华　因为我是你舅舅，要是别人我才不管呢！

洪腊娇　可你为啥不关心别的？比方说：工作、学习、思想？

叶志华　总而言之，还不是为你好嘛。

洪腊娇　别说了！舅舅，昨天的报纸你看了吗？（顺手递过一份报）

叶志华　（摊开报）看了。

洪腊娇　（指报）你看，“明渤建筑工程公司第五工区在改革中前进……九个月来，全工区的产量比去年同期增长一倍以上，第一次向国家上缴利润……”（见叶志华心不在焉，把报一甩）我看你啊，对我们的改革一点儿不关心！

叶志华　哎，你呀，太年轻了，有些事你还不懂！

方景良　（上）哦，叶经理来了？我正要找你。

叶志华　什么事？

方景良　我真不明白，像马一民这样一个破坏生产、损害集体利益的人，你为什么要如此庇护他？

叶志华　方景良同志，我劝你冷静点，你目前要考虑的不是生产，也不是集体的利益，而是如何端正态度，认识错误。

方景良　错误，我不否认，为了事业即使冒点风险也还值得。

洪腊娇　就是！为事业而犯错误，比那些怕犯错误而因循守旧的人，起码要伟大一千倍！

叶志华　闭嘴！我没跟你讲话！

洪腊娇　嚯，理亏了还骂人呢！（咕哝）

叶志华　就说马一民吧……

洪腊娇　又是马一民，好像是你的干儿子似的，讨厌！

叶志华　（恼怒地指着门口）你给我出去！

洪腊娇　出去就出去，我去找曾伯伯！（下）

叶志华　不是我庇护马一民，人家是知识分子，是共产党员，正因为他敢于坚持原则，所以遭到了你的打击、报复；撤职下放，还扣了人家三个月工资。现在中央一再强调落实知识分子政策，我决不允许在我的公司里，重新制造冤假错案！

方景良　他违犯了规章制度，就得处分！

叶志华　你有这个权力吗？

方景良　请你不要忘记，人事权、管理权、财经权，是你自己给我的。

叶志华 我？

方景良 对，那是当着曾局长的面说好了的！

叶志华 那好，从现在起，这三大权力我要重新收回！

方景良 （冷笑）有句话叫作：请神容易，送神难呐。你想收权？没那么容易！叶经理，我可以明确地告诉你，只要我当一天主任。这权，我就要充分地使用一天！

叶志华 小伙子，我可以明确地告诉你，你的问题上级非常重视，现在由市纪律检查委员会，会同工商行政管理局、财税局、建设银行成立联合调查组，马上就进驻工区。对你的挽救我已仁至义尽。（看表）我走了，你好好地考虑一下。（下）

方景良 （沉思，苦笑）生活好像是变幻的万花筒，不是吗？昨天报纸还在头版头条鼓吹我的改革精神，一夜之间又成了五毒俱全的罪犯，这一切来得这么快、这么突然。

［马一民上，踌躇满志地拍拍方景良的肩膀。

马一民 怎么样，方兄？

方景良 （无动于衷）……

马一民 （假惺惺地）是啊，你的事情我已经听说了，说实在的。我也为你难过……唉，看来，我还得接替你的职务。有什么办法呢！领导的意图嘛。我相信你会谅解的。为了今后能顺利地开展工作，我想上次扣发的那三个月工资，是否能补还给我？

方景良 谢谢你的好意，至于工资问题，就等你上任后自己解决吧。

马一民 因为这工资是你决定扣发的，所以，还是由你来补发恰当些。

方景良 想要我来补发给你，这办不到！

马一民 当然啰，你的错误还属于认识上的问题，搞清楚了还可以去干泥水匠。尽管我们之间存在一些不愉快的往事，只要处理得当，我马一民决不会投井下石的。

方景良 （倏然而起）想威胁我？（指门外）给我滚出去！

马一民 （一怔）好吧，到底是你滚还是我滚，咱们走着瞧吧！（悻悻下）

［电话铃响。

方景良 （接电话）喂，是杜妈妈吗！……对，我们的职工住宅很快就竣工了，请你放心，这次一定给你安排进去。好好，不谢不谢！（搁下电话）

［田大年从外面进来。

方景良 老主任，你们分房调查小组调查好了吗？

田主任 初步方案已定下了，现在还剩下腾出来的房子没排好。

方景良 你抓紧排一下，马上分下去！（进内）

田主任 好的，我马上排出来。

［田大年趴在桌上，专心地排分房名单，曾莉从一边上，悄悄地溜到田大年的身后偷看。

曾　莉 （火冒三丈地大声叫）喂！

田主任 （吓了一大跳，回头看时，名单已被曾莉一把抢到手）莉莉，哎，这可动不得！快还给我。

曾　莉 还你？噢，把人家交出来的破房子给我啊？我可不要！

田主任 给你安排上已经不错了。

曾　莉 （挺胸凸腹地朝前一站）你也不瞧瞧我是什么人？

田主任 （莫名地）什么人？你不是萧山人嘛。

曾　莉 嚯！老头，你也不瞧瞧我这模样儿。

田主任 （上下打量）怎么了？

曾　莉 迟早得嫁个华侨，难道让我把他带到那十五平方的破庙去？名气都没了！

田主任　那有什么，我老婆过门的时候，我只住了五个平方的楼梯间。

曾　莉　（大笑）喔哟哟，我的老天，你们那个时候，一个包袱，一领破席解决问题了，现在是80年代，得有点现代化的气派，比方说什么大衣柜、沙发、梳妆台、洗衣机、电冰箱……还得带上一架大钢琴，我说老头，你让我往哪儿搁呀？

田主任　房子嘛，大家都困难，主任一再关照，分房子一定要实事求是，这次——

曾　莉　好了好了，别给我主任不主任了！（诡秘地）方景良这小子马上要下台了，要是你能帮我把房子解决好，我向二叔面前打个招呼，说不定啊，（拍拍田大年的肩膀）你还能官复原职呢！

田主任　唔，这笔生意倒是不错。

曾　莉　老头，干不干？

田主任　不干！

曾　莉　好你个老头，你软硬不吃，想吃辣的是不是？我告你，你姑娘可不是省油的灯！（跳上桌子，准备撕分房单）

田主任　哎哎哎，这可动不得！

方景良　（上）什么事啊？

曾　莉　（跳下桌子）哦，方主任，听说职工住宅快分了，我们家的情况你是知道的，四个人住在一间十六平方的屋里。是不是？

方景良　是的。

曾　莉　而且，这个问题我二叔曾局长也跟你打过招呼，是不是？

方景良　是的。

曾　莉　可老主任的分房单上只给一间十五平方的破房子，你说这合理吗？

方景良　让我看看。

［曾莉递过分房单，方景良接过就交给田大年。

方景良　是不合理!

曾　莉　（得意地）老头，你听见吗？人家到底是主任，水平就是比你高!

方景良　应该把曾莉的房子划掉!

曾　莉　（大吃一惊）啊？！…

田主任　……

曾　莉　怎么，我们家不符合分房条件？

方景良　符合。

曾　莉　既然符合，凭什么要把我的房子划掉？

方景良　因为我们决不照顾懒汉!

曾　莉　我说方主任，这可不是分奖金，讲究什么多劳多得，这是分房子，是职工的福利，每个职工都有份。

方景良　可你知道，这造房子的钱是从哪儿来的？是大家干出来的，材料是用议价买来的，如果大家都像你那样，别说盖房子，连工资都发不出!

曾　莉　可我是真正的困难户!

方景良　对不起，我这儿不是房管所。

曾　莉　可我是明湖公司的职工!

方景良　应该说是职工里的懒汉，对懒汉我们一律不分房。

曾　莉　（气愤地）哼！你想一手遮天，办不到！我找叶经理去！（下）

田主任　小方啊，符合条件不给，怕有人会说闲话的。

方景良　我才不在乎那些闲话呢！反正一条，分房子也要打破大锅饭，也要奖勤罚懒！对，把吴志强的中套换成大套。

田主任　好吧。（下）

［赵、钱、李仨队长、王大刚、姗姗、凌岚陆续上。

李队长　（急切地）小方，听说市里要派联合调查组进驻了？

方景良　可能。

王大刚　咱们亏损三百万无人问津，如今扭亏转盈反而有罪，这是哪门子的歪理啊？

孙队长　（急上）听马秘书说，调查组马上进驻了，以前拿过奖金的都要吐出来！

赵队长　你去听马秘书的，他算老几？

孙队长　算老几？咱们的工区主任！

众　（吃惊地）什么？

钱队长　他当工区主任了？

李队长　不可能！

孙队长　好了好了，等红头文件一到，他马上就要上任了！这是他亲自告诉我的！

赵队长　哼！

王大刚　他头一天上台，我第二天就翻掉他的桌子！

李队长　这么说，咱们该散伙了。

钱队长　改革改革，改了半天，到头来还得来个向后转。

姗　姗　这到底是怎么回事？

［静场。

方景良　（不慌不忙地站起来）怎么了？不吵了？吵够了？

［众人面面相视。

方景良　嗬，遇上一点点波折就乱成一窝蜂？可我们面临的困难远比你们想象的要严重得多！但是，天是塌不下来的，因为我们走的是一条富国利民的道路。我是你们的头，只要我当一天主任，就要行使一天职权！（发现马一民在一旁偷听）谁要是在这个问题上搞鬼，企图在群众中制造混乱，

（扬扬拳头）嘿嘿，小心点儿！

孙队长　（捂住心口）哎哟哟，我这胃……（下）

［人们都愣着。吴志强提着航空皮箱风尘仆仆地上。

吴志强　（兴冲冲地）方主任！

方景良　呵，吴工回来了，怎么样？

吴志强　我们在深圳投标成功了！

方景良　（惊喜地）哦，来，坐下说。

吴志强　（取出合同）这是合同。

方景良　（看）什么，十二月份就要动工？

吴志强　对，招标单位要求我们越快越好。（见众人木然而立，不解地）咦，怎么了？你们为什么不说话？出了什么事啦？

赵队长　投标投标，现在承包都搞不下去了，还投个屁！

方景良　老赵，你冷静点！老吴，没有什么，你先回去休息，投标的事，咱们晚上再谈。

吴志强　这……（怏怏下）

李队长　偏偏在这种时候去投标，真他妈的活见鬼！

方景良　（若有所思）好极了！这标投得好！中得也及时！

钱队长　你说什么，难道你还想打入深圳？

方景良　对！我就是要造成这种骑虎难下的局面，把那些官僚主义逼上马！

洪腊娇　（急上）老方！老方！我去找过曾局长，可曾局长说——

钱队长　他说什么？

洪腊娇　他说市里的联合调查组明天就进驻了。

方景良　来得真快啊！

洪腊娇　我跟他争论起来，他说调查一下有什么不好呢？我们是从爱护方景良的角度出发的。

赵队长　哼？这个老滑头！

方景良 看样子奖金又要冻结了。小洪，立即通知财务科，把奖金的一部分用加班工资的名义马上提出来！下午四点钟以前，要把奖金发到工人手里！

洪腊娇 哎！（欲下）

钱队长 慢！老方，你冷静点！这是要犯错的。

方景良 这笔奖金本来就是工人的钱，应当发给工人，一分也不能少，作为主任我不能对工人失信！（对洪腊娇）发什么愣，还不快去！

[洪腊娇下。

李队长 小方，你继续当我们的主任，就是一分奖金没有，我们也照样干。

众　人 对！干出个样子来给他们看看！

方景良 放心吧，天是坍不下来的！

[闷雷、灯暗。

[灯复明。

[隆冬，窗外的蜡梅又开了。天空阴云密布。

[马一民刚起草完一个文稿。边读边琢磨。

马一民 “关于方景良同志停职检查的通知…”（推敲）对，应该把同志两个字划掉！（划字，复念）“关于方景良停职检查的通知……通知”，（推敲）“关于方景良停职检查的决定！”对！这样更有力！

[曾莉上，穿着牛仔裤。

曾　莉 （亲昵地）啊，我的马秘书！

马一民 莉莉！啊，美丽的小星星，我得告诉你一个好消息！

曾　莉 什么消息？

马一民 （递文稿）瞧，这是刚起草的决定。是叶经理让我起草的。

曾　莉　好极了！（拍了下马一民的肩膀）小马崽子啊，你总算替姑娘出了口恶气了，这个姓方的，总算下台了！

马一民　还有一条特大喜讯！

曾　莉　哦？

马一民　叶经理说，方景良停职以后，由我代替他的职务！

曾　莉　这个我可不感兴趣！

马一民　你不是想当会计吗？

曾　莉　如今不想了。

马一民　为什么？

曾　莉　你想想，这一串串的数字加来减去的，看着都够烦的了，真做起来还不把我累死啊！

马一民　我可以另外给你个美差。

曾　莉　哼，有美差也轮不到我！

马一民　我让你当工会干事，什么房子，补助，还有电影票，全归你管，怎么样？

曾　莉　（惊喜地）真的？

马一民　当然。

曾　莉　太棒了！我说小马儿啊小马儿，我真爱你！

马一民　莉莉，你真是个聪明的小天使，等到决定一宣布，我们马上结婚。

曾　莉　当然，不过彩电一定要有，还要一部铃木牌轻骑，日本的铃木懂吗？

马一民　（瞧着亭亭玉立的曾莉，无可奈何地摇摇头）嗨，你呀——真是一只小狐狸！

曾　莉　（紧接）真像朵可爱的玫瑰花，又让人爱，又让人怕，是不是？（浪笑）得了吧，这话已经说过一百遍了，我都听腻了，可你应当知道，我目前最需要的是——

马一民　（紧接）铃木！铃木！日本的铃木！这话你也说过一百遍了。

曾　莉　也许，不过我总得提醒你，拜拜！

［曾莉欲下，见叶志华从外面进来，又回转。

叶志华　小马，你去找找腊娇，让她到我这儿来一下。

马一民　好的。（下）

曾　莉　叶伯伯！

叶志华　是莉莉。

曾　莉　叶伯伯，我那房子的事情怎么样了？

叶志华　房子？哦，不要急，会有办法的。

曾　莉　会有办法，会有办法，老是这么句话，可人家快要搬进去了，看来经理是不肯买我的面子啊！（抓起电话欲拨）

叶志华　（忙按住）你要干什么？

曾　莉　请二叔跟你打招呼啊。

叶志华　好了好了，一点点小事不要去惊动局长了，我告诉你，你们工区的房子，将由公司统一分配了，这个权在我的手里。

曾　莉　（欣喜）真的？

叶志华　瞧，文件都发了。（出示文件）

曾　莉　哎呀，那敢情好，可是……

叶志华　放心，到时候少不了你的。哦，莉莉，我那封信你交给二叔了吗？

曾　莉　交了。

叶志华　他没说什么？

曾　莉　二叔看信后笑了笑说：好嘛，我倒要看看方景良到底有多大的魄力！

叶志华　（迷惑地）这话是什么意思？

曾　莉　看样子，他好像同意你的意见。

叶志华　是吗？

曾　莉　我想是的，要不然早就暴跳如雷了。

叶志华　（寻思一会儿，点点头）嗯。

[马一民上。

曾　莉　（看表）哎呀，我还得托去深圳的人买点东西呢。（欲下）

叶志华　深圳？我不是通知方景良不准去吗？

马一民　人家已经开始装车了！

叶志华　什么，开始装车了？小马，去深圳的两个人怎么还不来电话？

马一民　谁知道呢，我已催过几次了。

[电话铃响。

马一民　（接电话）喂，（惊喜地）经理，深圳电话！

叶志华　（接电话）喂，我是叶志华，事情办得怎么样了？……“什么？对方不肯取消合同？喂喂，如果我们一定要取消呢？……哦哦，要赔偿损失费，多少？（吃惊地）五十万？！（愤怒地）你告诉他，合同坚决取消，损失费一文不给！（甩下电话）真是岂有此理！取消合同，要付五十万损失费！”

马一民　啊，五十万？！

叶志华　哼！想到我这里来敲竹杠，做梦！难怪方景良对深圳这么感兴趣，我真怀疑，这深圳到底是不是共产党领导的！小马，通知姚江和王大刚，停止装车！

马一民　好！（递上文稿）稿子起草好了。

叶志华　（念）“关于方景良停职检查的决定……（还给马一民）马上打印！”

马一民　好的！（下）

[叶志华拿拎包，准备走，田大年急匆匆地上。

田主任　小方！小方！……老叶，你见到小方了吗？

叶志华 没有。

田主任 哎呀，真是急死人了！

叶志华 什么事啊？

田主任 是这样，从北方来了个代表团，他们是从报上看到我们开展承包的经验介绍以后，特地赶来取经的。

叶志华 那你去跟他们讲讲吧。

田主任 开什么玩笑，我怎么行？

叶志华 怎么不行？你是老孟泰，就讲讲增产节约嘛！

田主任 人家要取企业改革的经！

叶志华 那好，请小马去说说。小马！小马！

田主任 哎呀，人家点名要方景良！

叶志华 那不行，方景良马上要停职检查。

田主任 什么，停职检查？

叶志华 是的，在这种情况下，让他去介绍经验是不合适的。

田主任 可人家远道而来呀！

叶志华 那有什么办法？（拿起拎包走了）

田主任 老叶！老叶！……怎么回事？两个月前报上还在大吹大擂，如今又要停职检查，真把人搞糊涂了。怎么办？人家千里迢迢专程赶来取经……，哦，对了，让代表团直接去找曾局长！（欲下）

方景良 （上）老主任，房子的分配方案马上公布出去。

田主任 小方，这几天，你在忙什么？

方景良 我在为去深圳的施工队做准备。

田主任 哦，调查组有没有找你谈过什么？

方景良 没有。

田主任 老叶也没跟你说什么？

方景良 没有啊，怎么了？

田主任　　唔——噢，没什么。（下）

［方景良正疑惑不解，洪腊娇拿着毛衣匆匆上。

洪腊娇　　老方，我们大刚来过吗？

方景良　　瞧，还没结婚，就我们大刚大刚的，真是没羞！

洪腊娇　　哎呀，你快说呀，人家都急死人了！

方景良　　急个啥？不就一件毛衣嘛，放心，没有这个他也不会冻死的。

洪腊娇　　（嗔怒地）你！好好，等会儿跟你算账！（朝左边跑下）

方景良　　喂喂喂，他在工地装车！

［洪腊娇转身向右面跑下。

王大刚　　（气急败坏地上）老方！不好了！

方景良　　什么事？

王大刚　　马一民要我们停止装车！

方景良　　马一民？

王大刚　　他说这是叶经理的决定。

方景良　　不要理他！

王大刚　　是！

［灯暗。

［灯复明。

［第二天早上。

［蔚蓝的天空中飘浮着一抹朝霞，远处的建筑群沐浴在和煦的阳光下。

［吴志强和凌岚在研究图纸，田大年从外面进来把一张房卡递给吴志强。

田主任　　吴工，你的房子！

吴志强　　我？（疑虑地）老主任，你弄错了，我没打过报告呀。

田主任　没打过？可咱们不能让老实人吃亏。

吴志强　（感慨地接过卡）三〇一室，48平方，这么大！哎呀呀，这下可好了，我老婆再也不会骂我无能了！

老　金　（上）哎呀，吴工啊吴工，你这“妻管炎”还挺厉害嘛！

吴志强　啊？这……

田主任　好了，大哥不必笑二哥，谁不知道咱们采购老金有一部光辉的惧内史啊？

老　金　老主任，瞧你说得也太邪乎了，其实惧内也不是件坏事，吴志强，你说呢？

田主任　（接上）就是！惧内者必生财嘛，瞧咱们金采购惧内得法，特奖房子一套！（递卡）

老　金　什么什么？（接过，乐）嗨！我说田老头，你这一辈子总算作了这么件好事！

田主任　呵，我这辈子干的全是坏事啊？

［大家笑了起来。曾莉气急败坏地闯上，将吴志强手上的卡一把夺下。

吴志强　（急）这？

曾　莉　我说田老头，你还有王法没有？

田主任　（莫名）……

曾　莉　（扬扬手中文件）公司明文规定，房子要由公司统一安排，你发什么卡？

凌　岚　公司统一安排？

［田大年接看文件，众围观。

老　金　这到底是怎么回事？

田主任　我根本不知道有这个文件。

曾　莉　现在你总该知道了吧！

方景良　（上）把卡给我！（向曾莉伸出手）

［曾莉无奈，交卡，方景良将卡还给吴志强。

方景良 文件在我这儿，关你屁事！老田，继续完成你的工作！

曾　莉 哼！红头文件不顶用，我就不相信，人家经理还治不了一个小主任，等着瞧吧！（傲然下）

方景良 （看表）岚岚，再过半个小时，就要起程了，你准备得怎样了？

凌　岚 都准备好了。

记　者 （手提话筒，背着录像机上）同志，请问马主任在吗？

［大家莫名其妙，记者也有些发窘，洪腊娇上。

记　者 这儿是明湖公司五工区吗？

洪腊娇 是的，你是——

记　者 （自我介绍）我是电视台的记者，前天，一个姓马的主任告诉我，说今天你们这儿有特大新闻。

田主任 咱们这儿没有什么马主任啊。

记　者 噢，也许是我听错了，可你们这儿有没有什么新闻？

田主任 让我仔细想想。

老　金 哦，对了，我们工区有两个施工队，今要出发到深圳去参加特区建设。

记　者 喔，这新闻不算小啊！

老　金 （拉记者到凌岚那里）这位是凌岚同志，是新任的深圳工程处的主任工程师。

［记者急忙举起录像机。马一民上。

洪腊娇 记者同志，你要不要去看看我们去深圳的大队人马？

记　者 好！好！（与洪腊娇欲下）

马一民 记者同志，记者同志，你搞错了。

记　者 （见马一民，热情地）马主任！（对大家）不是马主任吗？（向前握手）马主任您好！

[众人哄地笑起来。

记　者　你们笑什么？

马一民　（狼狈不堪地）得了得了！（忙把记者推到门边）走走走，这边来，我有话跟你说。

方景良　马一民！

马一民　噢，来了！（对记者）你先到后院去歇息。

洪腊娇　记者同志，特大新闻已经开始了！

记　者　喔，在哪儿？

洪腊娇　（指马一民与方景良）瞧！

[记者举起录像机。

记　者　这位女同志，请做个帮手，把话筒送过去！（指中间）

洪腊娇　好喽！（把话筒移到方景良与马一民中间）

方景良　马一民，这几天你到哪里去了？

马一民　我在叶经理那儿。

方景良　经过谁的同意？

[叶志华正好进门。

马一民　（立时胆壮）你管不了。

方景良　哼，根据你的一贯表现，我宣布：开除你的工职！

[记者停机惊愕。众人一片掌声。

洪腊娇　（提醒）快录像！

记　者　是！（举机录像）

叶志华　这是错误的！应该处分的不是马一民同志，而是你！（指方景良）现在，我宣布对方景良同志实行停职检查的决定，同时任命马一民同志为第五工区的主任！

[李队长同赵、钱、孙三队长、姗姗以及群众上。

李队长　（大声地）这是错误的！

记　者　（莫名其妙地）这是怎么回事？

洪腊娇　快！录像！

记　者　是！（忙举起录像机）

李队长　叶经理，方景良同志到底犯了什么错误？

众　对！方主任到底犯了什么错误？

田主任　今天，你必须当着大家的面讲清楚！

众　就是！现在是什么时候了，还想整人！

叶志华　好吧！既然是这样，今天就当众把方景良的错误讲下，这对方景良同志、对大家都是个教训！小马，你说吧！

马一民　（掏出笔记本）方景良，男，现年39岁，在任期间……

李队长　（大吼一声）算了吧！在你领导下的明湖建筑公司连年亏损，到去年年底累计亏损三百多万元！三百万呐，我的叶经理！今年，我们第五工区扭亏转盈了，产值比去年翻了一番，第一次向国家上交了利润，这在明湖公司的历史上有过吗？从来也没有过！过去，我们建筑工人有句口头禅，叫作泥瓦匠，造高楼，住草棚，祖孙三代挤在一间十几平方的破屋里，如今我们有了自己的住宅大楼，这在明湖公司的历史上有过吗？从来也没有过。至于谁是功臣，谁是罪人，我们工人心里最清楚！

马一民　经济上的亏损是可以用金钱来计算的，而党的原则，能用金钱来计算吗？马列主义的原则能用金钱来计算吗？

李队长　闭嘴！你已经被清除了！

叶志华　应该清除的是方景良！

方景良　要撤我的职，可以，今天当着大伙的面问问，如果这是群众的要求，我马上交权；如果说群众还需要我，那么，请你……

［一阵汽车喇叭声，曾宇出现在门口。

叶志华　（气极，向曾宇）老曾，你看看！你看看！我我……我这个经理当不了啦！

曾　宇　干吗当不了啦？是没能力还是怎么的？不过在我们这个世界上，不管少了谁，地球照样转！（群众围了上来，双手摆了摆）同志们，我代表局里讲几句话。（静场）公司送来的材料及其他揭发材料，我们都看了，并作了慎重的研究。现在我宣布：一、同意公司免去方景良同志的第五工区主任职务（群众惊愣，喧哗，叶志华、马一民惊喜、得意）同志们静一下，我话还没说完。（静场）一、同意公司免去方景良同志的第五工区主任职务，同时任命方景良同志为明湖建筑公司经理！

叶志华　（惊愣地）啊？……哼！（转身想走）

曾　宇　叶志华同志，请别走，我话还没讲完。

[叶志华无奈留下。

曾　宇　第二，马一民同志，你的表演也该结束了，调查组的同志到你原来的部队里去调查过，你根本没有入过党，也没有进过工程学院，你档案里的大学文凭和入党志愿书是你伪造的，另外……

凌　岚　我也要揭发两个问题，马一民的六篇论文，其中有两篇是从我父亲那里剽窃去的；两篇是从我这里偷去的；另外两篇是从吴志强工程师那篇文章里摘抄的。

赵队长　无耻之徒！

曾　宇　局党委决定：对因工作严重失职，给企业造成巨大经济损失的叶志华及马一民两同志，根据他们的错误程度作出严肃处理，并根据法律，追究其刑事责任。

[群众自发鼓掌，叶志华、马一民灰溜溜地下。

曾　宇　同志们，一场意义重大的改革，已经开始了，它冲击了官僚主义、封建主义及一切保守势力，改革必然要“损害”

一些人的利益，必然会遭到一些人反对，但这不会影响我们的改革，正如你们工区经历所说明的那样：改革是人民的需要，社会的需要，谁也阻挡不了的！（群众鼓掌）不过，改革，困难很大，何况我们谁也没有经历过，难免要犯这样或那样的错误，但一个企业从亏损几百万到既上交国家盈利，又富了职工群众，这总不是错误吧！靠自己的力量，使职工都住上了新房，这也不是错误吧！往日，我们建筑工人队伍思想不稳定，想改行，而现在都不想走了，这也不是错误吧！同志们，这些都说明我们的改革是成功的！（鼓掌）我希望大家珍惜这些胜利成果，再接再厉，使我们的改革更加深入，更加广泛，同时，也希望大家要爱护改革人才。比如方景良同志是人，不是神，今后还希望大家像以前一样支持他，爱护他！（鼓掌）

姚　江　开车时间到了，同志们出发了！……

方景良　（替姚江整了整衣服）去吧，好好干！

姚　江　姐夫，我走了！

姗　姗　姚江！（奔过来，手上捧着一个布包）

姚　江　姗姗！

姗　姗　阿江，（忸怩地）我送你一样东西。

姚　江　什么？

姗　姗　（拉开布包，露出一个洋娃娃）喏！

姚　江　啊！（众人大笑，姚江羞涩地抱起娃娃就走）

姗　姗　我知道你们要笑我，可这娃娃象征着美好的未来呀！

凌　凤　（背起背包，走到方景良面前）景良，我也要走了！

[方景良、凌岚的双手紧紧握着。

方景良　走吧，到了深圳，马上给我写信。

凌　岚　你也要保重！

方景良　好，一路平安！

王大刚　（到处寻不到洪腊娇，急得大喊）娇——娇！

洪腊娇　（在内大喊）大——刚！（上）

王大刚　娇娇！

洪腊娇　大刚！（拿出一条香烟）喏！带上！

王大刚　（见烟眉开眼笑）嘿嘿！

洪腊娇　（学王大刚）嘿嘿！人家到处找你！

王大刚　我也是！

［外面传来了汽车的喇叭声。

洪腊娇　啊，车要开了！

王大刚　（性急火忙地）哎！（拿起香烟欲跑）

洪腊娇　（仿佛想起什么）大刚，回来！

王大刚　（转回）什么？

［洪腊娇扑上，在王大刚的面庞上亲了一下。

洪腊娇　（推开王大刚）去吧！

王大刚　在大伙的哄笑声中向众挥手告别。

［《祝酒歌》响起，歌声中，方景良等人向着远方挥手致意。人们高喊着："再见了！"

［方景良等在歌声和汽车开动声中，慢慢转向观众"再见了！再见！"

（全剧完）

（本剧在一九八四年杭州市剧协、杭州市电视台、杭州市广播电台、杭州市工人文化宫联合举办的国庆三十五周年戏剧作品有奖竞赛中，获创作一等奖。）

一九八四年八月完稿

望穿西子月

（大型无场次话剧）

作者寄语

我们每一个人的生活，
都有特定的归宿；
而一个人的价值，
在于他这一生做了些什么；
人生的路啊，通向光明，
也通向黑暗；
就看你怎样去把握。

艾伯尧
一九九〇年十二月十日

人物表

罗秋月　女，58岁，女佣。
王莉莉　女，19岁，某医院护士。
刘忠义　男，59岁，副科长。
刘小岗　男，32岁，博士研究生。
范长江　男，22岁，高干子弟。
杨光明　男，36岁，劳改释放人员。
文　英　女，34岁，某厂女工。
冯　耿　男，65岁，老知识分子。
肖平平　女，22岁，户地民警。
周　井　女，25岁，街道消毒员。
白炽腾　男，25岁，某厂工人。

序幕

[故事发生在现代的西子湖畔。

[一座普通的墙门里住着五户人家，中间是一个作为起居室用的公用大客堂。客堂的中间是一堵栏杆、很低、透过栏杆外面的空间，遥遥地看得见“平湖秋月”有如海市蜃楼般的全景。

客堂的两边厢房和厢房的后面住着人家。

大客堂里的陈设一切都显得杂乱无章，唯有靠中间的墙上挂着的耶稣教“十字架”比较显眼。我们故事里的一切都将在这里发生。

[中秋夜，深蓝的天空一轮明月半隐云端：灰暗的客堂亮着几盏小灯；冯耿的窗前放着一盆秋菊：刘忠义家门口挂着鸟笼；这里的家庭除王莉莉家显得格外豪华，其他均属一般水平。

[在深沉的音乐声中幕启：

[刘忠义手扶栏杆远眺平湖秋月的夜景，手握酒瓶引颈长饮；门口，周井的手臂正搁在刘小岗的肩上说着悄悄话；冯耿在窗前的台灯下写作；白炽腾手捧吉他在弹奏；王莉莉在疯狂地扭着迪斯科；文英跪在“十字架”前虔诚地祈祷；这一切都定格构成一幅静止的人物组合雕塑。

[灯亮：人物开始活动起来，文英呜呜地哭；白炽腾尽情地弹；王莉莉疯狂地扭；冯耿“乒”的一声关上了窗。

周　井　（摇摇小岗手）小岗，这鞋买不买呀？

刘小岗　一双鞋三百五十块，这值得吗？

周　井　乡巴佬，三百五十块根本就算不上什么高档货，人家正宗的名牌货要五六百呢！

刘小岗　哎哟，三百五十块还不算高档货？我的姑奶奶！

周　井　是一般的嘛，不信你问问大家，我说呀，你们知识分子就是酸。

刘小岗　你！……唉。

刘忠义　（边喝酒边哼京曲“探寒窑”中薛平贵思念王宝钏的一节）……

刘小岗　（翻口袋没几张钱，见父亲哼哼地往前面走过）爸，你身边有钱吗？（见父双手一摊，摇摇头）（刘忠义似没听见，夺下酒瓶在桌上一扔）别喝了！

刘忠义　（莫名地）怎么了？

[所有人都惊呆了，笑声、琴声、迪斯科都停顿了下来。

刘小岗　啊，对不起！今天哪，真不是个时候。

刘忠义　唉，又是中秋了，今年是最后一次了。（欲出去）

刘小岗　（同情而又不满地）爸，在家里待着不行吗？干吗一到中秋夜，就要去平湖秋月啊？

［刘忠义停了下又重新哼着“探寒窑”出门去了。杨光明提着行李灰溜溜进来，后面紧跟着女民警肖平平。

文　英　（惊喜地）光明！

杨光明　（羞愧地）文——英！（正要扑上去）

肖平平　（冷峻地）好了好了，两口子要热乎以后有的是时间，不过，话又得说回来，杨光明啊杨光明，今天，看起来是光明了，要是再不好好改造改造自己的世界观，等到三进宫了，那可不是三年五载的事了。

文　英　（战战兢兢）对！对！肖同志，你说得对，我们光明会改好的，（对十字架划着十字）万能的主啊！求你帮助我吧。

肖平平　（不耐烦地）得了得了！什么猪啊羊的，怪你自己不长眼睛，嫁了这么个东西！（对众人）杨光明刑满释放了，但这种人江山易改禀性难移！说不定什么时候还会再犯的，希望大家多看着点！

［周井见刘小岗只注意刚才发生的事，故意咳嗽了一声，刘小岗无奈进屋去找钱。

文　英　（伤心地）光明！你一定要争气呀！

杨光明　（痛楚万分捶胸大号）我不是人！

文　英　（心疼地抱住杨）光——明！

［杨、文抱头痛哭。刘小岗从屋里出来，把钱拍在周的手上。

刘小岗　喏，家里点现钱全都在这里了，二百三十四元五毛。

周　井　啊？才二百来块啊，让我买一只鞋是不是？我不要了！（把钱扔在小岗的脸上，“哇”的一声欲跑，几步后被刘小岗拉住。)

[定格。

[灯渐转暗，所有人又形成一幅静止的人物组合剪影。

[远处幽幽的歌声起。〈越腔〉

中秋夜，月桂瘦，
人生能有几多愁；
这户团聚颜未开，
那家离异添新忧。

[切光。

[灯复明：

[几天后的一个上午，刘家的鸟在欢快地歌唱，文英在“十字架”前祈祷，冯耿在窗前写作，刘忠义哼着京调出来喂鸟；王莉莉开大收录机在冯耿窗前大扭迪斯科，冯耿不耐烦地捂住耳朵，准备走出来干涉，刚到门口见王的屁股朝他扭过来，忙逃进屋去“乒”地关上了窗。

王莉莉 （吓了一跳）干什么呀？神经病！（再扭自觉没劲，停了下来，关了收录机）唉！完了，舞兴全没了（在冯的板壁上猛踢了一脚）这疯子！该死的神经病！（提着收录机进屋去了）

刘忠义 （提着气，哼哼地准备上班，见刘小岗的房子门还关着，敲了两下）小岗！小岗！太阳晒屁股啰，还不上班去？（见没动静自言自语地）一个堂堂的博士研究院，竟让一个女人弄得神魂颠倒，唉！（敲了两下）我早就看出，这小妖精不是个好东西，可你偏不信。想当初肉麻喽（学女腔）你是真正的白马王子，我是纯情的白雪公主。这不，花几千元连屁股都没挨上，现在倒好，为了一双鞋弄得天翻地

覆，这些青年人啊！唉……（看看表后提包包上班去了）

［杨光明一拐一拐地进院，将工具袋往“十字架”前一扔，气呼呼地吸起烟来。

文　英　（吓了一跳）你今天是怎么了？都吃生米饭了！

杨光明　（捶桌）这婊子养的，我真恨不得宰了他！

文　英　（小心翼翼地）我不是告诉你了嘛，凡事忍着点，人家是车间主任，你呀！

杨光明　忍？忍得了吗？上星期人家下班回家了，让我一个人往五层楼背水泥，星期天又叫一个人义务劳动掏粪坑，昨天派我随车当装卸工，结果扭伤了腿，今天一上班他还叫我去跟车……哼！

文　英　你就耐心地、细致地、好端端地向他解释嘛！告诉他腿被扭伤了，不能扛东西了。

杨光明　你以为我没说，可他听都不要听！

文　英　你就不会让他派个其他的活干吗？

杨光明　说了，连医生都看不下去出来替我说话，说不能走动，不能抬重物，要卧床休息。

文　英　主任怎么说呢？

杨光明　哼！他说好啊，咱们厂还缺个副厂长，赶明儿给你买张沙发，想坐想睡听其自便，可今天你在我这儿就得听我的，要干就跟车，不干就滚蛋！这不，就这么回来了。

文　英　（叹了口气）唉！在人檐下走怎能不低头？算了，再忍耐点吧。

杨光明　不去了，饿死也不去了！

文　英　仁慈的主啊，求你保佑了。（在胸前划着十字）

［白炽腾从外面进来，见光明一拐一拐地准备进屋里去。

白炽腾　光明大哥，我们三缺一搓麻将去，哎？你这腿怎么了？

杨光明　别问了，工伤。

白炽腾　我说呀，你去上哪门子班，如今这年月干部人人好当，工人个个难当。咱们当工人的什么劳动纪律、工作责任、产量质量，弄不好还要罚款，扣奖金、扣工资，瞧人家当干部的有些人是报纸、香烟、茶，上班吹牛打哈哈，工作又不想干，一心往上爬，上级看你顺，政绩算个啥？哪怕干不好，换个地方说不定还能升官呢！算了，还是听我的，做买卖去，这叫万般皆下品只有钞票好！杭州的丝绸闻名天下，运到深圳还不发财？

杨光明　你呀，脱裤子放屁，做生意，本钱呢？

白炽腾　嗨！这你就甭担心了，我自有办法。

杨光明　哈哈哈哈，你呀，一个空壳大少爷，有个屁钱？

白炽腾　别门缝里看人嘛，（附耳）财神爷就在你眼前。

杨光明　谁？

白炽腾　（指指王莉莉家）她！

杨光明　她？她是有钱啊，父亲遗产就十几万，那是人家的。

白炽腾　我的，懂吗？她的钱就是我的钱，咱们合伙干！

杨光明　（想了想）还是不行，单位里怎么交代？

白炽腾　嗨，莉莉在医院当护士，弄个长病假条还不容易？走！先去搓麻将，等莉莉下了班再合计合计。

文　英　光明，你上哪儿去？

杨光明　这——（犹豫）

白炽腾　嗨，女人家头发长见识短，咱男子汉大丈夫，去听她干吗？走！

［杨随白一拐一拐地下。

文　英　嗨，吃苦不记苦到头一世苦，真是。（坐下织毛衣）

王莉莉　（打开房门出来，打了个哈欠）小白！小白！听见他在说话，人呢？

文　英　造长城去了。

王莉莉　没良心的东西，连招呼都不打一个就溜了，哼！（进屋拨电话）喂，保姆介绍所吗？我是王莉莉呀……上次托你找个保姆都快一个月了……什么，已经来了，好好，所长啊，……嘿，谢谢你了……啊，不会的，我呀是当今世界上最好弄的人了……哎呀，上次那几个实在不像话，喏，头一个偷东西……偷什么？偷搽我的法国香水啊；第二个呢，偷懒，我呀一辈子最恨好吃懒做的人了；第三个更糟糕，看见我们小白长得帅，成天眉来眼去的看得我的心里直发酸呀，嗨，现在来的，只要她听话，所长同志，你就放心吧，拜拜！

白炽腾　（急匆匆上）莉莉！莉莉！（上气不接下气）

王莉莉　干什么啊？朝天嚷嚷的。

白炽腾　也不知怎么的，我一看垟门啊，这颗心咔咔地跳。

王莉莉　（莫名其妙）有这种事？

白炽腾　可不是？

王莉莉　为什么？

白炽腾　当我一看到这垟门，我就知道，你就住在这里面。

王莉莉　“废话！”（捅了白一拳）

白炽腾　真的，这是第六感觉。

王莉莉　少油嘴滑舌了，我问你，这两天有没有找过小寡妇张英英？

白炽腾　哎呀，有你这样又温柔又富有的美人儿在身边，别说张英英，哪怕是崔莺莺我也不稀罕！

王莉莉　（高兴地）真的？

白炽腾　骗你是小狗汪汪汪！嘿嘿！（嬉皮笑脸）莉莉，想跟你商量点事……

王莉莉　大概又输光了是不是?

白炽腾　不是不是，我一个同学他老婆病了，向我借点钱用，你知道我的钱——

王莉莉　（紧接上）都存到银行里去了，是不是?

白炽腾　对对对!

王莉莉　这话我都听过一百遍了，告诉你吧，我的钱也存到银行里去了。

白炽腾　我存的是定期的。

王莉莉　你呀，比我好，我存的是死期。

白炽腾　好了，莉莉，别逗了，这回不多（伸出四个手指）四千块。

王莉莉　放你娘个狗屁！我一个子儿也没了。

白炽腾　（嬉皮笑脸）真的?

王莉莉　谁跟你开玩笑!

白炽腾　嘿嘿嘿，骗谁呀，你爸爸留给你的遗产至少都有百八万元，这么快就没了，谁信呢?（见王不吭声）唉，你说你一个子儿也没有，怎么过日子呀?想想也不好意思，我花了你不少钱，要不，我回头还是跟英英商量向她那借点钱来。（欲走）

王莉莉　回来！我稀罕她的钱?

白炽腾　你不稀罕?我可稀罕呀，就算你不要，可朋友向我借钱，我能不管吗?（又欲走）

王莉莉　回来!（取出钱）喏！五百块!

白炽腾　（忙接钱）啊！这么点有啥用?

王莉莉　嫌少就还我!（伸手还钱）

白炽腾　（抓起手吻了一下）是不是?我说我们的莉莉是全世界最富有同情心的中国女性嘛，等我赢足了，我陪你上新马泰旅游。（后打一个飞吻）拜拜！

（忘了拿包包）

王莉莉　（对白背影）没良心的东西，你要是敢到张寡妇那儿去，我敲断你的狗腿！

［王莉莉手指一戳正好戳到提着铺盖行李刚进来的罗秋月的额头上，罗刚要开口，莉莉悻悻地走开了。

罗秋月　（朝后院一看，忘情地丢下行李惊叫）这不是平湖秋月吗？这里看得到平湖秋月太好了！平湖秋月！平……湖……秋……月……

文　英　同志，你找谁呀？

罗秋月　哦，（掏出纸片看了看，走到文英跟前）大妹子，请问这里是18号吗？

文　英　是啊，你找谁？

罗秋月　这儿有个叫王莉莉的吗？

［文英用手指指王。

罗秋月　（走到王莉莉跟前，看了半天）同志。

王莉莉　（冷冷地）什么事？

罗秋月　我们好像在哪里见过。

王莉莉　（漫不经心）是吗？说不定伊丽莎白女王你也见过。

罗秋月　噢，那倒没有，嚯！闺女，你长得真好看。

王莉莉　瞧！这世界简直乱套了，连老太太也学会了恭维人？可惜啊，你这么大年纪又是个女的，没胃口！（掏出一块钱丢在地上）

罗秋月　（拣起钱）你是王莉莉吗？

王莉莉　啊，到底是信息时代，连我的大名都调查得一清二楚，冲我有几个钱是不是？

罗秋月　瞧，把我当成叫花子了。

文　英　喂！要饭的，你还不走？

罗秋月　不走了。

王莉莉　你们看看，现在的叫花子这胃口有多大，给她一块钱还嫌少，喂！要是嫌少的话就还我吧。（伸手还钱）

罗秋月　不还。

王莉莉　不还？（恼火地指外面）就开你的路。

罗秋月　不走，我呀，就在这儿安家啰。

王莉莉　那好，我让了你行了吧。（起身进屋，见罗提着行李要跟进房来火了）喂！你想干什么啊？

罗秋月　嘿嘿。（掏出介绍信）姑娘啊，跟你开玩笑，我是保姆介绍所介绍来给你做保姆的，喏，这是介绍信，这是身份证。这是……

王莉莉　得得得！怎么？原来你就是新来的保姆？（仔细打量罗）哈哈……（笑弯了腰，不无讥讽地）这个保姆介绍所也真是，哈哈……

罗秋月　（自鸣得意地）是不是，那个所长说你找了好几个保姆都不称心，我就琢磨着，说不定你正在等我呢！

王莉莉　是啊，像你这样的宝货上哪儿去找啊？

罗秋月　我就知道你会喜欢我的。

王莉莉　啊，你还真会饶舌。（脸色陡变厉声地）滚吧！什么德行。

［把身份证扔在地上。

白炽腾　（急匆匆地从外面进来）莉莉，我忘了拿皮包了，（见罗）她是谁啊？

王莉莉　见识见识，这就是新来的保姆！

白炽腾　（托着下巴啧着嘴，像欣赏一件古玩）哪来的出土文物？

罗秋月　出土文物？嘿嘿，那至少比奶油冰棒值钱呐。（捡起身份证）

白炽腾　你！好了，走吧走吧，老子没时间跟你磨牙！嗨，这个保姆介绍所也真是，就不会找个十七八岁的漂亮姑娘，偏偏弄来这么个老霉干菜。

王莉莉　（似乎想到了什么）怎么？再来个年轻漂亮的让你无法无天？是不是？（对刚要出去的罗）回来！就凭他这句话，我把你留下了。

白炽腾　莉莉，你——

王莉莉　怎么？钱是我付的，我愿意顾谁是我的事，你管得着吗？

白炽腾　（莫名其妙地）唉……

罗秋月　谢谢！莉莉姑娘。

王莉莉　（指白）你去谢谢他吧！

罗秋月　谢谢这位师傅！（不无得意地朝白扮了个鬼脸）

[白炽腾狠狠地瞪了罗一眼，拿起皮包走了。

王莉莉　（坐上首跷起二郎腿）罗妈，你过来！

罗秋月　噢！（站在王跟前，见王露出大腿，忙将王的裙摆往下拉了拉）姑娘家露出大腿不好看。

王莉莉　不用你管！

罗秋月　是真的。

王莉莉　（恼怒地）废话！你少管闲事。

罗秋月　嘿嘿，让你说着了，人家都说我什么都好，就是爱管闲事。

王莉莉　你多大年纪了？

罗秋月　还小呢，今年才68岁。

王莉莉　啧啧，哎哟，我的妈呀，68岁了还小，你们家没儿没女了。

罗秋月　有，我有个儿子，待我可好哩。

王莉莉　那为啥还出来做保姆？

罗秋月　不瞒你说，我们家乡遭了水灾，方圆几百里的庄稼都淹了，房子大部分都塌了，家里养的鸡、鸭、猪、羊也都冲走了，还死了几十个人呢，眼下，所有的人都在抢险救灾，就剩下我们这些老婆子在家，我寻思着总得给大伙干点什么吧，听说杭州城里雇保姆。这不，我就纠集了十六个老婆子进了杭州。

王莉莉 十六个老婆子？

罗秋月 是呀，叫城市服务队，我是队长。想赚点钱回去，赶在过冬前给乡里敬老院的那些孤寡老人每人添床被子，棉衣什么的。你知道吗？那场洪水可猛了，把敬老院的东西全给冲走了，喏——

王莉莉 （打断）好了好了，谁听你这些，你手脚干净吗？

罗秋月 （看看手）不干净。

王莉莉 （跳起来）什么？

罗秋月 我刚下车还没洗过。

王莉莉 唉，这个乡巴佬也真是，我问你会不会偷东西？

罗秋月 会的，会的。

王莉莉 啊！（惊起）

罗秋月 我跟我哥常爬到我大伯的树上偷枣吃。不过那是小时候的事了，姑娘，你可不要生气啊，年纪轻轻的，会伤身体的。

王莉莉 （松了口气）那现在呢？

罗秋月 嘿嘿嘿嘿，这么大把年纪，树越长越高了，爬不上啰！

［王莉莉点上一根烟。

罗秋月 （惊异地）你吸烟？

［王将烟喷到罗脸上。

罗秋月 姑娘家吸烟会伤身体，女人吸烟也不好看。

王莉莉 你以后少管我的闲事！

罗秋月 吸烟还浪费钱的。

王莉莉 钱？哼，一根烟不过五六毛钱。

罗秋月　姑娘，你知道吗？我们那儿庄户人家一天的花费最多也不过四五毛钱呢。

王莉莉　得了得了，那是你们庄户人家的事，以后做事勤快点，早上买菜、做饭、整理床铺，中午烧菜、洗碗、打扫院子，晚上擦地板、烧洗脚水，保证安全，还要买米、换煤气，你干得了吗？

罗秋月　干得了，干得了！

王莉莉　一瓶煤气有七十几斤重搬得动？

罗秋月　搬得动。（见王将信将疑，巡视周围，找不到重物，跑到王身后，一把将王抱起在屋里打着转，吓得王哇哇叫。）

王莉莉　哎呀！你放下，快放下！别闹了，你干什么呀，快放下！

［灯暗。

［灯复明。

［又一个上午，刘忠义的小鸟在欢快地歌唱、冯耿屋里还亮着灯，冯耿趴在桌上睡着了。文英坐在十字架前祈祷。着便服的肖平平领着提着行李的范长江上。文英忙溜进屋去。

肖平平　范长江，就是这间院子，你的住房在后面，这里是公用客堂，可以吃饭洗东西。

范长江　（看房、院子）好！好！这里好！他们不会找到这儿来的。

肖平平　你这人也真怪，人家想有个高干爸爸求都求不来，可你却偏要离开他们。

范长江　不离开他们行吗？你知道吗？我都快成了他们鸟笼里的金丝鸟了，还有我父亲身边的马屁精，巴结了我父亲还不够，就像我爸爸肚子里的蛔虫一样，他们会绕上九九八十一道弯揣测着爸爸心里想些什么，想方设法地围着你转，让你干什么都不自由；还有些人今天送这、明天送那，这个托你找爸爸批条子，那个托你找爸爸说人情，还有那些无穷无尽的应酬，唉，简直让你无法过日子。

肖平平 （摇摇头）唔！看不出来还有点骨气嘛！

范长江 可你得答应我，你是我最要好的同学加朋友，可千万不能出卖我哟？

肖平平 哈哈哈哈，放心。走，看看你的住房去。

范长江 （看见睡着的冯耿）啊？原来冯老师住在这儿。（欲悄悄地进屋）

肖平平 （一把拉住长江）怎么？他是神经病呀！

范长江 瞎扯！他是位学者。

肖平平 学者？你认识他？

范长江 我们在图书馆里早就认识了，在建筑学方面，他是老前辈，还是我的指导老师。（说着悄悄地进屋替他盖好衣服，然后同肖平平进后院去了）

罗秋月 （从外面买菜归来，把一杯豆浆和两只包子放在冯窗前）哎呀，这老爷子怎么了？大概又是一夜没睡了，唉！大妹子，大妹子啊！

文　英 （从屋里出来）罗妈，你回来了？

罗秋月 这是你的味精。（递上）

文　英 谢谢了，每天都让你捎这捎那的，真不好意思呀，怪不得大家叫你老公仆呢。

罗秋月 这左邻右舍的，顺便捎点东西还不应该嘛。哦，这老头子怎么就一个人？

文　英 他呀，一个孤老头子，要么两天两夜不睡觉，要么睡上两天两夜。有时哭，有时笑的。

罗秋月 连亲戚也没有？

文　英 说起来怪可怜的，从前家里很有钱，到英国一个叫什么剑桥大学留过学，听说还是个博士呢，后来也不知怎么搞的打成了右派，在农场待了十几年，老婆也跟人走了，连孩子也送了人，这么一来（指脑袋）就出毛病了。

罗秋月 噢，那靠什么生活呢？

文　英 后来落实了政策，每月也不过百把块钱工资，可一半都买了书，成年累月躲在屋里写呀写呀，没日没夜，一个好端端的人硬是自己糟蹋了。

罗秋月 那得劝劝他呀。

文　英 劝啥？他是文疯又不是武疯。再说，脑子有病的人劝了又有啥用？

罗秋月 唉，也真是。

［文英开始祈祷。

罗秋月 你信这个？（指十字架）

文　英 （不好意思地）是呀，本来我不信，自从光明坐了牢，他们告诉我，这都是上帝安排的。后来我就信上了，你别说还真灵哩，我天天祈祷，求上帝保佑光明早点出来，这不，如今提前了半年哩。这话可不能对那个户地警说唷。

罗秋月 你放心，不会的。对了，邮递员送来一封信。（走到刘小岗门口敲敲）小岗！小岗！有你的信！

刘小岗 （衣冠不整，睡眼惺忪地从里屋走出来）老公仆，你说什么？

罗秋月 喏，你的信。

刘小岗 （急忙拆开）亲爱的岗：

也许是我的不对，但也算不了什么过错；

爱情的小舟总会遇到波澜，

风浪过后又是何等的快乐；

天边那座小小的山岗，

映进了我这口深深的小井，
明天，明天你等着——
上帝会派来天使，
带给你美满的祝福。
吻你——巍巍的山岗，
等着吧，等着你的那深情的小井。
（独白）等着吧，等着你的那深情的小井！
[这时冯耿醒了，被信感动了。

冯　耿　这，这是什么玩意儿？

刘小岗　（神采飞扬，高兴地拉起罗）罗妈！谢谢，你是上帝的化身，你是世界上最伟大的信使！（刘小岗拉着罗扭起了迪斯科，而罗妈不会，但跟着扭起了古老的秧歌）

罗秋月　岗岗，看你高兴，我呀也高兴啰！

刘小岗　（旁若无人地编起了赞美诗）啊，有时她冷酷得像冰川，
可有时热得像天际的圣火。爱神啊；
有时像海市蜃楼样缥缈，
有时又深深地钻进了你的心窝，
为了摘取这艳丽温馨而又带刺的玫瑰啊——
差点儿把我的心儿扎破。
有了她，我拥有了整个世界，
失去她有如国王失去了山河。
（走到文英的十字架前双手合十）
仁慈的主啊，小岗向你虔诚地祈祷——帮助我吧！阿门！
帮我把金瓶似的小井，
搬上我那小小的山坡。
阿——门。
[肖平平和范长江从屋里出来，看到这一切。

冯　耿　什么乌七八糟的东西？我在这窝囊的大杂院里住了十几年，今天我居然闻到了十九世纪西方文明的气息，不可思议，不可思议呀！

肖平平　（厉声地）文英，你在搞什么迷信活动了？

文　英　没，没有哇。

刘小岗　（无不讥讽地）噢，是民警阿姨啊，是我们围着玩玩的。

肖平平　文英，你男人不去上班，听说到广州做生意去了？

文　英　这？嗳嗳……

肖平平　好端端的工作不干，去跑买卖？小心三进宫！回来后让他到派出所来一下！

文　英　哎！

肖平平　你们这两个宝贝呀，真是蟑螂配灶鸡一对好夫妻。（狠狠地）江山易改，禀性难移！

范长江　（见气氛紧张，便走到冯耿身边）冯老师！（握手）

冯　耿　（一怔）哎呀！是你？小范同志；你还真会找呀！哈哈哈哈……

范长江　是呀，你不肯告诉我家里的地址，现在我不但找到你了，而且还要和你做邻居呢！

冯　耿　真的吗？

范长江　真的，我都搬进来了，就住在后院那间厢房里。

冯　耿　好小子，哈哈哈哈，走！去看看。

范长江　平平，谢谢你的帮助，有空常来玩。

肖平平　好！生活上有什么困难就随时告诉我一声。

范长江　啊，你大概不会把我关进第二个鸟笼子吧。

肖平平　去你的！

范长江　回见！（与冯耿去后屋）

肖平平　回见！（见罗秋月威严地）喂？你是谁？

罗秋月　我正要问你呢，你是谁？

肖平平　我是管这个街道治安的，你是谁？

罗秋月　主人吩咐我，让我分管这个垟门的治安的。

文　英　（向肖）她叫罗妈，是王莉莉请来的保姆。罗妈人挺好，很热心，我们大家都叫她老公仆……

肖平平　得得得，人挺好，你能打包票？连自己的男人都是二进宫，你还敢为她打包票？越是人好，越是可疑，越是热心，越有问题。现在社会上盲流人员很多，什么小偷、骗子、流窜犯的乱七八糟什么都有，是不是？

文　英　是是是，罗妈，她是派出所的户地警。

罗秋月　狐狸精？（装重听）

文　英　户——籍——警——！就是民警！

罗秋月　（恍然大悟）噢，我懂了，是民警。

文　英　哎，对了！

罗秋月　啾，我们乡里也有民警，那可是穿警服、戴大盖帽挺精神呢！城里的民警怎么就不发衣帽啊？

肖平平　这……（知道军容不齐有些尴尬但仍不失威严地）喂？有身份证吗？

罗秋月　有，没有身份证还行？（掏出身份证递上）

肖平平　谁介绍？

罗秋月　保姆介绍所呀。

肖平平　办理过临时居住证吗？

罗秋月　没有，居住还要证？我们乡下从来不办这玩意儿。

肖平平　（得意地）好了，没有临时居住证是违犯治安条律的，懂吗？办好了居住证再到派出所来取身份证。

［扬扬手上的身份证走了。

罗秋月　啾！啾！小妹子啊，不能走，你还我身份证啊，这可不是

闹着玩的！（追下）

文　英　（自言自语地）唉！也真是，年纪轻轻的，不就当了个民警就得理不让人，这回又够老太太受的啰！

［王莉莉挽着白炽腾的手臂上。

王莉莉　呵唷！我累死了！（把皮鞋用脚脱了，扔在地上喊）罗妈！罗妈！给我打洗脚水，罗妈！（见没动静）耳朵聋了？罗妈！这该死的东西，死到哪儿去了，哼！吃我的饭，拿我的钱，成天为人家跑腿！

白炽腾　（替王轻轻地捶背推拿）我早说过，这种乡巴佬怎么能给你当保姆呢？

王莉莉　我非得好好教训她不可！我前脚走，她后脚跑，瞧！连房门都不关，唉，真是越来越不像话了！

白炽腾　依我看，扣她一个月的薪水，看她还敢不敢！

文　英　（冷冷地）是户籍警说她没办临时居住手续，把她的身份证拿去了。

王莉莉　（气愤地）活该！

文　英　她向肖同志要身份证去了。

王莉莉　噢，对了，文英姐，光明走了快半个月了，来信怎么说？

文　英　他说事情都办好了，就这几天要回来了。

王莉莉　哎，怎么样？

文　英　他说——

［王莉莉劲头来了，赤着脚跑到文英跟前，白炽腾忙将皮鞋送了过来，一面偷听。

王莉莉　（用拇指和食指磨磨）来了几张？（见白偷听，抓起皮鞋猛击白头）去！

文　英　（白了王一眼）信上可什么也没说呀。

王莉莉　啊？别把我那两万块血本给赔上了哟？

文　英　这可说不准啊，做生意嘛，总是有赚有蚀，从来就没有十拿九稳的，何况如今的生意越来越难做了。

王莉莉　那可不成，我那两万块钱的血本要是少了一分，文英姐，我是不会跟你善罢甘休的！

文　英　小王，这是什么话。当初，我有没有劝过你，不要借钱跟他合伙做什么生意，可你偏不听，如今怎么能责怪起我来了。

王莉莉　唉，都怪我，千不该万不该不该做什么生意！（朝白猛打猛踢）都是你！都是你这吃里爬外的东西！

白炽腾　（拼命地躲闪，在屋里追来追去）哎哎哎……钱是你给的，谁让你财迷心窍，如今倒怪起我来了！

王莉莉　（忙跑到十字架前，见十字架"嗵"地跪下乱划十字）万能的上帝呀，求你保佑我那两万块的血本吧，两万块呐！

［王莉莉呜呜地哭了起来。

杨光明　（风尘仆仆提着大包小包上，见状）哟，你们这是怎么了？

文　英　光明！

杨光明　文英！

白炽腾　（惊喜地）莉莉，你看！

王莉莉　（见杨光明神采奕奕，惊喜地）哟！光明哥！

白炽腾　（略带讥讽地）啊，我们的暴发户回来了！

王莉莉　怎么样，还顺利嘛？

杨光明　嗨，我杨光明什么人，从来不做没把握的生意，深圳这地方只要脑子灵活，生意还是好做，就是开销大。

王莉莉　我的天哪，差点把我吓死了！

白炽腾　这趟一定赚了不少吧？

杨光明　不过七八千吧。

王莉莉　（惊喜地）真的？

杨光明　不过我也来之不易呀，又担风险，又劳累，又赔笑脸又受罪，上帝保佑总算没有白跑。

白炽腾　（拍拍杨肩）杨大哥，这次我可有一半功劳哟。

王莉莉　放你娘个屁！还不是信你姑奶奶福星高照！

白炽腾　还有我出的主意！

文　英　别忘了世上的一切都是上帝安排的。

白炽腾　看看带回些什么？（翻包取出一件三点式泳衣）

王莉莉　（一把夺过往身上一比试跳起来）哇！太棒了，这个我要了！（接着也埋头翻包）

白炽腾　（继续翻包，把几包烟偷偷地往口袋里装）光明哥，我小白没有功劳有苦劳，没有苦劳有疲劳，总不能……

杨光明　放心，亏不了你！（摸出个打火机给白）喏！这个给你了！

白炽腾　（摆弄打火机）唔，这还差不多！（欲再翻包）还有什么？

王莉莉　（一把推开白）还有你个头！

文　英　喂喂喂，这包到底是谁的啊？好像一伙拾垃圾的！不是我天天在上帝面前保佑你，哼！

杨光明　别着急，少不了你的，老婆同志。（取得一条牛仔裤来）

文　英　（高兴地拿裤在身上比试着）莉莉，这裤你说我穿得出去吗？

王莉莉　（头也没抬）穿得出去，瞧人家香港七老八十的老太婆都是大红大绿的。

文　英　穿得来最好了！

王莉莉　（翻完包）光明哥，你赚了钱，可咱们是有话在先哟。

杨光明　这你就放心，我光明向来说一不二，（取出两叠钱）喏，这是你的那两万块钱如数归还。

［白炽腾伸手去接，被王狠击了一下。

杨光明　喏，这三千块是你投资应得的红利！

王莉莉　（惊喜地拍了杨的肩膀）啊！够朋友！（肆无忌惮地在杨的脸上“叭”地亲了一下，然后低头数钱。）

[杨光明十分尴尬，文英和白炽腾惊得目瞪口呆。

王莉莉　（扬起手中的钱）我们的光明万岁！钞票万岁！今晚，我请客！罗妈！罗妈！

罗秋月　（内声）来了来了！

王莉莉　把手提包给我拿来！快点！

白炽腾　（轻声地）莉莉，（用食指和拇指磨磨）给点！

王莉莉　（大声嚷嚷地）还想要钱啊？没门儿！

白炽腾　（看着光明和罗妈）谁说过要你的钱啊。

王莉莉　罗妈把风衣拿来！

[罗妈刚到门口又转身。

王莉莉　把摩托车帽子拿来！

[罗妈刚回到门口又转身。

王莉莉　（看着皮鞋）把鞋刷拿来！

[罗妈再转身。

王莉莉　还有香烟，打火机。（稍停）别忘了手表、口香糖，快点嘛！

罗秋月　来了来了！（大马猴似的转悠了一阵子捧着一大堆东西出来）我都快成陀螺了！（弯着腰向王）哎，要不要带上这个小白脸啊？

王莉莉　去你妈的！

罗秋月　（朝白扮了个鬼脸）哎？她不想带你去！（说完三步两步地逃进屋去了）

[灯暗。

[灯复明。

[又一个清晨，刘忠义的小鸟在欢快地歌唱，刘忠义在喂鸟，

冯耿趴在窗前睡着了，罗妈从外面买菜回来，从篮里取出酒来。

文　英　（提包急急忙忙从屋里出来）罗妈，我睡过头了，赶着上班去，这牛奶——

罗秋月　放着吧，等会儿我去拿！

文　英　谢谢了。（匆匆地上班去了）

罗秋月　老刘，喏，你的酒。以后啊，少喝几杯吧，这东西没好处的。（又掏出两个包子和杯豆浆来到冯窗前）哟，这老爷子又是一宵没睡了，这么搞下去怎么得了？

刘忠义　他呀，睡不睡、吃不吃都无所谓，长年累月喜怒无常的。老嫂子，以后可得小心点啰，他是个神经病。

罗秋月　我？嘿嘿，六十好几的人了，怕啥？依我看他不像神经病。

刘忠义　总之还是小心点好。

冯　耿　（仍趴在桌子上，却大呼）回来！你回来！儿子是我的，你不能把他带走！（捶桌大哭）还我儿子，还我儿子！我会把他养大成人的……

刘忠义　瞧，又开始发作了，这种病类秋季节最容易复发的。

罗秋月　（急呼）老冯！老冯！你怎么了？

冯　耿　（睡眼惺忪地打了个哈欠，看表）唷，快8点了。

罗秋月　你在叫喊些什么呀？太阳都晒肚子了，起来吃点东西吧！

冯　耿　我叫喊过？没有啊。（走出房门看见包子、豆浆）大妹子啊，谢谢你了，天天让你这个老公仆给我买早点，实在不好意思。

罗秋月　这有啥？我看你呀，瘦得像片鱼干了，还没日没夜地写呀写呀，感情是不要命了。

刘忠义　（讥讽地）人家十年寒窗中状元，他呀，都快40岁啰。

罗秋月　40年？那你成年累月地摸咕些什么呀？

冯　耿　写书呀。

罗秋月　写书？

冯　耿　对！

罗秋月　什么书？

冯　耿　辞典。（见罗不懂，耐心地）嗯，就是那个（说起写作立即神采飞扬起来）一部“中华建筑大辞典”，建筑就是造房子，懂吗？

罗秋月　懂！懂！要写20年？

冯　耿　是呀，一本近六百万字的巨著。其中包括古代的、近代的、现代的。尤其是现代的，你知道这要收集多少资料？不但要系统、全面，而且要绝对地准确。

罗秋月　这书有用？

冯　耿　当然啦，我们中国的古建筑是一份珍贵的遗产。新中国成立前除了梁思成夫妇写过一部《中国建筑史》。新中国成立后的那些年，我们的建筑技术大多是苏式的，连大学、中专的教科书都是套用苏联的。可是，我们中华民族应当有自己的“建筑大辞典”啊。大妹子，你懂吗？

罗秋月　（似懂非懂地）噢，是这么回事。

冯　耿　（端起豆浆喝了一口，又想起什么）哎呀！（拍拍后脑勺）昨天跟人约好去图书馆查资料，怎么忘了。（急忙下）

罗秋月　嗳！早点不吃了？

刘忠义　我跟你说，（指脑袋）他这儿有毛病。

罗秋月　我看你也好不了多少，中午白干、晚上白干。瞧你，脸皮发黄、嘴唇发白、眼珠发红、眼圈发黑，要这么下去呀，迟早！

刘忠义　嘿嘿！听你这口音挺熟悉，是哪里人啊？

罗秋月　我呀，椒江人，我们那个村名最好记了，叫辣椒村。

刘忠义 （一愣）辣椒村？

罗秋月 你去过？

刘忠义 噢，没有，这村名倒是挺熟悉，唔…………嗨，年纪大了，记不起来了，你老伴是干什么的？

罗秋月 以前是师长，林场场长，十五年前降级了，去当他的团长啰！

刘忠义 几个孩子？

罗秋月 就一个，还是那死鬼生前的老婆生的，我在38岁才结的婚，生过一个女孩，“文化大革命”的时候我们都进了牛棚，还以为活不成了，就送给人家了。

刘忠义 嗨，以后没找到？

罗秋月 那人是个大资本家，儿子在美国当教授，是尼克松访华时上面打招呼放出来的，人挺好，我们就托给他了，这么多年了，我们女儿都19岁了，算算见了面也不认识了，到哪里找去？

刘忠义 那倒也是，唉，人呐，这一辈子，就像一场梦噢。（敲敲烟斗）

罗秋月 （见刘手上的烟斗惊呼地）哎！老刘啊，你这烟斗倒是挺别致的。

刘忠义 （看看手上的烟斗得意地）噢，你这挺识货，这宝贝跟了我40年了，正宗的美国货！

罗秋月 （有所感触地）让我看看，行吗？

［刘忠义递过烟斗。

刘忠义 一个朋友送的。

罗秋月 噢！（所有所思地）你以前是干什么的？

刘忠义 我呀，一直在民政局，当了三十八年的副科长，一辈子没出息，嗳，快退休啰。

罗秋月　没出息？儿子都当了博士了，老刘啊，你福气唷！

刘忠义　福气个啥？低三下四地一辈子，不过话得说回来，我什么都不及人家，就他妈的儿子争气！这次小岗研究所给他分了个大套房子，我说我老了不想搬家，这破院子我已经住了几十年了，习惯了，你搬过去住吧，听我这么一说，这小子把房给退了，说我为他操劳了一辈子，要永远和我住在一起，哈哈哈哈……

罗秋月　嗯，这孩子挺懂事的，哎，近来，你那毛脚媳妇怎么样了？好久没来过了。

刘忠义　谁知道？管她……

罗秋月　那你得去问问呀。

刘忠义　问啥？这门亲事，我是压根儿不赞成，可有啥法子？谁让那姑娘的父亲又正好是我们处长？顶头上司，唉！

罗秋月　处长又怎么样？你又不犯法。

刘忠义　话是这么说，可处长管科长还不是老子管儿子，反正跟你也讲不清。

［周井从外面进来。

周　井　小岗！小岗！哟，刘伯伯。

刘忠义　（笑容可掬地）嗳嗳，小周，是你来了。

刘小岗　（从里屋出来，激动地）周井，你来了？

周　井　（娇嗔地）信收到了？

刘小岗　嗯。

周　井　（旁若无人地搂着小岗的脖子）还生我的气吗？宝贝。

［刘小岗深情地望着周井摇摇头。

周　井　（甜甜地）真的？

刘小岗　（真挚地）真的。

周　井　嗯哼哼，我的小——猫——咪！

[在刘的脸上很响地亲了一下。

[这一切让刘忠义和罗秋月看呆了，当周井回过头来时，两个人立刻转过脸去，装作什么也没发生，刘忠义敲敲烟斗站起来哼京剧：“这小子搞得是什么鬼花样。”

周　井　（朝刘忠义扮了个鬼脸）小岗，今天天气真好，我们出去兜兜风。

刘小岗　（犹豫地）现在？

周　井　嗯，难道你又不乐意吗？

刘小岗　（为难地）这……那好吧。

刘忠义　我说小岗啊，今天你又不去上班了？

刘小岗　这——

周　井　（走到刘忠义跟前）怎么了？刘伯伯，这点面子也不给？

刘忠义　（显得尴尬，唯唯诺诺地连连哈腰）嗳，小周，这——

[周井看见刘的样子，笑弯了腰。

刘小岗　井，你怎么了？

周　井　瞧你爸爸那模样，好滑稽，好滑稽。哈哈哈哈，哈哈哈哈……我说，刘伯伯，见了领导点头哈腰，见了你未来的儿媳妇怎么也来这一套哇？噢，我知道了，可能是习惯动作吧，习惯成自然嘛，瞧你这一辈子下来，腰都哈弯了。

刘忠义　（怒）你……（转而又尴尬地笑脸相迎）嘿嘿嘿嘿，小周真会开玩笑。

周　井　开玩笑？小岗，你知道单位里管刘伯伯叫什么？小毛骡！

[刘忠义显得十分难受伤心。

刘小岗　爸爸！

罗秋月　（忍无可忍）我说你这姑娘啊，对长辈太不像话，没大没小的……

刘忠义　（深沉而又痛楚地）大妹子，不要去责怪她，我呀，已经习惯了。

周　井　（得意地）是不是，我就说习惯成自然嘛，小岗！（挽起小岗胳膊）我们走。

刘小岗　（看看父亲）这？

周　井　（推了他一把）走吧！

[刘小岗和周井下。

罗秋月　老刘，你好些了吗？

刘忠义　没什么，没什么。（歇斯底里地捂脸饮泣）

罗秋月　老刘！老刘！你怎么了？（前去拉刘看到脖子上的伤疤一怔）真的是他？（又看看手上的烟斗，无限感慨地回忆起四十二年前的往事来）

[灯渐暗，舞台一角束光下呈现出解放战场、枪声、军号声、喊杀声响成一片。年轻的罗秋月背着救护包冲上来，另一个年轻小战士刘忠义高喊："扑倒！快扑倒！"刘一面扑上去把罗按倒在身下。"轰"的一声炸弹爆炸了，罗安然无恙，而刘脖子受了重伤，罗扶起刘为他包扎。

罗秋月　同志，谢谢你救了我。

刘忠义　（憨厚地笑笑）你这么小就参军了？

罗秋月　小？都十六岁了，你呢？

刘忠义　过了年十七岁，你叫什么名字？

罗秋月　我的名字挺好记，叫罗秋月，你呢？

刘忠义　我叫刘忠义，你是浙江人？

罗秋月　对呀，你怎么知道？

刘忠义　听口气呗，我也是浙江人。

罗秋月　真的？那我们是老乡，浙江什么地方？

刘忠义　杭州，杭州你知道吗？

罗秋月　听说过。听我爷爷说的，那是个好地方，天堂一样美，是吗？

刘忠义 对！那你呢？

罗秋月 辣椒村！你知道吗？

刘忠义 （失望地摇摇头）不知道。

罗秋月 咳，你呀，真是，连辣椒村都不知道！

刘忠义 属于哪个县、哪个乡？

罗秋月 （想了半天摇摇头）说不上。

刘忠义 （吃力地）你呀！（又昏过去了）

罗秋月 （大声地）喂！担架队！这里有人负伤了！（看看刘）同志！小刘，坚持住！担架马上来了！（见小战士手中的烟斗拿起来仔细地看，吸了吸。）

刘忠义 （清醒过来）你这没走？

罗秋月 我得把你送上担架。唉，你这么小就学会了抽烟？

刘忠义 （挣扎着夺烟斗）你还我，这是我在一个国民党师长那儿缴来的。

罗秋月 怎么不交公？

刘忠义 这烟斗好看，想带回去给爷爷用，是我们连长同意的。嗳，小老乡，我伤得重吗？

罗秋月 恐怕要进野战医院。

刘忠义 （失望地）咳，那咱们以后恐怕见不着面了。

罗秋月 （有些伤心）我会记住你的。

刘忠义 （盯着罗半晌）你长得真好看。

罗秋月 你喜欢？

[轰的一声炮声，俩人紧紧地抱在一起，伏倒，罗将刘扶起。

罗秋月 瞧，担架队来了！我背你下山！（背起刘跌跌撞撞地）

刘忠义 嗳，小老乡，你记住，我家住在杭州的城里，等打完了渡江战役，等全国解放了，那时候，在我们杭州的平湖秋月见面，怎么样？这地方好记，因为你的名字叫秋月。

罗秋月 平湖秋月，嗯，什么时候呢？

刘忠义 哎呀，这可说不准，战争还没结束呀，这样吧，从明年起，每年的中秋节晚上，怎么样？

罗秋月 行！每年的中秋节晚上，平——湖——秋——月。

[切光。

[灯复明，罗秋月从遐想中回到现实，抹抹泪花。

罗秋月 （自言自语地）老了，我们都老了，（用手摸摸刘花白的头发，深情地）老哥哥！老哥哥！别这样，年轻人不懂事，还是自己身体要紧。

刘忠义 （痛苦不堪地苦笑）哈哈哈哈，哈哈哈哈……（然后又呜呜地哭了起来）

罗秋月 （急切）老哥哥！老哥哥！你怎么了，啊？小孩子的话你千万别当真呀。

刘忠义 不！大妹子，我虽然活了五十九岁了，可我活得窝囊，也活得太吃力了，多少年过去了，在民政局当了三十几年的科长，却一直带着个副字。

罗秋月 那是为什么？

刘忠义 在渡江战役时，有一次让我押送九个俘虏去团部，有个敌旅长一路上跟我捣蛋，不是大骂共产党，就是赖着不走。一会儿说腰疼要我背他，一会儿吵着要喝酒，我就举起枪吓唬他说，你再不老实就毙了你！可那个俘虏啐了我一脸唾沫，还说，你毙呀！毙呀！不毙是龟孙子，妈的，当时，我火冒三丈，不知什么时候我已经扣动了扳机，把那个旅长打死了。回到团里关了三天禁闭，后来就派到炊事班。五二年又到了朝鲜战场。炊事班长也是浙江人，三八年参加革命，原来是个营长，他告诉我，整风时由于提了上级的意见，被撤职安排到炊事班当班长。唉……这件事对我触动很大，打那以后，我的脾气改了，什么事情都是不折不扣地按照上面的精神办了，在以后的搞反右运动中我按照领导的意图违心地揭发了那个炊事班长，那时他是我们单位的党委书记，把他推进了监狱。“大跃进”时，我不知砸了多少人家的锅台，拆了多少人家的门板，动员了五十几个人，在小高炉前日夜折腾了七天七夜，烧出了四刃钢渣，当时，我知道人人都在骂我、恨我，我偏要用红绸布包了，敲锣打鼓地把这四刃钢渣送到市委去报喜，领导为我戴上了大红花，可我心里明白，又有多少人正在为没有铁锅做饭而发愁呢？可我还是这样做了，唉——

罗秋月 是呀，那些年我们做了多少蠢事呀，还有那十年浩劫，全中国都成了疯人院，那些年轻人不懂事，可那时，我们这些老共产党员呢？全国有三千多万共产党员啊，如果我们不是那样患得患失，如果三千万共产党员都具有高度的政治觉悟和崇高的革命责任性，怎么会让一小撮“四人帮”在人民头上肆虐了十年，整整的十年啊！四十年代我们打败了日本鬼子，推翻了蒋家王朝，建立了新中国，而在几十年的社会主义建设中，我们对人民是欠了债的，你说呢！

刘忠义 （内疚地点点头）是呀，就拿我来说吧，这几年来，为了获得一个安定的生活环境来培养让我送进监狱的那个老班长的儿子，也就是现在的小岗，我处处小心翼翼，天天看人家脸色行事，拼命地保住这个可怜巴巴的副科长职位，不仅意志衰退了，把一个共产党员混同成普通的老百姓，而且连自己的人格、个性都扭曲了，这些年来，我从来没就没挺起过腰杆。唉！说这些干什么，还有一年时间就退休了，窝囊了一辈子，连个媳妇都没娶上。只有一样是值得欣慰的，就是把小岗培养成了博士生。死了对老炊事班长也有个交代……（说着，痛泣不已，朝屋里奔去）

罗秋月 老哥哥！老哥哥！……

［灯暗。

［灯复明：

［刘家的鸟在歌唱，文英在洗一条大鱼；王莉莉打着哈欠从屋里出来。

文 英 莉莉，你今天休息？

王莉莉 请假，天天跟病人打交道没劲！

文 英 那倒也是，瞧你要多自在有多自在，住的是自己的房，又有钱。

王莉莉 唉！各人有各人的苦衷，家家有本难念的经，哟，买了这么大一条鱼呀！

文 英 不是买的，是我妈看我没买菜给送过来的。

王莉莉 哎，你呀，真有福气，有妈妈、姐妹，自己都三十几岁了，你妈还照看着你。一会儿大哥一会儿小妹的，多亲热，哪像我孤零零的一个人，哪怕死了都没人知道！

文 英 瞧你说的，常言道，有钱能使鬼推磨，世界上只要有了钱，什么都有了，还稀罕条鱼？

王莉莉 这你就不懂了，我是有钱，又有房子，可我没有父母，也没有亲人，我能买到亲人吗？我能买到母爱吗？每到逢年过节时，人家亲亲热热地围在饭桌上，而我冷清清的孤灯对单影，这滋味儿你说好受吗？

文 英 这倒也是，我们光明在牢里的那几年，我跟你有着同样的

感受，这不，我就信起天主教了，你别说啊，还真灵呢，喏……（见肖平平进来不吭声了）

肖平平　（走进屋来了）文英啊？什么东西还真灵啊？

文　英　这？（急中生智）噢，对了，我就是广告里的肠虫清蛔虫药（伸出两个指头）两片！

肖平平　上次居委会开了动员大会，椒江地区遭了水灾，号召大家有钱出钱，有力出力支援灾区。怎么你们18号垟门一点儿音讯都没有啊？（对文英）无论多少一点儿心意嘛！（文英提鱼进屋去了）特别是那些家庭条件好的——（转身过来，王莉莉早已进屋去了，并关上了门）瞧，一点儿觉悟都没有！（悻悻地走了）

王莉莉　（提着包准备出门）唉，待在家里都不自在，这个肖平平啊，看见她就烦！（走了）

周　井　（穿着消毒员的大白褂，提着包，背着小喷雾器进来）小岗！（敲敲小岗门）小岗！

刘小岗　谁呀？（开门高兴地）周井？

周　井　（放下工具，拉下手套口罩，搂着刘的脖子）不生我的气吗？

刘小岗　你来了，我高兴还来不及呢。

周　井　真的？

刘小岗　当然是真的。

周　井　你看我长得的——

刘小岗　那还用说，“美人儿”嘛！

周　井　这身打扮怎么样？

刘小岗　（摇摇头）这倒不敢恭维，并不怎么样，不过这是在工作。

周　井　什么？什么工作？整天走家串户，背个喷雾器，提着工作包，包里都是些六六六、漂白粉、敌百虫、老鼠药，喜欢吗？给你点。

刘小岗 不不不，我不要。

周　井 你不要？可我天天得跟这些东西打交道！当然啰，也许还不止这样。

刘小岗 就是嘛，还有我……

周　井 （紧接上）还有苍蝇、蚊子、老鼠、臭虫，还有死井水、烂阴沟、蜘蛛网什么的，让我一个人大开杀戒，滥杀无辜！

刘小岗 哈哈哈哈，太形象化了！

周　井 亏你还笑得出来，一个堂堂的博士，他老婆竟在干这些行当，你就不怕丢人现眼？

刘小岗 那又怎么样？工作分工不同嘛！

周　井 你呀，你从你老子那里什么都没继承，倒是那些大话、空话、套话全学会了，单位给你安排了大套房子你不要，宁愿挤在这些小市民中间陪着你那个糟老头子，我想换个工作快一年了，连反应都没有！老实说，这行当我一天都不想干了！（把工具踢翻，坐下生气）

刘小岗 好了好了，别生气了，哎，你爸爸当处长，你不会找找你爸爸？

周　井 这种话还要你说，爸爸通过关系开后门准备把我调到外贸公司去，被派出所的那个肖平平到外贸公司纪律检查委员会告了一状，害得我爸爸挨了批评，哼！现在完了。

刘小岗 其实，当消毒员有什么不好？我又不嫌你。这——

周　井 好了，跟你说还不如跟菩萨说，看来求人不如求己！（收拾工具走了）

刘小岗 周井！周井！（追下）

［罗秋月吃力地从外面进来，范长江捧着一叠书从屋里出来，正朝冯耿家走去。

罗秋月 长江啊！

范长江 罗阿姨，你有事？

罗秋月 喏，这是我儿子让人捎来的信，我这老眼昏花的，也看不清，你给我念念。

范长江 （接信念）妈妈，我们的抗洪救险工作正在紧张地进行，我从临县买回两头小猪一共才50块钱，很便宜，我就把家所有的钱都垫上了……

罗秋月 那他吃什么？这孩子也真是！

范长江 （接着念）为了让你这个敬老院院长放心。

范长江 阿姨原来还是个院长呢，看不出来！

罗秋月 这院长也没当好哇，这不，洪水一来连老人们的棉袄、被子都没保住，否则，我还不来当这个城市服务队队长呢！

范长江 （念）为了让你这个敬老院院长放心，我们重新修过了敬老院，还种了花，冬天快到了，现在就等你们城市服务队的棉被和棉袄了。妈妈，你要注意身体，早点回来。村里人都让我向你这个“老布尔什维克”和你的城市服务队致以亲切的问候。你的儿子啊，阿姨，你还是党员呢？

罗秋月 （见刘忠义从外面进来故意地）怎么？我就不兴是党员？告诉你吧，我的党龄是你年龄的两倍呢！

范长江 真的？那你就是我们老一辈的无产阶级革命家了！

罗秋月 你罗姨还参加过淮海战役、渡江战役呢！

范长江 刘伯伯，你知道嘛？罗姨也是个老党员，也参加过淮海战役和渡江战役呢，你们认识吗？

[罗、刘相视良久。

刘忠义 （故意解嘲地）嗨，你这傻小子，参加淮海战役、渡江战役有多少人呐，谁能认识那么多啊！

范长江 嘿嘿，那倒也是。

冯　耿　长江！长江！

范长江　来了，冯老师。（说着捧着书进了冯耿的屋）

罗秋月　老刘啊，今天回家那么早啊？

刘忠义　今天我们开支援灾区的动员大会，发动群众为灾区募捐活动。（说完进屋去了）

罗秋月　这孩子把吃饭的钱都变成了小猪，怎么过日子呢？唉，也真是！……啾，等莉莉回来我跟她商量借点钱，要不先预支点工资什么的，对，就这主意。（扫地）

杨光明　（从里屋出来）罗姨，莉莉怎么还没回来？

罗秋月　没有，今天是星期一，她们医院挺忙乎的。

杨光明　等她回来你马上通知她上我这儿来。

罗秋月　好喽！

［过了一会儿，白炽腾扶王莉莉筋疲力尽地进来。叹了口气，瘫倒在椅子上，用脚把皮鞋一甩。

罗秋月　哟，莉莉，你回来了？（忙拿来拖鞋，把皮鞋拿了进去）噢，莉莉，刚才光明叫你到他家去一下。

王莉莉　知道了。（对白炽腾）要不是你，我还怕走不回来呢。

白炽腾　你的脸色也不好。

罗秋月　莉莉，我想求你帮个忙。

王莉莉　啥事？

罗秋月　我想向你借五十块钱。

王莉莉　（跳起来）借钱？光明要借钱，小白要借钱，你也来借钱，都冲我有几个钱是不是？

罗秋月　那就算这个月预支的工资吧。

王莉莉　预支？你要是拿了钱跑了呢？要是打坏了什么东西呢？要是你生了病或且死了呢？我找谁要去？

范长江　（从冯家跑出来）我说你说话太损人了，不借就不借，何必出口伤人呢？

王莉莉 哟嗬，我跟罗姨说话关你什么事？损着你了？

白炽腾 这个书上有的叫狗咬耗子多管闲事。

范长江 我看不惯！

王莉莉 你当然看不惯，天天吃麦芽萝卜的人怎么看得惯人家雇佣人呢！

范长江 （气极了）你！

王莉莉 我怎么了？

范长江 缺德！

王莉莉 缺德，什么缺德，钱是我的，借不借是我的自由！

白炽腾 （嬉皮笑脸地）小老弟，你他妈的别给我充好人了，你有钱为啥不借给她，也是积点德！

范长江 用不着你关照，我会借给她的。（掏口袋一共三十块钱）给！罗姨，等会我再去借二十块钱给你垫上。

罗秋月 （为难地）这？

王莉莉 （冷笑）哼！财大气粗的，我还以为腰缠万贯呢。

白炽腾 这点钱呀，马路上随便哪一个叫花子都拿得出来！

范长江 不错，我是贫穷的，但我有我的准则，我有我的人格，要比凭着一张漂亮的脸皮跟在女人屁股后面乞求的好得多。

王莉莉 （修着指甲，漫不经心地）那也不见得，准则多少钱一斤？人格几个钱一两？我有钱，人家才会巴结我，要是我也像你，连黄狗都不肯登门呢！

范长江 依我看啊，诚实的贫穷要比堕落的富有要好得多！

王莉莉 （泼劲大发地跳起来）堕落？我哪儿堕落，我在什么时候、什么地方堕落过？

罗秋月 算了算了，都是我不好，大家都是邻居，千万别伤了和气。（推范进冯屋）

冯　耿　（出来拉范进去）好了好了，这叫秀才遇到兵，有理讲不清。（关门）

王莉莉　秀才？什么混秀才，神经病！

杨光明　（和文英从里屋提着旅行袋出来）哎呀，莉莉，什么时候了，吵什么啊，我要赶火车了。

王莉莉　你要走了是不是？钱在这里了。（从手提包里拿出一大包朝桌上一拍，故意大声地讲，一张照片落在地上）这是两万！看见吧，光明，两万！你拿去做生意吧！

杨光明　（收下钱）我这次去广州恐怕要一个多月。

文　英　早点回来，到了广州马上写封信来。

王莉莉　光明哥，祝你马到成功，多赚点钱回来，让人家眼红眼红！

白炽腾　一路顺风！回来时可别忘了我呀，再见！

杨光明　再见了。

王莉莉　走！我们送送你！

［王、白、文英送杨出去了，罗捡起相片一愣，又擦擦眼睛不敢信地仔细端详着。

罗秋月　玲玲，这照片怎么会在这儿？难道莉莉就是我的女儿玲玲？……难怪她的脸我那么熟悉……

［静场：远处传来小玲玲的哭喊声，妈妈！我不去，我要跟妈妈，妈妈我一定听话，你让我留下吧，妈妈呀妈妈……妈妈……（声音渐远）

罗秋月　（手捧照片凝视）玲玲，妈对不起你，对不起你呀——

［王、白、文英进院。

王莉莉　（见罗拿着照片在发呆，夺过照片，顺手一记耳光）你这个臭不要脸的，你竟然翻我的皮包？噢，对了，我不肯借钱给你，你想偷！是不是？

罗秋月　（痛苦万分地）没……没有，姑娘，这照片我从地上捡的。

白炽腾 靠不住，上回那个保姆不是也是从你的包里偷钱吗？

王莉莉 哼！捡的？说得轻巧，这照片我明明放在皮包里的。

罗秋月 不是，是掉在地上的。

王莉莉 还犟嘴，你给我跪下！（见罗不肯跪还凝视自己，发怒地撕住罗的头发一按）

［罗秋月悲痛不已“嗵”地跪地伤心地呜咽……

王莉莉 怎么？哭？嫌我委屈你了是不是？你滚！你给我滚出去！

［向前猛踢一脚。

罗秋月 （沉痛地）孩子，我真想不到，钱会使你变成这样……

王莉莉 啊！你简直无法无天！（操起一把扫帚朝罗打去）

［罗一退跌倒在地，王再打，范长江从冯家出来。

范长江 住手！（夺过扫帚扶起罗）打人是犯法的！

白炽腾 （向前）你别给我吓唬人！拿起鸡毛当令箭，小姐打女佣，天经地义，怎么了？

范长江 怎么了，上派出所去！

王莉莉 派出所怎么了？能把我吃掉啊？

白炽腾 噢，对了，派出所有他的女相好铁面观音。

范长江 （抓住王莉莉一手搀着罗秋月，大喝一声）走！

王莉莉 上哪儿？

范长江 派出所！

罗秋月 算了，算了，不要怪莉莉，今天都是我（伤心地抽泣起来）都是我的不是！

范长江 不行！国有国法，不要让他们这么平白地虐待你！

罗秋月 （颤声地）长江，算了，我求求你了，我有我的苦衷，请你放了莉莉，我求你了。

［范见罗求情，气得甩手放下，罗腿受了伤，跌倒在地伤心地呜咽着。

范长江　（搀起罗喃喃自语）唉，天底下的人啊要多野蛮有多野蛮，要多软弱有多软弱！

[灯暗。

[灯复明：

[小岗在门口弹吉他；冯耿在屋里写作。周井兴致勃勃地进来，偷偷地溜到小岗背后蒙上刘的眼睛。

刘小岗　（惊喜地）井！你来了？

周　井　（松开手）哇！

刘小岗　井，什么事这么高兴啊？

周　井　（娇嗔地）不告诉你！

刘小岗　来，说说看，再不说我可要生气了。

周　井　岗，亲爱的，（双手搂着刘脖子）唔——别生气嘛，给你带好消息来了。

刘小岗　什么好消息？

周　井　昨天和几个同学到“楼外楼”吃饭，碰到一个在澳大利亚的华侨，他说他是一家跨国公司的董事长。

刘小岗　（淡淡地）这有啥稀奇？

周　井　你听我说嘛。

刘小岗　好好，你说你说，我正听着呢。

周　井　他还问我有没有男朋友。

刘小岗　（急地）那你怎么说？

周　井　别急嘛，我告诉他我有男朋友了，还是个博士呢，那董事长一听：噢？博士？了不起了不起啊！

刘小岗　嗨，你呀，别听他胡诌，博士在国外多得很，并不稀罕。

周　井　你瞧，我话还没说完，你左一个不稀奇、右一个不稀奇的，说不定什么时候连我也不稀奇了，你们男人啊，好心当作驴肝肺，没有一个好东西！

刘小岗 哎呀，瞧你又生气了，好好好，你说吧！

周　井 他说你长得那么漂亮，为啥不想办法出国去，可以当明星、公关小姐、私人秘书什么的。我说我们没门路出不去。他说小姐要是你愿意的话，我倒乐意做你的担保人。

刘小岗 他有那么慷慨？

周　井 当然啰，保证金还是要付的。他说可以分两步走，我跟他先走，一个人只要五万块保证金，等我到了澳大利亚挣齐五万块，把你也带走。岗，这主意不坏吧？

刘小岗 那护照呢？

周　井 全部由他去办理。

刘小岗 你呀，太幼稚太单纯，你不想想无缘无故的，他为啥要为你办护照，作担保人呢？

周　井 为啥为啥，你从来就不为我想想，再说在国外这种相互帮助的事电影里不是经常看到嘛。谁像你们这些书呆子，总是刨根问底的，所以什么事情也办不成！

刘小岗 那为啥非要让你先走，而不是让我先走呢？

周　井 噢，原来你吃醋了是不是？我先跟他出国，又不是给他做老婆，当情妇，他那么大年纪了，还能把我怎样？再说你是博士，论出国的条件比我好，你呀，就是榆树木头不开花！

刘小岗 即使是这样，五万块的保证金，我们到哪里去弄这笔钱呢？

周　井 你不是想跟我结婚吗？难道就没有积蓄？

刘小岗 有是有，可加起来也不过一万多一点啊。

周　井 你就不会去借，哪出国的不借钱啊。

刘小岗 你让我向哪儿去借呀！

周　井　那就是说你不想出国啰?

刘小岗　我为啥要出国?

周　井　所以你也不赞成我出国啰?

刘小岗　不错，国情各异，语言不通，习惯不同，异国他乡的谈何容易?井……

周　井　别说了，你不走是你的事，我不会放弃这个千载难逢的好机会，这个国我是出定了，哪怕是倾家荡产也要凑起这五万块的保证金。人各有志，我们就此分手吧!（哭着跑出去了）

刘小岗　周井!周井!（见周走远）唉，完了，一切都完了，早知道谈恋爱这么苦恼，我宁愿一辈子不讨老婆!（拿起吉他弹着一首忧伤的乐曲）

刘忠义　（从屋里出来）小岗啊，别垂头丧气了，跟她这种女人还是早点分手好。她要跟人出国让她去，怎么了?爹一辈子没娶过老婆不也活过来了，你爹窝囊了一辈子，瞻前顾后的还不是为了你，如果哦，你一个博士生也和爹一样窝囊，那咱们做人还有啥意思?唉，你呀!（坐一旁吸烟）

冯　耿　长江!长江!（咳嗽）

范长江　嗳!（从里屋出来）冯老师，你咳得那么厉害，得去医院看看。

冯　耿　看个啥!七老八十的人了，这书稿我已校完三遍了，我准备马上把它寄出。

范长江　冯老师，我帮你去寄。

冯　耿　好，好!哎呀，花了我廿几年的心血，如今总算完成了。（咳嗽）长江!噢，还有小岗啊!

刘小岗　冯伯伯!（走进冯）

冯　耿　人生一世，草木一春呐，我这辈子就作了这么一件大事。

卅年代我从英国的剑桥大学毕业就成了博士，回国后，我本想干上一番事业。可现实上呢，我折腾一世、潦倒一生，为国民党修过碉堡但早给炸飞了，大跃进年代造过上百个小高炉早已移平了；“文化大革命”时建的忠字塔如今成了展览馆，还让人骂；现在哟，就剩下这部书了，长长廿年不容易呀，（咳嗽）当然啰，能否出版还不知道，也许是传世之作，也许是一堆废纸。唉！人呐，活在世上，尤其是男人总应有所作为吧，但这里面还有个时运和机遇的问题，这些年来风风雨雨可谓历尽沧桑，可我从来没有停止过自己的事业，我年岁大了，在这世上也活不了多久了，可我奋斗了一辈子，这一辈子也许会一事无成，但我并不后悔，因为我毕竟为之而奋斗过，由于时运不济，机遇不好，即使一事无成，我也终生无憾呐。（老泪纵横）唉，不说了，说多了难过。这一生，我当过右派也坐过牢，有人骂我老古董，有人说我神经病我从来不计较，何必呢？人与人相处在一起也是一种缘分。就像人生旅途遇上的凉亭，见了一面就要匆匆地分手……（咳嗽）小岗啊，长江，你们比我幸运得多，好好地奋斗吧，干它一番事业出来。（激烈咳嗽）

刘小岗　冯伯伯！

范长江　冯老师！你怎么了？

刘忠义　老爷子啊，快进屋歇息去吧。

冯　耿　（颤巍巍地站起身来，由范、刘扶进屋去）不要紧，是肺气肿，老毛病了。

刘忠义　别想那么多了，自己身体要紧呐。

［范和小岗从冯屋出来，轻轻地关上门。

刘小岗　（感慨万千）唉，一个人要干一番事业不容易啊！爸，我上班去了。

刘忠义 唔，好！听到刚才冯先生的话吗？好好干事业，走吧，我也该上班去了。

［刘家父子出去上班，范回自己屋里去了，肖平平手里拿着一只鸡和一封信从外面进来。

肖平平 莉莉！王莉莉！

王莉莉 （从里屋出来）谁呀？

肖平平 罗妈的信，还有一只鸡，请你交给她。

王莉莉 劳驾你了。

肖平平 没事的，长江在家吗？

王莉莉 （冷冷地）我怎么知道？你自己去看吧。

［肖瞪了王一眼进范屋去了。

王莉莉 （看信）这信上只有罗秋月的名字没写地址，会不会是老太婆到派出所去告了我的状，让我看看。（看信）

［罗秋月儿子的声音：

妈妈：

你好：

你向王莉莉同志借来的五十块钱收到了，都交给敬老院了，他们也太苦了。我们的抗灾重建工作已接近尾声，一切都很顺利，妈，以后不要再寄钱了，也甭担心我的生活，作为一个党员，我知道我的责任是什么，小猪已经重了五斤，上星期我淹下了一缸大白菜足以吃到明年开春，所以你就用不着担心我没菜吃，县里发了点救济粮，加上番茄、土豆也就够了。你说你的主人王莉莉长得很像我妹妹，待你就像亲生母亲一样好，我真高兴，难得遇上这样的好人。我们山里人又拿不出什么好东西来，便将家中仅有的一只生蛋鸡捎来送给王莉莉同志，也表表我们山里人的一点心意呀……

［王莉莉“哇”的一声大哭起来，冲进房里“砰”的一声关上了门，文英从屋里出来，见状，急忙站到“十字架”前划十字。这时，范长江和肖平平从里屋出来，文英正想溜进屋去被肖看见。

肖平平 （板着脸）文英！

文　英 肖同志。

肖平平 嗯，你又在搞迷信活动？

文　英 没，没有啊。

肖平平 我刚才看见你在划十字，你敢不承认？

文　英 （尴尬地讪笑）这——

范长江 算了，平平。（对文英）算了！（向文英挥挥手）

［文英忙溜进屋去。

肖平平 我说，这种人也真怪，捧着个十字架，说是上帝。

范长江 信仰自由嘛，这种事你是不能去干涉的。

肖平平 万一弄出事来咋办呢？

范长江 不过是做做祈祷而已，能出啥事，平平，你知道垟门里的人管你叫什么？

肖平平 什么？

范长江 铁面观音！

肖平平 啊，这外号不赖呀，是不是我平时太严肃了点！

范长江 可能吧。

肖平平 可干我们这一行的，不严肃点能行吗？

范长江 那也不一定，我们都看过译制片，人家外国警察多和气，可不像你哟。

［俩人笑起来。

范长江 其实，你放下架子和大家一样，多跟大家聊聊家常，多关心他们的工作、生活，像待我一样去待他们，大家就会喜欢你，把你当成自己人看待，这样，做起工作来不是方便多了吗？

肖平平　你的话有道理，看来我还得拜你为师呢！不过，有些人就是跟你过不去，气得你……唉！

范长江　平平啊，家家都有一本难念的经，我们每个人都有一定的苦恼。

肖平平　你的苦恼是什么？能说给我听吗？

范长江　好吧，第一是家里人不理解我。第二，这第二嘛，暂时保密，你呢？

肖平平　我呀，第一，我跟好多居民搞不好关系。第二，这第二嘛，跟你心里的苦恼一样，暂时保密！

范长江　你呀，真坏！（刮肖鼻子）

［肖平平妩媚地挽着范的胳膊，将头靠在范肩上往外走去。这一切都被刚进门的白炽腾看见，惊呆了。

白炽腾　哟嗬，警察也搞对象？多新鲜啊？（在屋里转了一圈）莉莉！

王莉莉　（抹着泪从屋里出来）什么事啊？

白炽腾　莉莉，你哭了？

［王摇摇头，白为她擦泪。

白炽腾　是谁欺负你了？

王莉莉　没有。小白，帮我去寄点钱好吗？喏，五百块。

白炽腾　这么多钱寄给谁？

王莉莉　罗妈家里。

白炽腾　你疯了？寄给这个老不死的家里去？

王莉莉　（顺手一个嘴巴）再说，我打掉你的门牙！

白炽腾　（一愣，嬉皮笑脸的）好好，我去，我寄还不行吗？

王莉莉　马上就去！

白炽腾　当然，马上就去。（接钱向观众）我这人运气向来不坏，瞧，正愁没钱翻本，这不送上门来了。（乐滋滋下）

王莉莉　（一想不对）糟了，我怕是昏头了，怎么让他去寄钱呢？还不都送到赌场里去了？不行，我得去要回来。

［正欲出门电话铃响了，接电话。

王莉莉　喂，文英啊！请你等等，文英，你的电话！（急出门去了）

文　英　（接电话）喂？广州市医院？……光明住院了？……噢噢，要两万块？哎呀！这？……哎哎，好好。（搁下电话）怎么办？怎么办呢！

［文英急得团团转，接着呜呜地哭起来。肖平平、范长江扶罗妈回来，见状。

范长江　文英姐，出了什么事了？

文　英　光明在广州被流窜犯捅了刀子，内脏多处出血，医院正在抢救，要付两万块钱，天呐，我哪来这么多钱啊？（呜呜直哭）

范长江　文姐，你别急，平平，我们去找光明哥的单位去商量，先拿张两万元的支票。文英姐，你赶紧准备一下，明天一早把支票送到广州去，救人要紧啊！

［范与肖急下，文英趴在“十字架”前哇哇地痛哭起来。

文　英　上帝啊上帝，我对你够虔诚的了，为啥不保佑保佑我们啊！……

［灯暗。

［灯复明：

［傍晚，一轮明月挂在空中，远处的平湖秋月灯光通明，客堂里只有刘忠义一人。

刘忠义　天都这么黑了，这些人都到哪里去了？这客堂难得这么清静。（点上一支烟）罗妈！大妹子啊，人呢？哦，大概都去医院看冯老爷子了。

（独白）唉！罗秋月啊罗秋月，我可是等了你四十年了，年年中秋都要跑到平湖秋月，等啊等啊什么都没等到，每逢过年过节总要到平湖秋月看看，我知道看不到你，就看月亮，看看月亮也好啊。有人说，最美不过西子月，我把个西子月都快望穿了，直到今天才盼到了你。唉，人啊就是这样，未见面时想见面，见了面时又难启口，其实都快死的人了，有啥难为情的？□□！你等了我二十年，我等了你四十年，难道还不够吗？哎，对了，这事我去找长江商量让他先去吹吹风，长江！长江！

范长江　来了！（从里屋出）刘伯伯。

刘忠义　长江啊你替刘伯办个事。

范长江　行啊，什么事？

刘忠义　等会罗妈回来，你就对她说：刘伯伯每年中秋节晚上都要到平湖秋月去，已经四十年了，问她去了没有？

范长江　刘伯伯你怎么了？

刘忠义　我？啊，你别问，就这样问她就行了。

范长江　噢，哦，不过呀，她家里在椒江那么远的路，怎么会跑到平湖秋月来呢？

刘忠义　这你就别管了，就这么问，看她怎么回答你，懂嘛？

范长江　（搔头抓耳半天好像有些明白）刘伯伯，你放心，我一定去问。

刘忠义　嗯，（拍范肩）好小子！嘿嘿嘿嘿……

范长江　唉！这刘伯今天是怎么了？

［白炽腾气呼呼地从外面闯进来，范进屋去了，白急得团

团转。

白炽腾　莉莉！莉莉！咦？人呢？

刘忠义　什么事啊，这么急？

白炽腾　别提了，刘老头，你给评评理，我们几个小兄弟在家里搓麻将，不知那个王八蛋去告派出所，那铁面观音赶到，把我们的钱给没收了。没收了钱也就算了，还让我们写检讨，写了检讨还不算，硬惩罚我们三千块，简单是强盗！

刘忠义　（厉声地）你在说什么？

白炽腾　我说什么了？

刘忠义　你在骂共产党！

白炽腾　我骂了，你管得着吗？

刘忠义　怎么管不着？本人就是共产党员！

白炽腾　是又怎么样，你能把我吃了？我也是伟大的公民，我也有言论的自由，哼！

刘忠义　什么叫言论自由？在维护人民民主专政的前提下，公民有着充分的言论自由，而你参与赌博，违犯治安条例，违犯了国家宪法，触犯了刑法就得制裁！

白炽腾　那为啥不把我关进大牢？

刘忠义　像你这种社会渣滓，公民中败类，如果再执迷不悟的话，进大牢只不过迟早而已，你就等着吧！

白炽腾　哟嗬，刘老头，你以前好像不是这样，一向和和顺顺的，今天是怎么了？吃了铁秤砣啊，一下子横起来？

刘忠义　是的，过去我太和顺了，尤其是对待像你这种人！

肖平平　（从外面进来）什么事呀！吵吵嚷嚷的。

白炽腾　（一怔，忙嬉皮笑脸）没什么，我们，嘿嘿，说笑话，嘿嘿，回头见！（欲溜）

肖平平　等等！检讨有没有写好？

白炽腾　就写，我这就去写。（溜走）
肖平平　这个无赖！刘伯伯，长江在吗？
刘忠义　大概在吧，长江！长江！
范长江　来了！（见长江出来进屋）
肖平平　长江！
范长江　是平平啊。
肖平平　你知道我给你带什么来了？
范长江　喜糖啊？
肖平平　（羞涩的）去你的！
范长江　那是什么啊？
肖平平　（吟）烽火连三月；
范长江　家书抵万金，哦，是信。
肖平平　对了，是你父亲让我带来的。
范长江　好哇，到底还是把我出卖了！（拆信）

［范长江父亲的声音：

长江：

你离开家快五个月了，你妈妈无时无刻不在想念你，直到上星期我才从肖平平那里了解到你近来的工作、学习和生活情况。以往我们把你当成大孩子，今天我才发现你已经长大成人了。

回想起自己当年十三岁从军，十年的戎马生涯，四十年的社会主义建设，还不是摸、爬、滚、打过来的，而我在对待儿女问题上，感情却是如此的脆弱。

我已经不当厅长了，离休在家，就在我即将离休的前后，曾亲眼目睹了一幅不堪入目的众生相，才真正领略到社会的复杂性，那种卑劣的表演已经玷污了我们的时代！当然，不带阴暗面的光明是不存在的，否则，我们这些共产党人到哪里去发光呢？可喜的第一步，就坚定地走下去吧，道路尽管崎岖，而前面却无限光明！

——你的父亲

范长江　（深情地）爸爸！爸爸！

肖平平　怎么样？我这个“叛徒”当得还可以吧？

范长江　（握住肖手）太好了！平平，看不出来，你还有点胆量嘛。

肖平平　胆量？哈哈，别忘了，我可是当警察的哟。

范长江　那也不见得，为啥不直截了当地告诉他，你是他未来的儿媳妇呢？

肖平平　（羞涩地）啊？哎呀，你臭美！（打范）

［杨光明裹满纱布，在文英的扶持下回来了。

范长江　光明，你回来了。

肖平平　怎么样？

［刘忠义闻声从屋里出来。

刘忠义　光明回来了，怎么样？

文　英　还好，谢谢大家了。

杨光明　唉，我呀，算是倒霉透了，什么坏事都让我摊上了，唉……

范长江　别胡说，好好休息。

杨光明　我呀，既对不起厂里，也对不起大家。

肖平平　你呀，等伤好了，还是好好地去上班。

杨光明　再不好好上班，我能算人吗？

刘忠义　自古道：“浪子回头金不换嘛。”知道能改比什么都强。

肖平平　我们相信你会重新去认识生活的。

范长江　文英姐快扶他去歇息吧。

［文英扶光明入内，刘小岗陪着垂头丧气的周井来到门前，周不敢进门。

刘小岗　进去吧，以后这里就是你的家。

刘忠义　怎么了？

刘小岗　那个所谓的澳大利亚跨国公司董事长是骗子，他的真实职业是剪羊毛的工人，他骗走了小周借来的三万元港币和一些首饰、金器，给了小周一张假护照，结果让海关扣住了。

肖平平　假护照？那骗子呢？

刘小岗　早已去香港了。

刘忠义　唉！你们这些青年人呐，是不到黄河心不死，瞧，给人耍了不是！

刘小岗　爸！你别说了！

范长江　只要人回来了比什么都强。

刘小岗　周井，走，进屋去。

周　井　不！小岗哥，我和他已经……（痛苦不已）

刘小岗　好了，这种事你不说我也能猜到的，我不怪你，进屋去吧。

肖平平　好了好了，别说了，以后吸取教训就是了。

周　井　小岗，我对不起你呀，我不是人！（哭着冲进小岗屋里去了）

刘忠义　唉，这孩子也真是！

［罗妈抹着泪从外面进来。

罗秋月　（伤心地）冯老爷子死了！

众　人：啊？

刘忠义　什么时候？

罗秋月　今天下午三点廿分去世的。

范长江　冯老师奋斗了一辈子，还没来得及休息一下，也没有看到自己的著作就走了，人生啊，来也匆匆，去也匆匆呀。

肖平平　是呀，过去连我也把他当成过神经病。

刘忠义　（拍后脑勺）唉，还有我连一趟都没去看他过，临终前他有没有什么交代？

罗秋月　这儿有个条子，是给长江的。（交给范）

［冯耿的声音：

长江及邻居们：

我走了，我走的是时候，也走得很潇洒，多少年来承蒙各位邻居照顾，帮助我完成了毕生的业绩，谨此向各位深表谢意。我无儿无女，我的著作如能发表，其稿费用予修理客堂，添置些必要的家具，其余部分全部交给罗妈，让她带回去捐给灾区人民，以此嘱咐。

冯耿绝笔

［静场。

刘忠义　唉，人呐，也奇怪，我们相处了多少年了，直到今天才明白，这院里都是些好人。

范长江　走！我们到医院去看看冯老师。

杨光明　（闻讯由文英扶出）我们也要去看看冯先生。

［众人下。

王莉莉　（从屋出来）罗妈，罗妈！

白炽腾　（急匆匆上）莉莉，（见王手里拿着钱眼一亮）钱？莉莉！

王莉莉　好了好了，以后你别来打扰我了，让我过几天安静的日子，好不好？

白炽腾　莉莉！我给你提供一条最赚钱的信息，就是倒卖国库券，我的几个哥儿们都愿意帮忙，你只出钱，倒进倒出归我包了，怎么样？

王莉莉　我没钱。（走开）

白炽腾　没钱，你手里拿的是什么？（跟上王）

王莉莉　这是给罗妈的，上次我们打伤了她，害她住了好几天院，给点营养费还不应该吗？（走开）

白炽腾　（跟上）噢，一个女佣人，你一出手就给她五百块，我是谁？她是谁？难道我在你心目中的地位还不如她？

王莉莉 跟她去比？哼！你呀，连狗屁都不值！

白炽腾 （吃惊地）你怎么了，莉莉，真不明白，我什么时候惹你生气了？

王莉莉 没有。

白炽腾 那到底是为什么？

王莉莉 连我自己也不明白。

白炽腾 （可怜巴巴的）莉莉，实话告诉你吧，我已经走投无路了，真的，现在，只你能够拉我一把了。派出所要我交一千块的罚金，我哪来的钱呢？

王莉莉 （在一旁修着指甲）那关我什么事？

白炽腾 求你了，莉莉，借我一千块吧。

王莉莉 我又不是阿凡提会种金子，今天五百，明天一千的，天天进赌场哪怕是金山银山也会让你弄光的，依我看罚款好，活该！

白炽腾 你就帮我这最后一次吧，过几天，连以前的钱一起还你，从今以后我再也不赌了。

王莉莉 赌不赌那是你的事，我管不着。以前的钱就算了，以后我一分钱也不借了，你呢，也别来烦我了。

白炽腾 这么说，你我之前以往的那点情义都没了？

王莉莉 唉，怪我自己，有眼无珠，我什么都不想说，你走吧！

白炽腾 （摇摇头）白炽腾啊白炽腾，难道你就这么白白地折腾呀？不！（转而向王）话可不要说绝了，狗急了还要跳墙呢！老实说吧，张寡妇的钱不比你少，不是为了你，我早就打她的主意了。

王莉莉 （歇斯底里）你滚！你这个猪狗不如的畜生，快给我滚出去！（抓扫帚朝白打去）

[罗秋月从外面进来，白炽腾夺下王手里的扫帚，猛劈王一个耳光，王倒在地上，白冲上去猛踢王。

罗秋月 住手！你这个畜生！（扑上去护住王）你敢再打？

白炽腾 （冷笑）我就打你这个老不死的东西！（操起板凳朝罗砸去，罗被击中倒地）

王莉莉 （从地爬起，咬牙切齿地）白——炽——腾！这个畜生。我跟你拼了！（冲向白）

白炽腾 （猛力推倒王）呸！小婊子，你呀，老子早就玩腻了，难为有几个臭钱！如今你无情我也无义！你等着瞧吧，老子明天就跟张寡妇结婚！哼！（愤然而下）

罗秋月 （挣扎着爬起来关切地）莉莉，莉莉你还好吧？

王莉莉 （呜咽着）我不是人！我瞎了眼！（撕帛般）我不是人！（猛然站起来，号啕着冲出门去）

罗秋月 莉莉！莉莉！（欲追王又跌倒，站起摇摇晃晃地追出门去）莉——莉！

[静场。

[刘小岗送周井从屋里出来。

刘小岗 想开点，啊？记住，千万别难过了，只要你不嫌弃我，我永远也不会离开你的。

周　井 小——岗！（痛泣）我对不起你，我没脸进你家的门。

刘小岗 胡说什么啊，早点回去，我会做好你爸爸的工作。等你精神好点，我们马上结婚，好吗？

周　井 （扑进刘怀恸哭）小岗哥！

[刘扶周下。

[刘忠义、范长江、肖平平、文英、杨光明从医院回来。

刘忠义 咦？这院子人呢？

范长江 （扶起倒地的凳子、扫帚）出什么事了？

［周井、小岗帮王莉莉抬着罗妈进来。

刘忠义 怎么了？

肖平平 这是这么回事？

文　英 罗妈！

肖平平 刘小岗，罗妈怎么了？

刘小岗 就在门口，给汽车撞的！

众　人： 啊？

王莉莉 都是我不好！

范长江 伤势重吗？

卢忠义： 哎呀！快送医院嘛！

罗秋月 （有气无力地）用不着了，唉，（抓住刘忠义的手）老哥哥，我每年都来平湖秋月，可就是见、见不到你，老哥哥，还，还记得吗？

刘忠义 （泣不成声地，抓住罗的手不住地点头）秋——月！

罗秋月 （痴痴地望着王莉莉，……远处隐隐约约地传来小玲玲的哭喊声……罗热泪盈眶）莉莉，孩子，过来……（摊开手中的照片）

王莉莉 （见照片呜咽着）不！罗妈，这张照片是我小时候和妈妈的合影，你喜欢就送给你吧！

罗秋月 （摇摇头）不，这，这张照片是我的，带在身边有十五年了，你，唉……

王莉莉 （忙进屋取出另一张照片）两张照片一模一样，啊？你是——

罗秋月 （已奄奄一息）莉莉，不，玲玲，我，我的女儿！

王莉莉 （怔住了）啊？你真的是——

罗秋月 （乞求地）叫我，叫我一声，叫我——妈……（头一歪死去）

王莉莉 （撕帛般）妈——（号啕着）

［悲壮的音乐起，灯渐暗。远处传来小玲玲的呼喊妈妈的叫喊声……凄凉而又遥远。

［束光中罗秋月一步一步朝着海市蜃楼般的平湖秋月走去……

［歌声起：（越腔）

天下最美西子月，
难得千里共婵娟；
星移斗换四十年，
湖畔望月眼望穿；
骨肉相聚咫尺近，
欲唤母亲今已迟。

［灯暗。

［悲壮的音乐延续着，延续着，逐渐松弛轻轻至下场的尾音。

［灯复明：

［除夕夜：欢乐的音乐中，家家鞭炮齐鸣，远处的平湖秋月海市蜃楼般呈现在灯火阑珊处。

［还是这个大客堂，但布置得焕然一新，客堂的半空拉上的彩带，原来放着的“十字架”不见了，堂客的两边呈八字形摆着两张铺有台布的条桌，条桌上各有一束鲜花。

［锣鼓喧天，肖平平捧着“奖状”进来，范长江正在打量新布置的客堂，文英在摆弄鲜花。

肖平平　长江，看！

范长江　（念）“奖给为了抗洪救灾募捐活动作出特殊贡献的 18 号垟门”。

肖平平　你们 18 号垟门的募捐款占我们整个街道总额的五分之一，能不表扬嘛！

范长江　我早就说过，我们18号垟门不会落后的。

刘小岗　（回声）吃年夜饭啰！

范长江　走，端菜去，和我们一起吃团圆饭吧！

［范、文、刘三人进内，音乐起，周井、刘小岗各端两盘菜从后院双双走向台前对观众。

周　井　迎新年！

刘小岗　这热闹！

周　井　家家户户放鞭炮，

刘小岗　老老少少吃年糕。

［外面的大爆竹发出啪的响声，周、刘将菜各放在一边的条桌上，然后站立两边。文英和杨光明也各端两盘菜上。

文　英　放鞭炮！

杨光明　除旧岁！

文　英　新年伊始祝未来。

杨光明　一年更比一年好！

［大爆竹"嘭——啪！"的响声，文英、杨光明也将菜放在两边桌上，站立两边，

［庄重的音乐起：范长江、肖平平抬一个大花篮上，后面跟着西装革履的刘忠义和全身白纱，手捧罗秋月遗像的王莉莉缓缓地走向台前，向观众深深鞠一鞠躬，又缓缓地将遗像挂在垟上。

［音乐响起了韦唯演唱的：《爱的奉献》。

刘忠义　（朗诵）

我们每一个人的生活，
都有特定的归宿；
而一个人的价值，
在于他这一生做了些什么；

人生的路啊，通向光明，也通向黑暗；
就看你怎样去把握。

周　井　生活的本身就是一种磨炼，一种创造；

刘小岗　而创造却需要勇气更需要超越自我。

文　英　上帝只能是心中的偶像；

杨光明　事业才能将人终生寄托。

王莉莉　伟大的人常把痛苦埋在心底；

肖平平　无私者给人幸福自己更幸福。

[周井将酒杯递给范长江。

范长江　让我们端起斟满爱情的酒杯——

众　人　去迎接美好的生活！（鼓掌）

[鞭炮齐鸣。

（幕落）

（全剧完）

绣花手绢

（越剧）

人物表

白雪花　女，24 岁，东坡村小学教师。

李麦收　男，28 岁，金岗村社员。

麦收娘　女，55 岁，金岗村社员，李麦收之母。

秋　生　男，30 岁，东坡村的科研迷。

秋　菊　女，23 岁，东坡村社员，秋生之妹。

王大脚　女，40 岁，媒婆。

吴神婆　女，45 岁，巫婆。

李兴富　男，50 岁，公社秘书，白雪花之叔。

赖孩儿　男，19 岁，金岗村社员。

李二娃　男，21 岁，金岗村社员。

男女社员若干。

场次

第一场　一笑姻缘

［元宵夜，公社广场一角。路旁，张灯结彩，大树下有一块巨石，一厢是“欢迎劳模”的横幅标语，音乐声声，一片喜庆气氛。

［幕后伴唱：

出元宵花灯庆新春，
嵩阳街头闹腾腾。
庆丰收呀迎劳模，
社员们心里乐盈盈。

［幕启：秋菊着小放牛的彩装上。

秋　菊　（唱）张灯结彩喜洋洋，
嵩阳街从来没有介闹猛；
庆丰收，四方英雄会嵩阳，
戴红花，台上站满了状元郎。
有亩产千元的冒尖户，
也有那种桑养蚕的探花娘。

鱼塘老板算榜眼，
还有那养鸡养鸭的蛋大王；
一个个披红戴花多精神，
手捧一面大镜框；
秋菊我又献花来又演戏，
台前台后格外忙。

雪—花——姐。

白雪花 （内应）哎！（上）

秋　菊 雪花姐，你到哪里去了？

白雪花 我吗？

（唱）喜看那台上演的是小放牛，
台下看的是抛彩球——
我怕那放牛的小妹被人缠，
一路寻来到村头。

秋　菊 （诡秘地一笑）我看啊，你也在演戏。

白雪花 我？

秋　菊 唔，你跟我哥哥在演夫妻观灯是哦？

白雪花 （羞嗔地）哎呀，你这小蹄子，看我撕你的嘴！（追过去）

秋　菊 （闪过）好哇！门还没过，就打起姑娘来了，要是过了门啊，恐怕，我那哥哥踏脚板都要跪破呢！

白雪花 你！你！你！

［白雪花追，秋菊逃，白雪花捉住秋菊，搔痒。

秋　菊 好姐姐，我讨饶！我讨饶！

白雪花 你还说不说了？

秋　菊 不说了！不说了！（白雪花松手，秋菊掏出一方绣花帕）雪花姐，你看！

白雪花 哟！真好看！还有对鸳鸯呢！

秋　菊　我刚在前面货郎担上买的。

［秋生背个挎包上。

秋　菊　哥哥！

秋　生　原来你们在这里，害得我到处好找。

秋　菊　（指包）哥哥，这是什么好吃的？

秋　生　你呀，馋嘴巴猫，只晓得吃，吃，吃！喏，这是我新试验出来的良种小麦种，“旱地强”，趁今天劳模会，分给大家去种呀。

秋　菊　你呀，只晓得顾人家，从来不想想自家。

秋　生　我怎么了？

秋　菊　我看你呀，是年纪年年大，阿爸没得做，一世为人作嫁衣，自家挑灯补屁股。

秋　生　妹妹！

（唱）党的政策似春风，
催开八亿农民心，
按劳取酬讲责任制，
多种经营财路生。
为“四化”建设争贡献，
伢农民的力量大无穷；
待等那，千家万户致富时，
哥哥我，倾家荡产也心背宁。

秋　菊　哥哥！

（唱）你开年就是卅零，
雪花姐年纪也不算轻。
人家是发奋图强走致富路，
你却育了良种送他人。
不思自己也想想她，

总不能坐视黄花成落英。

白雪花 秋菊！

（唱）说什么育了良种送他人，

说什么坐视黄花成落英？

“旱地强”是我爹爹生前一片心，

爹死后，你哥哥不辞辛苦来继承。

到如今，良种育成志已酬，

推广种植理应该。

你哥哥，他为我欠下一墙的债，

我愿与他同甘共苦来还清。

清茶淡饭味无穷，

自有甘露甜在心。

秋 生 雪花！你真好！

秋 菊 哎呀，你真是我的好嫂嫂！

白雪花 （羞涩地）你呀！

秋 生 噢，你们在这里坐会儿，我去分了种子就来。

秋 菊 哥哥，你快去快回！

[王大脚上。

王大脚 （念）媒婆媒婆，皮厚嘴薄。

跑腿赚钱，黄牛当马。

（唱）今日元宵花灯会，

少男少女交关多；

光棍状元好几个，

袋袋里钞票是么佬佬；

看得我，浑身发毛眼发绿，

恨不得，一把夺过全归我。

哎！抢是抢不得的，要坐班房个，我也吃不起这个苦，还是到哪里去弄个花姑娘来，叫介批状元公么把钞票一五一十个乖乖儿的数巴我！（见白雪花）哟！来答哉！喊，哎呀呀，介不是雪花姑娘吗？侬看看，长得像七仙女一样，介票货起码值三百洋钿！笑啥？侬不相信啊？白雪花，侬听听，单单为了这个名字，就有九九八十一个小伙子害了三年以上的相思病。

[王大脚嬉皮笑脸地凑了过去。

王大脚 嘻嘻嘻嘻，雪花姑娘！大嫂恭喜侬哉！

秋　菊 （双手扦腰，声色俱厉地）去去去这里没有人跟你搭牙！

王大脚 嚯，小放牛介凶啊！我又不拨侬做媒，侬凶个啥？

秋　菊 滚滚滚！

王大脚 哎！我问侬，下趟要勿要嫁老公哉？嫁老公要不要我做媒哉？到时候，我勿投侬做媒，侬勿要哭！

秋　菊 （双手捂耳）丑丑丑！

王大脚 （又嬉皮笑脸地）雪花姑娘！

[秋菊跑到水沟边，拼命朝王大脚泼水，王大脚连连倒退。

王大脚 唯！介小赤佬！我王大脚走过三江六码头，到过杭州石牌楼，没有见过侬介种凶丫头！侬晓得吧，天雷公婆婆，地上媒人嬷嬷，侬得罪我王大脚，当天打煞！

[秋菊、白雪花一阵高兴。

内　声 “亩产一千元的冒尖户来哉”。

[李麦收手捧镜框，胸戴大红花上。

李麦收 （唱）人逢喜事精神爽

庆功会上得头奖

红花镜框配成双

我身边还缺个好姑娘

王大脚 （忙迎上）哟！麦收啊麦收，我帮你算算，今年收入至少有六千九百块，加上今早夜到的一百块，刚好七千块，对不？暖！侬介许多个钞票用得光吗？

李麦收 钞票嘛，还怕多啊？

王大脚 到了黄梅天可是慌兮兮个，哎，介许多钱侬是怎么赚的哟？

李麦收 我啊！

（唱）种烟赚了不少钱，

一斤一块八毛钱，

兔子毛毛最值钱，

一斤特毛计七块钱，

养猪养羊能卖钱，

我姆妈喂鸡有蛋钱，

屋后南瓜换油盐钱，

门前杏树果子钱，

编编荆筐有现钱，

猪粪出棚也是钱，

路边种菜不花钱，

溪边捉虾是小钱，

还有那花生钱绿豆钱，芋艿钱、番茄钱……

王大脚 （没好气地接唱）钱钱钱，钱钱钱。

[白雪花笑了起来。

秋　菊 （旁白）哼！一身介铜臭！

王大脚 侬呀！只知道钱，钱好当老婆啊？钱好陪侬困觉啊？钱好帮侬生伲子啊？哼，笨蛋！

李麦收 这？

王大脚 （指白雪花）侬朝前面看看是啥？

[李麦收朝前看了半天。

王大脚 侬看见啥啦？

李麦收 树。

王大脚 树？呆大！侬前生前世没有看到过树啊？你往下看？

李麦收 老鳖灯。

王大脚 （摇摇头，叹了口气）哎哟！乌珠白嘟嘟，吃饭没碗数！（气呼呼地）你再往下看！

［李麦收看到了坐在槐树下的白雪花，痴痴地呆住了。

秋　菊 雪花姐姐，这财迷在看我们呢。

白雪花 （嗔怪地）都是你，演过戏，连戏装都不换，就跑出来招摇过市！

王大脚 （用手捅捅李麦收）呆虫，快走过去嘛！

［李麦收傻乎乎地走近几步。

秋　菊 哎呀！他走过来了，雪花姐，让我到溪沟里去洗洗。（跳下石坎，朝溪沟跑去，又转过身来）哎呀！我的手绢呢？

白雪花 喏！接住！

［白雪花将花手绢抛给秋菊，正好飘在李麦收脸上，众人一阵哄笑，李麦收抓起手帕嗅嗅，一股香气扑鼻，他又细细地看了看，规规矩矩地递给白雪花，白雪花一把夺过手帕，回头一笑，与秋菊羞涩地跑了。

李麦收 我李麦收活了廿八岁，到今朝才晓得世界上还有介发眼的绣花手绢。（傻愣愣地站在那里）

王大脚 （拍手大叫）到门！这是一笑姻缘。（见李麦收还愣着）侬看，小鬼头浑陶陶哉。（在李麦收肩上猛击一掌）喂！！

李麦收 （吓了一跳）嗳嗳嗳！

王大脚 （媚笑）我先拨侬神气清爽清爽，刚才这姑娘好看不？

李麦收 （难为情地）嘿嘿嘿嘿。

王大脚 （学腔）嘿嘿嘿嘿，只会傻笑，我问侬，欢喜哦？

李麦收 （尴尬地抓抓头皮）……

王大脚　哼！吮不出的臭螺丝！喂！侬是哑巴子啊！不欢喜，快些滚回去；要是欢喜嘛，先递支香烟过来。

［李发收急忙掏出一包烟递了过去。

王大脚　（一看，摇摇头）嘴啫啫，有介许多钞票蛮好个骆驼牌不买，却吃前门牌，真是做鬼都勿大！（抽出一支）我也变呆大哉，做个媒人，包把香烟嘛，算啥花头？（想了想，还是将烟塞进了衣袋里）

李麦收　王大嫂，你骂也骂了，烟也吃了，这事嘛——

王大脚　嘴啫啫，模大，模大，我看天底下的模大都是摸进不摸出的，这事哪，你大嫂子包了收要多少钱？

［王大脚伸出二指。

李麦收　两块。

王大脚　你瞌睡有没有困醒啊？

李麦收　多少？两百块？

王大脚　那听听！介大个大姑娘两百块！大眼的猪猡嘛，再加两百也不够呢？

李麦收　到底要多少？

王大脚　最最最最便宜，两亩地烟钱！

李麦收　（吃惊地）啊！两千块？

王大脚　你吓惊倒怪啥事体？你到自由市场去看看，现在啥东西不涨价，不相信，我把你两千块，你帮我哪里去照这照样式介套一个大姑娘买一个来，我王大脚从格里爬起爬到城隍山，城隍山再爬到玉皇山。麦收哎！

（唱）姑娘养得二十多，

　　多少五谷喂伊大；

　　身上衣着不算数，

　　还要培养把高中读。

人家是民办教师地位高，
百里嵩阳的花一朵。
自古女子值千金——
（白）介好的货色啊——
（接唱）两千洋钿是便宜货。

李麦收 照你这么说，两千块值得？

王大脚 值得！

李麦收 （爽气地）好，两千就两千，买进来再说！

王大脚 嗳嗳嗳，买啥花头？现在还搞买卖婚姻啊？

李麦收 哦哦哦，讨进来讨进来。

王大脚 慢！

李麦收 啥？

王大脚 两千洋钿就想讨老婆？没有介便当的！（冷笑）

李麦收 哟，还有啥名堂？

王大脚 啥名堂？我自家贴鞋子？自家贴工夫？自家贴饭钿？吃饱了帮你白跑？吃得介有趣？就是天仙配里的老槐树嘛，也还拜两拜呢！

李麦收 哦，要谢媒礼？

王大脚 对！事体办好，你谢我啥花头？

李麦收 （想了想，痛快地）十斤甲级兔毛，廿七块一斤好不好？

王大脚 （高兴地）二百七十块！不过，现在市面上啥东西都是按质论价，我帮你介绍的这一个，比甲级货高可是特级头挑货！

李麦收 （抓抓头）好！再送你一对安哥拉良种兔。

王大脚 介种人，蜡烛不点不亮，麦收啊，我们痛痛快快，再添四只新婆鸡！

李麦收 （为难地）这？

王大脚 你肉痛四只新婆鸡是不是？好，我马上把白雪花介绍把别人家！你知道，到我这来挂号的小伙子，足足有一两打。（旁白）嗨！原只头牛都卖了，还硬抓个牛尾巴！

李麦收 （呈难色）可这鸡是我姆妈养的。

王大脚 呆大，姆妈伲子还不是一家人嘛！

李麦收 （下决心地）好！只要事体成功，四只新婆鸡就四只新婆鸡！

王大脚 依勿会赖吧！

李麦收 不赖！

王大脚 好！一言为定！赖赖是王八！

[切光。

第二场　各有难处

[二幕外：王大脚乐滋滋地数着钞票上。

王大脚 哈哈哈哈！

（唱）踏遍这嵩阳百里地，
　　眼看东来耳听西；
　　头子活络脚头勤，
　　外加一张厚脸皮。

（快板）说得白鲞会得游，
　　说得酱鸭会得飞，
　　得罪我，嫦娥说成癞婆鸡，
　　铜钿多，傻大姐也成杨贵妃。
　　黄鱼头，不厌多，
　　香烟老酒嘛吃不及。

（唱）这真是，前世修来个好福气！

哈哈哈哈，前天夜里帮李麦收介绍对象，一票生意就三百五十块。就是雪花不肯答应。不要紧，猫猫鱼蛮欢喜，他是雪花的叔叔，他通了，这三百五十只洋啊，笃定哉！

［兴富背着手，甩着旱烟袋哼起：“猫猫鱼啊，猫猫鱼，兴富不吃猫猫鱼……”上。

王大脚 说起曹操，曹操就到。唉！有种人猫猫鱼不吃，我王大脚连猫猫鱼都憋不着。

兴　富 大脚嬷嬷，到哪里去？

王大脚 （唱）如今实行责任田，

冒尖户一年收入好几千。

我媒婆讨饭都没路，

想寻侬这公社秘书借几钿。

兴　富 好哉好哉！你呀，是水涨船高，媒礼比自由市场的甲鱼涨得还快，这百里嵩阳你算第一号冒尖户，暴发户！

王大脚 啊吧，这上有天，下有地，做人凭良心，我……

兴　富 好哉好哉，本事侬大，我这个当公社秘书的老背时也管你不着，王大脚，伢雪花的婚事，你就抓紧点跑跑嘛。

王大脚 （高兴）哟，兴富哥，你答应哉？

兴　富 唉！王大脚。

（唱）想当初，我兄弟被打成反革命，

跳河自尽我不敢问

直到平反昭雪后，

时隔十年我才登门。

为尽责，我培养雪花把高中读，

体贴入微多关心；

到如今，侄囡长成廿四岁，

终身大事我常挂心。

三年来，我四处托人细打听，
要为她寻一个忠厚富裕的老实人。
对得起九泉的好弟兄，
了却我做叔的一片心。

王大脚 哎呀呀，兴富哥啊，李麦收介人侬呀晓得，结棍得像只熊，老实得像条虫，只管放心好哉！

兴　富 这个我晓得，就怕人家是冒尖户，看不上我们雪花。

王大脚 兴富哥，侬放三千六百一十二个心，这婚事办不好，我就算不了王大脚。

兴　富 当然，当然，你是我们嵩阳公社专搞穿梭外交的“基辛格”嘛！

王大脚 那雪花姑娘呢？她同意了？

兴　富 大姑娘嘛，总有点羞答答，嘴里不同意，心里蛮欢喜，反正李麦收啥辰光把结婚介绍信开来，我就啥辰光办手续。

王大脚 对！约个日脚叫他们早点一道去登记。

兴　富 约啥日脚？人家样样开后门，我这个公社秘书也开他一回过过瘾。

王大脚 哎哟！兴富哥，侬真当越来越聪明哉！做等等，介绍信连彩礼马上送到！（下）

兴　富 好！我在办公室等侬！

［兴富背着手，甩几甩烟袋呼“猫猫鱼”下。

［切光。

［二幕启：雪花端坐窗前绣枕套

［幕后伴唱：

日近黄昏寒意深，
雪花窗前绣花枕；

绣对鸳鸯戏水中，
一缕丝线一缕情。

白雪花　（唱）小绣针，引线行，
飞针走线情意浓。
秋生哥，要进深山育树种，
雪花我，连夜赶做绣花枕。
我与他青梅竹马十年长，
两小无猜心相印。
到如今，我有心相许口难开，
哥哥你，为何迟迟不开声。
难道说：雪花的心思你还不知？
难道说：哥哥你另有意中人？
不，不会的！
秋菊说，我雪花的照片他贴身带，
梦中常唤我雪花的名。
分明是他有心来我有意，
明天里，我要当面撕破纸一层。

［王大脚哼着："大黄鱼啊，大黄鱼，大脚专吃大黄鱼……"上。

王大脚　（朝屋里一张）哟，雪花姑娘，侬在备嫁妆哉？

白雪花　是王大婶，你有事吗？

王大脚　无事不登三宝殿，大婶向你道喜！

白雪花　大婶又要开玩笑了。

［秋生上，见有人说话，在门外静听。

王大脚　雪花姑娘，你在绣啥？

白雪花　（将枕套藏在身后）没有啥。

王大脚　我老早看见哉，雪花呀，这一针一线绣起来烦煞，（掏出一叠钱放在桌上）喏！彩礼钱，明早去现成的买一对。

白雪花
秋　生　（异口同声地惊问）彩礼？啥彩礼？

王大脚　哎哟，还有啥人？你那亲爱的李麦收呀，喏！两千块，自家点点清爽。

秋　生　李麦收？两千块？难道她——

白雪花　王大婶，你喝醉了吧？这钱？

王大脚　是你的。

白雪花　不不！我不要！我没跟他谈过恋爱！

秋　生　是呀，她没有跟他谈过恋爱呀！

王大脚　没谈过恋爱不要紧，到了一个被窝里自然会恋爱起来的，从前，我们结婚格辰光也不认得，还不是……

白雪花　（羞恼）哎呀，看你在胡说些什么哟！

秋　生　（气愤地）

（唱）这媒婆胡言乱语不像话，
　　　秋生要狠狠地教训她！

（欲进门）慢，我要听听雪花说些什么。

王大脚　唉，现在的年轻人啊，作兴冰激凌，看电影，手牵手在那树蓬下底兜圈子、喂蚊子，来个生意活动做嘛，先结婚，再手牵手到柳叶河边去躲猛子、喂蚊子……

白雪花　王大婶，你不要说了，我早有对象了。

王大脚　勿要寻开心，侬有对象我那介勿晓得？

白雪花　我真的有了！

王大脚　（不相信地）介个嘛，哪个呢？

白雪花　（语塞）这？

王大脚　雪花！

（唱）你是东坡村里花一朵，

我是这百里嵩阳地头蛇；
光棍小伙子我个个熟，
问你到底是哪一个实。

白雪花 他！……

王大脚 （狡诈地）他是谁呀！

白雪花 他！他！他他他是秋生哥！

秋　生 （放心地）雪花啊雪花，你真好！

王大脚 秋生？哈哈哈哈，哎哟哟，我当啥人，原来是个穷鬼啊！他是啥人呀？你是啥人啊？别的不说看看他屋里厢介堵墙壁，欠张家五十，欠李家八十，欠生产队两百，欠信用社贷款六百，东一笔西一笔，涂了一墙壁，连算都算不灵清哉，侬跟伊做啥？喝西北风去啊？哼！

白雪花 他的债都是为我欠下的。

王大脚 为你？他做啥不为我？侬脸孔比我白！相貌比我好！年纪比我轻！雪花！

（唱）有道是，龙配龙来凤配凤。
蝴蝶不恋地鳖虫。
你好比阳春三月的红牡丹，
他好比是路边草堆的臭牛粪，
鲜花插到牛屎堆，
真叫人，又气又恨又心疼。
雪花呀，和尚不念一本经，
劝你心肝要拎清。
今日不听我老人言，
到那时，你要盐花薄粥带泪吞。

白雪花 （唱）盐花薄粥我心甘，
雪花要与他相伴不离分。（呜咽）

王大脚 咦，不要哭，坐下坐下。

秋　生 （唱）听罢屋里一番话，

不由我秋生心如麻。

十年来青梅竹马两无猜，

情投意合多融洽。

几回回我有心对她表衷情，

可话到嘴边又害怕。

都只为，我秋生欠下一墙债，

品貌不配也年岁大。

今日里，雪花能有好人家，

本应当，真情实意祝愿她。

为什么，成人之美我心反疼？

为什么，犹豫不决又徘徊？

罢罢罢！

我强忍情泪心底流——

但愿你，枯木逢春发新芽。

（擦泪下）

王大脚 雪花姑娘，侬勿要哭哩，要是我啊，高兴还来不及呢。

白雪花 你不要说了，这钱你快点送回去！

王大脚 啥？小娘娘，侬当储蓄所啊？要拿就拿，要还就还，没有介便当！事体是你叔叔亲口答应的！

兴　富 （上）啥事体？又来牵我个头皮哉！

王大脚 喏喏喏！猫猫鱼来哉，大家兜兜清爽！

兴　富 晓得晓得，小姑娘嘛，总要装个三分假正经，放心去通知李麦收，三天之后只管来接人。

王大脚 好！看侬个法道！你们谈谈，我去买包香烟。唉，做媒还倒贴香烟钿。（下）

兴　富　（摸出结婚证）喏，雪花，这是结婚证。

白雪花　（惊愕）结婚证?

兴　富　这是《新婚必读》。（取出一本书来）

白雪花　啊?！（如梦如痴）叔叔?

兴　富　叔叔晓得你们怕难为情所以都替你办好了。你们结婚以后要好好学习，好好工作，要计划生育，还要……

白雪花　叔叔！你?！

兴　富　哈哈！我嘛就等着吃老酒哉，拿去！

白雪花　（夺过结婚证一看）叔叔，你说清楚，这钱，这结婚证书是哪里来的?

兴　富　嗨吨，日里说到夜里，菩萨还在庙里，这是叔叔帮你和李麦收办的结婚手续！

白雪花　啊?我啥辰光说过要和他结婚啊?

兴　富　啊?前日夜到，我不是跟你说过嘛?我说王大脚要帮侬介绍金岗村的李麦收，你闷气勿响，还笑笑呢。

白雪花　我以为你跟我开玩笑呢！

兴　富　我当你同意哉，就替你办了个手续，登记簿上的手印还是我同王大脚两个人代你们按的呢！

白雪花　（歇斯底里）天——呐！（结婚证飘落在地，白雪花号啕不已，兴富不知所措）

［幕后伴唱：

一叠钞票一张证，

恰好比，一份判书，一根绳。

白雪花　（唱）人说道，世上黄连味最苦，

雪花我命比黄连苦三分

叔叔啊，你一时糊涂乱作主，

铸成大错千古恨。

兴　富　（愤愤地）我糊涂？嗳，我会糊涂？哼！李麦收不本分？李麦收不勤俭？还是李麦收不聪明？这样的小伙子，打起灯笼都找不到的，你说我乱作主，这个主我做定了。（带哭地）“文化大革命”你爸爸打成了反革命，投河自尽。那个辰光，我怕树叶瓣打开头，没有来照顾你，你爸爸的坟上连土都没有加过一捧，侄囡啊！叔叔问心有愧！（呜咽）

白雪花　叔—叔！（呜咽）

兴　富　后来，粉碎了四人帮，我待你是剖腹掏心，我自家的儿子只读了三年小学，把你培养到高中毕业，现在你二十四岁了，叔叔四处托人，总想为你找个靠得住的人家，也好了却我的一番心愿，也对得起我那死去的弟兄啊！雪花呀雪花，你要知道叔叔的心才好哟！

白雪花　叔叔！

（唱）想当初，爹爹受迫害投河自尽，
陈尸沙滩无人问
秋生他，劈了门扇做棺木
为葬父，害他被斗又示众。
他为我，先后欠下了一墙的债，
他为我，任劳任怨操尽心
此情此义怎能忘，
雪花我，要与他终身不离分。

兴　富　雪花，我苦命的侄囡

（唱）听罢侄女话一番
倒叫兴富为了难。
秋生他，为人正直又诚恳
为葬我兄长把祸水担。

几年来，他俩的情义不一般，
患难之交胜肝胆。
我有心成全这一对人，
怕只怕，他家境贫寒成家难。

［王大脚买烟回来，在一旁静听。

白雪花 叔叔！

（唱）说什么家境贫寒成家难，
我与他肝胆相照情如山。
青菜萝卜各所爱，
再苦再累我心也甘。

兴　富 哎！雪花呀雪花，既然你心坚如此，我这个做叔叔的……

［王大脚见势不妙，故意干咳几声。

王大脚 （独白）不对哉，猫猫鱼要变卦哉！（一把拉过兴富）兴富哥，你不要忘记，这结婚证是你自己开的后门，自家按的手印，弄勿好告到法院里去，嘿嘿，你执法犯法生活有得吃咪！

兴　富 （猛醒）这……

（唱）媒婆一语点醒我
倒叫人十字路口难举步
我若成全了雪花女，
媒婆她定会翻脸起风波。
到那时，领导追究我责任重，
撤职罢官人难做。
我若是强逼雪花到金岗村，
岂不是，我兴富乱点鸳鸯谱。
左也难来，右也难，
只怪我，自作聪明弄巧成拙。

（赔着笑脸）王……王大嫂！

王大脚 （跷起二郎腿，傲慢地）不敢当，不敢当，在下王大脚！

兴　富 我想请你帮忙。

王大脚 帮忙？（独白）介种人肚度里有几根蛔虫，我都晓得，他要反悔，哼！你田鸡要性命，我蛇要肚皮饱，洋钿五百块，没有介便当！（对兴富）是不是想反悔？是不是怕吃生活，要我把乱开结婚证的事体瞒瞒过？

兴　富 （赔笑）嘿嘿。

王大脚 （狡诈地）我倒是没啥，不过，李麦收已经拿到了结婚证。而且，李麦收现在是公社的劳动模范，他要是到法院去一告，哼哼，你少说说也得判十年徒刑！弄得勿好要判无期徒刑。

兴　富 啊！介结棍啊。

王大脚 不相信？第一，收了一千块彩礼，转脸就赖婚，这叫诈骗罪，判三年。第二，身为公社干部，知法犯法，乱办结婚手续，破坏新《婚姻法》，判三年。如果法院验出这登记书上的指纹，是我同你两个人按的，还得判重婚罪，又是四年，加起来，不多不少刚好十年。还有，李麦收是个毒头，老婆不着杠，吃敌百虫，闹出了人命官司，还得判你个无期徒刑！

兴　富 （惊慌地）啊？！

王大脚 咦，不要慌，现在还来得及。

兴　富 来得及？

王大脚 （把兴富拉过一边）秋生待雪花虽好，但没登过记，而我们有结婚登记证，这叫合理合法，再说，李麦收现在是劳模，大红人，上面有势，袋里有钱，是碰不得的呢！我看白雪花嫁拨伊，也是不吃亏的。你侄囡一时想不开，别担心，到了一个被窝里，自然会想开的。喏，有吃，有穿，有钞票，到那个辰光，说不定还要谢谢你呢！这样，官司吃不着，事体也办成功，到了阴司间，侬阿哥还要好端端个请侬吃一餐呢！

兴　富　有道理！有道理！（指指白雪花）就怕——

王大脚　你呀！怪不得当了一生一世的干部，还是个老秘书，有权不会用嘛，侬是叔叔，摆出叔叔个样子来。

兴　富　侄囡啊，不要哭了，我是为你好哇，现在你恨我，可今后你会感谢我的。

白雪花　（愤怒地）我不要，我是人，我不是烟叶！也不是兔毛！

王大脚　好了好了，兔毛也好，烟叶也好，反正结婚证已经领出哉！生米烧成熟饭了，这可是法律呵！懂不懂？哼！（示意兴富走）

兴　富　（关切地）侄囡啊！好好准备准备，过天把就过门，叔叔走了……

［王大脚推着恋恋不舍的兴富下。

白雪花　（猛然站起）叔叔！叔叔！叔——叔！！！

［白雪花追到门口，又茫然若失地走回到桌边，捧起结婚证书发愣。

［秋菊急上。

秋　菊　雪花姐姐！雪花姐姐！

白雪花　秋菊？

秋　菊　雪花姐姐，我哥哥突然背起行李进山了。我问他，啥辰光回来，他说五年，十年不一定。他！他！他要我告诉你，希望你早点成家！

白雪花　（惊愣）啊？（歇斯底里地）天——呐！

［结婚证飘落在地上。一阵响雷，霎时大雨倾盆。

[幕后伴唱：

无意一笑起祸根，

绣绢一幅错姻缘。

无情风打鸳鸯散，

引出奇闻又一件。

[切光。

第三场　泪洒花烛

[五天后的傍晚：金闵村李麦收家门前，路边茶花吐艳，新房的窗上贴着大红“喜”字，客厅上方是对红蜡烛，桌子上的四喇叭正在放着《军港之夜》。

[在一阵喜庆的音乐声中幕启：麦收娘穿着新衣服站在路口迎客，激动得不时地用衣襟擦着泪水。

[幕后伴唱：

人逢喜事精神爽，

路边乐坏了麦收娘。

多少年梦想多少年愁，

今日里，遂愿的热泪沾衣裳。

麦收娘　哈哈哈哈！

（唱）金岗村里喜洋洋，

今日我儿麦收娶新娘。

左邻右舍齐到场，

我老太婆门前接客忙。

哈哈哈哈！

李二奶　（上）麦收他妈！恭喜恭喜！

麦收娘　哟！李二奶，请屋里坐！屋里坐！

［李二奶送给麦收娘一个红纸包，双方推让一番，李二奶执意要送。

麦收娘 李二奶，你家里也不宽裕，这钱？

李二奶 哎！麦收他娘：

（唱）冬瓜南瓜都是瓜，

同是姓李本一家。

麦收结婚办喜事，

我老太婆礼薄莫见怪。

麦收娘 哟！看你说到哪里去了。

李二奶 昨夜晚，我仔仔细细算了算，今年啊，连你们家是我们金岗村第七个新娘哉！

麦收娘 是呀是呀，过去，我们金岗村是个有名的光棍坡，姑娘儿啊，宁肯往山下走一千，不往山上移一寸，听到金岗村吓得逃都来不及；如今，我们金岗村也飞进金凤凰来了！

李二奶 是呀是呀，听说麦收讨老婆花了不少钱哪？

麦收娘 光彩礼就是两千块！

李二奶 （吐吐舌头）哎哟，两千块！叫我这个老太婆数数都恐怕要数上个三天三夜呢！哎地，难道这新娘子是银子做的啊？

麦收娘 我麦收说，不要说银子的，就是金子的他都要呢。

李二奶 唉，现在老婆当真讨不起，上半年，伢外甥娶媳妇，就因为彩礼少，过了门还吵吵闹闹。

麦收娘 李二奶，你到里屋坐坐，牙齿不好，就吃点麻酥糖。

李二奶 好个好个！

［麦收娘陪李二奶进里屋，吴神婆手挥木头剑，装神弄鬼上。

吴神婆 （念快板）

巫婆巫婆，信口开河，

装神鬼，阿弥陀佛。（双手一合）

红白喜事，场场有我，

不请自到，阿弥陀佛。（双手一合）

［鼓乐声声，鞭炮齐鸣。

赖孩儿 （兴高采烈地上）麦收大娘！麦收大娘！新娘子来哉！

麦收娘 （高兴地）好好好！赖孩儿啊，接新娘子接了介许多辰光？

赖孩儿 大娘。

（唱）伢金岗村迎亲要显威风，

绕道十里过乡镇，

鲜花彩绸扎满车，

锣鼓喧天闹腾腾，

一路笑语一路歌，

一路鞭炮震耳聋，

要让那过去的历史见鬼去，

要向那过去的贫困报“仇恨”。

让那些姑娘，大嫂嫂们听听！凡是说过宁肯往山下走一千，也不往金岗山移一寸的人统统听听！我们金岗村不是生就的讨不着老婆，现在啊，我们金岗村已向过去的历史告别了！要跟我们金岗村攀亲的，赶紧来排队挂号吧！迟了可轮不着呢！

麦收娘 （高兴地）你呀，真当穷鬼先出世哉！

李二奶 老大姐，麦收是独养伲子，（擦擦泪水，高兴地）有钱嘛，花！

［李二娃领着两个吹唢呐的开道，李麦收胸戴大红花，白雪花盖着红头盖，左边是愁眉不展的秋菊，右边是兴富叔，在一伙青年男女的簇拥下上场。很快被众人包围住。

王大脚 （用粗犷的声调）各位老奶奶，老伯伯！各位大哥大嫂！小弟弟，小妹妹，看看吧！（猛地揭去白雪花的头盖）

［众人被白雪花的美貌惊呆了。

王大脚　（一拍手）看看吧！各位老奶奶，老伯伯，大哥大嫂，小弟弟，小妹妹！

（唱）看看吧，脸如桃花双腮

如两只酒窝多少个深。

眼似杏子圆滚滚，

眉似柳叶迎那春风。

鼻子生得最端正，

樱桃小嘴一点呀红。

要是西施今还在，

只配替伊倒马桶。

［白雪花流泪不止。

李麦收　（拉过王大脚）她为啥要哭？

王大脚　侬个呆大女婿啊！过门的新娘子，十个有十一个要哭的，这不哭，唔……就不孝顺嘛！你大嫂我出嫁个辰光，还哭了三天三夜呢！

吴神婆　是呀是呀，我出嫁个辰光啊，实实足足哭了个三年另六个月呢！

王大脚　好了，好了！麦收大娘！

麦收娘　哎！

王大脚　有钱嘛，花！

吴神婆　对！麦收娘！

麦收娘　哎！

吴神婆　有钱嘛，花！

李麦收　姆妈！花！

麦收娘　花！（捧出两只斗，一只交给赖孩儿，一只交给李娃）赖孩儿，二娃，俺麦收哥喜日子，你们两个替我花！

［赖孩儿、二娃将一把把彩纸屑拌着的硬币撒向人堆，小孩子和吴神婆、王大脚拼命地抢。

赖孩儿 看看吧，我们金岗村的穷光蛋，如今也不是花不起钱的！

李二娃 花就花吧！天上的七仙女啊，也不过值两亩烟钱！

［白雪花一怔，静场。音乐骤起，白雪花号啕大哭。王大脚挥挥手，兴富叔与吴神婆将白雪花送入新房。众人不解，交头接耳，议论纷纷。

王大脚 （一把将赖孩儿揪出，声色俱厉地）有啥看头！要看自己去讨一个！（转而满面堆笑地对众）新娘子哭嘛，是难免的，去去去，大家去喝老酒！

［王大脚、吴神婆将众人推走。麦收娘满腹狐疑进新房，被王大脚拉住。

王大脚 麦收娘，侬放心陪客人去！

麦收娘 好，好……（不安地下）

王大脚 （对李麦收）新郎官，我吃老酒去哉，侬去劝劝伊。神婆，我们走！（一人下）

兴　富 （垂头丧气地从新房出来）唉！我是吃力不讨好，黄胖搡年糕，想开开后门结果害得雪花做人不得，唉，等我死了，到阎王爷那里都要吃巴掌！（擦着眼泪，搔搔头下）

秋　菊 哼！王大脚这个坏东西，把我雪花姐姐抢到这里来了，我赶快找我哥哥去！（朝另一个方向跑下）

李麦收 （唱）今日洞房花烛夜

麦收我，又是兴奋又欢喜。
想当初，家门贫寒无人问。
今日是宾客盈门来道喜。
若不是党的政策好，
我麦收，哪有这等好福气。

唉！今天是新婚之日，雪花姑娘为何哭得这般伤心？王大脚说得也是，让我去安慰安慰她。

［李麦收欲进新房，“砰！”的一声，房门突然紧闭。

李麦收　（又敲又推）雪花，开门！我是麦收，快开门！（又推又敲）怎么？我花了四千块钱，讨了个老婆，连房门都不让我进？真正的可恼！（又推又敲）开门！快开门！（等了一会）你到底开不开？你不开，我要砸门了！（搬起一块石头欲砸，又放下）我造这房子也不容易呀，要是砸了——唉！（转而一想，喜上眉梢，拍拍后脑）哦，是了是了，我看过“鹊桥仙”，怎么忘了，雪花一定是看了苏小妹的小当样，要难难我这个新郎官，说不定还要我做做文章。哎呀，我斗大的字不识一箩筐，这文章我可做不了哇！（侧耳细听）哝，不对呀，雪花好像还在哭，哭得好伤心啊！是了是了，她在撒娇呢，让我学学贺老六，引她一笑。（忙跑到窗口，把头伸进去）雪花，我会待侬好个！

［“砰！”的一下，两扇窗门关得严严实实门窗碰到了李麦收鼻头。

李麦收　（捂着鼻子）啊哟！先吃闭门羹，再吃酸梅汤，我，我，我李麦收难道就是这么好欺负的吗？不成！今天是非进去不可！

［李麦收搬石头欲砸，屋里传来白雪花凄凉的哭声，犹豫片刻，又放下石头。

李麦收　她越哭越伤心，我也不忍心再去伤屈她了，算了，让她哭一会儿，再去劝她。唉！李麦收啊李麦收，你的命为啥介苦哟！（颓丧的双手抱头，一屁股坐在门前的台阶上）

［幕后伴唱：

　李麦收，李麦收，

一世能有几多愁。
好容易盼到洞房花烛时，
又谁知美满婚姻反成仇。

[灯暗。

第四场　新婚之夜

[当晚，李支收家门前。

[幕启：东房里麦收娘乐滋滋地在灯下缝着小人衣；西面的新房内白雪花在低泣；李麦收蹲在新房门外的台阶上。

[幕后伴唱：

星儿隐，夜深沉，
金岗村里寂无声。
麦收娘，喜气洋洋在做小衣，
盼待着早早抱孙孙。
她岂知，雪花哽咽成泪人，
她岂知，新郎独坐台阶受寒冷。
这真是东间不知西间事，
婆喜媳愁儿发恨。

[白雪花在新房内辗转不安。

白雪花　（唱）风凄凄，泪纷纷，
窗外寂寂霜似银。
雪花我来到人间廿四春
雨露风霜苦长成。
想当初爹爹遭害跳河死
母亲她，弃下雪花嫁他人。
孩多承秋生来照应

劈门葬父背罪名。
曾记得，他寒天腊月送棉衣
夏夜打扇驱恶蚊。
那年进城上高中，
他肩挑铺盖十里送。
更难忘，他继承父亲生前业，
搞试验，呕心沥血十年整。
冬日选种春来播，
野草小麦结成亲。
你看哪，家家喜播良种麦，
“旱地强”是他心血凝结成。
到如今，他衣衫褴褛人憔悴，
三十挂零未成亲。
人非草木岂无情，
雪花我，以身相许意坚定
我与他，患难之交心连心，
我与他，生生死死永不分。
为什么，他不辞而别进深山？
为什么，弃下我雪花这苦命人？
为什么，堂堂宪法失尊严？
为什么，好心的叔叔这般狠？
为什么来，为什么？
身陷牢笼焦急万分。

（扫一眼琳琅满目的新房，搔搔头，将一把闪亮的剪刀抓在手中）啊！我，生是秋生的人，死是秋生的鬼。李麦收啊李麦收，我并不想害你呀！可你千万不要来逼我……（痛泣）

[李麦收被寒风吹得缩成一团，慢慢地站起身来。

李麦收 （唱）夜已深，人已静，台阶似冰，

浓雾起，白霜临，周身寒冷。

谁不曾，新婚燕尔诉衷情，

雪花她，只顾低泣不开门。

（苦笑）唉！我这个新郎官，比那丧家狗还不如！我李麦收廿八岁才讨老婆，两亩地烟钱，十斤兔毛，七七八八花了四五千块钞票，到头来，落得个有房进不得，有床睡不得。唉！（将耳贴在门缝里听）整整哭了一天呢。奇怪，彩礼也收了，登记也登记了，可雪花为啥这么伤心呢？

（唱）莫不是，嫌我麦收相貌丑？

害得她众人面前把脸丢。

莫不是，嫌我少喝墨水文化低？

难配她，高中毕业的香老九。

莫不是，迎亲路上礼不周，

满腹委屈气难休。

我左思右想费猜疑——

这真是神仙难解其中由。

（一阵寒风，李麦收冻得浑身发抖）也罢，既然雪花不肯开门，我就到姆妈那里睡上一夜再说。

[走到东屋窗前，欲敲窗又缩回。

[幕后伴唱：

灯下影出老母亲，

麦收他，有心敲窗手又停。

李麦收 （接唱）

母亲她，深夜挑灯做小衣，

满脸堆笑密密缝。

几年来，她任劳任怨发染银，

几年来，为娶媳妇她操尽心。

到如今，如愿以偿她心欢，

我怎忍，再伤老人慈母心。

（慢慢地往回走）哎！今天夜里，我可要冻死了！

［突然哗啦一声，白雪花把窗子打开了。

李麦收 （一阵高兴）哎！夫妻嘛，总是夫妻，雪花肉疼我了！也真是，哪有新郎官在露天过夜的道理啊！

［李麦收走到窗口，白雪花把一件呢大衣扔了出来，接着哗啦一声，窗子又关上了。

李麦收 你！（捧着大衣苦笑）原来是一场高兴一场空！看来今朝夜里不会放我进去的，算了，她年纪小，有点小孩子脾气，我先到灶头间过一夜，明天再说。

［赖孩儿提着录音机和李二娃悄悄地溜上。

（悻悻下）

赖孩儿 （哼）金岗的夜呀，静悄悄，

李二娃 （哼）今朝没把新房闹，

赖孩儿 （哼）新郎新娘头靠头唷，

李二娃 （哼）有说有笑在轻轻地嬉闹……

［赖孩儿做个噤声的动作，把录音机调好，放在门口，两人将耳朵贴在门缝里倾听半晌。

赖孩儿 （悄声）你听，在笑在笑！

李二娃 （把录音机又调了调）声音太轻。

赖孩儿 二娃，好像在哭呢？

李二娃 别胡说八道，凭我的经验，凡是新娘子都是日里哭，夜里笑的。

赖孩儿 你仔细听听，真的在哭呢！

李二娃　咴，好像在笑。

赖孩儿　在哭！

李二娃　在笑！

赖孩儿　我说在哭就是在哭！

李二娃　我说在笑就是在笑！

赖孩儿　不相信，我有手电筒，照照看！

李二娃　我来照，保险在笑！（李二娃用手电筒一照，见雪花立在角落里抽泣）啊，真的在哭。

赖孩儿　（趴在窗玻璃上）咴，麦收哥呢？

［李麦收悄悄上，从背后揪住两人的衣领，吓得人急忙跪下，举起双手。

李二娃　治、治、治保委员，我们是来听新房闹着玩的！

赖孩儿　是，是啊，我、我们可不是贼骨头啊！

［李麦收松开手，二人转过身来一看。

李二娃　麦收哥！

赖孩儿　是麦收哥，吓了我们一跳。麦收哥，花烛之夜不去陪新娘，却跑到外面来做啥？

李麦收　……

李二娃　（拉过李麦收）新娘子在哭，是不是你欺侮她了？

李麦收　唉！不要说了，这新房门我还没有进去过！

赖、娃　啊，有这等事体？

李麦收　（将俩人拉过一边，悄声地）你们跟我实说，今天接新娘，你们有没有得罪过她？

赖、娃　（慌忙地）没有没有！

李二娃　我看她长得像七仙女一样，她朝我看看，我都浑身发麻，哪里还敢走拢去呢。

赖孩儿　（拍拍后脑）哦，我想起来了。

李麦收　怎么？

赖孩儿　早上，我们去迎亲，新娘子悄悄出了门，我以为她出去有事，可她拉着那个小放牛的姑娘拼命往山上跑，当时，王大脚叫我一起追了上去，把她拖了回来，她又哭又闹，后来，还是兴富大叔气呼呼地说了她几句，才硬邦邦把她拖上汽车的。

李二娃　对对对！这小放牛，后来连喜酒也没有喝一口，人也不见了！

李麦收　这么说，是抢来的？（赖孩儿点点头）唉！你们为啥不早说？

赖孩儿　王大脚吩咐过，不准告诉你和大妈。她还说，万出了事，要我赔她五百洋钿。

李二娃　早说又怎样？难道五千块钱白花了不成，哼！

［李麦收傻愣愣地呆住了。

赖、娃　麦收哥！你这是怎么了！

李麦收　（如醉如痴地）我，我，我李麦收好命苦哇！

［麦收娘从西屋出来。

赖孩儿　大娘，麦收哥他……

麦收娘　（痛苦地）不要说了，我都听到了。

麦收娘　用衣襟擦擦眼泪，将赖孩儿、李二娃拉过一边。

麦收娘　（颤声地）孩儿、二娃，大娘平时对你们好不好？

赖、娃　好，好！大娘！

麦收娘　既是这样，大娘我求求你们……（哽咽）

赖、娃　大娘，有啥事，你就说吧！

麦收娘　今天晚上这件事，还有早上迎亲那件事，你们可千万不要张扬出去，你麦收哥是倒不起这个霉的！

李二娃　大娘放心，麦收哥和我们如兄弟一样，我们不会说出去的。

赖孩儿 是呀，哪怕杀了我的头，也不会说出去的！大娘，我们回去了。

［赖孩儿、李二娃提着收录机出了院子，麦收娘目送着他们下。

麦收娘 （叹了口气）孩子，我们家娶个媳妇也不容易，你得耐着性子，让她消消气再说。（抓住李麦收的肩膀，泣不成声地）好孩子，你……你听姆妈的话，要……要耐得下心啊！

李麦收 （抑制不住内心的痛苦，撕帛般地）娘！

麦收娘 （哀痛地）孩——子！

［母子俩紧紧相依，抱头痛哭。

［切光。

［第二天早上，李麦收家，景同前场。白雪花昏昏沉沉地靠在床上，麦收娘满面愁容，手捧糖氽蛋上。

麦收娘 （唱）原以为，媳妇进门合家欢，

谁知晓，满腔欢心化成灰；

我强忍泪水心底流，

强作笑颜去把礼赔。

（轻轻地敲着新房的玻璃窗，亲切地）雪花儿，起来吧，婆婆给你送糖氽蛋来了。

［白雪花坐起，麦收娘又轻轻地敲了几下。

麦收娘 好姑娘，起来吧，你一天都没有吃过东西，要饿坏的。

白雪花 （独白）我白雪花害得他一家都不得安宁。我得向她解释解释才好哇！（走到门边）不，不，这门不能开！不能开！

麦收娘 雪花儿啊，你起来吧，把门开开，你看，这碗蛋都要凉了。

［白雪花左右为难。

［幕后伴唱：

窗外声声唤开

雪花女心似胡麻乱纷纷。

婆婆关怀体贴多温存，

胜似慈母待儿心。

有心去开门又徘徊

［白雪花欲开门，又将颤颤抖抖的手缩回。

白雪花 不！不！这门是万万开不得的啊！

麦收娘 （擦着泪水，颤声地）雪花儿啊，婆婆有啥对不起你的地方，给你赔罪还不行！你要再不答应，不开门，我，我，我就给你跪下了！（扑通一声跪下）

白雪花 （急地）啊？！……

（唱）听得门外下跪声，

不由我雪花慌了神。

难道说，雪花真是无情人，

难道说，雪花真是铁打的心。

大娘她，一场欢喜一场空

（也朝门跪下）大娘！

（接唱）原谅我雪花这狠心的人！（痛泣）

麦收娘 花儿啊，你不吃不喝，叫我怎么过意得去呀！我十六岁出嫁，辛苦一世，别的不图，能看到媳妇进门，我就是死了，也心甘情愿呀。你不用怕，我对麦收说过了，不等你消了气，不准他进这扇门！他敢欺侮你，我要打断他的腿！好花儿啊，你就开开门，开一条缝，让我看上你一眼吧！

白雪花 不！不！这门，这门我是不能开的呀。（哀泣）

麦收娘 （泣不成声地）天呐，这是为啥，这是为啥哟？！我盼呀盼，盼了多少年啊，头发都盼白了，就盼着儿媳妇叫我一声娘。花儿啊，你要是看得起我这个老婆子，就隔着门缝叫我一声娘吧！（痛泣）

[白雪花身心震颤，她再也忍不住了，“哗”地拉开了门闩。

白雪花 （撕帛般）娘！（扑倒在麦收娘怀里，两人抱头痛哭）

麦收娘 花儿！！！

[幕后伴唱：

至诚至义金石开，

隔门认娘俩挥泪。

[麦收娘捧起白雪花的脸，用手掌为她擦泪水。

麦收娘 看看，看看，真像画儿里画的七仙女一般啊！这孩子，眼睛都哭肿了，要是你娘看到了，还不知怎样伤心呢！

白雪花 大娘，我，我没有娘了。

麦收娘 苦命的孩子啊，你放心，在我这里，你再也不会吃苦了！

白雪花 大娘，我……

麦收娘 （连连摇头）不对不对，不该叫大娘，叫我姆妈，再叫一声，你再叫一声。（将糖氽蛋递过去）

白雪花 那你就是我的亲姆妈，我就是你的亲女儿。

[麦收娘手一松，蛋碗落地。

麦收娘 （绝望地）天呐！这是为啥，这又是为啥哟？！（踉跄）

白雪花 （急扶住）姆妈！

麦收娘 （振作起来，痛苦地）花儿啊，你歇息，我给你端饭去。

白雪花 不，姆妈，我不饿。

[李麦收听到，急忙端饭上，狠狠地瞪了白雪花一眼。

麦收娘 （和颜悦色地）吃吧！花儿，趁热吃。（捧起碗，送给白雪花）

白雪花 （接过碗放在桌上）我不饿。

李麦收 （没好气地）放心吃好啦，碗里没有毒药！

麦收娘 你说啥，出去，你快给我出去！

李麦收 （窝火地）我不出去，我在院子里冻了一整夜，我得问问，我李麦收哪点对不起你!

麦收娘 你给我闭嘴，还不快出去!（推）

李麦收 姆妈，你让我把话说完，我们金岗村今年娶了六门媳妇，你挨家挨户去问问，哪家媳妇头天晚上就把男人关到门外?我李麦收是好是坏你去打听打听，你说，你到底为了啥?你说呀!

白雪花 （沉吟半晌）这，这不是你家的过错，是我害了你们家!（又痛哭起来）

李麦收 （气愤地）那你到底为啥?

白雪花 因为，因为我，我心里已有人了!

[麦收娘一个踉跄，忙靠在门上。

李麦收 （愤怒地）什么?!

白雪花 我与他青梅竹马十年之久，麦收哥，人不能没有良心啊!

李麦收 （绝望之极）我……我……我这是在做梦吧!我……我怎么了……（昏厥）

白雪花 你!（急忙扶住）

李麦收 她，她有心上人了。

（唱）听她言，我心似油煎。

今日事，勾起我往事连绵。

想当年，与芹妹也衷心相恋，

她与我，两无猜，共度童年。

风雨里，牧牛羊，你挽我牵，

溪滩边，捕鱼虾，笑满溪涧。

曾记得，皂角树下常相见，

黑夜里，订下了多少誓言。

曾记得，母亲去说亲遭拒绝，

曾记得，她父亲骂我是苦瓜根。

曾记得，迎亲的锣鼓撕我心，
曾记得，我含泪目送她出了村！
从此后，风筝断线杳无音。
三年后，她逃离夫家将我觅。
一跤跌倒在车轮下，
她遗恨绵绵到九泉。

芹妹啊！芹——妹！（恸哭不已）

麦收娘　孩子！你，你怎么了！

李麦收　娘，我要我的芹妹哟！（痛泣）

麦收娘　孩子，你到娘房里去睡一会儿。

［麦收娘扶李麦收进自己房内，复出。

麦收娘　唉，我前世作了啥孽哟！

［切光。

第五场　千古奇闻

［第二天早晨。

［二幕外，李二娃急匆匆上。

李二娃　新闻年年有，今年特别多！

（唱）昨夜深更把新房听，
麦收被新娘关出门。
有道是新婚燕尔多温存，
岂知道，新郎在露天受寒冷。
这样的事体天下少，
又偏偏出在咱金岗村。
新娘她，寻死觅活难同房，
二娃我，一夜未睡苦思忖，

想出了妙计第一条——

（摊开手心）六颗安眠药，把新娘子吃落去，嘿嘿！

（接唱）保险她，一觉醒来笑颜生。

［李二娃欲下，被王大脚挡住。

王大脚 嗳，嘿嘿，二娃，你到哪里去呀？

李二娃 （气愤地）你！（猛醒）呵，麦收娘说过，这事千万不要张扬出去啊。

王大脚 二娃，大姑娘要哦？

李二娃 （不耐烦）好了好了，勿要你管！

王大脚 嚯，格小赤佬。嗳，我帮李麦收配的这个对怎么样？凭你这副吃相，我王大脚要是不来帮忙啊，不要说找对象，恐怕连黄狗都找不着！

李二娃 （欲走，被王大脚拦住）喏，你看！

王大脚 （回头看）一头大水牛有啥看头！

［李二娃乘机溜走。

王大脚 （气得直跺脚）格斩头鬼，当心被拖拉机轧死！嗳，昨天麦收结婚了，按理介十斤兔毛、一对安哥拉、四只新婆鸡，应该送货上门，算了！现在各行各业都在改变服务态度，他不送，我自己去拿！（欲下）

［赖孩儿扛着扁担，哼着："金岗的夜呀，真蹊跷，黑狼把麦收哥狠狠咬……"上。

王大脚 哟，运气好勿用起早，又来一个。喂，赖孩儿，不要疯七疯八哉，侬啥辰光学得正经点，大嫂帮侬做媒。

赖孩儿 呸！（抡起扁担）滚！

王大脚 （恐慌又驴倒架不倒地）小赤佬，天上雷公婆婆，地下媒人娑婆，你打我，当心天打杀！

赖孩儿 就要打你这贼婆。（操起扁担）

王大脚　（急）嗳嗳嗳，打不得的！前世没掀你盖脸布，无缘无故做啥打人！

赖孩儿　我今朝要收拾你！（打王大脚）

王大脚　啊？救命啊！救命啊！（慌张地逃，赖孩儿追，眼看抓住了，王大脚双膝跪地，倒头便拜）哎呀，小阿爹，小祖宗嗳！这到底为了啥事体？我叫侬爹好哦？

赖孩儿　我赖孩儿要是养了你这样的害人精，老早搗落马桶里撞死哉！

王大脚　是呀是呀，老早就该溺死，省得淘气！

赖孩儿　废话！我问你，昨夜新娘子不肯同房，麦收哥在露天过了一夜，你晓得吣？

王大脚　（吃了一惊）吓，有介种事体？

赖孩儿　你说，你这媒人该不该打？

王大脚　（恍然大悟）哦，介种事体有啥了不起！

赖孩儿　（凑过来）侬有啥好办法？

王大脚　刚才弄得我老鼠过街，人人喊打，叫介许多人看我笑话，侬帮我平反昭雪！

赖孩儿　（忙赔笑）嘿嘿，大婶，有好办法快点讲出来，不然金岗村的名气都没有了！

王大脚　（冷笑）哼，饭桶！这得靠科学！

赖孩儿　科学？狗嘴巴吐象牙，叫花子假斯文，我说大脚嬷嬷，你有没有发高烧啊？

王大脚　喏，难怪“四化”建设介犯难，你看你看，年纪轻轻连科学都勿相信哉。

赖孩儿　相信！相信！

王大脚　你赶紧到公社兽医站，去买两包发展养猪事业的药粉回来。

赖孩儿　派啥用场？

王大脚 呆虫！春上你家那老猪娘做啥跳槽？

赖孩儿 猪娘跳槽嚓，忽寻猪爹爹哉！

王大脚 对，这就叫科学，你妈妈把这药粉拌在猪食里，那猪娘吃了就会跳槽，懂啾？

赖孩儿 这跟你有啥搭界？

王大脚 呆虫！猪吃了要跳槽，难道人吃了不要跳槽啊？

赖孩儿 （哭笑不得）哎呀呀，乱弹琴，人跟猪不在一科，药理不通！

王大脚 你懂个屁！不瞒你说，我就吃过这东西，交管灵光，我老太婆吃了都要跳槽，我就不相信她大姑娘吃了不跳槽！

赖孩儿 这恐怕——

王大脚 恐怕个啥？还不快去，迟了科学都让人家买光哉！

赖孩儿 好好好，我去。（连连摇头）科学，哼哼，这叫科学！这叫科——学！（下）

［二道幕启：当天晚上，李麦收家新房内，门前桌上燃着香烛，摆着酒菜。

［麦收娘跪地祷求，吴神婆盘腿请神。

吴神婆 呔！请山神菩萨，土地菩萨，灶神菩萨，财神菩萨！你等要同心协力。助本法师捉拿九尾狐狸精！（突然将剑在桌上一击）来答哉！麦收娘，妖怪已镇在桌子下面了，你再去做几个菜来，让众位仙人吃饱了好捉妖怪。

吴神婆 （见麦收娘下，抓起砂锅内的鸡腿）哼哼，这妖怪逃到鸡腿子里面去了，看我吃了你！（咬了几口）嚯，又逃走了，看！逃到老酒杯里去哉！（拿起酒杯）我照样要把你吃掉！（喝了几口）哟！又逃到鸡腿子里来了！（抛剑）大吃起来。（王大脚上）

王大脚 （见状）好哇，粪勺柄又来骗东西吃哉！

吴神婆 格叫时迁偷鸭儿，各人各法元（出）调大主。

王大脚 宣扬迷信！走，到治保委员那里去。

吴神婆 现在信仰自由，你管不着。

王大脚 管不着？（夺过木头剑要走）

吴神婆 哎哎哎，做啥？

王大脚 喏！把粪勺柄还把治保委员！

吴神婆 啊！（赔笑）嘿嘿，大脚嬷嬷。

（唱）叫声大脚好嬷哇嬷，高鲫署
巫婆媒婆差不多。
乌龟王八一路哩格货，
何必自家咬自家。

王大脚 （傲慢地）好！那你得要听我的！

吴神婆 哟，上趟听你的，格趟还要听你的啊？

王大脚 当然，凡是涉及到家庭婚姻方面的事，统统的要归我管！

吴神婆 喏喏喏，大家听听，横理十八条。嗳，你是家庭婚姻大臣啊？哼，我是宗教事务大臣！比侬亨！

王大脚 介嘛，六梗黄鱼头，勿打算要了？

吴神婆 （无可奈何）唉！强龙碰着地头蛇，好好好，听你的，就听你的。

王大脚 去！到大树下底立冬，看看赖孩儿有没有来。

［吴神婆应声去大树下，王大脚进西房，李二娃上。

李二娃 （唱）麦收新婚难遂意，
我二娃锦囊有妙计。
六颗安眠药神通广，
定叫那，一对冤家成夫妻。（见桌上的酒杯）这里刚好有杯浓茶。（将药片倒入摇了摇又放回原处）麦收哥！麦收哥！（进西屋）

王大脚 （出）麦收大娘，客人来哉。

麦收娘 哦，是王大脚啊，唉，我们介份人家，弄得颠三倒四了。

王大脚 （笑嘻嘻地）大娘！

（唱）大娘大娘侬莫在意，

新娘子发点小脾气。

我大脚前去劝劝伊，

保险她高高兴兴笑嘻嘻。

麦收娘 介嘛也好，就拜托侬哉，我到李二奶奶那里去去就来，侬管牢，千万不可让麦收进去。

王大脚 晓得晓得，侬放心去好哉。

［麦收娘下，赖孩儿上。

赖孩儿 王大脚！大脚嬷嬷！

王大脚 你叫啥？没大没小。哎，科学呢？

赖孩儿 （将纸包递上）喏！买来哉。

王大脚 （诡秘地一笑）我要变戏法哉！赖孩儿，去劝劝麦收，吴神婆，你来这里管，我去帮雪花姑娘烧碗面吃吃。（下）

吴神婆 老早好去哉！让我嘛，格眼老酒嘛也好喝喝光。（见李麦收、李二娃、赖孩儿从西屋出来，忙抓起放有安眠药的酒杯，一饮而尽）

李二娃 麦收哥，我有个好主意。（得意地）

李麦收 啥主意？

李二娃 六颗安眠药放到茶里把伊吃了，等伊困着哉，只管放心进洞房，保险……

李麦收 （气愤地）住嘴。

李二娃 嗨哟，你这人真是——

（唱）有道是一日夫妻百日恩

枕边相争从未闻。

到明早，生米烧成熟米饭，
她不情愿来也没门。

李麦收 去！亏你们想得出来！
（唱）我麦收一世都光明，
从不暗中欺侮人。
似这般弄巧施刁恶作剧，
我宁愿这一辈子打光棍！

赖孩儿 这叫啥恶作剧？办过手续、登过记，光明正大，自家个老婆，怕啥？

李麦收 不！我宁愿一辈子打光棍！

李二娃 好！好！好！欢喜打光棍只管去打好了，那年，你跟芹妹子相亲相爱，还不是因为穷，眼睁睁地看着让人家抬走了，可现在，你有钱，你大方，花了几千块钱买个光棍做做，真当是我们金岗村里的活雷锋！（气愤地）好，你不端我来端。（端酒杯，见杯已空）咴，这杯茶哪里去了？

吴神婆 茶？哦，说不定是新娘子喝了。

李二娃 （高兴地）好，保险她困翻！

吴神婆 （大吃一惊）吓，困翻？哎呀，这酒是我喝了的呀。

李二娃 （气极）是你？！嗨，格只老虫把我这六颗安眠药都吃落去哉！

吴神婆 （惊慌地）哎呀，我要困长觉哉！（呵欠连天，倒在台阶，打起了呼噜）

赖孩儿 二娃，戏法人人会变，各有巧妙不同，你的法宝破了，看我的！

王大脚 来哉！（端一碗面上）五百块洋钿媒礼钱，都押宝押在格碗面里厢，（在胸前划着十字）上帝保佑！

［王大脚将面端进新房，白雪花靠在桌旁。赖孩儿、李二

娃等人在外静候。

王大脚 哎呀，雪花姑娘，两天两夜没吃过东西，看你眼睛哭得像胡桃一样，话慢慢交说嘛，总好商量个。来，好姑娘，先吃点东西再说。

白雪花 （没好气地）我，我不饿！

王大脚 咳，人是铁，饭是钢，不吃要饿坏的。

白雪花 不要你介好，少造造孽就是了！

［王大脚正无可奈何，麦收娘匆匆进屋。

王大脚 麦收大娘，媳妇饿得上气不接下气哉，我看看都罪过人相，格碗面侬无论如何要叫她吃落去，不然饿煞人，我王大脚可背不起这个风火啊！

麦收娘 哎呀，你说得对，来，我送去！（接过碗，捧到白雪花面前）花儿啊，你就吃两口吧，你没照照镜，才两天时间，眼乌珠都抠进哉？你不心疼，我老太婆心疼。花儿啊，看得起我就吃两口吧。（呜咽）

白雪花 （痛苦地）大妈，你不要伤心了，我吃。

麦收娘 好姑娘，你吃了，我心里就高兴。

［白雪花勉强吃了几口，便放下碗筷。王大脚跳出门外，用脚踢醒吴神婆。

王大脚 喂，六根黄鱼头要不要了？进来！（吴神婆随王大脚进新房）雪花姑娘你吃呀！

白雪花 我实在咽不下了。

王大脚 真当吃不下，这半碗面就便宜吴神婆拉倒哉！

吴神婆 （喜笑颜开）格倒是，鸡汤下白面，倒掉要把天打立，煞个我吃，我吃。（端面吃）

王大脚 （独白）格只老猪婆，哼哼，老娘今朝要看侬跳槽。（见赖孩儿笑）斩头鬼，笑啥？想吃？

赖孩儿 谢谢，我不想跳槽！（自知失言，忙捂嘴）

王大脚 （低声地）二娃，你把好房门，赖孩儿跟我来！

［麦收娘走出新房，把李麦收拉过一边。

麦收娘 麦收，姆妈在李二奶奶家烧过香了，是大吉大利的。

王大脚 多亏大娘烧烧高香，七仙女思凡啦，（推推李麦收）快，快去学学男子汉是怎么当的！快去呀，新娘子在房里等你呢！（见李麦收迟疑）是真的！

［王大脚将李麦收推上台阶，白雪花见势不妙，急忙关门，被赖孩儿堵住，王大脚用力一推，将李麦收推入新房内。

王大脚 吴神婆快！吃饱了等猪爹爹啊。

［吴神婆窜入新房白雪花惊恐万状。

白雪花 你们要做啥？

王大脚 做啥？（冷笑）你脸孔泛红，到门栽！

（唱）这面里下的是猪骚药，
看你顷刻已春情发。
快快求求你的麦收哥，（浪笑）
省得我，多管闲事动手脚

白雪花 啊？（愤怒地）你，你，你不是人！

吴神婆 哼，不识抬举的东西！

（唱）状元的凤冠你不要戴，
我老娘也跟你受人害！

王大脚 李麦收，快上呀！

吴神婆 （推李麦收）去！去见识见识，这五千洋钿买来的活宝贝。

白雪花 （凄厉地）天——呐！

李二娃 哼！

（唱）你呼天喊地又怪谁？
骗钱赖婚理何在。

麦收哥，上！去教训教训这要钱不要脸的东西！

赖孩儿 对！

（唱）金岗人不抢又不偷，
铜钿靠血汗换得来。
你受人彩礼上人门，
劳财伤命将人害！
今日不杀你下马威，
伢金岗人从此要遭灾！

麦收哥，上，为我们金岗村出出气，让那些一向来看不起我们金岗村的娘儿们认识认识，金岗村男子汉袋袋里的钱不是介好骗的！

［李麦收被激怒，盯着白雪花步步逼近。

白雪花 你！（恐怖地退却）你给我出去！

李二娃 出去？屋是他盖的，钱是他出的，你叫他到哪里去？

［李麦收扑过去，被发疯似的白雪花用头顶了个四脚朝天。白雪花“嗖”地举起剪刀。

白雪花 （悲壮地）秋生哥！我，我雪花对不起你了！（欲刺喉）

［赖孩儿腿疾手快，上前一步，飞快地夺下剪刀。

王大脚 （发疯地）上啊，快上。

［王大脚等抓住白雪花的手脚。

白雪花 （哭喊）我是人！我是人呐。

王大脚 快呀，笨货！

吴神婆 傻瓜，快上！

［白雪花猛地挣扎脱身，绝望地双膝跪地。

白雪花 （碎心的哀鸣）麦——收——哥！（号啕不已）

［李麦收浑身一震，愣住，静场。

［画外传来少女的哭喊声：“麦收哥啊麦收哥！我不要出嫁，

你快来救救我啊！……”

［幕后伴唱：

一声哀鸣碎人心，

猛听见当年芹妹的哭喊声。

李麦收　（接唱）想当初，她呼天喊地离家去，

大树下，我含泪目送她出了村。

为什么，美满姻缘要强拆散？

为什么，今又强人作妻生恨？

我痛定思痛，将心比心，

岂能够悲剧重演再害他人！

可我花了四五千块钱啊，这钱是用血汗换来的呀？……

白雪花　（泣不成声地）麦、麦收哥！

王大脚　没种的东西，快上！

吴神婆　快上啊！笨猪！

李麦收　（愤怒地）滚开！老婆是我的，不要你们管！

王大脚　好哇，不识好人心，狗咬吕洞宾！（对吴神婆）走！（愤愤地下，复上，大喊）有贼！快，抓贼！（下）

赖孩儿　麦收哥，你在这里管牢，我们去追！

［赖孩儿、李二娃等朝屋后追去。不一会儿，屋后传来喧哗声："抓住啦！抓住啦！……"

［众人打着手电筒，推着五花大绑的秋生、秋菊上。

李麦收　（厉声地）你是谁？

秋　生　（傲然地）……

赖孩儿　他就是白雪花的野男人。

秋　菊　你胡说！

李麦收　你是什么人？

李二娃　她是正月十五唱"小放牛"的。

王大脚　是她！是她拉的皮条！

李麦收　啊？！

吴神婆　我亲眼看到他爬到院墙上，往新房里扔石子打暗号！

赖孩儿　说不定是串通一气骗我们的钱啊！

李二娃　好哇，欺侮到咱们状元的头上来啦！

王大脚　怪不得白雪花这小娘们介犟！

赖孩儿　叫他们尝尝我们金岗村人的厉害。

吴神婆　打！把他们吊在大树上打他个半死！

赖孩儿　对！让我们出出这口怨气！

李二娃　嗳，打人是违犯宪法的。

李麦收　（气愤地）给我打！

［众人将秋生、秋菊绑在大树上，李麦收操起扁担欲打。

白雪花　慢！（冲出房门扑在秋生身上，号啕大哭）秋——生——哥！！

［幕后伴唱：

同是天涯断肠人，

患难之中又重逢。

说不尽，悲欢离合苦和酸，

诉不完，无限相思无限恨。

赖孩儿　嗨！这太不像话了，（气愤地夺过扁担）你不打，我来打！

白雪花　慢！他是我的未婚夫，我就是在等他！你们要打就打我吧！

众　（惊骇地）啊？

李麦收　（愤恨地）你！（进厨房取菜刀，复上，逼近秋生）你来干什么？

秋　生　（毫不畏惧地）我要叫雪花回去结婚。

李麦收　（冷笑）我们早已结婚了。

秋　菊　你们的结婚是不符合手续的！

麦收娘　不管怎么说，她进了我家的门，就是我家的媳妇！

赖孩儿　人家都过了两夜了，生米早已成熟饭，你呀，来迟了！

秋　生　哪怕是一堆灰，我也要捧回去供她一辈子！

吴神婆　打他！这不要脸的东西！

秋　生　除非你们把我打死，不然的话，我是一定要娶她的！

秋　菊　你们这些没良心的东西，也不想想，你们种的麦种、烟种、菜种是哪里来的，如今你们成了冒尖户，别忘了根本！

［李麦收仔细地打量着秋生。

王大脚　少跟她啰唆，赖孩儿，给我打他个半死！

［赖孩儿一把拉开白雪花，举扁担欲打。

李麦收　住手！你们仔细看看！赖孩儿，你，还有你，二娃，我可认出来了，他就是东坡生产队的种子迷啊。

李　赖　啊？……

李麦收　元宵节晚上，他还送给我们每人一包“旱地强”麦种哩。

娃、赖　啊，是他！

李麦收　记得吧，两年前一个秋天的晚上。

（唱）为了致富把烟种寻，

东坡村里遇民兵。

将我三人当贼抓，

缚在茅棚受寒冷。

李二娃　（唱）是他为我们松的绑，

一路护送咱出了村。

赖孩儿　（唱）临别相赠好烟籽，

还有那，烟叶栽培的笔记本。

李麦收　是哇，当时，我还拿出二十块钱给他，可他笑笑。

赖孩儿　对对，我还以为他嫌少，问他这烟种啥价钱，他笑笑说：“这烟种是他自己试验出来的，不卖钱的。”

秋　生　是啊！

（唱）我只道，烟籽在金岗山顶开了花，

我只道，荒村已把穷帽摘。

（白）可我万万没有想到！

（接唱）这烟籽带来了灭顶灾，

患难的兄弟成了冤家。

［李麦收等人面面相视，扁担“当啷”落地。

秋　生　当然，这件事不能怪你们，也不能怪雪花，只怪我太穷，对不起你们，也对不起雪花。

白雪花　秋生哥！

李麦收　（毅然地）松绑！（抓住白雪花的双手，歉疚地）大妹子，怪我麦收一时糊涂，叫你受了委屈！今天，当着众乡亲的面，有我这苦命的母亲作证，雪花妹子来我家三天，给我娘当了三天女儿，我跟她是兄妹缘分。

麦收娘　你！你疯啦？（痛哭）天——呐！

白雪花　娘！

李麦收　大妹子，走！我马上送你回去，跟这位好心人走吧！赖孩儿，拿电筒来，我要给他们照路！

秋　生　好兄弟，我和雪花这一辈子也忘不了你！（跪下，李麦收急扶起）

麦收娘　花儿啊，你就这样走啊？

白雪花　不！今天我不走了，我要在这小西屋陪你一夜，也尽尽我这做女儿的情分！

秋　菊　大娘，我们兄妹俩从小没了娘，你要是不嫌弃，我也要陪你一夜，给你做女儿。

麦收娘　（一手搂着白雪花，一手搂着秋菊，迷惘而辛酸地）这是为什么？这又是为什么哟！

[李麦收忍不住暗暗地抽泣起来。

[灯暗。

第六场　手绢寄情

[次日上午，嵩阳街口，景同第一场。

[幕启：兴富灰溜溜地上。

兴　富　（唱）我干部当了大半生，
到头来停职检查教育深。
我本想为雪花找个好人家，
也了却我做叔叔的一片心。
财迷心窍来包办，
违法乱纪去开后门。
哪知道弄巧成拙受批评，
这真是害人害己羞见人。

唉，如今李麦收和雪花办好了离婚手续，我这个当叔叔的也没有脸孔去见她，唉，教训呀教训！

[幕后响起歌声："毛毛雨，毛毛雨，幸福不是毛毛雨……"兴富（倾听，恍然大悟）啊，"幸福不是毛毛雨"，哎！我呀，一直以为"兴富不吃猫猫鱼"，这歌，今天总算听懂了，可惜迟了，太迟了！

[秋菊内声："猫猫鱼！猫猫鱼！"

兴　富　哎呀，他们来哉，我还是快些避避开呃。（溜下）

[秋菊和白雪花上。

秋　菊　（唱）春风微吹人欢欣，

白雪花　（唱）茶花吐艳百鸟鸣。

秋　菊　（唱）树上喜鹊叫喳喳，

白雪花　（唱）声声庆贺自由人。

秋　菊　（唱）难得那麦收为人正直天下少，

白雪花　（唱）害得他人财两空我心不宁。

秋　菊　猫猫鱼呢？刚才还在这里的。

白雪花　秋菊，不要没大没小的。

秋　菊　哼！不是他，会闹出这样的笑话来吗？

白雪花　秋菊，我们坐一会儿等等麦收吧。

秋　菊　嗯，是要等等他。

［白雪花、秋菊在大树下的石头上坐下，李麦收内喊：“大妹子！”

李麦收　（唱）今日与雪花来离婚，
手续办好一身轻。
莫道是五千块钞票不容易，
可秋生他辛劳数年又为谁人？
有道是，吃桃不忘种桃人，
树高千尺莫忘根。
虽说是人财两空人贻笑，
我倾家荡产也甘心。
大妹子！大妹子！

白雪花　麦收哥哥！

李麦收　大妹子，如今我们离婚了，但你还是我的妹子，让我送你一程。

秋　菊　收哥哥，我们正在等你呢。

白雪花　麦收哥，我，我白雪花害苦你了！

李麦收　大妹子，看你说的。如今，我们是兄妹了，一家不说两家话，快走吧，秋生一定在等着你呢！

秋　菊　麦收哥哥，你真好！

李麦收　好什么，我是个粗汉，你不怪我就好了。

白雪花　麦收哥!

（唱）还望哥哥多宽宏，

莫怪小妹冷无情。

李麦收　（唱）妹妹心地火样红，

羞得我七尺男儿无地容。

白雪花　（唱）哥哥啊，你成全我雪花一片心，

此情此义我永记心中。

李麦收　（唱）但愿妹妹早成亲，

麦收我——（哽咽）在金岗山顶盼佳音。

白雪花　麦收哥!

（唱）听他言来我伤心，

人非草木岂无情。

他强忍情泪心底落，

不由我雪花泪纷纷。

李麦收　大妹子，麦收还有一句话，不知当讲不当讲?

白雪花　麦收哥，你有话就说吧。

李麦收　大妹子，我那苦命的娘年纪大了，要是你有空的时候，常来看看我娘也就心满意足了。

白雪花　哥哥，放心，我会常来看你们的。

秋　菊　是呀，她就是我们的亲姆妈一样，我们会常来看她的。

李麦收　大妹子，我要回去了，我——（欲言又止）

白雪花　什么?有话你就说吧!

李麦收　噢，妹妹，我想问你讨件东西作个纪念。

白雪花　你要什么?

李麦收　那块绣花手绢。

白雪花　手绢?什么绣花手绢?

李麦收 就是，就是，就是上次在这大树下的那块绣有鸳鸯戏水的手绢。

秋　菊 哎呀，那块手绢是我的。

李麦收 噢，（惭愧地）那，那就算了。

秋　菊 （唱）休看他是五大三粗莽男人，
却原来，粗中有细也多情。
他勤劳俭朴又忠厚，
心地善良令人敬。
似这般，襟怀荡坦的男儿汉，
我踏破铁鞋无处寻。
秋菊有意将心许——
哎呀，叫我怎开声？怎开声？

李麦收 大妹子，你们慢走，我要回去了。

秋　菊 （急）哎呀，他要走了！（急中生智，将手绢丢在大树下的石头上）

白雪花 麦收哥，回去劝劝姆妈，多多保重。

李麦收 你有空常来！

白雪花 哥哥慢走。秋菊，我们也该回去了。

［白雪花、秋菊登上高处，李麦收痴痴地目送。

秋　菊 （见李麦收没有发现手绢）哎呀！雪花姐，我的手绢失落在石头上，你先走，我回去取了手绢就来！

［李麦收正要回去，秋菊回转，从石头上拾起手绢追上。

秋　菊 麦收哥！麦收哥！

李麦收 闻声回转，白雪花隐在大树旁张望。

李麦收 秋菊？

秋　菊 （把手绢摊开）你喜欢吗？

李麦收 （木然）这……

秋　菊　说呀！

李麦收　嗯，喜欢，喜欢！

秋　菊　（爽气地）喏！（将手绢送到李麦收手中，李麦收正要接住，秋菊娇嗔地将手绢收回，正当李麦收尴尬之际，秋菊又将手绢放在李麦收的手中）

李麦收　（深情地）秋菊！

秋　菊　（娇嗔地）你呀！一身格铜臭！

［幕后伴唱：

花手绢，花手绢，

绣花手绢牵姻缘。

想当初，认错了主儿成祸根，

今日里，美满姻缘一线牵。

［李麦收与秋菊一前一后牵着手绢下，白雪花在高处挥手祝愿。

（全剧完）

（根据张一弓《流泪的红蜡烛》改编。本剧在一九八五年浙江省群众艺术馆、浙江省剧协、《文化娱乐》杂志社联合举办的戏剧征文中获奖。）

一九八二年十一月初稿

一九八三年元月定稿

彩礼

（小戏曲）

人物　　小　方（简称方）　男，27 岁。
　　　　小　英（简称英）　女，23 岁。
　　　　方妈妈（简称妈）　女，56 岁。

地　点　江南农村。方家小院，一张桌子，两条长凳，墙上挂着书包、草帽，一厢露出兔笼；院内有小门通向里屋，院边有一段围墙。

［幕后伴唱：

春风习习百花香，
麦苗青青油菜黄。
农村经济大发展，
致富的道路越走越宽广。

［幕启：院外喜鹊喳喳，方妈妈捧着装满彩礼的大网篮上。

妈　（唱）多种经营政策灵，
去年收入三千零。
早起供销社里一趟转，

两百块彩礼买进门。

哈哈哈哈！俗话说：伲子像娘，银子打墙。伢伲子养兔子啊，中状元哉！还评上了全县的养兔模范呢！

（唱）伢伲子今年二十八，

兔子状元名声大。

十里山乡人人夸，

我老太婆心里乐开了花！

哈哈哈哈！唉，前些年是稻草棚里闹革命，越穷越光荣，不要说大姑娘，连黄狗都不肯登门；如今，实现责任田，开展多种经营，伢小方啊，交桃花运哉！

（唱）自从成了冒尖户

做媒的人家木佬佬个多。

伢小方脾气样样好

就是要求高勿过。

他嫌那王家丽丽爱虚荣，

陈家阿芬太粗鲁

书记把阿囡送上门，

谁知道热脸孔贴他个冷屁股

人家说画匠要等绣花娘，

兔子状元要配仙姑。

这趟说下了张小苏，

是卫生院里的女大夫。

小方他绝口回报不同意，

我定要赶牛上桥把河渡。

讲好今天去定亲下彩礼，喏！这东西花了我来两百多块，拎得腰都酸煞。小方！

方　　嗳！（抱兔子从屋里出来，边走边给兔喂药）

妈　你在哪里？

方　姆妈，我在这里！

妈　哎哟！年纪年年大，阿爸没得做，二十八岁哉，一天到晚抱着兔子过日脚！

方　姆妈，你一清早到哪里去了？

妈　小方啊，今天是啥日脚？

方　（不解）啥日脚？

妈　不是说好，今天给小张姑娘送彩礼去嘛。

方　（一怔）啥？彩礼，送啥彩礼？

妈　喏喏喏，介大个年纪，订婚送彩礼嘛，老规矩哉！这都不晓得，你呀！

方　啥，订婚？（着急地）咆咆！要订你自家去订，我可不去。

妈　喏喏喏，又来哉！这小张姑娘啊，长得又聪明又漂亮，姆妈看了欢喜都来勿及哉！

方　（无可奈何地）姆——妈！

（唱）你遇事不问深和浅，
　　自作主张太随便。
　　如今婚姻要自主，
　　岂能够毛豆丝瓜乱牵线。

妈　哎哟，还怕难为情呢，姆妈都准备好哉。（掀开大红纱巾，露出礼品来）喏！侬看，哈哈哈哈！

方　姆妈，我还小呢！

妈　啧啧啧啧！大家听听，廿八岁哉还小？汗毛凛凛，小方——

（唱）人过二十八不算轻，
　　切不可拖三拉四误终身。
　　姆妈是睁开眼皮盼媳妇，

做梦也做着抱孙孙。
小方啊！你不成家我不安，
望你要体谅姆妈心。

方 姆妈！
（唱）婚姻大事要慎重，
马虎了事要误终身。
容颜不是最要紧，
志趣相投乐无穷。
姆妈不必多劳神，
小方我心中自有定盘星。

妈 （唱）姆妈只有你独根藤，
岂能够不闻不问不关心。
人家是好心好意来介绍，
你却是船到江心又打回程。
小方啊！你不肯定亲为哪桩？
莫非你另有意中人？

方 这？

妈 你说呀！

方 （尴尬地自语）这……这叫我怎么说呢？

妈 小方
（唱）有道是小寒种麦不生根，
处暑插秧没收成。
如今不趁早把婚事办，
等到三十一爬上啊！
（接唱）谁家的姑娘肯登门？

方 妈！

妈 好哉好哉！快去衣裳换件，帮姆妈把彩礼送去！

方　　我不去！

（唱）要送彩礼你去送，
要去定亲你去订。
冬瓜南瓜不搭界，
反正不干我事情。

妈　　啥？介大一篮东西，要我老太婆一个人拎得去呀？好！侬勿去呀，我也勿去！

方　　（高兴地）嗳！你老早就该听我的嘛。

妈　　（跳起来）啥？我听你的？去！换衣裳去！

方　　（无可奈何地）妈，

[方妈妈推小方进里屋。

[喜鹊喳喳，小英上。

英　　（唱）喜鹊喳喳叫不停，
鸟语花香一路行。
小方他家庭养兔是模范，
小英我十里山乡来取经。
曾记得去年春上初登门
他耐心指导多诚恳。
一年来来往频繁勤交流，
两小无猜情谊深。
我敬他发奋探索有志气，
勤劳俭朴人聪明。
有意开口将心许，
姑娘家羞人答答怎开声。
我几番挥笔寄语将情托
又怕他心非我心。
今闻得小方培育出新兔种，

小英我借机前往讨佳音。

英　（进院）小方！小方！咦？人呢？

［方妈妈内声："小方！快走！"

［小方慌张地窜出屋门，躲入兔笼后面。方妈妈手持小方的新衣追出，小英见状忙闪出院外。

妈　小方！小方！衣裳不换又死到哪里去了？人家小张姑娘在等你呢！介大个人还同我躲猫猫哟！（四处寻找不见，看手表）哎呀！十点钟哉！小方啊小方，介满一篮东西，要我一个人捧，罪过不罪过哟！唉，有啥办法呢，这叫阿婆上门拜媳妇，人家屋里活气数！

［方妈捧网篮悻悻而下。小方、小英双出，一个院内，一个院外。

方　姆妈呀姆妈，你哪里知道哟！

方
英　（合唱）自从我（他）养兔出了名，

小英她（我）取经常登门。

方　（唱）我见她举止端庄多温存，

英　（唱）我见他心地诚挚人勤奋。

方　（唱）我与她养兔同攀科学山，

英　（唱）志趣相投情谊深。

英　（答）中。

方　（唱）曾几时窗前共读书一本，

英　（唱）多少回探讨人生近黄昏；

方　（唱）小方我一腔痴情将她爱，

英　（唱）小英我梦里也常常唤他名，

方　（唱）怕只怕我有心来她无意；

英　（唱）怕只怕我自作多情留笑柄；

方 （同唱）实难得人生旅途遇知音，
英 却为何有情之人难通情！
方 （唱）怨只怨我早不将此情来相告，
英 （唱）恨只恨我早不主动把话挑明。
［各自徘徊。
［幕后伴唱：
到如今心猿意马苦惆怅，
隔墙急坏一对有情人。
英 （伤感）小英啊小英，你来迟了！
方 对！让我追上去，跟姆妈说说情爽！（转而一想）慌什么呀？还不知道人家小英同意不同意呢！
英 啊！我今天怎么了？我在发什么痴吗？还是回去吧！
方 事到如今再也不能犹豫了！
英 （唱）我要斩断情丝转回程！
方 （唱）我要追回彩礼把小英寻！
英 （欲走）慢！难道小方真的已有对象了？我倒要弄弄灵清。
方 走！
［小方欲出，小英欲进，门口相遇。
方 （惊喜地）小英！
英 （痛苦地）小方！
方 你………
英 我……哎哎，小方同志，我是来看，噢！不，不，我是来向你取经来的！
方 呵呵！你坐，你请坐。
英 （镇定下来）小方同志，听说你又培养了四只良种长毛兔，可是真的？
方 真的！是真的！（指兔笼）喏，你看！

英　　　喔喔。（心不在焉地）

方　　　（一阵高兴，计上心来）

（旁唱）小英问我新兔种，
　　我何不旁敲侧击探分明。
　　倘若她心似我心，
　　定能够迷魂阵中觅知音。

噢，小英，你来看！

（唱）两兔本隔十里地，
　　一头东来一头西
　　一头脚扑朔，
　　一头眼迷离。
　　自从两兔一笼聚，
　　两颗心儿一般意。
　　看它们情投意合两相配，
　　你恩我爱多亲昵。
　　不似人儿两相猜，
　　错过了多少好时机！

英　　　（旁唱）听他话带弦外音，
　　不由小英暗思忖。
　　本以为树高千尺不可攀，
　　却原来团头水仙他早有心。
　　他那里借兔抒怀将我探，
　　我偏要装聋作哑不动情。

方　　　咄咄，小英呀，这雌兔我已观察一年多了。

英　　　一年多了？

方　　　嗯，你来看！

（唱）那雌兔洁白一团云，

性情娴雅多文静。
它心地与侬一般样，
真叫我小方慕煞人。

英　（吃吃地笑）哎呀！你倒爱慕起兔子来了？

方　是呀！你看它长得十分可爱，这可是道道地地的良种呢！你说呢？

英　（唱）白兔生来本无知，
日久生情寻常事。
既然良种已选定，
又何必黄牛当马假殷勤！

方　小英，你看看这雄兔如何？

英　（假意观察一番）这雄兔么，看上去多少有点不本分！

方　哦？

英　（唱）你看他两只眼睛亮晶晶，
两耳竖起把话音听。
眼睛盯着雌兔瞧，
定然在动什么歪脑筋！

方　哎呀，小英！
（唱）如此评判不公平，
它自知不配暗伤心。
虽说近在咫尺它心早痴，
可未越雷池失分寸。

英　我看不见得！
（唱）别看他模样装得蛮斯文，
可心术不正是假正经。

方　何以见得？

英　（唱）你看它身边分明有知音，

得陇望蜀不该应。

方　　啊？

（旁唱）她说我心术不正假正经；

她说我得陇望蜀不该应！

旁敲侧击冲我来，

我何不直言相告把话挑明。

小英，那都是我娘自作主张的，要是我同意，还躲起来做什么？说来说去你一点都不了解我的心呢。

英　　这

（旁唱）听罢小方一番言，

拨开乌云见青天。

我不该指桑骂槐将他怪，

误解小方他情一片。

今日里疑云顿散九霄外，

真叫我小英喜心田。

［小英一阵喜悦，小方见状向前。

方　　（深情地）小英，你……你了解我的心么？

英　　你呀！

（唱）谁教你笨嘴笨舌说不清，

有心求爱又难为情。

这样的傻瓜实在傻，

你一点都不懂得女儿心！

［小英娇嗔地推了小方一把，小方一个趔趄，小英急向前扶住。

英　　小方！

方　　小英！

［幕后伴唱：

玉兔为媒两相宜，

相对共叙百般情。

方　小英，你坐，你坐呀！

［小英抿嘴一笑，在长凳上坐下，小方忙去泡茶。

方　小英，你喝茶！（递茶给小英，不慎将茶水溅在小英手上，忙道歉）对不起！

英　（嗔怪地）你呀！

方　（忙拿毛巾）来！我给你揩。

英　（缩回手）谁要你揩！哦，小方，你这良种兔送我——

方　（打断话头）哦，小英，今天我们不谈养兔的事好不好？

英　好！

方　不过这良种兔……

英　诶？不是说不谈养兔么？

方　对对对，不谈不谈。

［小方说着也坐到长凳的一端。

［两人正窃窃私语，方妈妈双手托彩礼篮灰溜溜上，放下篮子捶捶腰。

妈　（唱）懊恼懊恼真懊恼，

亲没定着气淘饱。

一篮彩礼腌臜少，

三百洋钿打不倒。

说什么他家的囡囡特别好，

十块钱一斤勿算高。

活人当作猪猡卖，

真叫人又好气来又好笑！

晓得媳妇介难讨，我老太婆前生前世也不生伲子哉！

［捧着网篮欲进院，见小方、小英亲密地交谈，恍然大悟

妈　呵，怪不得小方这个不要，那个不要，原来，他老早对着哉！好极喽！省得我老太婆东打西不着、浑身挂记煞。倷呀，好好谈谈，我老太婆帮侬管门口。（坐下，转而一想）不对！现在的姑娘儿啊，是眼睛一眨老母鸡变鸭，说变就变，要吹就吹。唔，我呀，拿洋铐先把伊铐牢，省得伊逃走！

［方妈妈端起网篮进院，故意咳嗽几声。小方、小英忙转过身去，背朝着背。

妈　（哈哈哈哈）侬两个人介慌儆啥？我呀，一眼都没有看到！（放下彩篮）小英姑娘！你过来。

英　方妈妈！

妈　哎！哈哈哈哈，（拉过小英）小英姑娘，姆妈看到你呀，真是阿婆看媳妇，越看越舒服！没啥东西，喏！

［取出手表替小英戴上。

英　（又急又羞）哎呀，大妈！

妈　这是老太婆的一点心意，还有，喏！（把篮子上的红纱巾掀去，把东西一件件地堆在小英怀里）一床毛毯，两双皮鞋，三块料子，四床被面。

英　（又惊又气）哎呀呀！方妈妈，你把我当——

妈　哎！小意思，小意思！哈哈哈哈！

英　（不悦地）方妈妈，你还有吗？

妈　（见篮子已空，急从衣襟袋里摸出一个红纸包）外加五百洋钿。

英　（手捧彩礼）就这么一眼眼彩礼啊？

妈　（惊愕地）啊？！

英　介一眼眼，我可不要！（将彩礼扔在小方手上）

方　　小英？（为难地）你！

英　　我怎么了？

方　　（气恼地）真想不到你也是这样的人啊？

（唱）本以为你仪容俊秀心也好，

冷眼世俗气质高

谁料想我一往情深空相思呀，

却原来是——

英　　是什么？

方　　是——

英　　你说，是什么呀？

方　　（接唱）是与那陈年旧习一条道。

英　　啊？

妈　　（急忙推开小方）不许胡说！嘿嘿嘿嘿！小英姑娘，伢小方人蛮好，就是脾气暴，侬不可生气，有啥条件嘛，尽管提出来，自家人总好商量个！

英　　（对小方，冷嘲地）人家条件还没提，你就跳起来了，像侬介种人啊，只怕是要打一辈子光棍。

方　　我呀！宁愿一辈子打光棍，也不要那种眼睛只盯着钱的人！

妈　　（推开小方）活畜生！侬给我走开！

英　　（叉腰）话说过头了，可不要后悔呢！

方　　你！

妈　　（旁白）俗话说呀：若要好，大做小。（推开小方苦笑）嘿嘿嘿嘿！小英：

（唱）花儿果儿同条根，

媳妇过门是一家人。

只要老太婆办得到，

割肉补疮我心甘宁！

姑娘，有啥条件你就提吧！

英　（白了小方一眼）好！我要那：

（唱）一座草舍换楼房，
两楼两底带围墙，
三门大柜连沙发，
四面招风落地扇，
五颜六色大彩电，
七百块的电冰箱，
八〇八〇买一架，
逢年过节也闹猛，
九九归一只一条，
要让那十里山乡都变样！

妈　啧啧啧！狮子大开口，银子用畚斗。我老太婆又不是阿凡提，天天夜到头种金子，哪里来介许多个铜钿呀？嗳，姑娘啊！

（唱）我家人单家底少，
母子相依靠勤劳。
你条件提了木佬佬，
我老太婆也实在办不到。
倘若你真心爱小方，
又何必斤斤多计较？

英　（唱）非是我小英多计较，
只怪小方他气量小。
你家自有无价宝，
他装聋作哑实可恼！

方妈　（不解地）无价宝？

妈　（唱）小方他哪来什么无价宝，
我为娘的岂能不知道？
倘若姑娘你不相信，
里里外外任你找！

英　好！要是我找出来呢？

妈　当作彩礼送给你！

英　好！
（唱）若能送我无价宝，
其他的条件都不要。

方　慢！要是找不出来呢？

英　找不出来嘛。

方　怎么样？

英　（莞尔一笑）就算啊，白白地嫁给你！

方　说话算数？

英　当然算数！

方　伸出手来！

［两人击掌为誓，小英跑到兔笼边，抓起一对长毛兔。

英　喏！无——价——宝。

方
妈　长——毛——兔！？

英　对！
（唱）良种兔，摇钱树，
胜似人间百宝库。
家养一只兔，
不愁油盐醋；
家养十只兔，
不缺穿戴新衣裤；

家养百只兔，
修房盖屋讨媳妇；
全村养兔千万只，
岂不是十里山乡家家富！

方　（惊喜）小英！

妈　（惊喜）小英！

英　小方，你不后悔嘛？

方　小英啊小英！你呀，嗨！真把我搞糊涂了。

英　看你这副小气相，（捋下手表）喏，还你！

妈　小英姑娘，这可不行啊，一只手表是我们乡下人的规矩呀！

英　有了这良种兔，只要好好地饲养，让它们一代一代地繁殖下去，还怕造不起洋房，买不起眠床？

方　（取出一本书）这是长毛兔的饲养方法介绍，你也拿去吧！

英　咦，你不是要打光棍吗？

方　（羞惭地）嘿嘿嘿嘿！

英　（学小方）嘿嘿嘿嘿！还笑呢？

方　小英，是我错怪你了。

英　（扬扬手中兔）那我可要抱走了！

方　我给你送去！

英　彩礼嘛，怎么连红布头都没有一块？

妈　噢，有有有！（方妈妈乐哈哈地递上红纱巾和网篮，小方将一对兔子装了，盖上红纱巾递给小英）

英　（看天）哎呀，辰光不早了，我还要回去喂兔子呢！

妈　（急地）哎呀！两点多了，小英，吃了饭再走。

英　不吃了，等会儿小方要懊悔的！

［三人大笑，小英在远处举兔篮向观众挥手。

英　方　妈　再见了！

（转向观众）再见了！

［幕后伴唱：

十里山坡花飘香，
玉兔为媒作红娘。
志同道合奔“四化”，
一曲佳话传四方，传四方！

（**全剧终**）

一九八二年九月

部分剧照及获奖证书

浙江省第五届戏剧节

（第一轮）

奖　证

主办单位

浙江省文化厅

浙江省剧协

浙江日报社

钱江晚报社

浙江人民广播电台

浙江电视台

艾伯尧同志

参加《望君多珍重》创作

荣获剧本二等奖

特颁发此证

浙江省文化厅

一九九二年十二月

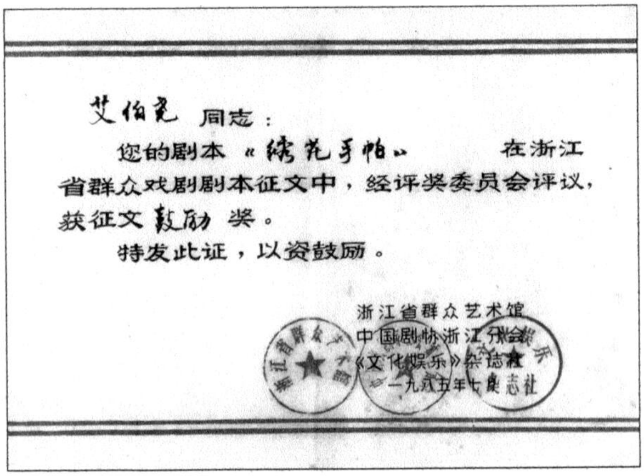
艾伯尧 同志：

您的剧本《绣花手帕》 在浙江省群众戏剧剧本征文中，经评奖委员会评议，获征文鼓励奖。

特发此证，以资鼓励。

浙江省群众艺术馆

中国剧协浙江分会

《文化娱乐》杂志社

一九八五年七月

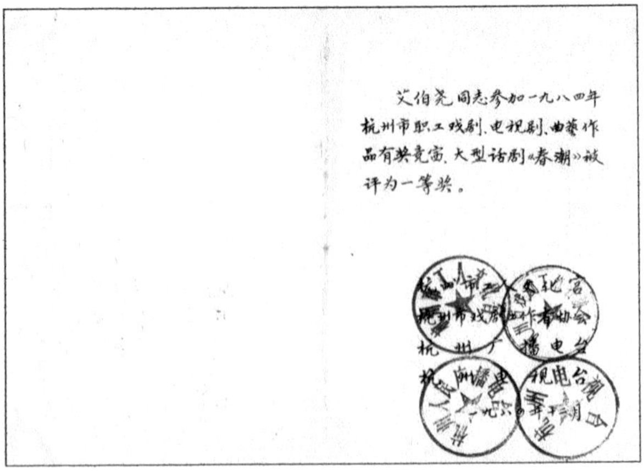
艾伯尧同志参加一九八四年杭州市职工戏剧、电视剧、曲艺作品有奖竞赛，大型话剧《春潮》被评为一等奖。

后 记

“大杭州无人”乎？不然。专业剧作家固然晨星寥之，而业余剧作者水平未必平平。看,《艾伯尧剧作选》已与广大读者见面了。该选集，无论就生活、思想、技巧或立意、构思、布局，或人物、情节、语言等方面苛求，均可谓可读、可演、可赏心悦目、可发人深思之佳篇。

然而，窃以为，可发人深思者尤在于，选集所收均非小艾近作，实际上伯尧愤而辍耕有年。其所以愤，无非发表难，上演难；小卒而求有名更难。亦足见剧坛之凄清而森严，剧作者之可嘉复可怜也！

有云：“谋事在人，成事在天。”天者，机遇也；机遇者，天时、地利、人和之凑巧谐合者也。是以人起码占三分之一的天，或竟是天之半。倘作者殚心于谋篇，戏剧同行竭虑于为作品谋出路，七谋八算，则事——杭州市戏剧事业之振兴与发展——之成十有七八矣，是谓希望总在“人”间。

本室寄意各地剧团：如蒙不弃，乐意上演，定当竭诚提供方便。

杭州市文化局戏剧研究室